Wehrstein

Gabi Kreher

Gabi Kreher

Wehrstein

Roman

Bibliografische Information der Deutschen Nationalbibliothek:
Die Deutsche Nationalbibliothek verzeichnet diese Publikation in der
Deutschen Nationalbibliografie; detaillierte bibliografische Daten sind
im Internet über http://dnb.dnb.de abrufbar.

Covergestaltung unter Verwendung eines genehmigten Motivs von
colourbox.de

Gedicht Memento von Mascha Kaléko: *Verse für Zeitgenossen*.
Erstveröffentlichung: 1956 Rowohlt Verlag,
Hamburg © 2015 dtv Verlagsgesellschaft, München

Gedicht Schlußstück von Rainer Maria Rilke aus *Die schönsten Gedichte
von Rainer Maria Rilke* – Diogenes

Autorenfoto: Instagram @nemis_creativearts

Überarbeitete Ausgabe
© 2024 by Gabi Kreher
Alle Rechte vorbehalten.

Verlag: BoD · Books on Demand GmbH, In de Tarpen 42,
22848 Norderstedt
Druck: Libri Plureos GmbH, Friedensallee 273, 22763 Hamburg
ISBN: 978-3-7693-0841-9

Widmung

Für Ralf, Sandro, Lorena, Enrico

Es gibt nichts Wichtigeres …

1

Es war immer dasselbe. Er wusste, er hätte nicht die halbe Nacht lang zocken sollen. Der Wecker erzeugte nervtötende Geräusche und er schaffte es fast nicht, die Augen zu öffnen.

Im Blindflug versuchte Hannes das penetrante, in immer kürzeren Abständen auftretende Brummen, auszuschalten.

Das laute Scheppern, das der Wecker beim Aufprall auf dem Boden erzeugte, beförderte ihn endgültig in die Realität.

Zuerst wunderte er sich, anstatt der sechs, die sieben auf dem Zifferblatt zu sehen, aber dann fiel ihm wieder ein, dass der Biokurs der beiden Kursstufen eine gemeinsame Exkursion auf die Fischinger Burgruine unternehmen würde. Die ortsansässigen Schüler, zu denen Hannes gehörte, mussten an diesem Morgen nicht extra in die Schule kommen. Sie hatten von ihren Tutoren die Erlaubnis erhalten, sich um acht Uhr direkt auf der Ruine einzufinden.

Es würde ein chilliger Tag werden. Die kommende Zeit würde überhaupt entspannt werden, wenn man einmal vom mündlichen Abi in ein paar Wochen absah. Dann hätten sie es geschafft und ein langer Sommer würde vor ihnen liegen, bevor er im September sein Duales Studium zum Wirtschaftsingenieur und Rio sein Lehramtsstudium antreten würde.

Das Zuschlagen der Haustür signalisierte ihm, dass seine Schwester das Badezimmer verlassen hatte. Erleichtert seufzte er auf. Ausnahmsweise würde es heute Morgen einmal keinen Stress geben. Er betrat das Bad und ihm entwich ein weiterer Seufzer.

Da hieß es immer, Mädchen seien ordentlicher als Jungs. Das traf bei seiner Schwester eindeutig nicht zu. Das Waschbecken war voller Haare und mit Make-up Flecken übersät. Die Türen am Spiegelschrank standen sperrangelweit offen, Haarlack und eine unverschlossene Cremedose lagen herum.

Er putzte sich die Zähne, spritzte etwas Wasser ins Gesicht und fuhr sich mit den Fingern ein paar Mal durch sein hellbraunes Haar. Es war schon wieder viel zu lang. Er musste dringend zum Friseur.

Er ging nach unten, in die Küche. Auf dem Weg zum Kühlschrank fiel ihm ein Zettel auf dem Esszimmertisch ins Auge.

Denk an den Arzttermin um halb sechs - liebe Grüße Mum.

Ach ja, Zeckenimpfung, jetzt fiel es ihm wieder ein. Er schenkte sich ein Glas Milch ein und trank es in einem Zug leer.

Die Backofenuhr zeigte fünf vor halb acht - noch zehn Minuten bis Rio kam.

Der Schwarzwälder Bote, die regionale Tageszeitung, lag auf dem Tisch und er überflog kurz die Schlagzeilen. Kaltfront im Anzug, stand da auf der ersten Seite. Temperatursturz bis zu dreißig Grad erwartet, es muss mit Bodenfrost gerechnet werden.

Hannes runzelte die Stirn. *Was? Das soll wohl ein Witz sein?* Er las weiter. Ungewöhnliche Grippewelle im Juli. Seltsam, spielte plötzlich alles verrückt? Ihn beschlich ein ungutes Gefühl. Doch ehe er intensiver darüber nachdenken konnte, klingelte es an der Tür.

Er steckte Handy und Schlüssel in seine Jeans und machte sich auf den Weg.

Vom Gewitter in der Nacht war nichts mehr zu sehen. Lediglich ein paar nasse Stellen auf der Straße deuteten darauf hin, dass es geregnet hatte. Schon jetzt konnte man spüren, dass es wieder ein heißer Tag werden würde.

»Hey, alles klar?« Hannes zog die Tür hinter sich zu.

»Bestens.« Rio saß auf den Treppenstufen. Er hatte die Unterarme auf den Oberschenkeln abgestützt und schüttelte mit einem leisen Lachen den Kopf. Hannes folgte seinem Blick. Es war jetzt das dritte Mal, dass er an diesem Morgen seufzte.

Jo und Liz kamen die Straße entlang. Jo hatte ihre gewohnt mürrische Miene aufgesetzt, bei der man schon mal vorsorglich das Genick einzog. Hannes fragte sich, was sie eigentlich immer so in Rage versetzte.

Liz war so sehr mit sich selbst beschäftigt, dass sie vermutlich überhaupt nicht mitbekam, was um sie herum ablief. Intensiv begutachtete sie beim Vorbeigehen ihre Fingernägel, um sich anschließend mit Lipgloss ihre perfekten Lippen nachzuziehen. Als sie plötzlich zu Hannes rüber sah, spürte er, wie die Hitze in seine Wangen stieg. Sie hob die Augenbrauen und verzog den Mund zu einem spöttischen Lächeln.

»Lacht der Arsch über die rote Birne seines Kumpels? Was meinst Du Liz?« Jo blies ihren Kaugummi zu einer Blase auf und ließ sie zerplatzen. Sie streifte Rio mit einem abfälligen Blick.

Sie wussten eigentlich nicht, warum sie sich nicht mochten. Es war seltsam. Seit ihrer Kindheit waren Hannes und Rio unzertrennlich. Genauso wie Liz und Jo. Wobei Jo erst im Alter von zehn Jahren mit ihrer Mutter hierher, nach Fischingen, gezogen war. Über die Existenz ihres Vaters wusste keiner etwas Genaues.

Jo war immer schon ein ernstes Kind gewesen. Man sah sie selten mit einem Lächeln. Dabei wäre sie mit ihren großen, dunklen Augen und dem schwarzen, raspelkurzen Haar so hübsch, hätte sie nicht ständig diesen grimmigen Ausdruck in ihrem Gesicht.

Wenn sie ehrlich war, wusste Liz nicht einmal, warum sie dauernd so zickig zu den beiden Jungs waren. Es war einfach schon immer so und irgendwie schaffte sie es nicht, sich Jo zu widersetzen.

Sie fand die zwei eigentlich ganz nett. Ok, Rio kam manchmal ein wenig arrogant rüber. Er sah gut aus - und das wusste er. Sie glaubte, dass er zur Hälfte Italiener war. Mit seinem dunklen Teint und den fast schwarzen Haaren haftete ihm etwas Südländisches an und manchmal hatte Liz das Gefühl, dass dies der Grund für Jos Wut und Ablehnung war. Warum auch immer.

Eigentlich war ihr Hannes sympathischer. Er war ein bisschen schüchtern und das fand sie irgendwie süß.

»Blondie scheint Dir zu gefallen?« Rio grinste Hannes von der Seite an, als sie den beiden in einigem Abstand die Schlossbergsiedlung hinunter folgten.

»Ach halt die Klappe«, gab Hannes gelassen zurück.

»Hey, Jo, kann es sein, dass du zugenommen hast?« Rio rief den Mädchen hinterher.

»Halt die Fresse, Spaghetti!« Jo warf nicht einen Blick zurück.

Hannes stöhnte auf. »Kannst Du es nicht einfach mal sein lassen? Kein Wunder hassen die uns.«

Doch Rio lachte nur.

Viele Schüler hatten sich krankgemeldet. Allein von Kursstufe 1 fehlten sechs, von Kursstufe 2 sogar acht Leute. So waren sie mit ihren beiden Tutoren, Herrn Metzger und Frau Epting, nur zu fünfzehnt.

Hannes fiel der Zeitungsartikel mit der Grippewelle ein und wieder beschlich ihn ein seltsam mulmiges Gefühl.

»Sie werden die Bodenproben in Reagenzgläser füllen und die Pflanzen in die dafür vorgesehenen Plastikbeutel.« Herr Metzger sah in die kleine Runde. »Alles klar soweit?« Niemand widersprach und er fuhr fort. »Nun gut, dann legen sie los. Sie geben die Proben bitte am Ende Frau Epting.« Er nickte kurz. »Ach, wer weiß übrigens, wo wir uns hier genau befinden?« Fragend schaute er die Schüler an.

Paul, ein großer schlaksiger Junge hob die Hand.

»Ja?« Herr Metzger sah ihn aufmunternd an.

»Auf der Fischinger Ruine?«

Alle lachten.

»Sie sind ausgesprochen scharfsinnig, Paul.« Herr Metzger seufzte. Er zeigte auf einen anderen Schüler. »Ja, Ruben?«

»Ist das nicht der Hexenplatz?«

»Richtig!« Zustimmend nickte Herr Metzger.

»Da hätte man dich früher gegrillt, was meinst Du?« Rio war unauffällig hinter Jo getreten und lachte ihr leise ins Ohr. Er hatte es nicht böse gemeint, er meinte es nie böse, aber es reizte ihn einfach sie zur Weißglut zu bringen. Er hatte noch nie einen Menschen erlebt, der ständig so übel gelaunt und explosiv durchs Leben ging wie Joana Forster.

Doch diesmal bemerkte er eine Veränderung, und zum ersten Mal fühlte er sich schlecht dabei, wie er sie behandelte. Denn nachdem er die flapsigen Worte ausgesprochen hatte, sagte sie keine Silbe und es war nicht nur das. Ein Ruck schien durch ihren Körper zu gehen.

Zuerst wusste Rio nicht, wie er ihre seltsame Reaktion deuten sollte, doch dann sah er, wie sie die Hände zu Fäusten ballte, bis das Weiß ihrer Knöchel zum Vorschein trat. Er spürte, dass sie alle Kraft der Welt aufbringen musste, um sich zusammenzureißen und nicht die Fassung zu verlieren - weshalb auch immer. Es dauerte nur einen kurzen Moment, dann schien sie sich wieder in der Gewalt zu haben.

Später, nachdem er und ein paar von den anderen ihre Proben abgegeben hatten, setzten sie sich auf eine Gruppe aufgeschichteter Baumstämme. Sie machten Blödsinn und Hannes schoss mit Rios Handy einige

Fotos. Sein Blick blieb an Jo hängen. Sie war noch mit dem Einsammeln der Proben beschäftigt, als sie auf einmal innehielt und eine Pflanze intensiv betrachtete. Er hatte plötzlich das Gefühl, eine Maske würde von ihr abfallen. Fasziniert beobachtete er ihr Gesicht. Alle Anspannung war daraus gewichen. Sie sah irgendwie verletzlich aus und auf einmal wurde ihm bewusst, wie hübsch sie eigentlich war.

In diesem Augenblick war er sich sicher, dass irgendetwas mit ihr nicht stimmte.

2

Schauen wir nach Jack, heute Mittag, was meinst Du? Ich denke, wir sollten ihm mit dem Holz helfen.« Sie waren auf dem Heimweg und auf halber Höhe des Schlossbergs. Rio blieb stehen und nahm einen großen Schluck aus seiner Wasserflasche.

»Ja, das sollten wir, aber spätestens um halb fünf muss ich los, hab einen Impftermin.« Hannes strich sich die Haare aus der Stirn. »Also, musst du ohne mich ins Training.«

Sie spielten beide in der ersten Mannschaft des SV Fischingen und hatten zweimal die Woche Fußballtraining. Der Sport war ihnen wichtig und sie fehlten so gut wie nie, doch da Hannes' Hausarzt ab Montag Urlaub hatte, war er erleichtert, diesen Termin noch wahrnehmen zu können.

Sie verabredeten sich auf zwei Uhr bei Rio. Dann wollten sie nach Jack sehen. Ja, wer war Jack?

Jack war kein Einheimischer. Irgendwann einmal, lange bevor Rio und Hannes geboren wurden, war Jack hierhergezogen. Er hatte das alte Haus unterhalb des Wehrsteinhofes gekauft und restauriert.

Keiner wusste, woher er kam und was ihn gerade nach Fischingen, dem kleinen Dorf zwischen Schwarzwald und Schwäbischer Alb gezogen hatte.

Es hieß, er wäre ein komischer Kauz und würde irgendwelche seltsamen Dinge erfinden. Keiner im Dorf wollte etwas mit ihm zu tun haben und so lebte er recht zurückgezogen.

Hannes und Rio waren mit der Geschichte aufgewachsen.

Auf der einen Seite war ihnen der Alte unheimlich, andererseits waren sie fasziniert von den Erzählungen der Erwachsenen und neugierig, wie Kinder eben sind.

Eines Tages beschlossen sie, ihn sich einmal näher anzuschauen - heimlich, verstand sich.

Sie schlichen sich an sein Haus heran und waren auf einen Baum in seinem Garten geklettert. Von dort, so hofften sie, würden sie herausfinden, was im Inneren vor sich ging.

Genau in dem Moment, als sie mit dem Fernglas durch Jacks Fenster spähten, riss dieser, mit einem Gewehr bewaffnet, die Haustür auf.

Sein Aussehen erinnerte sie an den Professor aus dem Hollywoodfilm Zurück in die Zukunft. Dasselbe graue Haar und denselben, etwas wirren Blick.

Vor Schreck hatte Hannes das Gleichgewicht verloren und war mit rudernden Armen vom Baum gefallen.

Nach anfänglichem Misstrauen auf beiden Seiten hatte Jack sich bereiterklärt, Hannes' verletzten Knöchel zu behandeln.

Damals kamen sie zum ersten Mal mit einer von Jacks Erfindungen in Berührung. Regenbogenfarbene Strahlen aus einer Art Taschenlampe sorgten auf wundersame Weise für eine sofortige Heilung seines verstauchten Fußes.

Seit damals schauten Hannes und Rio mindestens zwei Mal die Woche bei Jack vorbei. Er war zu ihrem festen Lebensinhalt geworden.

3

Punkt zwei Uhr betätigte Hannes den Klingelknopf neben Rios Haustür. Er war überrascht, als dessen Vater öffnete.

»Grüß dich Hannes, komm rein.«

»Hey Toni, Urlaub?«

Rios Vater verzog bedauernd das Gesicht. »Nein, leider nicht. Mich hat's wohl erwischt. Scheint sich eine Grippe anzubahnen - entschuldige, ich muss mich wieder hinlegen.« Er deutete Richtung Wohnzimmer.

Bevor er etwas erwidern konnte, kam auch schon Rio um die Ecke.

»Warte kurz, ich seh nochmal nach meinem alten Herrn.« Er hatte die Augenbrauen zusammengezogen.

Hannes bewunderte das Zusammenleben der beiden. Es war nicht so, dass er mit seinem Familienleben unzufrieden war. Aber im Gegensatz zu Rio und dessen Vater, waren bei ihm zu Hause ständig alle gestresst. Sein Dad, weil er sechs Tage in der Woche in einer großen Firma für Metallveredelung in einer gehobenen Position arbeitete und nebenbei noch für sämtliche ehrenamtliche Tätigkeiten zur Verfügung stand. Seine Mutter, die halbtags in einer Drogerie beschäftigt war und in ihrer knapp bemessenen Freizeit Spanischunterricht nahm und als wäre das nicht genug, auch noch in einem Chor sang. Seiner Meinung nach machten sie sich also den Stress selbst. Und seine Schwester zickte den ganzen Tag herum, was ihn wiederum stresste.

Rios Vater hingegen war für gewöhnlich während der Woche im Außendienst. Er war für eine große Firma im Export tätig und verdiente sehr gut, was man auch an dem gepflegten Anwesen mit dem riesigen, golfplatzähnlichen Garten erkennen konnte.

Rios Mutter starb an Krebs, als er acht Jahre alt war. Von diesem Zeitpunkt an intensivierte sich ihre Freundschaft. Seine Mum hatte ihn ermuntert, Rio öfters einzuladen und schließlich war sie eine Art Tagesmutter für ihn geworden. Sie profitierten alle von der Situation. Rios Vater wusste seinen Sohn in sicheren Händen und konnte beruhigt arbeiten gehen und Hannes Mutter, die damals noch zu Hause war, verdiente auf diese Weise ein paar Euro hinzu. Außerdem hatten sie Rio alle gern - er war eine Bereicherung für die ganze Familie.

Jetzt also auch Rios Dad. Hannes wurde immer unbehaglicher.

»Wir können.« Rio zog die Haustür hinter sich zu.

»Deinem Vater scheint es nicht gut zu gehen.« Hannes runzelte die Stirn. »Hast du das heute Morgen in der Zeitung gelesen?«

»Was?«, entgegnete Rio mechanisch und warf einen Blick auf sein Handy.

»Diese Grippewelle, jetzt im Juli.«

Rio zuckte die Schultern. »Kann vorkommen, warum beunruhigt dich das?«

»Findest du das nicht seltsam? Die halbe Kursstufe ist krank.« Hannes leckte sich über die Lippen. »Und das mit dem Temperatursturz …«

Rio sah ihn fragend an. »Was meinst du?«

»Da stand, es soll Bodenfrost geben.«

Rio boxte ihn lachend auf den Arm. »Alter, das glaubst du doch selbst nicht, wir haben fast dreißig Grad.«

Sie hätten zwar den Alfa von Rios Vater nehmen können, aber der Weg war nicht weit und noch schneller waren sie, wenn sie die Abkürzung über die Wiesen nahmen.

Es war seltsam, obwohl sie keiner Menschenseele begegneten, hatten sie das Gefühl beobachtet zu werden. Immer wieder blieben sie stehen und sahen sich um. Doch es war nur das Zirpen der Grillen zu hören und oben am Himmel zog ein einsamer Bussard seine Kreise.

War es die Stille oder die unerträgliche Hitze, die für diese seltsame Sinnesempfindung verantwortlich war? Ein weiteres Mal ließ Rio den Blick schweifen – und blieb wie angewurzelt stehen. Er packte Hannes am Arm.

»Siehst Du, was ich sehe?« Er fixierte den Waldrand, der keine zwei-hundert Meter von ihnen entfernt war.

»Das glaub ich jetzt nicht, was zum Teufel …« Auch Hannes rührte sich nicht von der Stelle. Dutzende von Augenpaaren schienen sie anzustar-ren. Sämtliche Tiere hatten sich an der kleinen Lichtung eingefunden. Rehe, Füchse, Wildschweine. Alle standen sie einfach nur da, als würden sie auf etwas warten.

»Vielleicht Tollwut?« Rio hielt die Hand über die Augen.

Hannes schüttelte den Kopf. »Glaub ich nicht, die gibt es seit Jahren nicht mehr, jedenfalls nicht in Deutschland.«

»Sehen wir zu, dass wir ins Haus kommen, bevor die sich in Bewegung setzen.« Rio ging voraus.

Nach dem letzten Hügel tauchte auch schon das rote Ziegeldach von Jacks Haus auf.

Rio hatte kaum den Klingelknopf losgelassen und der Ton war noch nicht einmal ganz verklungen, als plötzlich die Haustür aufgerissen wurde. Ein völlig zerzauster Jack schaute mit weit geöffneten Augen hektisch nach rechts und links und zog die beiden blitzschnell ins Innere.

»Jack, was soll da ...« Hannes kam nicht dazu, seinen Satz zu Ende zu führen.

»Die Zeichen, habt ihr die Zeichen gesehen?« Panisch warf Jack die Tür ins Schloss. Rio und Hannes tauschten einen beunruhigten Blick.

»Was für Zeichen?«, fragten sie fast zeitgleich.

In diesem Moment wurde Rios Aufmerksamkeit auf einen undefinierbaren Punkt in der Küche gelenkt. Irgendetwas schwebte da in der Luft. *Was war das nur? Sah aus wie ein ... Ei ...?* Mit einem Mal überschlugen sich die Ereignisse. Rio sah dieses Ding plötzlich auf sich zurasen. Bevor er reagieren konnte, klatschte es mitten in sein Gesicht. Mit einem Aufschrei fasste er sich an die Wange. Angewidert betrachtete er seine schleimig gelben Hände.

»Was zum Geier - Jack! Willst du uns umbringen?«

»Oh Rio, es tut mir leid! Warte einen Augenblick.« Er eilte in die Küche und kam mit einem Stück Küchenpapier zurück.

»Hier, bitte verzeih.« Er lächelte zerknirscht. »Diese Erfindung ist zugegebenermaßen noch nicht ganz abgeschlossen. Das Ei sollte eigentlich in den Topf.«

»Schon gut.« Rio winkte ab und wischte sich über sein Gesicht.

»Jack, du wolltest uns etwas von irgendwelchen Zeichen erzählen, was ist passiert?« Die Stirn in Falten gelegt sah Hannes ihn an.

Jack blickte verwirrt auf. Plötzlich schien er sich wieder zu erinnern. Aufgewühlt schritt er hin und her.

»Mein Gott, ja, die Zeichen! Folgt mir ins Wohnzimmer. Setzt euch.«

Nachdem sie es sich bequem gemacht hatten, ergriff Jack wieder das Wort.

»Es ist etwas Furchtbares eingetreten! Ich muss zurück. Ich muss es verhindern!« Beschwörend sah er von einem zum andern.

»Hört mir jetzt genau zu.« Jack sprach die Worte langsam und eindringlich aus.

Er holte tief Luft und begann zu erzählen.

Was Rio und Hannes dann zu hören bekamen, verschlug ihnen die Sprache.

»Was wollen die denn bloß immer bei diesem komischen Kauz? Ich schwör dir, da ist was im Gange, hast du gesehen, wie geheimnisvoll der Alte getan hat?« Um einen besseren Blick ins Wohnzimmer zu ergattern, kletterte Liz noch einen Ast höher. Heimlich waren sie Rio und Hannes gefolgt. Es war Liz' Idee gewesen. Zuerst wollte Jo sich nicht die Blöße geben, den beiden hinterher zu spionieren. Andererseits war es immer noch besser, als sich zwei langweilige Stunden um die Ohren zu schlagen. Und jetzt kam sie sich total kindisch vor.

Von halb zwei bis halb vier ruhte ihre Mutter sich aus. Diese Zeit konnte Jo für sich nutzen. Danach musste sie unbedingt wieder zuhause sein. Ihre Mum brauchte sie dann. Jeden Tag derselbe Ablauf, seit damals… Sie liebte ihre Mutter über alles, aber manchmal war ihre Hilflosigkeit so groß, dass sie nicht wusste wohin mit ihren Gefühlen und der angestauten Wut. Die ständige Verantwortung nahm ihr oft die Luft zum Atmen.

»Der Alte redet wie verrückt auf die beiden ein. Wenn ich nur etwas verstehen könnte. Die reißen die Augen auf, als hätten sie den Schock ihres Lebens. Jetzt setzen sie sich. Komisch, Rio schmiert sich irgendetwas ins Gesicht.« Liz rümpfte die Nase.

Auf dem Wohnzimmertisch hatte schon die ganze Zeit über eine verwitterte Holzkiste gestanden. Jack beugte sich vor und öffnete diese vorsichtig. Behutsam entnahm er ein Schriftstück aus Pergament. Er zog an dem Band, entrollte das Papier und begann mit zitternder Stimme zu lesen:

Leer wird der Wald
es werde kalt
Lichtertanz und Fackelfeuer
wird kommen das Ungeheuer

»Was soll das heißen, woher hast du das?« Hannes hob die Augenbrauen an.

Rio beugte sich über das Schriftstück. »Sieht extrem alt aus.«

Jack erhob sich und schritt im Zimmer auf und ab. Abrupt blieb er stehen. Er starrte ins Leere und schien bei den folgenden Worten zu frösteln: »Es ist eine Prophezeiung aus dem Jahre 1489.«

»Was?« Rio und Hannes warfen sich einen Blick zu.

»Ich war dabei.« Mechanisch sprach er die Worte aus, ohne sich auch nur einen Millimeter zu rühren.

Es hörte sich komplett verrückt an, doch in diesem Moment glaubten sie ihm.

»Und was bedeutet das?« Hannes hatte sich zuerst gefangen.

Wo immer er war – mit einem verwirrten Blinzeln tauchte Jack wieder auf.

»Ich möchte euch etwas zeigen, kommt mit in die Scheune!«

Jäh wandte er sich ab und steuerte zielstrebig auf die Haustür zu.

»Achtung, sie kommen!« Liz sprang vom Baum und es gelang ihnen gerade noch rechtzeitig, sich hinter ein paar Büschen zu verstecken.

»Was wollen sie denn in der Scheune? Los, das sehen wir uns mal genauer an.«

Mit einem resignierten Seufzen folgte Jo ihrer Freundin.

Bevor Jack das Scheunentor öffnete, sah er sich nach allen Seiten um. Rasch schob er Hannes und Rio vor sich her ins Innere.

Das schummrige Licht drang lediglich durch zwei kleine Fenster und ein paar schmale Ritzen im Holztor. In der Mitte der großen Scheune thronte ein seltsam monströses Objekt. Rio hob die schwarze Plane, mit der das Ungetüm abgedeckt war, an einer Ecke ein wenig an.

Etwas Silbernes blitzte darunter hervor.

»Oldtimer oder Ferrari? Nein, lass mich raten.« Er verengte die Augen zu schmalen Schlitzen. »DeLorean.«

In Anspielung auf die Zeitmaschine aus dem Film Zurück in die Zukunft grinste er. Doch als Jack ihn nur stumm ansah, gefror seine Miene.

»Helft mir mal.« Gemeinsam zogen sie an der Plane.

Sie waren unfähig etwas zu sagen. Was sie zu sehen bekamen, glich einem Ufo, das aus einem billigen Science-Fiction-Film zu stammen schien.

Rio wusste nicht, was er davon halten sollte und als Hannes ihm einen kurzen Blick zuwarf, war er überzeugt, dass es dem genauso ging.

Schon eine ganze Weile fiel ihnen auf, dass Jack in letzter Zeit geistig ein wenig abbaute. Immerhin steuerte er auf die siebzig zu.

Bis auf diesen Strahler, mit dem er Hannes Bein damals geheilt hatte und ein paar netten Kleinigkeiten, war Jacks Erfindergeist nicht gerade mit Erfolg gesegnet. Die meisten seiner Errungenschaften funktionierten nicht.

In ihrer Kindheit konnte er sie mit seinen Ideen begeistern, aber für so etwas wie das hier waren sie einfach zu alt. Was versprach er sich davon? Auf einmal kam ihm die ganze Geschichte mit dieser Prophezeiung nur noch lächerlich vor.

Jack tat ihnen leid. Sie mochten ihn wirklich gerne. Seine notorische Zerstreutheit trug jedoch nicht gerade zur Glaubhaftigkeit seiner verrückten Geschichte bei.

Hin und wieder fiel ihnen auf, wie er total abwesend zu sein schien. Es dauerte meist nur einen kurzen Augenblick, aber in diesen Momenten starrte er mit leerem Blick auf irgendeinen imaginären Punkt – meilenweit entfernt. Er und Hannes waren sich einig, dass es irgendetwas mit seiner Vergangenheit zu tun haben musste. Dafür sprach auch, dass er niemals von früher erzählte. Genau genommen wussten sie nichts über ihn.

Rio hatte das Gefühl, dass Jack sich im Moment in etwas verrannte, das fernab jeglicher Realität war und Hannes schien es ebenso zu gehen.

Jack grinste. »Es sieht zwar nicht aus wie ein DeLorean, aber es funktioniert genauso.« Sein Lächeln gefror, als er in ihre Gesichter sah. Er biss sich auf die Lippen und nickte ein paar Mal.

»Ihr glaubt mir nicht.« Es war keine Frage, sondern eine Feststellung.

Rio hatte die Arme vor der Brust verschränkt. Betreten schaute er zu Boden. Bevor er etwas sagen konnte, meldete Hannes sich zu Wort. »Jack, sowas funktioniert nicht, das weißt Du. Zeitreisen …«, er lachte kurz auf, »das sind doch nur Geschichten.«

Es war wirklich unheimlich, wie ihr alter Freund sich in diese Sache hineinsteigerte. Vielleicht sollten sie in nächster Zeit einmal einen Arzt mit ihm aufsuchen.

Einen Moment lang schien Jack zu überlegen. Kurz entschlossen zog er zwei leere Bierkisten aus der Ecke und stellte sie vor den beiden ab.

»Setzt euch.«

Nachdem sie seiner Aufforderung nachgekommen waren, ließ er den Blick zwischen ihnen hin und her gleiten. Die Hände in die Hüften gestemmt, sah er sie eine Weile intensiv an. Er schüttelte kurz den Kopf und dann lächelte er.

»Da ihr mir augenscheinlich nicht glaubt, werde ich euch die ganze Geschichte erzählen müssen. Tja, wo beginne ich? Nun gut, eigentlich wollte ich in das Jahr 1984 reisen. Das hatte einen bestimmten Grund, dafür hatte ich die Maschine gebaut.« Einen kurzen Moment verharrte er gedankenverloren.

»Ich war aufgeregt. Es war schließlich das erste Mal, dass ich es versuchte. Dann dieser verdammte Zahlendreher. Ich hatte die neun und die vier verwechselt. Bis ich es realisierte, liefen bereits die Turbinen an. Die Zahlen waren eingespeichert. Die Startphase begann.«

Er atmete tief durch.

»Euch ist sicherlich nicht entgangen, dass es heute Nacht ein heftiges Gewitter gab. Die alte Eiche am Straßenkreuz nach Empfingen brannte lichterloh. Es ist nur noch ein schwarzer Stumpf übriggeblieben. Ich habe gesehen, wie der Blitz eingeschlagen hat. Ich sage euch, das war kein gewöhnlicher Blitz. Obwohl der Himmel mit schweren Gewitterwolken bedeckt war, sah ich plötzlich Dutzende von Sternschnuppen herunterregnen.«

Jack zog eine weitere Kiste heran und setzte sich ebenfalls.

»Könnt ihr euch an die Worte der Prophezeiung erinnern? Lichtertanz und Fackelfeuer ... «

»Wie war dieser Satz mit dem Wald?« Ruckartig hob Hannes den Kopf.

»Leer wird der Wald«, entgegnete Jack.

»Die Tiere! Auf dem Weg zu dir standen plötzlich sämtliche Tiere an der Waldlichtung.«

»Der Temperatursturz.« Rio sah Hannes an. »Sagtest du nicht, es soll Bodenfrost geben?«

»Leer wird der Wald, es werde kalt, Lichtertanz und Fackelfeuer, wird kommen das Ungeheuer.« Noch einmal sprach Jack die Worte laut aus.

Es war vollkommen verrückt an so etwas zu glauben, aber plötzlich lief es Rio eiskalt den Rücken hinunter.

Hannes warf einen Blick auf sein Handy.

»Oh, sorry, ich muss los, Arzttermin.« Bedauernd hob er die Schultern.

Rio und Jack erhoben sich ebenfalls.

»Wenn ihr die ganze Geschichte hören möchtet, kommt morgen wieder. Und dann wird es eure Entscheidung sein, ob ihr mir glauben wollt.« Jack nickte ihnen zu und sie machten sich auf den Weg.

»Runter!« Hastig zog Jo Liz von dem kleinen Scheunenfenster weg. Sie warteten einen Moment ab, bis die drei gegangen waren, dann schlichen sie sich langsam davon. Sie wussten nicht, was sie von dem Ganzen halten sollten. Es hörte sich einfach nur völlig durchgeknallt an.

4

Hannes war mit dem Auto seiner Eltern zur Arztpraxis gefahren. Zum zwanzigsten Geburtstag im Oktober würde er eine Lebensversicherung ausbezahlt bekommen und dann würde er sich mit Beginn seines Studiums ein Eigenes leisten. Bis jetzt hatte es ganz gut ohne funktioniert. Meistens war er sowieso mit Rio unterwegs und ab und zu gab er ihm fürs Mitfahren etwas aus.

Vor der Arztpraxis waren alle Parkplätze belegt. Er musste neben dem gegenüberliegenden Hotel parken. Bei dem Versuch, das Wartezimmer zu betreten, wurde er sofort von einer Arzthelferin abgefangen und in ein leeres Zimmer geführt. Im Vorbeigehen registrierte er den großen Andrang. Einige Patienten mussten sogar stehen und die Glastür war geschlossen.

Mit angespannten Gesichtszügen betrat Dr. Jens Schroth das Sprechzimmer und zog rasch die Tür hinter sich zu.

»Grüß dich, Hannes. Na, bist du fit?«

»Hey Jens, ja, alles bestens.«

Sie kannten sich gut. Jens war der Hausarzt der Familie und ein lockerer, unkomplizierter Typ.

»Was ist denn bei dir heute los? Das Wartezimmer platzt ja aus allen Nähten.«

Jens winkte ab und setzte sich hinter seinen Schreibtisch.

»Wenn ich das nur wüsste. Sieht nach einer Grippewelle aus – und das mitten im Juli.« Er musterte ihn. »Fühlst du dich gesund? Keine Kopf- oder Gliederschmerzen, Fieber?«

Hannes verneinte. »Alles im grünen Bereich.«

Jens nickte. »Gut. Machst du bitte deinen Arm frei?« Mit geübten Händen verabreichte er Hannes die Spritze und klebte ein Pflaster auf die Einstichstelle.

»Du gehst dann am besten durch die Hintertür raus. Nicht nötig, sich mit irgendetwas anzustecken.«

Hannes hob kurz den Blick und bemerkte ein Flackern in Jens' Augen.

Plötzlich beschlich ihn das Gefühl, dass der Arzt mehr wusste, als er ihm erzählt hatte.

5

Ma?« Die Bettdecke war zurückgeschlagen - ein gutes Zeichen. Hoffnungsvoll machte Jo sich auf den Weg ins Wohnzimmer. Vielleicht hatte sich ihre Mutter aufraffen können, wenigstens die Bügelwäsche zu erledigen.

Mit einem Seufzen blieb sie am Türrahmen stehen und lehnte den Kopf dagegen. Ihre Mutter saß auf dem Sofa und starrte mit leerem Blick vor sich hin.

»Ach Mama, du hast mir doch versprochen es wenigstens zu versuchen. Du musst dich mit etwas beschäftigen.«

Ihre Mutter hob den Kopf. »Hallo Liebes.« Sie zwang sich, ein Lächeln zustande zu bringen. »Ich hab es wirklich versucht. Eigentlich wollte ich bügeln. Aber dann überfiel mich wieder diese bleierne Müdigkeit.«

Aus stumpfen Augen sah sie ihre Tochter an.

»Hast du deine Medizin genommen?« Schon auf dem Weg in die Küche wusste Jo, dass die Tabletten ihrer Mutter unberührt dalagen.

»So wird es nie besser. Du musst die Medikamente regelmäßig einnehmen, wie es der Arzt verordnet hat!« Genervt reichte sie ihr eine der Pillen.

»Ach Kind, ich wollte es einfach alleine schaffen, ohne diese Dinger.« Angewidert schaute sie auf die weiße Tablette in ihrer Hand. »Aber vielleicht hast Du recht. Holst du mir ein Wasser?«

Mit einem Glas in der Hand kehrte Jo ins Wohnzimmer zurück und ließ sich auf das Sofa sinken. Geduldig wartete sie, bis ihre Mutter die Pille geschluckt und ausgetrunken hatte.

»Es tut mir so leid, Joana.« Zärtlich legte ihre Mutter die Hand an ihre Wange, bevor sie sie in ihre Arme zog.

Hastig wischte Jo sich über ihre feuchten Augen. Auf keinen Fall würde sie jetzt weinen. *Du bist stark und hast alles im Griff.* Wie ein Mantra wiederholte sie unablässig die Worte in ihrem Inneren.

6

Liz und Jo standen an der Bushaltestelle, als sie nach der Schule betont langsam daran vorbeifuhren.

Rio hatte das Verdeck heruntergelassen und die Musik laut aufgedreht. Die Sonne schien von einem nahezu wolkenlosen Himmel und sie hatten ihre verspiegelten Sonnenbrillen aufgesetzt. Es war klar, sie zogen in dem roten Alfa sämtliche Blicke auf sich.

Sie bogen in die Parkbucht ein und Jo dachte zuerst wirklich, sie würden sie fragen, ob sie mit nach Hause fahren wollten. Doch dann war diese Davina Maier - *was für eine abartige Namenskombination* - mit ihrer Freundin Laura an den Wagen herangetreten. Sie umrundete den Alfa und stützte sich mit den Händen an der Fahrertür ab. Was sie miteinander redeten, konnte sie nicht verstehen, aber auf einmal stiegen die beiden Mädchen kichernd ein und sie fuhren mit ihnen davon.

»Sieht das nur so aus oder läuft da was?« Liz sah ihnen hinterher.

»Keine Ahnung. Interessiert mich auch nicht.« Betont gelangweilt richtete Jo ihre Aufmerksamkeit auf ihr Handy. Wenn sie so darüber nachdachte, wurde ihr bewusst, dass Rio und Davina in letzter Zeit ab und zu zusammen abhingen. Sie hatte keinen blassen Schimmer, warum sich ihre Laune plötzlich verschlechterte. Schließlich konnte sie Dario Renzi nicht ausstehen.

Wenn Hannes ehrlich war, hätte er lieber Liz und Jo, anstatt der beiden Ziegen mitgenommen.

»Dir ist schon klar, dass Vin scharf auf dich ist?« Sie hatten die zwei am Marktplatz abgesetzt.

Rio lachte. »Alter, nie im Leben! Ich werd ganz sicher nicht ihre nächste Trophäe sein.«

Hannes grinste und zog die Augenbrauen hoch. »Dann schenk ihr besser nicht so viel Aufmerksamkeit.«

Rio zuckte die Schultern. »Was sollte ich machen? Sie hat mich gefragt, ob ich sie in die Stadt mitnehme, ist doch nichts dabei. Aber vielleicht hast du recht. Sie ist echt hartnäckig.«

Rio drehte die Musik auf. »Hör dir das Intro an - genauso muss es klingen.« Sie spielten in der Rockband der Schule. Hannes am Bass und Rio an der E-Gitarre. In ein paar Wochen fand das alljährliche Schulfest mit anschließendem Rockkonzert statt. Sie hatten noch einige Übungsphasen vor sich.

»Das wird absolut geil, glaub mir. Wäre wirklich cool, wenn wir die Band über die Schulzeit hinaus erhalten könnten.«

Hannes trommelte mit den Händen auf seinen Schenkeln und bewegte den Kopf zum Takt. »Ja, das wäre echt klasse.«

Rio hielt vor Hannes' Haus an.

»Um zwei bei Dir?« Hannes sah ihn fragend an, bevor er ausstieg.

Rio nickte wortlos. Sie hatten nicht mehr groß darüber gesprochen und sie wussten immer noch nicht, was sie von all dem halten sollten. Aber es war klar, dass sie ein weiteres Mal bei Jack vorbei mussten. Das waren sie ihm einfach schuldig.

7

»Was schleppst du da mit dir herum?« Hannes deutete auf Rios Rucksack, nachdem sie die Siedlung hinter sich gelassen hatten.

Rio hielt den Blick auf den Boden geheftet und schüttelte einmal lächelnd den Kopf. »Zwing mich nicht, zu antworten - es ist echt bescheuert.«

Hannes musterte ihn einen Augenblick. »Du machst mich neugierig.«

Während sie weitergingen, holte Rio tief Luft. Schließlich blieb er stehen und sah Hannes an.

»Ein paar nützliche Dinge. Taschenlampe, Feuerzeug, Batterien.«

Hannes schwenkte seinen Kopf zur Seite und leckte sich über die Lippen. Mit der Hand fuhr er sich durchs Haar.

»Bei Jens gestern, das Wartezimmer war brechend voll. Er vermutet diese Grippewelle. Aber wenn du mich fragst, verschweigt er etwas.« Hannes verengte die Augen zu schmalen Schlitzen. »Du glaubst Jack wirklich.« Es war keine Frage, es war eine Feststellung.

Rio erwiderte seinen Blick. »Du?«

Wortlos sahen sich an.

Hannes nickte ein paar Mal. »Was ist, wenn mit diesem Ungeheuer aus der Prophezeiung eine Krankheit gemeint ist?«

Rio ging nicht auf die Frage ein. Er musste an seinen Vater denken, der, so hoffte er, nur mit einer Sommergrippe auf dem Sofa lag.

»Gehen wir.« Rio deutete mit dem Kopf nach vorne.

Wortlos setzen sie ihren Weg fort.

Mit sicherem Abstand folgten Jo und Liz ihnen.

»Ich komm mir echt bescheuert vor Liz, was tun wir hier überhaupt? Es interessiert mich einen Scheiß, was die vorhaben.« Jo war stehen geblieben und rieb sich mit dem Arm über die Stirn.

»Jetzt tu nicht so, du willst doch auch wissen, was da abgeht.« Liz fuhr sich mit den Händen durchs Haar und band es zu einem Pferdeschwanz zusammen. Daran, dass Jo ihr nicht widersprach, erkannte sie, dass sie den Nagel auf den Kopf getroffen hatte.

»Wenn wir wenigstens was zu trinken hätten. Diese Hitze ist unerträglich.« Sie hatten zwischen ein paar Büschen Stellung bezogen und gewartet, bis Hannes und Rio hinter dem nächsten Hügel verschwunden waren.

Und dann war es Jo, die zum Weitergehen drängte. »Komm schon, bringen wir es hinter uns.«

Sie warteten, bis Jacks Haustür ins Schloss gefallen war, dann bezogen sie wieder Stellung hinter der Scheune. Bestimmt würden die drei irgendwann auftauchen. Und tatsächlich mussten sie nicht lange warten.

»Setzt euch.« Jack deutete auf die Kisten, auf denen sie tags zuvor gesessen hatten. »Hier, greift zu.« Er lächelte. »Es kann dauern.«

Auf einem Regal hatte er Getränke und eine Schale mit Nüssen bereitgestellt. Er legte die Handflächen aneinander und hielt kurz inne.

»Nun gut, wo fange ich an?«

Er begann zu erzählen und seine Augen fixierten einen imaginären Punkt irgendwo an der Wand. Langsam schien er sich innerlich von ihnen zu entfernen.

»Ich wollte, wie bereits erwähnt, in das Jahr 1984. Fragt mich nicht warum, ich werde es euch erzählen, wenn die Zeit dafür reif ist.« Bittend sah er sie einen Moment an.

»Wie ich schon sagte, geschah dann das Missgeschick mit diesem Zahlendreher.« Er seufzte. »Ehe ich es registrierte, war es zu spät. Die Turbinen liefen an. Es gab keine Möglichkeit mehr, den Vorgang zu stoppen. Ein ohrenbetäubender Lärm setzte ein, der immer stärker anschwoll. Alles begann sich zu drehen, schneller und schneller. Ich verlor das Bewusstsein. Als ich wieder zu mir kam, war mir jegliches Zeitgefühl abhandengekommen. Langsam hob ich den Kopf vom Bedienfeld und blickte mich um. Die Hoffnung, dass meine weit in die Vergangenheit gehende Zeitreise doch nicht geklappt hatte, wich einem seltsam unbehaglichen Gefühl. Irgendetwas stimmte nicht. Ich kam nicht sofort darauf, was es war. Doch dann wurde mir klar, es war die Stille.

Keine Autobahngeräusche - nichts war zu hören. Ich blickte in südöstliche Richtung, wo normalerweise die Autos bei Tempo hundertfünfzig über die Mühlbachbrücke brausen. Keine Brücke war zu sehen. Nur eine Landschaft, deren Farbintensität dem Inhalt eines Bilderbuches glich.

Nie zuvor hatte ich ein so intensives Grün auf den Wiesen und in den Wäldern gesehen. Ich sah mich um - und da war nichts! Versteht ihr? Keine Scheune, kein Haus, nichts. Ich stand mit meiner Maschine in einer Senke, umgeben von Büschen und Wiesen. Da wurde mir klar, ich war nicht mehr in der Gegenwart. Schnell warf ich einen Blick auf das Bedienfeld. Im Display leuchteten mir in modernstem Neongrün die Ziffern 1489 entgegen.

Na gut, dachte ich, bleib ruhig. Du tippst die richtige Jahreszahl ein und dann nichts wie weg hier. Aber so einfach war es nicht. Zuerst würde ich noch einen Check durchführen müssen. Denn so eine weit in die Vergangenheit gehende Zeitreise, da war ich mir sicher, hatte die Maschine stark beansprucht. Die Solarzellen waren so gut wie leer. Zum Glück war am Himmel kein Wölkchen zu sehen, sodass dies das kleinere Problem darstellte. Jedoch schien eine der vier Turbinen defekt zu sein. Einige der fächerartigen Lamellen waren abgebrochen. Ich setzte mich ins Gras und überlegte. Was konnte ich tun? Zuallererst musste ich mich um die Turbinen kümmern und irgendwie versuchen, die beschädigten Lamellen zu ersetzen.

Dann kam mir ein weiterer Gedanke. Was, wenn plötzlich Menschen auftauchten? Ich befand mich im tiefsten Mittelalter. Aberglaube und Hexerei gehörten hier zum Alltag. Wenn man mich mit meiner Zeitmaschine erblickte, hielt man mich womöglich für den Leibhaftigen! Nein, zuallererst musste ich die Maschine, so gut es ging, mit Zweigen abdecken. Nachdem dies erledigt war, schaute ich mich nach allen Richtungen um. Noch immer war keine Menschenseele zu sehen.

Plötzlich kam mir die Burgruine in den Sinn. Besser gesagt die Burg. Von Ruine konnte im Jahr 1489 ja keine Rede sein. Meine Neugier war geweckt. Ich musste das Gemäuer sehen. Meinen Berechnungen zufolge lag Burg Wehrstein gleich hinter dem bewaldeten Hügel. Ich hoffte, unbemerkt entlang der Hecken dorthin zu gelangen, und machte mich auf den Weg. Ich war ungefähr zehn Minuten gegangen, als Stimmen an mein Ohr drangen. Vorsichtig spähte ich durch die Büsche auf eine kleine, von ein paar Tannen umsäumte Lichtung.

Zwei Pferde waren an einem der Bäume festgebunden und ließen sich das saftige Gras schmecken. Ein junger Mann in eurem Alter saß auf einem Baumstamm und ein Mädchen ungefähr genauso alt, schritt ziemlich aufgebracht hin und her. Sie schienen über irgendetwas zu streiten.

Ich fühlte mich wie ein Zuschauer in einem historischen Theaterstück. Die junge Frau trug ein langes, aus dunkelblauem Samt gefertigtes Kleid. Das schwarze Haar hatte sie zu einer kunstvoll geflochtenen Frisur hochgesteckt. Kleine weiße Perlen glitzerten darin. Der Junge trug ebenfalls typische mittelalterliche Kleidung: weißes Hemd, eine enganliegende Lederhose, sowie kniehohe Lederstiefel. Seine fast schulterlangen Haare hatte er im Nacken zusammengebunden. Eine Strähne hatte sich gelöst und war ihm ins Gesicht gefallen.«

Jack lächelte etwas versonnen bei der Erinnerung an die beiden.

»Zwei so schöne junge Menschen ...

Ich hörte, wie das Mädchen sagte, sie würde nicht verstehen, warum er ihn immer zu schützen versuche. Er müsse es doch auch schon bemerkt haben. Worauf der Junge meinte, sie tue ihm Unrecht und bilde sich alles nur ein. Als würden sie meine Anwesenheit spüren, redeten sie plötzlich nur noch mit gedämpfter Stimme und ich konnte nichts mehr verstehen.

Gerade war ich dabei mich vorsichtig zurückzuziehen, da geschah es. Mit dem Fuß blieb ich an einem Ast hängen, stolperte und fiel so unglücklich auf meine linke Hand, dass ich wohl einen kleinen Schmerzenslaut von mir gegeben hatte. Ihr könnt euch vorstellen, was nun passierte. Die zwei wurden auf mich aufmerksam.

Der Junge ging auf mein Versteck zu. ,Wer da?', rief er.

Vor mir teilten sich die Zweige und ich sah einen Degen auf mich gerichtet.

,Wartet!', flehte ich ihn an. ,Ich bin verletzt!' Misstrauisch musterte mich der junge Mann. Das Mädchen war ebenfalls nähergekommen und spähte hinter dessen Schulter hervor.

,Wer seid Ihr, was treibt Ihr hier?', herrschte er mich an. Fieberhaft überlegte ich, welche Erklärung ich den beiden geben könnte. Würden sie mir glauben, wenn ich ihnen die Wahrheit erzählte? Wohl kaum. Ich entschied mich daher, erst einmal Zeit und ihr Vertrauen zu gewinnen. Ich bat den Jungen, mir aufzuhelfen, und streckte ihm meine Hand entgegen. Er ergriff sie und zog mich überraschend kraftvoll auf die Beine. Ich nannte ihnen meinen Namen und erzählte, dass ich aus dem hohen Norden käme und Hilfe bräuchte. Die Achse meines Wagens wäre gebrochen. Mein Pferd, sowie mein gesamtes Hab und Gut seien den steilen Abhang am Rande des Weges hinuntergestürzt und im Neckar, in der Nähe von Rottenburg auf Nimmerwiedersehen versunken. Wäre es mir nicht gelungen, gerade noch rechtzeitig abzuspringen, hätte mir dasselbe Schicksal geblüht. Vermutlich machte ich einen so bedauernswerten Eindruck, dass sie Mitleid mit mir bekamen.

Ihre Namen waren Karl und Magdalena.

Magdalena erzählte mir, dass ihr Vater, Graf Rudolf von Wehrstein, der Burgherr wäre. Sie boten mir an, in der Burg beim Gesinde unterzukommen, und wollten den Schmied fragen, ob er einen Gehilfen gebrauchen könne. Das kam mir natürlich gerade recht. Ich hegte Hoffnung, dass sich dort die Möglichkeit ergeben würde, die beschädigten Lamellen der Turbinen zu ersetzen. Dann gab es noch ein Problem - meine Kleidung. Der Overall, den ich trug, kam den beiden natürlich äußerst merkwürdig vor. Meiner Erklärung, dass es sich dabei um eine neue Erfindung aus dem hohen Norden handelte, begegneten sie mit einem gewissen Maß an Skepsis. Dennoch gaben sie sich mit meiner Begründung zufrieden. Auf dem Ritt zur Burg - ich saß bei Karl mit auf - unterhielten wir uns ein wenig.

Sie waren beide zwanzig Jahre alt und Cousin und Cousine. Ihre Väter waren Brüder gewesen. Karls Vater, Graf Michael von Hohenzollern, starb überraschend an einem Herzanfall, als sein Sohn gerade erst zwei Jahre alt war. Der Junge war plötzlich Vollwaise - seine Mutter war bereits bei seiner Geburt gestorben. Ohne zu zögern, hatten Magdalenas Eltern den Kleinen bei sich aufgenommen. Magdalena und Karl waren unzertrennlich. Doch dann schlug das Schicksal in dieser Familie zu. Es fing damit an, dass sich Magdalenas Mutter immer öfter müde und zusehends kränker fühlte. Sie wurde schwächer und schwächer. Keiner wusste, was ihr fehlte und eines Tages lag sie tot im Bett. Graf Rudolf war also von heute auf morgen mit zwei Kleinkindern alleine. Als Burgherr befand er sich zum Glück in einer finanziell sicheren Lage. Er hatte genügend Bedienstete und die Amme Mechthild. Ihr wurde die Erziehung der Kinder übertragen und sie wurde zu einer liebevollen Ersatzmutter. Die kämpferische Ausbildung des Jungen, also unter anderem den Umgang mit Degen und Schwert übernahm Ritter Marquard - der treuste Diener von Wehrstein - wie Karl ihn nannte. Graf Rudolf sei ein großzügiger Burgherr, der seine Untergebenen gerecht behandelte und auch keine zu großen Steuerabgaben von seinem Volk forderte, erzählte Karl.

Zu seinem Volk sei er manchmal gerechter, als zu seinem eigenen Fleisch und Blut, fügte Magdalena zynisch hinzu. Worauf Karl seinen

Onkel verteidigte und meinte, sie müsse sich als Frau endlich auch als solche benehmen und lernen, gewisse Regeln einzuhalten. Darauf begannen sie sich wieder zu streiten. So wäre es wohl noch einige Zeit weitergegangen, doch plötzlich wurde unsere Aufmerksamkeit auf das Geräusch eines herannahenden Pferdes gelenkt. In rasantem Galopp näherte sich eine Reiterin. Die junge Frau, die das Pferd lenkte, schnappte keuchend nach Luft, als sie abrupt vor uns zum Stehen kam. Zuerst dachte ich, sie wäre nicht bei Trost. Wie wild fuchtelte sie mit den Armen und verzog ihren Mund zu eigenartigen Grimassen. Dann begriff ich - sie war stumm. Auf wundersame Weise schien Magdalena sie jedoch zu verstehen.

,Beruhige dich Phil, ich komme ja schon!', redete sie auf sie ein.

Nachdem die beiden Mädchen sich auf den Weg zur Burg gemacht hatten, erfuhr ich von Karl, dass Philomena Magdalenas Kammerzofe war. Sicherlich hätte sein Onkel das Verschwinden seiner Tochter bemerkt. Sie würde großen Ärger bekommen, denn heute wollte Graf Christoph von Haigerloch seine Aufwartung machen und um Magdalenas Hand anhalten. Die in finanzieller Hinsicht lukrative Verbindung war von Graf Rudolf eingefädelt worden. Die rebellische Magdalena jedoch wehrte sich mit Händen und Füßen gegen diese bevorstehende Vermählung. Was man auch verstehen könne, denn der zukünftige Bräutigam sei nicht gerade als gutaussehend zu bezeichnen.

Wir waren so sehr ins Gespräch vertieft, ich hatte überhaupt nicht bemerkt, dass wir schon fast am Ziel waren. Der Pfad war breiter geworden. Beidseitig wurde der Weg von hohen Laubbäumen gesäumt. Plötzlich sah ich eine Fahne durch die Blätter schimmern. Ich bekam eine Gänsehaut. In wenigen Augenblicken würde ich Burg Wehrstein in ihrer ganzen, vollständigen Größe sehen. Welch unbeschreibliches Gefühl!

Karl hielt das Pferd an und drehte sich zu mir um. Mit hochgezogenen Augenbrauen musterte er mich.

,Es ist wohl besser, Ihr sucht Schutz hinter den Bäumen. Ich werde euch derweil anständige Kleidung besorgen', meinte er.

Vermutlich hatte er Recht. Mein Aussehen würde bei den Menschen nur Misstrauen wecken. Während ich im Unterholz ausharrte, machte Karl sich auf den Weg.

Was würde mich hier erwarten? Wie anders war doch alles gekommen. Als ich so meinen Gedanken nachhing, wurde die Stille plötzlich durch das Wiehern von Pferden und Gesprächsfetzen unterbrochen.

Ich zog mich noch etwas weiter ins Unterholz zurück und beobachtete zwei herannahende Reiter. Der stämmigere der beiden Männer schien sich über seinen stattlichen, gutaussehenden Begleiter zu ärgern.

‚Seht Euch vor! Behaltet Euer absonderliches Gedankengut für Euch, bevor Ihr in Ungnade fallt!' In barschem Tonfall hatte er ihm die Worte an den Kopf geworfen. Bevor ich die Antwort des anderen hören konnte, waren sie auch schon an mir vorbei.

Kurze Zeit später tauchte Karl mit ein paar Kleidungsstücken auf.

Alles passte wie angegossen und schließlich begaben wir uns auf den Weg zur Burg. Noch eine letzte Wegbiegung und dann sah ich sie.

Sie ragte so urplötzlich aus dem Erdboden auf, dass ich einen Moment an ein Trugbild glaubte. Wie ein Fels in der Brandung stand sie vor mir - Burg Wehrstein.

Wir trabten über die heruntergelassene Zugbrücke.

Linker Hand, gleich nach der Brücke, befand sich ein imposanter Ringturm von ungefähr sechs Metern Durchmesser. Zwei Schießscharten waren Richtung Graben und Ringmauer gerichtet. Zwischen der südlich gelegenen Ringmauer und des nördlich gelegenen Gebäudes führte die Einfahrt zum Burghof. Auf der Ringmauer thronte ein viereckiger Turm. Am beeindruckendsten jedoch war die Stärke der Mauern. Sie betrug teilweise über zwei Meter. Im mittleren Teil der gesamten Anlage thronte ein mächtiger Rundturm. Daran angeschlossen befanden sich die Wohnräume der Herrschaft. Auf dem höchsten Teil der Burganlage erstrahlte abermals ein Rundturm, der dieses wundervolle Gesamtbild abrundete.

Hinter den Mauern herrschte reges Treiben. Niemand schenkte uns Beachtung. Kinder spielten Fangen. Eine Frau rannte einem Huhn, das wohl in den Topf sollte hinterher und das Klopfen des Schmiedes war zu hören. Zielstrebig folgten wir dem hämmernden Geräusch. Karl wollte mich gleich meinem zukünftigen Meister vorstellen.

Die Schmiede lag direkt hinter den Toren der Burg. Ein imposanter Rundbogen wies den Weg ins Innere.

Den schweißglänzenden breiten Rücken uns zugewandt, bearbeitete ein glatzköpfiger Riese mit dem Hammer ein Stück glühendes Eisen, das er eben in einen mit Wasser gefüllten Bottich tauchen wollte.

In diesem Moment bemerkte er uns und stieß vor Schreck einen furcht-erregenden Fluch aus. Noch furchterregender jedoch war sein Aussehen. Buschige Augenbrauen zierten sein rußverschmiertes, grimmiges Ge-sicht. Als er jedoch Karl erkannte, erhellte ein freundliches Lächeln seine Züge.

Karl stellte uns einander vor und erklärte meine Situation.

Natürlich könne er einen Gehilfen brauchen, meinte Conrad und klopfte mir mit seiner Pranke auf die Schulter, sodass ich das Gefühl hatte, zehn Zentimeter zu schrumpfen.

Plötzlich drangen von außen Rufe und Schreie herein. Neugierig blick-ten wir nach draußen. Zwei Wachposten zu Pferd schienen jemanden zu verfolgen. Auf einmal tauchte inmitten der Menschenmenge Magdalenas dunkler Haarschopf auf. Offensichtlich war sie das Ziel der Verfolger. Blitzschnell sprang Karl vor und zog sie in die Schmiede. Als hätten sie sich abgesprochen, hielt Conrad eine in den Boden verankerte Klappe auf. Nachdem die Wachen vorgedrungen waren, war Magdalena bereits wie vom Erdboden verschwunden.

Karl versperrte ihnen den Weg und herrschte sie an, was hier vor sich ginge. Im selben Augenblick näherten sich zwei Männer. Ich erkannte in ihnen die beiden, die im Wald an mir vorbeigeritten waren, während ich auf Karl gewartet hatte. Es stellte sich heraus, dass es sich bei dem großen, stattlichen Mann um Ritter Marquard handelte. Der kleinere, etwas stäm-migere, war Graf Joachim, der Verwalter von Hohenzollern - Karls ur-sprünglichem Zuhause. Bis zu seinem einundzwanzigsten Geburtstag sollte dieser die Geschäfte für ihn führen. Danach würde Karl selbst sein ihm zustehendes Erbe in die eigenen Hände nehmen.

Mit ungläubiger Miene lauschte Karl den Schilderungen der Wachen. Nach dem gemeinsamen Mittagsmahl war Graf Christoph von Haiger-loch plötzlich zusammengebrochen. Der rasch herbeigerufene Medicus konnte nur noch den Tod des edlen Herren feststellen. In seinem Wein-kelch hatte man Spuren von Gift gefunden. Der Verdacht war schnell auf Magdalena gefallen - es war kein Geheimnis, dass sie sich gegen diese Heirat mit aller Macht gewehrt hatte.

Magdalena musste wohl oder übel in ihrem Versteck ausharren.

Karl wollte sich zuallererst auf den Weg zu seinem Onkel begeben, um die ganze Geschichte noch einmal aus dessen Mund zu hören.

Niedergeschlagen kehrte er mit schlechten Nachrichten in die Schmiede zurück. Christoph von Haigerlochs gesamtes Gefolge beharrte auf eine Verhaftung Magdalenas. Rudolf zeigte sich überzeugt, dass seine Tochter ihre Unschuld nur dadurch würde beweisen können, wenn sie sich stellte. Karl wiederum hatte schreckliche Angst, dass diese eiskalten Haigerlocher, wie er sie nannte, sollte sich Magdalena erst einmal in deren Gewalt befinden, keine Gnade kennen würden und es schlimmstenfalls zu einer Hinrichtung käme. Schweren Herzens hatte er sich dagegen entschieden, seinen Onkel in das Wissen um Magdalenas Versteck einzuweihen. Entsprechend verstimmt hatten sie sich getrennt.

Nun also beratschlagten Karl und Conrad, wie es weitergehen sollte.« Jack blickte auf und lächelte. »Diese Menschen waren unglaublich - obwohl sie mich doch erst kurze Zeit kannten, vertrauten sie mir. Von Beginn an bezogen sie mich in alles mit ein.«

Jack fuhr fort.

»Zuerst einmal mussten wir nach Magdalena sehen. Sicherlich ängstigte sie sich in ihrem Versteck. Der Reihe nach kletterten wir unter dem Verschlag ins Erdinnere. Conrad als letzter, zog die Klappe über sich zu. Mit einer Talgfackel leuchtete Karl in dem höhlenartigen Raum umher. Das gedämpfte Licht fiel auf eine zusammengekauerte Gestalt - Magdalena. Karl reichte mir seine Fackel und kniete sich auf den felsigen Boden. Vorsichtig berührte er sie an der Schulter. Sie schlug die Augen auf und zuckte zusammen. Als sie uns erkannt hatte, atmete sie erleichtert auf. Sie flehte uns an, ihr zu glauben, dass sie unschuldig sei - und glaubt mir, sie war unschuldig.

Karls Befürchtungen bekräftigten ihren Entschluss, sich auf keinen Fall freiwillig zu stellen. Und so beschlossen wir gemeinsam, dass wir alles in unserer Macht Stehende tun würden, um Magdalenas Unschuld zu beweisen. Conrad erläuterte seinen Plan und versetzte mich, aber noch mehr Karl und Magdalena in großes Staunen. In dem höhlenartigen Gewölbe rankte sich ein schmaler Gang leicht aufwärts. Der unbekannte Geheimgang, führte zum nahegelegenen Wehrsteinhof. Es war ein seit Jahrzehnten streng gehütetes Geheimnis unter Generationen von Schmieden, die auf der Burg sowie in der hofeigenen Schmiede ihrer Arbeit nachkamen. Hier also hielten wir Magdalena erst einmal versteckt, hier war sie sicher. Conrad veranlasste auf dem Wehrsteinhof die tägliche

Verpflegung Magdalenas. Er hatte dort seine Leute, auf die er sich absolut verlassen konnte. So vergingen einige Tage.

Um ihr das Alleinsein etwas zu erleichtern, schauten wir so oft wie möglich bei Magdalena vorbei. Gleichzeitig setzte Karl alles in Bewegung, um den tatsächlichen Mörder Christophs von Haigerloch zu finden.

Wie ihr euch vorstellen könnt, wurde Magdalena immer ungeduldiger in ihrem Gefängnis. Ihre Laune war an einem Tiefpunkt angelangt und wir sorgten uns sehr um sie.

Ich nahm meine Arbeit bei Conrad in der Schmiede auf. Wir beide wurden in der kurzen Zeit Freunde. Conrads furchterregendes Äußeres, stand im Gegensatz zu seiner gutmütigen, friedfertigen Art, die jedoch, sollte ihm einer dumm kommen, ins Gegenteil umschlagen konnte.

Nun, ich hatte noch das Problem mit den Lamellen, die in den Turbinen meiner Zeitmaschine zerstört worden waren. Ich bin mir nicht sicher, ob es eine Art Vorahnung war, aber ich wollte die Maschine ohne Verzögerung in ihren Originalzustand versetzen. Wer wusste schon, was noch alles geschehen würde.

Also beschloss ich, Karl und Conrad die Wahrheit über meine Identität zu erzählen. Die Gelegenheit bot sich schneller, als ich es für möglich gehalten hatte. Nachdem Karl den Vormittag erfolglos damit verbrachte, in der Burg das Gesinde auszuhorchen, in der Hoffnung irgendeinen Hinweis auf den Mörder zu erhalten, schaute er kurz bei Magdalena vorbei.

Aufgebracht betrat er die Schmiede. Er hatte Magdalena nicht in ihrem Versteck angetroffen. Stattdessen entdeckte er sie auf dem Hof im Stall bei den Pferden. Mit Hilfe einer Magd war sie für eine Weile ihrem Gefängnis entflohen und das nicht zum ersten Mal.

Uns war klar, dass es so nicht mehr lange weitergehen konnte. Irgendwann würde sie entdeckt werden.

‚Hätte ich nur das Treffen mit diesem Christoph von Haigerloch verhindert, dann wäre Magdalena jetzt nicht in dieser verzweifelten Lage!', wütend spuckte Karl die Worte aus. ‚Könnte man die Zeit doch nur zurückdrehen!' Gedankenverloren blickte Karl vor sich auf den Boden.

Ich holte tief Luft. ‚Möglich wäre es.' Vorsichtig waren die Worte aus meinem Mund gekommen.

‚Was redet Ihr da?' Entgeistert und gleichzeitig fragend sahen Karl und Conrad mich an.

Um sie zu überzeugen, dass ich die Wahrheit sagte, entschloss ich mich, ihnen zuerst die Zeitmaschine zu zeigen und erst dann die Geschichte über meine Reise zu erzählen.

Tatsächlich trafen wir mein Versteck genauso an, wie ich es verlassen hatte. Auf den ersten Blick war nichts außer Büsche und Hecken zu sehen. Ich entfernte die Zweige und bat die beiden, mir zu helfen.

Conrad bekreuzigte sich mehrmals hintereinander. Vermutlich dachte er, dieses Objekt wäre das Werk des Teufels. Mit gebührendem Abstand umkreisten sie die Maschine. Offensichtlich war ihnen alles recht unheimlich. Sie taten sich schwer mir zu glauben, doch als ich ein paar Knöpfe drückte und auf dem Bedienfeld das Display aufleuchtete, wichen sie erschrocken einen Schritt zurück.

Die Tage vergingen und Magdalena befand sich am Rande des Wahnsinns. Sie hielt es in ihrem Verlies fast nicht mehr aus. Uns war klar, etwas musste geschehen - und zwar bald.

Dann überschlugen sich die Ereignisse und das Schicksal wendete sich eines Morgens gegen uns.

Die Sonne war gerade über der Burg aufgegangen. Das Gemäuer lag ein wenig verschlafen in den ersten Sonnenstrahlen. Es war noch nicht viel Betrieb im Burghof. Conrad half mir dabei, die Lamellen für die Turbine herzustellen. Das einzige Geräusch bestand aus dem Klopfen von Conrads großem Hammer, mit dem er ein Stück Eisen, bearbeitete.

Hufschläge ließen uns aufhorchen. Es war Karl, der mit erhitztem Kopf von seinem Pferd absprang. Völlig aufgelöst erzählte er, dass Magdalena spurlos verschwunden sei. Er war morgens schon in aller Frühe aufgebrochen, um so unbeobachtet wie möglich zu ihr zu gelangen. Die gesamte Haigerlocher Sippschaft beabsichtigte, sich oberhalb der Burg am Waldrand niederzulassen, bis Magdalena gefasst und verurteilt wäre. Daher war höchste Vorsicht geboten, damit die täglichen Besuche niemandem auffielen.

Er war zu Magdalena hinuntergestiegen und hatte den höhlenartigen Raum verlassen vorgefunden. Unbemerkt musste sie sich wohl in der Nacht davongeschlichen haben. Doch plötzlich wurde uns klar, dass es auch noch eine andere Möglichkeit gab. Was, wenn sie aus ihrem Versteck entführt worden war? Vielleicht gab es eine undichte Stelle, die sie verraten hatte.

Es half nichts, wir mussten Ruhe bewahren und den nächsten Schritt planen. Wir einigten uns darauf, dass Karl sich unbemerkt in der Umgebung umsehen sollte. Möglicherweise würde ihm ja irgendetwas Verdächtiges auffallen. Conrad und ich konzentrierten uns derweil auf die Zeitmaschine, um sie wieder startklar zu machen.

Für den Abend verabredeten wir uns in der Schmiede.

Nachdem Conrad und ich den ganzen Tag ohne Unterbrechung gearbeitet hatten, stand die Zeitmaschine wieder völlig intakt in ihrem Versteck. Die Solarzellen waren ebenfalls vollständig aufgeladen, ich hätte also jederzeit aufbrechen können. Aber das kam für mich keine Sekunde in Frage. Zuerst musste ich meinen Freunden helfen, Magdalena zu finden. Immer mehr gelangten wir zu der Überzeugung, dass sie aus ihrem Versteck entführt worden war. Andernfalls hätte sie doch sicherlich auf irgendeine Weise Kontakt mit uns aufgenommen. Wo nur sollten wir mit der Suche beginnen? Wir beschlossen, nach Einbruch der Dunkelheit, das Lager der Haigerlocher auszukundschaften. Denn, dass diese etwas mit Magdalenas Verschwinden zu tun hatten, stand für uns außer Frage.

Die Nacht war hereingebrochen und wir begaben uns auf den Weg. Am Waldrand angekommen, waren durch das Gestrüpp mehrere Zelte zu erkennen, die kreisrund um eine Feuerstelle aufgestellt waren.

Einige Männer saßen am Feuer und ließen einen Krug kreisen. Lachen und Gejohle drang an unsere Ohren. Sie schienen ziemlich betrunken zu sein. Unbemerkt gelang es uns, an das größte Zelt heranzuschleichen. Stumm gab ich Karl und Conrad ein Zeichen und legte den Finger an den Mund. Aus meiner Jackentasche beförderte ich eine Taschenlampe und knipste sie an. Vor Schreck weiteten sich ihre Augen, doch zum Glück gaben sie keinen Ton von sich. Leise schlich ich in das leere Zelt und ließ den Lichtschein vorsichtig am Boden entlang gleiten. Überall waren Felle ausgelegt. Ein umgestoßener Weinkrug, Essensreste und einige Kleidungsstücke lagen auf dem Boden verstreut. Am Rande stand eine große unverschlossene Holzkiste. Gespannt, was mich erwarten würde, hob ich vorsichtig den Deckel an. Ein blaues Band, ein Ring, mit einer kleinen weißen Perle bestückt, sowie eine dünne, silberne Kette mit einem Jesuskreuz daran, zählten zum Inhalt der Truhe.

Und dann bekam ich sie zum ersten Mal zu Gesicht - die Schriftrolle mit der Prophezeiung. Die rätselhaften Zeilen ließen mir das Blut in den Adern gefrieren. Rasch nahm ich alles an mich und schlich hinaus.

Vorsichtig zogen wir uns in den Wald zurück. Im Schein der Lampe breitete ich die ganze Ausbeute aus. Karl erkannte in dem Band und dem Schmuck sofort Magdalenas Eigentum. Nun wussten wir also sicher, dass sie sich in den Händen der Haigerlocher befand. Die Prophezeiung beunruhigte Karl und Conrad gleichermaßen. Keiner wusste, was sie zu bedeuten hatte.

Karl war überzeugt, dass Magdalena von den Haigerlochern hingerichtet würde. Es trieb ihn beinahe zur Verzweiflung, dass er nicht wusste, wohin sie sie gebracht hatten. Fieberhaft überlegte er und hob plötzlich ruckartig den Kopf. Voller Entsetzen sah er uns an.

Mit tonloser Stimme flüsterte er: ‚Großer Gott - natürlich, das Hochgericht, dort werden sie sie hinrichten!‘

Das Hochgericht war ein ehemaliger Henkersplatz. Dieser Ort befand sich ungefähr zwei Kilometer entfernt zwischen den Ortschaften Betra und Empfingen, die ebenfalls zur Herrschaft der Wehrsteiner gehörten. Der von hohen Tannen umgebene Platz war geradezu ideal, um eine heimliche Hinrichtung durchzuführen.

Wir holten die Pferde aus den Stallungen und machten uns auf den Weg. Um so leise wie möglich voranzukommen, waren wir kurz vor dem Ziel von den Pferden abgestiegen und hatten sie an einem Baum festgebunden. Vorsichtig kämpften wir uns durch das Unterholz.

Und dann befiel uns dieser schreckliche Anblick. Licht schimmerte durch die Bäume. Ein Lagerfeuer brannte. Im Hintergrund ragte ein Holzmast in die Höhe. Von Reisig und Ästen umgeben war Magdalena daran festgebunden. Ihr Kopf hing vornübergebeugt. Die Flut ihrer langen, schwarzen Haare bedeckte ihr Gesicht und sie schien bewusstlos.

Eine johlende Menschenmenge feuerte sich gegenseitig an. Sie waren kurz davor, den Scheiterhaufen in Brand zu setzen. Wir mussten umgehend handeln.

Karl und Conrad schlichen sich von hinten an Magdalena heran. Mit meiner Taschenlampe versuchte ich die Meute etwas zu verwirren und abzulenken. Es funktionierte einfacher als gedacht. Ich ließ das Licht durch die Nacht tanzen. Hin und her, von Baum zu Baum. An und wieder aus. Angst schien sich in der Menge auszubreiten. Vermutlich glaubten sie, übernatürliche Wesen hätten die Macht ergriffen. In dem Tumult bekamen sie nichts von Magdalenas Befreiung mit und als ich kurz zum Scheiterhaufen blickte, sah ich einen leeren Pfahl in die Nacht ragen.

Um Karl und Conrad den nötigen Vorsprung zu verschaffen, spielte ich mein Verwirrungsspielchen noch ein wenig weiter. Plötzlich hörte ich das Knacken von Ästen in unmittelbarer Nähe. Die Zweige teilten sich und ein junger Mann stand vor mir. Ich hielt die Taschenlampe direkt auf sein Gesicht gerichtet und schaltete sie ein. Ohne zu zögern nutzte ich den Moment seines Erschreckens und setzte mich in Bewegung.

Der Himmel war sternenklar und die Sichel des Mondes spendete gerade so viel Licht, dass ich die Konturen der Bäume erkennen konnte.

Meine Freunde erwarteten mich bereits. Karl hatte Magdalena zu sich auf sein Pferd genommen. Benommen lehnte sie an ihm. Vermutlich hatte man ihr etwas eingeflößt. Eilig stieg ich auf mein Pferd und wir galoppierten los. Wir hatten schon fast die Hälfte der Strecke zurückgelegt und befanden uns kurz vor der kleinen Senke, in der die Zeitmaschine versteckt war, als wir unsere Verfolger herannahen hörten.

Von da an überschlugen sich die Ereignisse.

Ein geübter Reiter hätte die Situation vielleicht noch rechtzeitig erkannt. Aber ich übersah in der Dunkelheit einen herabhängenden Ast.

Er traf mich an der Stirn und riss mich von meinem Pferd. Benommen versuchte ich, mich wiederaufzurichten. Meine Freunde hatten gewendet, um mir zu Hilfe zu eilen. Gleichzeitig näherten sich unsere Verfolger unaufhaltsam. In wenigen Sekunden würden sie uns einholen.

Ich überzeugte Karl und Conrad, dass sie ohne mich schneller wären. Ich würde mich einfach in die Senke purzeln lassen und bis zum Morgen in den Büschen neben der Zeitmaschine verstecken.

Mit stechenden Kopfschmerzen robbte ich an den Wegrand. Unsere Verfolger näherten sich in Windeseile. Die Hufe ihrer Pferde donnerten in dem Moment an mir vorbei, als ich mich den Abhang hinunterrollen ließ. Für einen kurzen Augenblick wähnte ich mich in Sicherheit. Doch plötzlich hörte ich das leise Schnauben eines Pferdes und vorsichtige Schritte im Gras. Jemand war mir auf den Fersen. Noch hatte mich der Verfolger nicht entdeckt. Immer noch im Gras liegend bekamen meine Hände einen Stein zu fassen. Ohne lange nachzudenken, griff ich zu und warf ihn mit aller Kraft, soweit ich konnte.

Mein Ablenkungsmanöver war erfolgreich. Der Reiter bewegte sich in dieselbe Richtung. Das war meine Chance. Schnell erhob ich mich und schlich zu meiner Maschine. So leise wie möglich öffnete ich die

Einstiegsluke. Rasch gab ich das Datum ein. Dann betätigte ich den Schalter, der mich wieder in die Gegenwart zurückbringen würde.

Tiefe Bewusstlosigkeit umhüllte mich und als ich zu mir kam, benötigte ich einen Moment, um klar denken zu können.

Auf dem Display des Bedienfeldes leuchtete in großen Ziffern die Zahl 2006 - das Jahr meiner damaligen Gegenwart. Ich war also wieder zurück, angekommen in meinem alten Leben.

Alles war wie immer, die Scheune, das Haus, alles stand unverändert an seinem Platz. Von der Mühlbachbrücke war der Autobahnverkehr zu hören und das kleine Dörfchen Fischingen lag gemütlich eingebettet im Tal. Fast kam mir das Erlebte wie ein Traum vor. Gedankenverloren fasste ich mir an die Stirn und ertastete eine Beule. Spätestens da wurde mir klar, alles war wirklich geschehen.

Ich musste wissen, wie es geendet hatte.

Das Wichtigste war im Moment, die Maschine auf ihre Funktionstüchtigkeit zu überprüfen. Dank strahlendem Sonnenschein waren die Solarzellen in nur drei Stunden komplett aufgeladen. Mit vor Aufregung klopfendem Herzen saß ich schließlich vor dem Bedienfeld. Ich stellte das Ankunftsdatum in die Vergangenheit so ein, dass ich einen Tag nach meinem dortigen Verschwinden auftauchen würde. Vielleicht würde man dann bereits nicht mehr nach mir suchen. Noch einmal atmete ich tief durch und drückte die Starttaste - nichts geschah. Ein weiteres Mal überprüfte ich alle Einstellungen, konnte jedoch keinen Fehler entdecken. Ich schätze, nach dem zehnten Versuch gab ich auf.

Seither verging kaum ein Tag, an dem ich nicht versuchte, den Defekt aufzuspüren. Es ist unfassbar, jetzt, mehr als zehn Jahre später, habe ich ihn gefunden. Die ganze Zeit über war ich so blind gewesen. Obwohl meine Augen ständig darauf gestarrt hatten, war mir nicht aufgefallen, dass das Ankunftsdatum in die Vergangenheit einen so offensichtlichen, dummen Fehler enthielt. Ich hatte den 31.06.1489 eingespeichert - ein Datum, das es überhaupt nicht gibt. Denn der Juni hat natürlich nur dreißig Tage. Ich hätte den 01.07.1489 eingeben müssen.«

Als wäre er vom tiefen Grund des Meeres an die Oberfläche geschwommen, tauchte Jack aus seiner langen Geschichte auf und sah Hannes und Rio erstmals wieder bewusst an.

Eine Weile sprach keiner ein Wort.

Die Arme auf die Oberschenkel abgestützt, starrte Hannes vor sich auf den Boden und schüttelte immer wieder den Kopf.

Rio war aufgestanden und ging auf und ab. Mit Daumen und Zeigefinger griff er sich an die Nasenwurzel. »Verdammt.« Plötzlich blieb er stehen. Entschlossen hob er den Kopf und sah Jack an. »Ich schätze, wir glauben dir, Jack.« Er stemmte die Hände in die Hüften. »Hannes?«

Hannes sah von Rio zu Jack. »Scheiße … ja.« Dann brachte er nur noch ein Nicken zustande.

Sie hatten sich erhoben und Jack drückte beide kurz aber heftig an sich. »Ich wusste es.« Er schmunzelte und hob drohend den Zeigefinger in die Höhe. »Ihr dachtet, ich werde langsam senil, gebt es zu! Nun denn, ich werde das Nötigste zusammenpacken und noch heute aufbrechen.« Ernst sah er sie an. »Das Wichtigste ist, die Prophezeiung zurückzubringen, damit all die schrecklichen Dinge nicht geschehen.«

Rio und Hannes tauschten einen kurzen Blick. Entschlossen nickten sie sich zu.

»Wir kommen mit«, sagte Rio.

Hannes legte Jack seine Hand auf die Schulter. »Keine Widerrede, Jack.« Er lächelte. »Du bist schließlich nicht mehr der Jüngste.«

Gerührt sah er die beiden einen Moment lang an. Dann drehte er ihnen den Rücken zu. »Das kann ich nicht von euch verlangen, Jungs. Stellt euch vor, es würde etwas schiefgehen, nicht auszudenken, was ich euren Eltern erzählen müsste.«

Rio trat hinter Jack und legte ihm ebenfalls die Hand auf die Schulter. »Jack, wir sind keine Kinder mehr. Es ist unsere Entscheidung.«

Langsam wandte Jack sich um. Er sah beide an. »Seid ihr wirklich sicher?«

»Das sind wir.« Noch einmal nickte Rio.

Plötzlich schien er aus dem Augenwinkel etwas wahrzunehmen. Er sah zu dem kleinen Scheunenfenster auf der rechten Seite und verengte die Augen zu schmalen Schlitzen. Sein Gesichtsausdruck verhärtete sich. »Verdammt!«

Als er kommentarlos hinausstürmte, sahen Hannes und Jack sich fragend an.

»Lass mich sofort los, du tust mir weh!« Jo kochte vor Wut. Er hatte sie am Arm gepackt und in die Scheune gezerrt.

Sie wollten sich gerade zurückziehen. Liz war schon um die Ecke gebogen, da war dieser blöde Eimer umgefallen, auf dem sie gestanden hatte.

»Jo, Liz, was macht ihr hier?« Hannes war zu erstaunt, um wütend zu werden.

Hinter Rio und Jo, tauchte Liz auf. Natürlich war sie zurückgekommen, nachdem Rio Jo ertappt hatte. Eine feine Röte zog sich über ihr Gesicht. Verlegen nagte sie an ihrer Unterlippe.

Abrupt ließ Rio Jo los und drehte ihnen den Rücken zu. Er hielt sich die Hände an den Kopf. Als er sich wieder umwandte, registrierte Jo, das Mahlen seiner Kieferknochen.

»Was habt ihr mitbekommen?«, fragte er in gefährlich ruhigem Ton.

Liz sah Jo, die trotzig zur Seite starrte, hilflos an. Sie begegnete Hannes' Blick, der sie mit in die Hüften gestemmten Händen abwartend ansah.

»Ich fürchte - alles?«

Hannes schloss einen Moment die Augen und Rio fuhr sich mit den Händen übers Gesicht.

»Wie kommt ihr dazu, uns hinterher zu spionieren?« Er war stinksauer.

»Entschuldige mal, ich habe nirgends ein Verbotsschild gesehen«, gab Jo fauchend zurück.

Jack ging dazwischen und hob die Hände in die Höhe.

»Kinder, beruhigt euch, es ist doch nichts passiert.«

Hannes sah ihn an. »Nichts passiert, Jack? Was glaubst du, was passiert, wenn das alles hier rauskommt?« Er deutete mit dem Kopf auf die inzwischen aufgedeckte Zeitmaschine.

Liz sah ihn an. »Wir erzählen niemandem davon, wirklich.« Sie lachte hysterisch auf. »Das würde sowieso kein Mensch glauben.«

Hannes' Blick ging zu Jo. Doch die verschränkte nur trotzig die Arme und starrte vor sich hin. Es war nicht zu erkennen, was in ihr vorging.

»Sie müssen mit.« Rio warf den Satz unumstößlich in ihre Mitte und alle sahen ihn an.

»Nur so können wir sicher sein, dass sie die Klappe halten«, fügte er noch hinzu.

Liz wurde weiß wie eine Wand. Panisch suchte sie Jos Blick. Doch außer einem leichten Zucken um deren Mundwinkel war keinerlei Reaktion zu erkennen. Dann jedoch hob Jo bedauernd die Schultern.

»Nur schade, dass ich keine hundert Jahre von zu Hause wegbleiben kann. In zwei Stunden muss ich daheim sein.« Provozierend sah sie Rio an.

»Das ist das kleinste Problem.« Er lachte abfällig und registrierte ihren fragenden Blick.

Jack nahm ihm die Antwort ab. »Ich kann die Ankunftszeit unserer Rückkehr beliebig einstellen.«

Sie sah ihn an. »Und keiner würde je merken, dass wir weg waren.«

Jack nickte. »So ist es.«

Für Sekunden presste sie die Lippen zusammen, bevor ein Ruck durch ihren Körper ging. »Ok, warum eigentlich nicht.« Sie sah ihre Freundin an. »Was meinst du, Liz?«

Liz ließ sich wie betäubt auf eine der Kisten sinken. »Ich glaube nicht, dass sie uns eine Wahl lassen.«

Jack war überhaupt nicht wohl bei dem Gedanken, nun auch noch die Mädchen einer Gefahr auszusetzen. Aber Rio und Hannes hatten Recht, es blieb ihnen keine Wahl. Das Risiko, dass etwas an die Öffentlichkeit dringen und vielleicht sogar eine Massenpanik ausbrechen würde, war einfach zu groß.

Während Jack letzte Vorbereitungen traf und zwischen Haus und Scheune hin und her pendelte, nahmen sie die Zeitmaschine in Augenschein. Es war faszinierend, was Jack da über die Jahre geleistet hatte.

Bis auf das Fehlen eines Lenkrades glich das Innere beinahe dem eines Autos. Auf dem Bedienfeld, wenn man es so nennen wollte, leuchteten eine Unmenge grüner und roter Lämpchen. Der Sitz davor, war wohl Jacks Platz. Im hinteren Bereich befand sich eine gepolsterte Rückbank. Seufzend ließ Liz sich darauf nieder. Sie würden ganz schön zusammenrücken müssen, wenn sie alle dort Platz finden sollten. Das gesamte Innere war mit dunklem Velourstoff verkleidet. Es sah irgendwie gemütlich aus.

»Wollen die etwa mit den Klamotten los?« Jo hatte sich neben Liz gesetzt. Abfällig beobachtete sie Hannes und Rio. Sie standen vor dem Regal mit den Getränken und unterhielten sich leise.

Sehnsüchtig fixierte Liz eine Sprudelflasche. Hannes musste es bemerkt haben. Er griff nach dem Wasser, schlenderte langsam auf sie zu und hielt ihr die Flasche hin. »Hier.«

Sie lächelte. »Danke. Jo meint, wir können unmöglich mit diesem Outfit los.«

»Ich bin sicher, sie hat einen besseren Vorschlag.« Mit verschränkten Armen und hochgezogenen Augenbrauen lehnte Rio neben dem Regal.

Liz setzte die Flasche ab. »Ich könnte etwas Passendes besorgen.«

Fragend sah Hannes sie an.

Sie zuckte mit den Schultern. »Na ja, mein Vater ist Vorstand der Narrenzunft. Wir haben jede Menge Klamotten auf dem Speicher deponiert. Bestimmt ist auch etwas Mittelalterliches dabei.«

Zustimmend nickte Hannes. »Gute Idee.«

»Na dann los, auf was warten wir? Ich geh anschließend kurz zuhause vorbei und hol ein paar Sachen.« Jo kletterte aus der Maschine.

Rio warf Hannes einen Blick zu.

»Was?« Genervt sah sie von einem zum anderen.

»Wir kommen mit. Wir wollen doch nicht, dass ihr verloren geht.«

Zynisch legte Rio die Stirn in Falten. »Los, sagen wir Jack Bescheid. Ich denke, eine Stunde müsste reichen.«

Tatsächlich hatten sie geeignete Kleidung auf dem Speicher von Liz' Eltern gefunden. Nacheinander klapperten sie ihr Zuhause ab. Jeder packte ein paar Dinge in seinen Rucksack, von denen er glaubte, dass sie nützlich sein konnten.

Jo war beruhigt, als sie feststellte, dass ihre Mutter noch immer schlief.

Fast eine Stunde später trafen sie wieder bei Jack in der Scheune ein. Er hatte soweit alles vorbereitet und die Maschine noch einmal gründlich durchgecheckt. Stumm stand er vor ihnen und sah sie eine ganze Weile an. Plötzlich klatschte er in die Hände.

»Tja, nun sind wir also so ein zusammengewürfelter Haufen.«

Lächelnd wiegte er den Kopf. »Doch wer weiß, wofür es gut ist.«

Er wurde ernst. »Es wird sehr laut werden und es ist nicht gerade ein schönes Gefühl, aber ich verspreche euch, es geht schnell vorüber.« Durchdringend sah er sie an. »Denkt daran, ab jetzt sind wir ein Team. Seid ihr bereit?«

Wortlos nickten sie und nahmen ihre Plätze ein. Wie die Ölsardinen saßen sie eng aneinandergepresst nebeneinander. Jack betätigte nacheinander mehrere Knöpfe und Schalter. Und dann liefen die Turbinen an. Sie drehten sich schneller und schneller. Ein ohrenbetäubender Lärm setzte ein. Erfolglos presste Liz beide Hände an ihre Ohren. Alles begann zu vibrieren. Sie wurden regelrecht durchgeschüttelt. Ohne es zu registrieren, krallte Jo sich mit geschlossenen Augen an Rios Arm fest. Rio und Hannes sahen sich an. Das war das Letzte, an das sie sich erinnern konnten, bevor tiefe Bewusstlosigkeit sie in einen Abgrund zu ziehen drohte.

8

Irgendetwas kitzelte Hannes im Gesicht. Er tippte auf eine Fliege. Langsam öffnete er die Augen und blinzelte. Er war irgendwie von Haaren umgeben und dann sah er Beine, Knie, die in Jeans steckten und plötzlich wurde ihm klar, dass er auf diesen Beinen lag. Ruckartig erhob er sich und knallte gegen etwas äußerst Unnachgiebiges. Fast gleichzeitig stöhnten sie schmerzhaft auf. Liz hob den Kopf und fasste sich an die Stirn.

Er setzte sich auf. »Entschuldige, ich muss irgendwie umgekippt sein.«

»Geht schon, hast du dir weh getan?«

Er fasste sich an den Hinterkopf. »Noch alles dran.«

Rio starrte auf seinen Arm. Jos schlanke, gebräunte Hand lag darauf. Er konnte sich noch dunkel daran erinnern, dass sie sich bei ihm festgekrallt hatte, bevor er das Bewusstsein verlor. Ihr Kopf lehnte an seiner Schulter. Er wagte es nicht, sich zu bewegen. Aber wenn sie nicht zu sich kam, musste er irgendetwas unternehmen. Doch das war nicht nötig.

Sie blinzelte verwirrt und als sie registrierte, in welcher Position sich ihre Hand und ihr Kopf befanden, setzte sie sich abrupt auf und starrte angestrengt geradeaus.

»Wow, was für eine Fahrt.« Rio fuhr sich über sein Gesicht.

Jacks Platz war leer und die Klappe daneben, die nach draußen führte, stand offen. Und dann hielt auch sie nichts mehr auf ihren Sitzen.

Neugierig stiegen sie die Stufen hinab ins Freie.

Die kleine Senke sah genauso aus, wie Jack sie beschrieben hatte.

Bis auf einige Hecken und Büsche war weit und breit nichts zu sehen. Keine Siedlung, keine Autobahnbrücke, absolute Stille. Nur die hügelige Landschaft mit ihren grünen Wiesen, durchbrochen von Schlehen- und Holunderhecken, lag unberührt vor ihnen.

»Wow.« Hannes ließ den Blick schweifen. »Anscheinend hat es funktioniert.«

Jack kam ihnen mit einigen Zweigen in der Hand strahlend entgegen. »Kinder, ich begrüße euch im Jahre des Herrn 1489, und zwar genau am 01. Juli. Helft ihr mir bitte, das gute Mädchen zu verstecken?«

Liz hatte sich bei Jo untergehakt und brachte nur ein Flüstern zustande. »Wahnsinn, findest du nicht?«

Jo nickte wortlos. Auch sie war überwältigt.

Sie waren perfekt gelandet. Die Zeitmaschine stand dicht neben den Büschen, sodass sie nur noch mit den von Jack gesammelten Zweigen abgedeckt werden musste.

Bevor sie sich auf den Weg zur Burg begaben, mussten sie sich noch umziehen. Jo grauste davor. Sie trug nie Kleider. Sie fand, es passte nicht zu ihr. Am wohlsten fühlte sie sich in ihrer verwaschenen, mit Rissen durchzogenen Jeans, T-Shirt und Chucks. Seufzend verschwand sie mit Liz hinter einer Hecke.

»Ich werd' mich schrecklich fühlen.« Sie hielt das einfach geschnittene, taillierte Kleid in die Luft. Es reichte ihr bis zu den Knöcheln und war am Dekolleté mit Bändern zu schnüren. Wenigstens war es bequem.

Der Leinenstoff kühlte auf angenehme Weise die Haut.

»Du siehst perfekt aus.« Fasziniert starrte sie Liz an, die sich aus ihrem Haar einen Zopf geflochten hatte und ihn locker über ihre Schulter baumeln ließ.

»Findest du?« Liz sah an sich hinunter, dann musterte sie Jo mit kritischem Blick.

»Ich weiß«, unglücklich zog Jo die Augenbrauen zusammen, »ich seh scheiße aus.«

Liz nagte an ihrer Unterlippe. »Als Erstes müssen die Piercings raus.« Langsam umrundete sie Jo. »Wie erklären wir dein kurzes Haar?« Abrupt hielt sie inne. »Warte!« Sie begann in ihrem Rucksack herumzuwühlen und zog schließlich ein blaues Tuch mit dezentem Muster hervor.

Jo kannte es, Liz hatte es sich manchmal um den Hals geschlungen.

»Ich denke, das wird gehen, dreh dich mal um.« Geschickt faltete sie es zu einem großen Dreieck und umschlang Jos Kopf damit.

Jo verzog das Gesicht. »Sie werden sich kaputtlachen.«

Liz umarmte sie grinsend. »Du siehst klasse aus.« Sie schob sie an den Schultern ein wenig zurück und sah sie einen Moment lang mit ernstem Blick an. »Wirklich.«

Vorsichtig spähten sie durch die Zweige. Hannes und Rio standen sich gegenüber und unterhielten sich. Sie trugen enganliegende Wildlederhosen, Stiefel und cremefarbene Hemden. Jo konnte sich erinnern, dass beim letztjährigen Zunftball die Mitglieder des Elferrates der Fischinger

Narrenzunft diese altertümliche Kluft anhatten. Das Thema war tatsächlich Mittelalter gewesen. Welch Glück für sie heute.

Hannes sagte etwas zu Rio und lachte. Gerade als Jo und Liz zwischen den Hecken heraustraten, zog Rio sich das Hemd wieder aus. Jo registrierte seinen gebräunten, durchtrainierten Oberkörper. Lachend erwiderte er etwas, wendete das Hemd und zog es sich wieder über.

Ständig zupfte sie an ihrem Kopftuch und wartete schon die ganze Zeit auf eine blöde Bemerkung. Aber Rio hatte sie nur einen Moment lang irgendwie merkwürdig angesehen. Dafür waren Hannes bei Liz' Anblick fast die Augen aus dem Kopf gefallen.

Jack trug dieselbe Kleidung, die ihm damals Karl besorgt hatte. Sie passte ihm noch immer tadellos. Ein letztes Mal umrundete er die perfekt getarnte Zeitmaschine.

»Ich denke, so wird es gehen.« Er sah sie der Reihe nach an. »Ich weiß nicht, was uns erwartet. Für meine Freunde dort drüben auf der Burg ist es einen Tag, für mich sind es zehn Jahre her, seit wir uns das letzte Mal gesehen haben.« Er machte eine Pause. »Mein Ziel ist es, ihnen zu helfen. Magdalenas Unschuld muss bewiesen werden. Vielleicht hängt alles mit dieser Prophezeiung zusammen. Ich denke, sie muss zu gegebener Zeit vernichtet werden. Ihr habt gesehen, was sie ausgelöst hat.« Noch einmal sah er sie an. »Trotz der großen Sorge um euch, bin ich froh, dies nicht alleine schultern zu müssen.«

Er nickte ihnen zu. »Nun, dann wollen wir mal los, was meint ihr?«

Die Stille war unbeschreiblich. Abgesehen von ein wenig Vogelgezwitscher war nichts zu hören. Die Umgebung, so vertraut, jeder Grashalm, jeder Baum und doch, ein anderer Grashalm, ein anderer Baum - Jahrhunderte vor ihrer Zeit. Und dann sahen sie sie, die Fahne der Herren von Wehrstein. Auf der Spitze des höchsten Burgturmes flatterte sie im Wind. Sie blieben einen Moment stehen. Jack atmete tief durch.

»Kommt, mischen wir uns unters Volk. Wir wollen Conrad einen Besuch abstatten.«

Alles war genauso, wie Jack es beschrieben hatte. Der Pfad ging in einen mit Laubbäumen gesäumten Weg über und nach einer letzten Biegung standen sie plötzlich vor Burg Wehrstein.

Sie gingen über die Zugbrücke und schritten ehrfürchtig durch das große, geöffnete Burgtor. Im Inneren mischten sie sich unter das rege Treiben. Jack hatte ihnen geraten, dicht hinter ihm zu bleiben, um so wenig wie möglich Aufsehen zu erregen.

Sie hatten Glück. Es war wohl Markttag. Viele Menschen drängten sich im Burghof. Niemand achtete besonders auf sie. Doch dann versperrte ein großer, langhaariger Kerl Liz den Weg. Breitbeinig baute er sich vor ihr auf.

»Nicht so schnell, schöne Maid, wohin des Weges?«

Liz blieb wie erstarrt stehen. An einem Marktstand gegenüber brach lautes Gejohle aus. Einige junge Männer, vermutlich die Freunde des Burschen, feuerten diesen begeistert an. Er ließ seinen Blick anzüglich über Liz' Körper wandern.

Hannes trat entschlossen vor. »Würdet Ihr uns bitte vorbeilassen?«

Erst jetzt bemerkte der andere ihn. Herablassend musterte er Hannes.

»Was schert's Euch? Kümmert Euch um Eure eigenen Angelegenheiten!« Wieder glitt sein Blick über Liz, grinsend griff er nach ihrem Zopf und wollte sie an sich ziehen.

Hannes trat ein Stück vor. »Es ist nur so, wir wollen doch nicht, dass Ihr Euch ansteckt.«

Misstrauisch hielt der Bursche inne und ließ seine Hand sinken. Er ging einen Schritt zurück. »Was wollt Ihr damit sagen?«

Hannes zuckte gelangweilt die Schultern. »Naja, Läuse, Fleckfieber … ihre Mutter ist daran gestorben. Die Haare müssen auf jeden Fall ab.« Hannes sah ihn voller Interesse an. »Möchtet Ihr vielleicht ihren Zopf?«

»Ihren Zopf?« Mit jedem Wort trat der andere einen weiteren Schritt zurück. Als Liz sich plötzlich am Kopf zu kratzen begann, ergriff er vollends die Flucht. Johlend wurde er von seinen Freunden in Empfang genommen.

Jack, Rio und Jo hatten sich im Hintergrund gehalten. Sie waren beunruhigt. Das hatte jetzt gerade noch gefehlt.

Jack beobachtete, wie sich zwei Reiter den jungen Männern näherten. Er erkannte die beiden sofort wieder. Es waren Ritter Marquard und Graf Joachim von Zollern. Die beiden Adligen, die damals im Wald, an ihm vorbeigeritten waren. Ritter Marquard musste ein Machtwort gesprochen haben. Kleinlaut verzog die Gruppe sich.

Rasch gingen sie weiter. Liz griff nach Hannes' Arm und er drehte sich zu ihr um.

»Danke.« Sie sah ihn an.

»Keine Ursache.« Er presste die Lippen zusammen und nickte kurz. Nie zuvor hatte er so intensiv leuchtend grüne Augen gesehen.

Lautes Hämmern kündigte ihnen die Nähe der Schmiede an und dann standen sie auch schon vor dem großen Rundbogen.

Im Innern konnten sie im dämmrigen Licht eine Gestalt erkennen, die ihnen den Rücken zuwandte. Vermutlich Conrad der Schmied.

Das ohrenbetäubende Geräusch kam von einem Hammer, mit dem er ununterbrochen ein Stück Eisen zu bearbeiten schien.

Jack bedeutete ihnen, am Eingang stehen zu bleiben. Gespannt beobachteten sie, wie er sich seinem Freund langsam näherte.

Bei dem Lärm konnte Jack sich unmöglich Gehör verschaffen. Vorsichtig, um ihn nicht zu erschrecken, legte er Conrad die Hand auf die Schulter. Fuchsteufelswild fuhr dieser mit hocherhobenem Hammer herum.

Niemals zuvor hatten sie eine ähnlich furchterregende Gestalt gesehen. Mit Ausnahme seines kahlen, schweißglänzenden Schädels und dem Gesicht, schien dieser Mann am ganzen Körper behaart zu sein. Sein Oberkörper wurde lediglich vom Latz eines ledernen, fast bodenlangen Schurzes bedeckt. Er war riesig und hatte ein Kreuz wie ein Bulle.

Waren seine buschigen Augenbrauen zunächst wütend zusammengezogen, so entspannten sie sich schlagartig, als er plötzlich begriff, wer vor ihm stand.

»Jack? Gnädiger Gott, Ihr seid zurück!« Irritiert musterte er ihn.

»Was habt Ihr mit eurem Haar angestellt?« Mit zusammengekniffenen Augen schien er in Jacks Gesicht zu forschen. »Ihr seht irgendwie ... verändert aus seit gestern.«

»Älter, mein Freund. Um genau zu sein, zehn Jahre älter.« Jack seufzte und legte ihm die Hand auf die Schulter. »Aber das ist eine lange Geschichte. Zuerst muss ich Euch ein paar Freunde vorstellen.«

Sie hatten sich in den hinteren Teil der Schmiede zurückgezogen, hier waren sie ungestört.

»Unglaublich.« Immer wieder schüttelte Conrad erschüttert den Kopf. »Zehn lange Jahre habt Ihr versucht zurückzukehren? Ich werde wohl niemals verstehen, wie Euer Reisegefährt funktioniert. Für uns ward Ihr am gestrigen Tage noch hier.« Er sah ihn an. »Und diese Prophezeiung, ich habe zu keiner Zeit davon gehört.« Er wurde ernst. »Das hört sich nicht gut an. Die kranken Menschen, von denen Ihr erzählt habt, die Anzeichen ...«, wieder schüttelte er den Kopf, »Es könnte der schwarze Tod sein.«

Schockiert sahen sie sich an.

»Ich danke euch allen, sicherlich auch im Namen von Karl und Magdalena, dass ihr Willens seid zu helfen und Jack begleitet habt. Das ist sehr mutig von euch.« Er seufzte auf. »Es ist noch nicht vorbei. Wir müssen Magdalenas Unschuld beweisen und eure Zukunft retten.«

Dann erzählte Conrad, was seit Jacks Verschwinden geschehen war.

»Nachdem wir mit Magdalena geflüchtet waren und die Verfolger abgehängt hatten, brachten wir sie zu der alten Lene ins Dorf. Dort ist sie erst einmal in Sicherheit. Karl und ich werden von niemandem verdächtigt. Glücklicherweise wurden wir von keinem gesehen.«

Er wiegte den Kopf. »Vor der alten Lene haben die Menschen hier große Ehrfurcht. Sie ist die Kräuterfrau in Fischingen und eine Heilerin. Böse Zungen behaupten, sie sei eine Hexe. Aber die Leute sind auf sie angewiesen. Sie hat schon vielen geholfen. Selbst der Adel von weit her, lässt sie in der Not zu sich bringen. Wartet hier, sobald ich mit meiner Arbeit fertig bin, begleite ich euch zu ihnen ins Dorf.«

Es dauerte nicht lange, bis Conrad seinen letzten Auftrag erledigt hatte. Um Außenstehenden den Einblick in die Schmiede zu verwehren, befestigte er einen großen Leinenvorhang an dem Torbogen. Augenblicklich wurde es düster im Inneren.

»Wir werden nicht den üblichen Weg ins Dorf nehmen.« Mit diesen Worten öffnete er eine Bodenklappe, die keinem - außer Jack - aufgefallen war. Einer nach dem anderen kletterten sie hinter Conrad die Leiter hinab. Mit einer Fackel beleuchtete er den leicht ansteigenden Weg. Das ständige, gebückte Gehen, war anstrengend. Hinzu kam die Dunkelheit, denn sehr viel Helligkeit spendete das Licht nicht. Ab und zu war ein Rascheln zu hören - vermutlich von irgendwelchen Tieren, die eilig versuchten, vor den herannahenden Menschen zu fliehen.

Bis hierher kannte Jack den Weg, doch plötzlich blieb Conrad stehen. »Ihr werdet euch etwas dünner machen müssen.« Er deutete auf einen kleinen Felsvorsprung an der Wand. Hinter einer schmalen Spalte war ein Pfad zu erkennen. »Aber, wenn das mir gelingt, schafft ihr es zehnmal.« Er lachte polternd.

Sie waren erstaunt. Wären sie von Conrad nicht darauf aufmerksam gemacht worden, keiner hätte hier einen weiteren Gang vermutet, so unauffällig war diese Abzweigung in dem Felsen verborgen.

Zuerst zwängten sich Jack, dann Liz und Jo und schließlich Rio und Hannes durch die Spalte. Sie fragten sich, wie es der beleibte Conrad schaffen würde. Aber tatsächlich glitt er geschmeidiger als eine Katze durch die Öffnung.

Der Weg ging mit einem Mal steil bergab und die Steine wurden glitschiger. Von oben tropfte immer wieder Wasser herab und es roch modrig. Nach ungefähr zehn Minuten endete der Gang unvermittelt und sie standen vor einer großen hölzernen Tür. Conrad klopfte dreimal kurz und dreimal lang. Einen Augenblick später hörten sie, wie jemand einen Riegel zur Seite schob und die Tür mit einem leichten Knarren aufging. Im Halbdunkel erschien das Gesicht einer älteren Frau. Ihr Mund verzog sich zu einem Lächeln, als sie Conrad erkannte.

»Conrad, warum kommst du auf diesem Wege? - Oh ...« In dem Moment bemerkte sie, dass er nicht alleine war.

»Lene, schnell, lass uns herein.« Bittend ergriff Conrad ihre Hände.

Im Inneren war es nicht sehr hell, aber das Feuer im Kamin strahlte eine behagliche Gemütlichkeit aus und tauchte den Raum, der zusätzlich mit Kerzen beleuchtet war, in ein warmes, rot-orangenes Licht. An einem großen Eichentisch saßen ein junger Mann und ein Mädchen - Karl und Magdalena. Überrascht blickten sie auf.

»Jack!« Magdalena war aufgestanden und kam langsam näher.

»Karl und Conrad haben mir berichtet, wie Ihr geholfen habt mich zu befreien und Euch dabei selbst in Gefahr brachtet.« Sie ergriff seine Hände. »Ich möchte Euch von Herzen danken. Auch dafür, dass Ihr zurückgekommen seid.« Neugierig blickte sie an ihm vorbei. »Darf ich fragen, wer in Eurer Begleitung ist?«

Jack folgte ihrem Blick und zwinkerte. »Möchtet ihr euch nicht selbst vorstellen?«

Liz und Jo sahen sich kurz an. Schließlich trat Jo vor.

»Ich bin Joana, also Jo ... Alle sagen Jo.« Sie biss sich auf die Unterlippe.

»Liz, also eigentlich Elisa«, sie zuckte mit der Schulter, »aber alle sagen Liz.«

»Rio«, er grinste schief, »nur Rio.«

»Hannes«, Hannes nickte knapp.

Einen Moment musterte Magdalena die Vier. »Welch außergewöhnliche Namen.« Sie lächelte.

»Bis auf den Letzten.« Karl grinste und alle lachten befreit auf.

»Sicherlich seid ihr hungrig, ich bitte euch, nehmt Platz und greift zu.« Lene stellte ein großes Holzbrett mit gepökeltem Fleisch, Käse und Brot in die Mitte des wuchtigen Tisches. Sie erweckte den Eindruck, eine resolute Person zu sein. Ihr Gesicht war voller Falten, aber in ihren Augen waren Aufrichtigkeit und Güte zu erkennen. Dass jemand sie als Hexe bezeichnen könnte, schien ihnen unvorstellbar.

Nachdem Jack noch einmal von seinen letzten zehn Jahren berichtet und von all den Geschehnissen der vergangenen Tage erzählt hatte, war es einen Moment ganz still. All das war so unglaublich und für Magdalena, Karl, Conrad und Lene nur schwer zu begreifen. Für sie war seit Jacks Verschwinden schließlich gerade einmal ein Tag verstrichen.

»Aber nun zu Euch, Magdalena.« Jack sah sie gespannt an. »Wie seid Ihr in die Gewalt der Haigerlocher gelangt?«

»Oh«, Magdalena lachte unglücklich auf. »Das ist eine recht kurze Geschichte. Ich habe so gut wie keine Erinnerung. Eine vermummte Gestalt ist in meinem Versteck aufgetaucht. Man hat mir ein Tuch auf Mund und Nase gepresst. Immer wieder bin ich aus einer Art Dämmerschlaf zu mir gekommen. Einmal befand ich mich in einem Zelt und man hat versucht, mir eine Flüssigkeit einzuflößen. Ich glaube, ich erinnere mich auch noch daran, wie sie mich über diesen großen Platz geschleppt und an den Pfahl gebunden haben.« Sie hob den Blick. »Dann wurde alles schwarz.«

Sie saßen noch lange zusammen und natürlich mussten Rio, Hannes, Liz und Jo erzählen, warum sie Jack auf diese Reise begleiteten.

»Jack hat uns schon als Kinder mit seinen Erfindungen begeistert, stimmt's Hannes?« Rio stieß Hannes mit dem Ellbogen an.

»Das hat er.« Hannes pflichtete ihm bei. »Weißt du noch der Verstärker?«

Jack winkte lachend ab. »Nun, nicht alles hat funktioniert, aber manches schon.« Er zwinkerte Rio und Hannes zu. »Tja, in der Tat, die zwei waren bereits als Kinder treue Gefährten - die Neugier hat sie zu mir getrieben.«

Magdalena richtete den Blick auf Liz und Jo. »Und ihr beiden? Sagt, wie seid ihr zu dieser Reise gekommen?«

Rio lehnte sich gelassen zurück und verschränkte die Arme ineinander. »Eventuell auch die Neugier?« Er sagte es in einem ironischen Tonfall und zog dabei die Augenbrauen hoch.

Magdalena registrierte, dass Jo ihm einen bösen Blick zuwarf und Liz sich mit abgewandtem Kopf verlegen auf die Lippe biss.

»Wir sind nicht freiwillig mit - man hat uns gezwungen«, sagte da Jo mit zuckersüßer Stimme.

Rio beugte sich vor und sah sie an. »Ach, warum denn nur?«

»Tja, und nun sind wir alle hier.« Hannes hatte sich ebenfalls nach vorne gebeugt.

»Und wir freuen uns, wenn wir helfen können.« Liz lächelte in die Runde und Hannes warf ihr einen dankbaren Blick zu.

9

Lenes Haus war für damalige Verhältnisse recht komfortabel eingerichtet. Neben dem großen Raum mit der Herdstelle und dem Eichentisch, befand sich ein weiterer großzügiger Platz vor einem offenen Kamin. Die beiden Räumlichkeiten konnte man mit einem großen Vorhang abtrennen. Außerdem gab es noch drei separate Zimmer mit richtigen Türen. Die Fenster waren aus echtem Glas, was in dieser Zeit und vor allem für Lenes gesellschaftliche Stellung ungewöhnlich war.

Es war schnell klar, dass sie während ihres Aufenthaltes bei Lene wohnen würden. Hier waren sie sicher.

Conrad füllte im angrenzenden Stall einige Leinensäcke mit frischem Heu und verteilte diese rund um den Kamin. Hannes, Rio, Liz und Jo schlugen hier ihr Lager auf und Magdalena bestand darauf, ihnen Gesellschaft zu leisten. Jack bekam von Lene eine der Kammern zugewiesen.

Es war spät geworden und sie waren müde und erschöpft nach diesem langen Tag. Ihre Rucksäcke mit ihren persönlichen Habseligkeiten wie Schlafsack, etwas bequeme Kleidung und Unterwäsche befanden sich noch immer in der Zeitmaschine. Daher mussten sie sich in dieser Nacht notgedrungen in ihrem aktuellen Outfit schlafen legen. Sie deckten sich mit den weichen Schaffellen zu, die Lene ihnen überlassen hatte.

Obwohl draußen hochsommerliche Temperaturen herrschten, war es im Innern des Hauses recht kühl. Die dicken Steinmauern sorgten für eine gute Isolierung und hielten die Hitze fern.

Karl und Conrad hatten sich bereits verabschiedet und den Rückweg durch den Geheimgang angetreten. Conrad lebte im Gesindehaus, das sich gleich gegenüber der herrschaftlichen Anlage, neben den Ställen befand. Am nächsten Tag würden sie frühmorgens zurückkehren und gemeinsam mit ihnen das weitere Vorgehen besprechen.

»Sag, was meintest du damit, diese Reise sei nicht euer freier Wille gewesen?« Magdalenas Flüstern war an Jo gerichtet. Die drei Mädchen lagen nebeneinander auf der rechten Seite des Kamins. Rio und Hannes hatten ihren Schlafplatz links davon aufgeschlagen. Sie schienen bereits zu schlafen. Sicherheitshalber warf Jo noch einmal einen Blick auf die beiden. Auf den Ellbogen gestützt sah sie in Magdalenas Richtung. Im Schein der Glut war nur deren Silhouette zu erkennen.

»Sie hatten Angst, dass wir ihr kleines Geheimnis weitererzählen.«

»Na ja, klein kannst du das wohl kaum nennen.« Liz lag auf dem Rücken und hatte die Arme hinter dem Kopf verschränkt.

»Auf diese abgefahrene Enthüllung hätte ich gerne verzichtet, aber du wolltest ihnen ja unbedingt hinterher.«

Selbst in der Dunkelheit sah Liz das Funkeln in Jos Augen.

»Jetzt tu bloß nicht so, du wolltest doch auch schon immer wissen, was sie bei Jack treiben«, zischte Liz.

»Bitte, streitet nicht - ich bin so froh, dass ihr mir Gesellschaft leistet.« Magdalena machte eine kurze Pause. »Und Rio und Hannes scheinen mir doch sehr liebenswürdig zu sein. Bestimmt werden wir alle gut miteinander auskommen.«

»Mmh«, abfällig schnaufte Jo. »Du weißt nicht, was Rio für ein arrogantes ...« Jo brach mitten im Satz ab. »Na ja, nur weil er gut aussieht, meint er, alle tanzen nach seiner Pfeife.«

Liz seufzte. »Dann schlag ich vor, dass du mal deine Haltung ihm gegenüber überdenkst.« Sie drehte den Kopf in Magdalenas Richtung. »Sie ist nicht sehr nett zu ihm und das ist noch harmlos ausgedrückt.«

»Oh ...« Magdalena stützte sich ebenfalls auf den Ellbogen.

»Versuch es doch einfach ab morgen, du wirst sehen, es wird sich etwas verändern.«

Jo war sich nicht sicher, ob sie das jemals konnte, aber heute würde sie nicht mehr darüber nachdenken, sie war hundemüde.

»Mal sehen ... Magdalena?«

»Ja?«

»Ich finde es schön, dich kennenzulernen.«

»Ja«, fügte Liz hinzu, »ich auch.«

»Mir geht es genauso mit euch«, gab Magdalena flüsternd zurück.

Und obwohl sie wussten, dass dieser zarte Keim einer beginnenden Freundschaft nicht von Dauer sein konnte, schliefen sie am Ende mit genau dieser Hoffnung ein.

Hannes wachte als Erster auf. Er benötigte einen Moment, um sich zu orientieren. Das war definitiv kein Traum. Dieser Raum, in dessen Kamin noch immer ein Rest Glut vorhanden war und die Morgendämmerung, die ihre ersten Sonnenstrahlen durch die beiden kleinen Fenster herein-schickte - all das war real.

Er stützte sich auf die Unterarme und ließ seinen Blick schweifen. Auf der anderen Seite des Kamins lagen die Mädchen und neben ihm Rio. Alle schienen sie noch tief und fest zu schlafen.

Schon eine ganze Weile verspürte er einen Druck auf der Blase.

Lene hatte ihnen am Abend im Hof eine Art Plumpsklo gezeigt. Leise erhob er sich und stieg vorsichtig über Rio. Er war im Begriff an den Mäd-chen vorbeizugehen, da fiel sein Blick auf Liz und er blieb wie angewur-zelt stehen. Sie lag auf dem Rücken. Ihr linker Arm ruhte auf dem Schaf-fell, das ihr knapp über den Bauchnabel reichte. Den Rechten hatte sie angewinkelt neben ihrem Kopf, um das sich ihr blondes Haar ergoss, nach oben gestreckt. Ihr Mund war leicht geöffnet. Sie trug lediglich ihren BH. Er starrte sie an und kam sich vor wie ein Voyeur. Krampfhaft ver-suchte er, sich zusammenzureißen, und wandte hastig den Blick ab.

Vorsichtig setzte er sich wieder in Bewegung und da geschah es.

Aus unerfindlichen Gründen verhakte sich sein linker Fuß in dem Heusack, auf dem Liz lag. Er schwankte. *Oh Gott, fuck, er würde genau auf sie fallen.* Wie durch ein Wunder gelang es ihm gerade noch, sich auf sei-nen Händen abzufangen. Sein Gesicht war nur noch wenige Zentimeter von ihrem entfernt.

Plötzlich schlug sie die Augen auf und blickte ihn an. Er sah in dieses tiefe Grün und konnte sich fast nicht losreißen.

»Was genau hast du vor?« Fragend sah sie ihn mit hochgezogenen Brauen an.

»Äh, entschuldige ... Ich bin gestolpert. Ich wollte kurz raus.« Hastig rappelte er sich hoch und deutete nach draußen.

»Echt ... tut mir leid.« Schnell ging er an ihr vorbei. Er war sich sicher, er würde ihr nie wieder in die Augen sehen können.

Wie am Abend vereinbart, würden sie beim gemeinsamen Frühstück über das weitere Vorgehen beratschlagen. Das Klopfzeichen ertönte und Lene öffnete die Tür zum Geheimgang, um Karl und Conrad hereinzu-lassen.

Zuhause hätten sie sicherlich die Nase gerümpft, aber hier, in diese längst vergangene Zeit passten die von Lene aufgetischten Speisen.

Alle griffen mit großem Appetit zu und stärkten sich mit frischer Ziegenmilch und -käse, gepökeltem Fleisch und Brot. Dabei unterhielten sie sich angeregt. Sogar Jo taute etwas auf und ab und zu war tatsächlich ein Lächeln auf ihrem Gesicht zu erkennen.

»Es gehört viel Mut dazu, sich solch einem Abenteuer zu stellen. Wir sind euch zu großem Dank verpflichtet.« Karl schaute bei seinen Worten jeden Einzelnen von ihnen an und Magdalena ergriff seine Hand. »Danke, dass ihr hier seid«, fügte auch sie hinzu.

»Wir werden gemeinsam herausfinden, was für ein Spiel hier gespielt wird!« Zur Untermauerung seiner Worte fuhr Conrads Faust auf den Tisch.

Noch einmal erzählte Magdalena in kurzen Sätzen, wie sie beschuldigt worden war, Christoph von Haigerloch Gift in den Wein gemischt zu haben.

»Zum Teufel, wer könnte es gewesen sein?« Erneut ließ Conrad seine Faust auf den Tisch niederdonnern.

»Vielleicht ist es nicht, wie es auf den ersten Blick scheint.« Gedankenverloren blickte Lene ins Leere. Plötzlich sah sie Liz und Jo an. »Habt ihr Geschick in der Kochkunst und Hausarbeit?«

Die Mädchen tauschten einen Blick und Jo zuckte die Schultern.

»Ja, kochen ist kein Problem.« Als sie sah, wie Rio wieder einmal spöttisch die Augenbrauen hochzog, hätte sie ihm am liebsten eine gescheuert, aber sie ließ sich nichts anmerken. Sollte er doch denken, was er wollte.

»Conrad, schleuse die jungen Leute in den Burgbetrieb ein. Die Mädchen in Küche und Kammern, die Burschen in die Stallungen. Jack behältst du bei dir in der Schmiede.«

Alle hörten Lene gebannt zu.

»Du meinst, jemand von den unseren steckt hinter all dem?« Karl schüttelte ungläubig den Kopf. »Es könnte genauso gut einer von den Haigerlochern gewesen sein, der seinen Herrn loswerden wollte. Wenn ich nur an Christophs Bruder denke, diesen Wilhelm, wie er Magdalena angestarrt hat.«

Irritiert lauschte Magdalena Karls verachtenden Worten.

»Es gäbe da noch zwei Möglichkeiten«, begann Lene vorsichtig.

»Die Erste wäre, dass jemand von den eurigen Christoph von Haigerloch loswerden wollte, oder, das wäre die zweite Möglichkeit«, Lene machte eine Pause, bevor sie fortfuhr, »jemand möchte den Verdacht gezielt auf Magdalena lenken.«

10

Jack bat Conrad, mit ihm zusammen das Versteck der Zeitmaschine in Augenschein zu nehmen. Er hatte Bedenken, dass der ausgewählte Ort vielleicht nicht sicher genug sein könnte. Außerdem hatten sie vor, ihren restlichen Proviant zu holen.

»Keine Angst, mein Freund, niemand wird diesen Ort betreten. Ihr habt ihn gut gewählt.« Er zwinkerte ihm zu. »Der Platz dort soll verflucht sein. Vor vielen Jahren, so erzählt man sich, soll ein Stallbursche aus Eifersucht eine Magd erstochen haben. Seither wird diese Stelle von jedermann gemieden. Ihr Geist spukt scheinbar noch immer dort herum.«

»Wenn Euch, lieber Conrad, diese Umstände keine Probleme bereiten, erleichtert mich das ungemein.« Jack wiegte lächelnd den Kopf.

Conrad winkte ab. »Humbug, alles abergläubischer Humbug. Die Toten sind harmlos. Es sind die Lebenden, vor denen wir uns in Acht nehmen müssen.« Mit diesen Worten klopfte er ihm auf die Schulter und stand auf. »Nichtsdestotrotz, kommt, wir werden uns davon überzeugen, dass sich Euer Reisegefährt an Ort und Stelle befindet.«

Magdalena zeigte ihnen die restliche Umgebung des Hauses.

Durch die Hintertür gelangten sie über ein paar Stufen hinab in einen abgelegenen Innenhof - der ideale Ort für ihre Bedürfnisse. Hier konnten sie ungestört zusammensitzen.

An den großzügigen Platz grenzte ein Stall, in dem zwei Ziegen und ein paar Hühner untergebracht waren. Daneben befand sich ein Brunnen und rechts davon eine Feuerstelle. Ganz am Rande lud eine kleine Wiese mit einem Apfelbaum zum Picknick ein. Der gesamte Platz war von ein paar Büschen und einer steil nach oben ragenden Felswand umgeben. Weit darüber konnte man die Türme Burg Wehrsteins erkennen.

Es würde ein heißer Tag werden. Schon jetzt konnte man es in der Sonne nicht lange aushalten.

»Ich vermisse eine kühle Dusche.« Liz ließ betrübt den Blick zum Brunnen schweifen.

»Oh ja«, Jo seufzte.

Bildhaft erklärten sie Magdalena die Vorzüge dieser neuzeitlichen Errungenschaft.

»Oh, das muss herrlich sein, aber seid getrost, ihr könnt auch ein Bad im Neckar nehmen.« Magdalena hakte sich bei ihnen unter. »Es gibt dort einige schöne, ungestörte Buchten. Man kann sogar nackt baden.«

Sie kicherte. »Und das ist ebenso himmlisch. Oh!« Plötzlich schlug sie die Hand vor den Mund. Sie folgten ihrem Blick.

Rio und Hannes hatten sichtlich Spaß daran, sich abwechselnd eimerweise kühles Brunnenwasser über die Köpfe und ihre nackten Oberkörper zu leeren.

Jo seufzte. »Diese Deppen.«

»Aber ziemlich gut gebaute Deppen.« Liz biss sich auf die Unterlippe.

»Ich werde Lene fragen, ob sie meine Hilfe benötigt.« Hastig wandte Magdalena sich ab und flüchtete ins Haus.

»Komm, lass uns in den Schatten gehen.« Jo deutete nach rechts, wo der Apfelbaum stand.

»Das war ja wohl ziemlich daneben.« Sie konnte sich einen Kommentar nicht verkneifen.

Rio fuhr sich mit der Hand durch sein nasses Haar. »Ich weiß nicht, wovon du redest.«

Jo drehte sich um. »Du weißt genau, was ich meine. Magdalena ist vor Schreck fast umgefallen. Sie so in Verlegenheit zu bringen.«

Rio lachte auf. »Tja, sie wird es überleben - vielleicht war sie ja nur geblendet von unserer makellosen Schönheit.«

»Da müsste sie ja an Geschmacksverirrung leiden.« Abfällig spuckte sie die Worte aus.

»Ach ja? Heute Nacht warst du aber anderer Meinung.«

Ihr schoss die Röte ins Gesicht. »Ach halt doch einfach die Klappe.« Abrupt drehte sie sich um und stolzierte davon.

Liz warf Hannes einen gequälten Blick zu und zuckte resigniert mit den Schultern.

Liz und Jo waren froh, wieder im Besitz ihrer Rucksäcke zu sein.

Endlich konnten sie sich am Brunnen erfrischen. Glücklicherweise hatten sie Shampoo und Duschlotion von zuhause mitgenommen. Als sie in Jogginghosen und T-Shirt das Haus betraten, waren Lene und Magdalena beinahe in Ohnmacht gefallen. Beinkleider an Frauen, das hatten sie noch nie gesehen. Aber frisch gewaschen, brachten sie es einfach nicht über sich, in ihre verschwitzten Kleider zu schlüpfen.

Inzwischen waren auch Karl und Conrad eingetroffen. Zusammen mit den Jungs und Jack saßen sie draußen im Hof. Sie spielten Karten. Die Regeln waren schnell erklärt und sie schienen jede Menge Spaß zu haben. Und dann ging es auch schon auf den Abend zu.

Jo hatte Lene angeboten, Pfannkuchen zu backen. Es war nicht ganz einfach und verlangte einiges an Gespür, um den Teig nicht über der Feuerstelle in dem gusseisernen Gefäß anbrennen zu lassen.

Am Ende war sie mit dem Ergebnis ganz zufrieden.

Sie füllten die Fladen mit kleingewürfelten Kläräpfeln, die zwar noch nicht ganz reif und ein bisschen sauer waren, aber zusammen mit etwas Honig schmeckte es trotzdem köstlich. Alle langten mit großem Appetit zu. Es war Jo beinahe peinlich, wie sie mit Komplimenten überschüttet wurde. Nur Rio hatte nichts gesagt. Sie hatte immer wieder seinen Blick auf sich gespürt. Irgendwie schien er nachdenklich. Es war seltsam.

Später saßen sie alle zusammen draußen am Feuer. Obwohl es langsam dunkel wurde, war es immer noch sehr warm. Conrad erzählte ihnen, was er gemeinsam mit Karl an diesem Tag organisiert hatte.

»Gleich morgen in der Früh werdet ihr, meine Freunde, mich hinauf zur Burg begleiten. Euch Mädchen«, er deutete auf Jo und Liz, »werde ich zu Mechthild, der ehemaligen Amme von Karl und Magdalena, geleiten. Sie ist für alle Belange von Küche und Haushalt der gesamten Burganlage verantwortlich. Sie wird euch in eure Aufgaben einweisen. Wenn jemand fragt, ihr seid von der Schwäbischen Alb und habt hier Arbeit gefunden.«

Conrad richtete den Blick auf Hannes und Rio.

»Nun zu euch, junge Burschen.« Stöhnend beugte er sich vor. Er hatte eindeutig zu viele von diesen köstlichen Fladen in sich hineingestopft. »Ihr werdet Johann zu Diensten sein. Er ist der Stallmeister, oben auf dem Wehrsteinhof und wird euch zeigen, was ihr zu tun habt. Haltet Augen und Ohren offen. Seid gute Beobachter.«

Er wandte sich an Jack. »Wie besprochen, lieber Freund, werdet Ihr mir in der Schmiede Gesellschaft leisten. Wohlgemerkt etwas im Hintergrund. Denn falls die Haigerlocher auftauchen, könnten sie Euch erkennen.«

Plötzlich war Magdalena aufgestanden. Aufgewühlt schritt sie hin und her. »Es ist unerträglich, tatenlos herumsitzen zu müssen und nichts tun zu können!« Sie blieb stehen und sah in die Runde um das Feuer.

»Ihr setzt euer Leben für mich aufs Spiel und ich kann hier nur sitzen und warten.« Wütend spuckte sie die Worte aus.

»Magdalena, hör auf! Hast du eine bessere Idee?« Auch Karl hatte sich erhoben. »Du kannst dich nirgendwo sehen lassen. Sie würden dich eher heute als morgen aufspüren und gefangen nehmen.«

»Man hält mich für eine Mörderin. Ich will den Schuldigen finden!« Verzweifelt schlug sie sich mit der Faust auf die Brust. Die Wut über ihre Unfähigkeit zu handeln, trieb ihr die Tränen in die Augen.

Karl hielt sie an den Handgelenken fest. Eindringlich beschwor er sie. »Sieh mich an! Wir werden das zusammen durchstehen und wir werden gewinnen! Das verspreche ich dir bei allem, was mir heilig ist. Aber ich bitte dich, gefährde nichts durch unüberlegtes Handeln! Lass es zu, dass unsere Freunde helfen. Sie sind unter großer Gefahr unseretwegen hergekommen, hab Geduld!«

Magdalena schluchzte auf. Alles brach plötzlich aus ihr heraus. Sie begann bitterlich zu weinen. Karl zog sie an sich und strich ihr tröstend über den Rücken. Mit einem Mal wurde ihm bewusst, dass er sie am liebsten überhaupt nicht mehr loslassen wollte. *Barmherziger, was für Gedanken drängten sich ihm auf?* Er spürte ein Kribbeln in seinen Händen. *Guter Gott, sie war wie eine Schwester für ihn, oder etwa nicht?* Etwas zu abrupt ließ er sie los.

Nachdem Magdalena sich ein wenig beruhigt hatte, blickte sie schuldbewusst auf. »Karl hat Recht, bitte entschuldigt. Ich sollte nicht nur an mich denken. Es tut mir leid.«

Jack räusperte sich. »Nun ja, wir tun es nicht nur euretwegen. Es gibt da noch etwas, das ihr erfahren müsst.« Betreten schaute er in die Runde und ließ den Blick einen Moment länger auf Rio und Hannes ruhen.

»Als wir das Lager der Haigerlocher erkundet hatten, habe ich nicht nur die Prophezeiung und Magdalenas Schmuck an mich genommen.

Es war mir noch etwas anderes in die Hände gefallen.«

Selbst nicht mehr begreifend, wie es geschehen konnte, schüttelte er den Kopf. »Es war wirklich seltsam. In dieser großen Truhe befand sich noch ein kleiner, Lederbeutel. Ich gab den Inhalt in meine Hand. Ein schwarzer, funkelnder Stein blickte mich an.« Gedankenverloren wiegte

Jack den Kopf. »Ich spürte auf einmal, wie er eine unbeschreibliche Macht über mein Inneres gewann. Es kostete mich eine ungeheure Überwindung, ihn in den Beutel zurückzulegen. Aber das wirklich Furchteinflößende war, dass ich mich plötzlich wieder im Wald bei Karl und Conrad befand. Ich hatte keinerlei Erinnerung daran, was geschehen war, nachdem ich den Stein zurückgelegt hatte. Als ich wieder im Jahr 2006 angekommen war, entdeckte ich die Prophezeiung in meiner Jackentasche. Ich hatte sie wohl wieder versehentlich eingesteckt. Und ich bemerkte, dass da noch etwas war. Nochmals griff ich in meine Tasche. Tja«, Jack machte eine kurze Pause, »ich hielt den Lederbeutel mit dem Stein in den Händen.«

»Moment mal, Jack«, Hannes war verwirrt. »Du sagtest, es kostete dich große Überwindung, den Stein wieder zurückzulegen.«

Jack sah ihn an. »Ja, ich war überzeugt ihn wieder in die Kiste gelegt zu haben, aber mir ist inzwischen klargeworden, dass meine Erinnerung genau an diesem Punkt aussetzte, als ich vorhatte, ihn zurückzulegen.«

»Es ist ein magischer Stein, er hat Euch verhext.« Conrad bekreuzigte sich.

»Und wo hast du ihn? Können wir ihn sehen?« Rio sah Jack gespannt an.

»Spinnst du?« Jo hob ruckartig den Kopf.

»Jetzt mach dir nicht gleich ins Hemd«, blaffte Rio genervt zurück.

»Könnt ihr zwei euch eigentlich endlich einmal wie erwachsene Menschen benehmen? Oder haltet doch einfach ganz die Klappe!« Hannes war sauer. Er hatte langsam die Nase voll von den ständigen Querelen der beiden.

»Wenn Mister obercool mal sein Hirn einschalten würde, läge das durchaus im Bereich des Möglichen!« Genervt starrte Jo ins Feuer.

Liz und Hannes warfen sich einen Blick zu.

»Ich habe ihn bei mir, ständig, auch jetzt.« Jack machte eine Pause. »Aber ich werde ihn nicht wieder hervorholen.«

Keiner sprach ein Wort. Sie hatten das Gefühl, dass Jack seine Geschichte noch nicht beendet hatte.

»Ihr wisst vom Eintreten der Prophezeiungen.« Er sah Rio und Hannes an. »Habt ihr euch nicht gefragt, warum all diese Dinge, die Kälte mitten im Sommer, die Tiere am Waldrand und diese vielen Krankheitsfälle, gerade im Jahr 2016 geschehen?«

Ohne ihre Antwort abzuwarten, fuhr er fort.

»Als ich nach meiner Flucht ins Jahr 2006 zurückgekehrt war, verwahrte ich Stein und Prophezeiung in sicherer Entfernung voneinander. Im Laufe der Jahre habe ich dann ganz einfach nicht mehr daran gedacht.« Nachdenklich starrte er einen Augenblick ins Feuer.

»Und dann, vor ein paar Tagen, kurz vor unserem Start hierher, fiel mir plötzlich alles wieder ein. Ich holte die Kiste mit dem Dokument hervor«, er machte eine Pause, »und den Stein ...«, bitter lachte er auf. »Ich habe den kleinen Beutel achtlos auf den Tisch gelegt und der Stein muss wohl dabei herausgefallen sein. Als ich die Worte der Prophezeiung gedankenlos vor mich hinmurmelte, begann er plötzlich zu leuchten. Ihr wisst, was dann geschah. Ich habe das Unglück in Gang gesetzt, es ist meine Schuld.«

»Jack«, Rio legte ihm die Hand auf den Arm, »du konntest nicht wissen, was daraus entstehen würde.«

Jack sah ihn an. »Du hast wohl recht, Junge, aber ich hatte nun einen Grund mehr, so schnell wie möglich hierher zurückzukehren.«

»Das ist schwarze Magie.« Erneut bekreuzigte Conrad sich. »Wir sollten diese Prophezeiung und den Stein schleunigst vernichten.«

»Nein.« Alle sahen sie Karl an, der sich mit entschiedener Stimme zu Wort gemeldet hatte.

»Zuerst müssen wir die Wahrheit herausfinden.« Aufgewühlt ging er auf und ab. »Wir wissen ja nicht, wie alles zusammenhängt.« Mit festem Blick sah er Jack an. »Ich denke, das Schriftstück und der Stein sind derweil gut bei Euch aufgehoben, Jack.«

11

Sie machten sich für die Nacht fertig. Liz war bereits im Haus und Jo wusch sich am Brunnen noch einmal kurz Gesicht und Hände. Sie klebte schon wieder am ganzen Körper und vermisste wirklich den Luxus einer Dusche. Und trotzdem, fühlte sie sich hier wohl, bei all den Menschen aus einer längst vergangenen Zeit. Sie hatte den ganzen Tag nicht eine Sekunde an zu Hause gedacht - und nicht an damals. Alles war so unendlich weit weg.

Sie sah in den sternenklaren Nachthimmel und fuhr sich mit den nassen Händen über Gesicht und Arme. Es war so still und die Luft erschien ihr reiner und klarer als zu Hause. Sie musste daran denken, wie begeistert alle von ihren Pfannkuchen gewesen waren. Mit einem Lächeln ging sie langsam die Stufen hinauf. Plötzlich ging die Tür auf und Rio stand vor ihr. Überrascht zog er die Brauen nach oben und blies sich eine Strähne aus der Stirn.

»Wow.«

Jo hob ebenfalls die Augenbrauen. »Was?«

»Seh ich da etwa ein Lächeln?« Er legte den Kopf schräg und betrachtete ihr Gesicht, als würde er es einer wissenschaftlichen Untersuchung unterziehen.

»Bild dir bloß nichts ein.« Sie rauschte an ihm vorbei.

»Ach, übrigens ... «

Sie drehte sich noch einmal um. »Was denn noch?«

Er lächelte. »Du kochst nicht schlecht.«

Beim Frühstück am nächsten Morgen mussten sie allerlei Tipps und Verhaltensregeln über sich ergehen lassen.

»Und denkt an eure Ausdrucksweise, sprecht nicht zu neuzeitlich.« Eindringlich redete Jack auf sie ein.

»Unternehmt nichts auf eigene Faust - beobachtet und berichtet.« Auch Conrad hatte alle möglichen Ratschläge für sie parat.

»Schaut den Höhergestellten niemals in die Augen, haltet den Blick auf den Boden gerichtet.« Magdalena sah zwischen Jo und Liz hin und her.

Und dann war es soweit, aufzubrechen. Sie hatten alle wieder ihr mittelalterliches Outfit angelegt und folgten Conrad durch den Geheimgang. Die angenehme Kühle in der feuchten Luft tat gut. Aber leider hielt sie nicht lange an. Je steiler der Pfad wurde, desto mehr gerieten sie ins Schwitzen.

»Können wir kurz stehen bleiben?« Liz wischte sich den Schweiß von der Stirn.

»Gleich haben wir es geschafft, da vorne ist der Felsspalt, seht ihr?« Conrad deutete nach oben.

»Ok«, Liz nickte. Sie machte den nächsten Schritt und knickte unvermittelt um.

Hannes reagierte blitzschnell, er bekam sie gerade noch unter den Armen zu fassen und zog sie hoch. Liz spürte seinen warmen Atem an ihrem Hals und ihr wurde bewusst, dass er sie einen Moment länger hielt, als es unbedingt nötig gewesen wäre.

»Danke.« Sie warf ihm einen kurzen Blick zu.

»Kein Problem.« Da erst ließ er sie langsam los.

»Ihr wisst den Weg, habt ihr noch Fragen?« Conrad sah zuerst Hannes, dann Rio an.

Sie schüttelten den Kopf. Rio tippte sich mit Zeige- und Mittelfinger an die Stirn und warf den Mädchen beim Weggehen einen Blick zu. »Viel Spaß beim Abstauben.«

»Viel Spaß beim Misten«, rief Jo hinterher, doch Rio lachte nur.

Genau das war es, was sie immer zur Weißglut brachte, er nahm einen nie ernst und machte sich ständig über sie lustig.

Sie mussten die Burg ein gutes Stück umrunden, bevor sie zum Palas gelangten, in dessen Erdgeschoß sich der Küchentrakt befand. So früh am Morgen, war noch nicht viel Betrieb im Burghof. Ein paar Hühner stoben gackernd zur Seite und als sie an einem Backhäuschen vorbeikamen, duftete es bereits köstlich nach frischem Brot. Eine ältere Frau war damit beschäftigt, einen großen Teigklumpen mit ihren Händen zu bearbeiten. Eine Jüngere formte aus einem anderen kleine Laibe.

»Oh, das duftet wieder köstlich, meine Damen. Ich fürchte, ich werde euch auf dem Rückweg einen Besuch abstatten müssen.« Conrad zwinkerte ihnen zu.

»Du bist uns jederzeit willkommen«, gaben sie lachend zurück. Conrad schien überall beliebt zu sein.

Schließlich waren sie vor dem Eingang zum Wohntrakt angelangt, in dessen Untergeschoß auch die Küche untergebracht war.

Conrad führte sie an den Wachen vorbei nach rechts, einen langen schmalen Gang entlang. Sie durchschritten die Tür an dessen Ende und schon standen sie mitten in emsigem Treiben.

Hatte man draußen den Eindruck gewonnen, alles würde noch in den Federn liegen, so wurde man hier drinnen eines Besseren belehrt. Mehr als ein Dutzend Bedienstete hetzten geschäftig hin und her und nahmen klaglos die barschen Befehle des Kochs entgegen. Sie schienen schon seit Stunden auf den Beinen. Geschockt beobachtete Liz, wie eine Frau ein Küchenmädchen ohrfeigte, als diese versehentlich an dem großen Tisch in der Mitte des Raumes mit ihrem Kleid hängen geblieben war. Eine Schüssel war dabei zu Boden gegangen und in tausend Teile zerbrochen.

Niemand schenkte ihnen die nötige Aufmerksamkeit - bis Conrad einen lauten Schrei ausstieß. Plötzlich war es mucksmäuschenstill. Alle hielten in der Bewegung inne und starrten Conrad, Liz und Jo an.

»Conrad, sei gegrüßt!« Der Koch wischte sich die Hände an seiner Schürze ab und kam erfreut näher. »Was führt dich hierher?«

»Ich habe für Mechthild zwei Mägde.« Er deutete auf Liz und Jo. Missmutig legte der Koch die Stirn in Falten. »Aber nicht für meine Küche, hab schon genug zu tun - sie halten uns nur von der Arbeit ab.«

In diesem Moment schwang die Tür auf und eine gepflegte Frau mittleren Alters betrat mit festen Schritten den Raum.

»Das wird nicht nötig sein. Sei gegrüßt Conrad.« Sie nickte den Mädchen zu. »Ihr könnt gleich mit mir kommen. Philomena wird euch zeigen, was zu tun ist.«

Das musste Mechthild sein. Wie Magdalena ihnen geheißen hatte, deuteten sie einen kleinen Knicks an und vermieden es ihr ins Gesicht zu sehen.

»Sei gegrüßt schöne Maid.« Conrad verbeugte sich ein wenig theatralisch. »Ich hoffe, die beiden werden dir gute Dienste leisten.«

Mechthild lächelte. »Du verstehst es, Komplimente zu machen, lieber Conrad. Aber die unbeschwerte Zeit der Maid ist bedauerlicherweise schon ein paar Tage her. Nichtsdestotrotz danke ich dir für die kleine Aufmunterung.«

Nun lächelte auch Conrad. Wie gern hätte er der vertrauenswürdigen Mechthild die Wahrheit über ihr Vorhaben erzählt. Doch es lag ihm fern, sie in die Sache hineinzuziehen.

Nach ein paar belanglosen Worten verabschiedete er sich schließlich von den dreien.

Die Mädchen folgten Mechthild bis zum Fuße einer großen, breiten Treppe. Hier unten war es recht dunkel. Nur der Schein, einiger am Mauerwerk angebrachten Kerzen, sorgte für ein wenig Helligkeit.

»Wir werden nun den Wohntrakt der Burg betreten. Solltet ihr Graf Rudolf oder einem der Ritter begegnen, so verbeugt euch und schaut ihnen nicht ins Gesicht. Es ziemt sich nicht, jemanden Höhergestellten anzustarren.« Streng sah sie die beiden an. Ihr Blick blieb an Jo hängen. »Nimm das Tuch ab.«

Jo erschrak. Damit hatte sie nicht gerechnet. Als sie keine Anstalten machte, hob Mechthild abwartend die Augenbrauen. Langsam zog Jo an dem Tuch.

»Dein Haar ist wohl den Läusen zum Opfer gefallen?«

Jo meinte so etwas wie Mitgefühl in Mechthilds Blick zu erkennen. »Ich werde Philomena sogleich anweisen, dir eine vorteilhaftere Kopfbedeckung zu geben. Ohnehin werdet ihr als Kammerzofen andere Kleidung tragen.«

Erstaunt tauschten Jo und Liz einen Blick. Amüsiert hob Mechthild ein weiteres Mal die Augenbrauen. »Oder wollt ihr lieber mit dem Aussehen einer Küchenmagd Eindruck schinden?«

Die Treppe schien nicht enden zu wollen. Ihre Hoffnung, die letzten Stufen zu erklimmen, zerschlug sich jedes Mal, wenn sie um die nächste Ecke bogen. Allerdings wurde es langsam immer heller, also konnte es nicht mehr lange dauern, bis sie oben angekommen waren. Und dann endlich, nach der letzten Biegung, waren am Ende der Stufen zu beiden Seiten große Fenster zu erkennen, durch die helles Sonnenlicht hereinströmte.

Beeindruckt sahen sie sich um. Die Decke der imposanten Halle schwebte hoch über ihnen. Riesige Gemälde zierten die Wände. Trotz ihrer Größe strahlte die Räumlichkeit eine gewisse Gemütlichkeit aus.

Dicke Teppiche lagen aus und es gab mehrere bequem aussehende Sitzgelegenheiten. Im Kamin prasselte ein Feuer, das für behagliche Wärme sorgte.

Von den langen Gängen, die sich beidseitig der Feuerstelle erstreckten, wählte Mechthild den Linken. Sie folgten ihr bis zur letzten Tür.

»Philomena wird euch sogleich mit Kleidung versorgen. Anschließend werdet ihr in eure Aufgaben eingewiesen.« Sie zögerte kurz. »Ihr müsst wissen, Philomena ist der Sprache nicht mächtig. Aus Gründen, die nur der Allmächtige kennt, wurde ihr die für uns selbstverständliche Gabe des Austausches verwehrt. Sie versteht jedoch jedes Wort und wird euch alles beibringen, was ihr an Wissen benötigt.« Mit einem Nicken, das keinen Widerspruch zu dulden schien, wandte sie ihnen den Rücken zu und öffnete die Tür.

Philomena war mit dem Zusammenlegen der Wäsche beschäftigt. Rasch erhob sie sich und deutete vor Mechthild einen Knicks an.

Hastig nickend nahm sie Mechthilds Anweisungen entgegen, bevor diese sich schließlich von den dreien verabschiedete.

Die fehlende Kommunikation stellte sich als weniger schwierig heraus, wie zunächst befürchtet. Liz und Jo wussten ja bereits aus Jacks Erzählungen, dass Philomena nicht sprechen konnte. Ihr freundliches Wesen und ihre, im wahrsten Sinne des Wortes, ruhige Ausstrahlung, nahm ihnen sogleich etwas die Aufregung, die sie seit dem Morgen beschlichen hatte.

Philomena öffnete einen großen Schrank und als hätten die Kleider auf sie gewartet, zog sie ein kobaltblaues für Jo und ein hellgrünes Samtkleid für Liz heraus. Sie half ihnen beim Ankleiden und die Verwandlung machte allen dreien diebischen Spaß. Am Ende band sie jedem Mädchen, passend zum Kleid, ein breites Haarband um. Liz' Haare wurden auf diese Weise aus der Stirn gehalten. Der Zopf lag locker auf ihrer Schulter. Und obwohl oder gerade, weil Jos Haar raspelkurz war, sah das breite, im Nacken gebundene Band wunderschön an ihr aus. Ihre dunklen Augen wirkten größer und ihre Wangenknochen schienen noch ein wenig höher.

Philomena bedeutete den beiden, mitzukommen. Es befanden sich immer wieder Gäste auf Burg Wehrstein und so mussten sämtliche Räume inspiziert und gegebenenfalls in Ordnung gebracht werden. Die meisten Schlafräume waren mit wunderschönen Himmelbetten ausstaffiert.

Liz und Jo kamen aus dem Staunen nicht heraus.

Am Ende des Flurs gab es einen Bereich mit einfachen Räumlichkeiten für das Gesinde. Eine Kammer war mit bis zu fünf Schlafplätzen ausgestattet. Diese waren für die Dienerschaft der jeweiligen Gäste vorgesehen.

Bevor sie sich dem Reinigen der Zimmer widmeten, stand die wichtigste Aufgabe des Tages an. Philomena wies auf den Gang rechts des Kamins und sie folgten ihr in den Westflügel der Burg.

Hier erschien ihnen alles noch prunkvoller. Die Teppiche waren dicker und die Gemälde opulenter. Philomena lenkte ihre Aufmerksamkeit auf ein riesiges Porträt, das Graf Rudolf in voller Größe zeigte.

Zuerst begriffen Jo und Liz nicht, was sie ihnen zu erklären versuchte. Sie deutete auf sämtliche Kleidungsstücke des stattlichen, leicht untersetzten Burgherrn. Schließlich zeigte sie auf die nächste Tür. Sie schauten sich unbehaglich an.

»Denkst du, was ich denke?« Jo stand der Schrecken ins Gesicht geschrieben.

»Wir müssen ihm beim Ankleiden helfen.« Es war eher eine Feststellung, als eine Frage, die Liz tonlos über die Lippen kam.

Ein Blick auf Philomena bestätigte ihre Befürchtung. Diese zuckte die Schultern ohne jegliche Gefühlsregung. Für sie war es wohl nichts Ungewöhnliches. Vermutlich war diese tägliche Pflicht bei ihr schon seit Jahren zur Gewohnheit geworden.

Als sie schließlich vor Graf Rudolfs Räumlichkeiten angelangt waren, fasste Philomena sie an den Händen und senkte den Blick. Mit einem mulmigen Gefühl taten es ihr Jo und Liz gleich. Nach kurzem Zögern klopfte Philomena dreimal mit dem eisernen Griff an die Tür. Ein gedämpftes tretet ein erklang und sie drückte die Klinke nach unten.

Der Graf stand am Fenster. Er hatte ihnen den Rücken zugewandt.

»Neuigkeiten zum Verbleib meiner Tochter? Wenn ja, wärst du ohnehin nicht in der Lage davon zu berichten, habe ich Recht?« Resigniert drehte er sich um und musterte Philomena mit hochgezogenen Augenbrauen.

»Und wenn du in der Lage wärst, würdest du es trotzdem nicht tun.«
Fragend glitt sein Blick zu Liz und Jo.

»Welch reizende Augenweide. Hast du neue Gehilfinnen, Philomena?«

Diese nickte eifrig, bevor sie ihr Haupt sofort wieder zu Boden richtete. Neugierig sah er Jo und Liz an. »Wie lauten eure Namen?«

»Liz ... « Liz räusperte sich hastig. »Elisabeth.«

Graf Rudolf wandte sich abwartend an Jo.

»Johanna. Mein Name ist Johanna.« Jo atmete innerlich auf. Zum Glück war ihnen sofort etwas Passendes eingefallen. Sie hatten im Vorfeld überhaupt nicht darüber nachgedacht.

Ihre Blicke kreuzten sich kurz. Jo sah in graublaue Augen. Sie konnte keine Regung darin erkennen. Schnell senkte sie wieder den Kopf.

Das Ankleiden war weniger spektakulär, als befürchtet. Graf Rudolf trug zum Glück bereits Hose und Hemd. Lediglich in Schuhe und Umhang mussten sie ihm helfen. Währenddessen bat er sie, irgendetwas über den Verbleib seiner Tochter in Erfahrung zu bringen. So sollten sie ihm doch bitte sämtliche Neuigkeiten auf schnellstem Wege mitteilen.

Nachdem sie sich mit einem Knicks verabschiedet hatten, machten sie sich daran, die Räumlichkeiten in Ordnung zu bringen, die Philomena ihnen bereits gezeigt hatte. Sie war eine wirklich geduldige Person.

In Ruhe führte sie Liz und Jo in die Arbeit ein. Und obwohl Philomena nicht sprechen konnte, hatten sie viel Spaß miteinander. Dank ihres pantomimischen Talents, war sie in der Lage, sämtliche Personen treffend nachzuahmen. Am Ende des Tages verabschiedeten sie sich lachend voneinander.

»Hast du Philomenas Blick bemerkt, als Graf Rudolf von Magdalena anfing?« Sie waren auf dem Weg zur Schmiede und Liz hatte sich bei Jo untergehakt.

»Ja, am liebsten hätte ich ihr erzählt, wo sie ist«, erwiderte Jo.

»Der Graf ist schon beeindruckend, findest du nicht?« Liz warf Jo einen Seitenblick zu.

»Mmh. « Jo sah geradeaus. »Er hat irgendwie seltsame Augen.«

Ein schleichender Schmerz kroch langsam von ihrem Nacken in Richtung Schädel. Sie hoffte, keine Kopfschmerzen zu bekommen.

Karl hatte aus gutem Grund geschwiegen. Er wollte ohne Magdalenas Wissen mit ihrem Vater reden und ihm berichten, wie die Haigerlocher ihr Versteck ausfindig gemacht und sie verschleppt hatten. Den aktuellen Aufenthaltsort würde er seinem Onkel keinesfalls verraten. Das schuldete er ihr. Sie war von der fixen Idee besessen, ihr Vater würde sie ebenfalls verdächtigen, Graf Christoph auf dem Gewissen zu haben. Er konnte ihr diesen törichten Gedanken nicht ausreden.

Das Verhältnis zwischen Magdalena und ihrem Vater war nie sehr herzlich gewesen. Vielleicht hatte er sich wegen des Verlustes seiner Frau zu viel väterliche Zuneigung verboten. Sicherlich war die Angst übermächtig, nochmals einen geliebten Menschen zu verlieren - sein Kind. Diesen Schmerz hätte er vermutlich nicht noch einmal ertragen.

Daher war es möglicherweise leichter, die Gefühle seiner Tochter gegenüber, von Beginn an auf Distanz zu halten.

Karl schritt zwei Stufen auf einmal nehmend die lange Treppe zum Kaminzimmer hinauf.

Graf Rudolf erwartete ihn. Er hatte ein Schachbrett vor sich aufgebaut.

»Onkel, seid gegrüßt.« Hastig verbeugte sich Karl.

»Nimm Platz mein Junge.« Er deutete auf einen Hocker gegenüber. »Der nächste Zug fällt mir nicht leicht. Willst du mir bei meiner Entscheidung behilflich sein?«

Karl wurde die Doppeldeutigkeit der Worte bewusst. Er nahm seinen ganzen Mut zusammen. »Onkel, die Haigerlocher haben Magdalenas Versteck aufgespürt und versucht, sie umzubringen.«

Mit einem Ruck hob Graf Rudolf den Kopf und sah Karl undurchdringlich an.

»Keine Sorge, sie ist in Sicherheit.«

Sein Onkel schritt zum Kamin und starrte ins Feuer. »Wo?«

Karl gesellte sich zu ihm. »Bei Freunden.«

»Ich nehme an, meine Tochter möchte nicht von ihrem Vater gefunden werden?« Mit hochgezogenen Augenbrauen blickte er Karl fragend an.

»Sie ist von dem Gedanken besessen, dass Ihr sie für schuldig halten könntet.« Karl zuckte die Schultern.

Mit einem Schürhaken stocherte Graf Rudolf schweigend in der Glut herum und warf ein großes Holzscheit hinein.

»Was für ein Vater, der sein eigen Fleisch und Blut für eine Mörderin hält.« Zynisch spuckte er die Worte aus und sah Karl an. »Aber sag, mein Junge, wer hätte noch Interesse am Tode Graf Christophs haben sollen?« Gleichermaßen verzweifelt und gequält blickte er Karl in die Augen.

»Onkel! Niemals wäre Magdalena zu solch einer Tat fähig! Dessen seid gewiss!« Mit kämpferischem Blick sah er ihn an. »Und ich werde den Schuldigen finden, das schwöre ich bei meinem Leben!«

»Wo ist sie?« Beschwörend legte Graf Rudolf seine Hand auf Karls Schulter.

»Verzeiht, Onkel. Ich kann es Euch nicht sagen.« Entschlossen schüttelte Karl den Kopf. »Ich werde Magdalenas Wunsch respektieren, zuerst ihre Unschuld zu beweisen.«

13

Um auf den Wehrsteinhof zu gelangen, benötigten Hannes und Rio durch den Wald keine zehn Minuten.

Das Gehöft war hufeisenförmig angelegt. Das Bediensteten Haus bildete die Verbindung zu den zwei großen, sich gegenüberliegenden Stallungen. Hühner und Gänse liefen frei herum. Auf den großzügig eingezäunten Wiesen weideten Kühe, Pferde und Ziegen. Eigentlich sah es auf den ersten Blick nicht sehr viel anders aus, als in der Zukunft.

Sie waren gleich von Johann, dem Stallmeister, in Empfang genommen und in die Arbeit eingewiesen worden. Er war wirklich wie von Conrad angekündigt, nicht sehr gesprächig und beschränkte sich mit seinen Erklärungen auf das Nötigste.

Ställe mussten ausgemistet und die Pferde, immer wieder eintreffender Reiter versorgt werden. Ihr regelmäßiges Fußballtraining kam Rio und Hannes bei der anstrengenden Arbeit zugute.

Sie waren nicht die Einzigen im Stall. Einige Boxen weiter, waren ebenfalls ein paar Stallburschen beschäftigt. Ein junger Mann, ungefähr in ihrem Alter, war ihnen gleich aufgefallen. Gut gelaunt pfiff der vor sich hin. Er musste sie beobachtet haben, denn nach einer Weile kam er mit einem Grinsen im Gesicht auf sie zu.

»Das erste Mal?« Er stützte sich auf seine Schaufel und sah von einem zum andern. »Auf diese Weise seid ihr morgen noch nicht fertig. Wer hat euch denn diese Miniaturausgabe einer Mistgabel gegeben? Wartet einen Moment.« Er verschwand in der Abstellkammer um die Ecke und kam kurz darauf mit zwei deutlich größeren Gabeln zurück. »Damit wird es bessergehen.« Er streckte ihnen die Arbeitsgeräte entgegen. »Ich bin Martin.« Er sah sie abwechselnd an. »Und wer seid ihr?«

Sie stellten sich als Hannes und Richard vor. Rio war auf die Schnelle nichts anderes eingefallen. Auch er hatte nicht eine Sekunde darüber nachgedacht, dass sein richtiger Name womöglich zu einem Problem führen könnte.

Martin war ein lustiger Kerl und redete ohne Unterlass, was den beiden nur zu Gute kam. So mussten sie schon nicht zu viel von sich preisgeben. Sie erzählten ihm lediglich, dass sie von der Schwäbischen Alb kämen und hier nach Arbeit gesucht hätten.

Nachdem sie mit dem Säubern der Stallungen fertig waren, brachten sie die Mistgabeln in die Abstellkammer zurück. In dem schummrigen Raum waren sämtliche Arbeitsmaterialien wie Schaufeln, Leitern, Besen und verschiedenes Werkzeug untergebracht. Martin schien Gefallen daran zu finden, ihnen alles detailliert zu zeigen.

Unvermittelt legte er die Finger an die Lippen. »Scht.«

Sie folgten seinem Blick durch den Türspalt. Auf dem Gang, zwischen den Pferdeboxen, näherten sich vier Mädchen. Zwei von ihnen hielten einen Eimer in der Hand. Es war klar, was Martin vorhatte.

»Wie die Hühner auf der Stange.« Er grinste.

Sie waren noch ungefähr zwei Meter entfernt, da bewegte Martin die Tür der Abstellkammer ganz leicht, sodass ein leises Quietschen zu hören war.

»Was war das?« Eines der Mädchen blieb abrupt stehen.

Eine zierliche, rothaarige Magd trat neugierig einen Schritt nach vorne.

Plötzlich schwang die Tür auf und Martin schoss wie ein Pfeil heraus. Es folgten Schreie, lautes Geschepper und die mit Milch gefüllten Eimer flogen durch die Luft.

Rio und Hannes hatten sich etwas im Hintergrund gehalten und verfolgten amüsiert, wie die Mädchen mit Martin stritten.

Seinetwegen würden sie nun Ärger bekommen. Schließlich hätten sie die Milch abliefern müssen.

Rio trat einen Schritt vor, hob einen der Eimer auf und reichte ihn mit einem Augenzwinkern der kleinen Rothaarigen. Ihre kupferroten Haare schienen durch ihr heftiges Erröten noch feuriger zu leuchten.

Am Ende gab sich Martin geschlagen und willigte ein, mit ihnen zu kommen, um nochmals für Nachschub bei den Kühen zu sorgen.

Sie hatten miteinander vereinbart, sich am Abend bei Conrad in der Schmiede zu treffen.

Liz war gerade dabei Jack zu erzählen, was sie an diesem Tag alles erlebt hatten, als dieser Hannes und Rio bemerkte.

»Hallo ihr beiden. Setzt euch zu uns. Sicherlich seid ihr müde, von der ungewohnten Arbeit.« Er zwinkerte ihnen zu. »Wie ist es euch ergangen?«

Während Hannes neben Liz und Jack Platz nahm und von Martin und ihrer Arbeit erzählte, gesellte Rio sich zu Conrad, der noch mit dem Aufräumen seines Werkzeuges beschäftigt war.

»Nun mein Junge, seid ihr zurechtgekommen?«

Rio wischte sich mit dem Ärmel den Schweiß von der Stirn. »Ja, ging ganz gut.«

Erst jetzt spürte er, wie durstig er war. Conrad blickte auf und als hätte er seine Gedanken gelesen, deutete er mit dem Kopf über seine Schulter. »Dort drüben steht ein Krug mit frischem Quellwasser.«

Rio ließ sich das nicht zweimal sagen und steuerte auf den hinteren Teil der Schmiede zu. Er bog um die Ecke und wäre beinahe über Jo gefallen. Es gelang ihm gerade noch, sich an der gegenüberliegenden Wand abzustützen. Vorsichtig trat er einen Schritt zurück.

Mit angezogenen Knien saß sie auf einem Fell in der Ecke und hatte ihren Kopf an die Mauer gelehnt. Sie schien tief und fest zu schlafen. Er stand ganz still. Wie anders sie aussah. Ihr Gesicht war entspannt, jegliche Härte daraus entwichen. Ein sanftes Lächeln umspielte ihre Lippen. So kannte er sie gar nicht. Und was sie anhatte, das Band in ihrem Haar, das blaue samtene Kleid. Automatisch wanderte sein Blick über ihren Körper bis zu ihrem Dekolleté, das einen leichten Brustansatz erkennen ließ. Er musste schlucken und merkte, wie trocken sein Hals sich plötzlich anfühlte. Rasch wandte er sich ab, um nach dem Wasserkrug zu greifen. Nachdem er seinen Durst gestillt und den Becher etwas zu abrupt abgestellt hatte, begann Jo sich zu regen. Er wollte sich schnell und unbemerkt zurückziehen. Vorsichtig bewegte er sich nach hinten. Zu spät bemerkte er den Widerstand in seinem Rücken. Eine große Schaufel krachte scheppernd zu Boden.

Jo blinzelte und als sie Rio wahrnahm, verschloss sich ihr Gesicht augenblicklich zu einer abwehrenden Maske.

»Was glotzt du so?«, fuhr sie ihn an. Hastig beugte sie sich vor und war im Begriff sich zu erheben. Mitten in der Bewegung wurde ihr plötzlich so schwindelig, dass sie fast wieder zu Boden gegangen wäre, hätte Rio nicht schnell einen Schritt nach vorne gemacht, und sie unter den Armen gepackt. Er zog sie zu sich hoch. Sie standen sich ein paar Sekunden gegenüber und starrten sich mit unbeweglicher Miene an. Jos Augenlider begannen zu flackern.

»Kann ich dich loslassen oder hast du noch weiche Knie?« Rio brach zuerst das Schweigen. Mit einem spöttischen Lächeln blies er sich eine Strähne aus der Stirn.

»Jo, Rio? Ach, hier seid ihr … Kommt ihr? Wir wollen los.«

Abrupt riss Jo sich von Rio los und stürmte an der überraschten Liz vorbei. »Dann verlieren wir besser keine Zeit«, zischte sie im Vorbeigehen.

»Was war das jetzt?« Liz warf Rio einen fragenden Blick zu.

Er zuckte nur die Schultern und breitete seine Arme theatralisch aus. »Als ich sie retten wollte, hat sie sich mal wieder in ein Biest verwandelt.«

»Sie wollte sich ihrer Kopfschmerzen wegen etwas ausruhen.« Liz schüttelte resigniert den Kopf. »Na dann gehen wir wohl jetzt besser.«

Das wurde ja immer schlimmer mit den beiden. Konnten sie nicht mal Ruhe geben? Sie musste unbedingt heute Abend einmal mit Jo reden. Rio hatte nicht die alleinige Schuld an den ständigen Anfeindungen und Auseinandersetzungen. Jo trug ebenso ihren Teil dazu bei. Warum war sie Rio gegenüber nur immer so aggressionsgeladen?

Gut, er hatte schon ab und zu diese zynisch ironische Art an sich. Aber provozierte Jo ihn nicht auch manchmal? In Gedanken versunken machte sie sich zusammen mit den anderen auf den Weg durch den Geheimgang. Schweigend gingen sie hintereinander her. Nachdem Lene ihnen die Tür geöffnet hatte, traten sie hungrig und erschöpft ins Innere.

Sie hatten sich draußen am Brunnen die Hände gewaschen und nun saßen sie gemeinsam an dem großen Tisch. Lenes Eintopf roch köstlich. Nachdem Magdalena das Tischgebet gesprochen hatte, langten alle mit beträchtlichem Appetit zu.

Sie erzählten von ihren Erlebnissen an diesem ersten Tag an ihrer neuen Arbeitsstätte. Magdalena freute es besonders, dass Liz und Jo sich so gut mit Philomena verstanden.

»Ihr müsst wissen, Phil ist nicht nur meine Zofe, sie ist auch meine Freundin.« Traurig senkte sie den Kopf. »Nicht einmal sie weiß, wo ich bin.«

Streng sah Conrad Liz und Jo an. »Und ihr Mädchen werdet es ihr nicht verraten.«

Hannes und Rio berichteten von Martin und dass die Zeit, dank seiner Unterhaltung, wie im Fluge vergangen war. Sie schilderten, wie er die Mägde erschreckt hatte, und alle lachten über die Vorstellung, wie er im

Schlepptau der vier Mädchen nochmals Kühe melken musste, um die verschüttete Milch zu ersetzen.

»Am liebsten hätten sie Rio auch mitgenommen. Stimmt's Kumpel?« Hannes boxte Rio lachend auf den Oberarm. »Besonders die kleine Rote.«

Nur Magdalena war aufgefallen, dass Jos Lachen ein wenig gekünstelt klang.

»Ja«, meinte Conrad, »Martin ist ein Bursche, der ständig etwas ausheckt. Aber er ist ein schlaues Kerlchen und in Ordnung. Lasst euch nur nicht zu sehr von ihm ablenken, sonst bekommt ihr womöglich noch Ärger mit Johann.«

Sie waren mit dem Essen fertig, als es an der Tür zum Geheimgang klopfte.

»Das wird wohl Karl sein«, meinte Conrad. »Er wollte noch ein paar Nachforschungen anstellen.«

Es war Karl und er brachte Neuigkeiten.

»Die Haigerlocher haben ihr Lager geräumt und sind abgezogen.«

»Was? Wirklich?« Alle redeten durcheinander.

»Hört mit zu!« Karl hob beide Hände. »Denkt nach. Sie wurden überrascht als sie Magdalena ... als sie Magdalena etwas antun wollten.«

Es war ihm anzumerken, dass ihn die Erinnerung an den besagten Abend noch immer mitnahm.

»Sie wissen selbst am besten, dass ihre geplante Tat rechtswidrig ist. Schließlich wurden sie von uns gesehen.« Karl ließ seinen Blick zu Jack und Conrad schweifen. »Vermutlich wollen sie zuerst einmal von ihrer Gesetzlosigkeit ablenken und ziehen sich offiziell zurück. Aber«, Karl machte eine Pause, »glaubt nicht, dass sie aufgeben werden.« Er sah sie alle an. »Sie werden nicht lockerlassen, bis sie Magdalena gefunden haben. Sie wollen Rache.« Karls Blick ruhte auf Magdalena. »Wir werden nicht zulassen, dass sie dir etwas antun.«

Entschlossen platzierte er seine Hand auf die Mitte des Tisches. Langsam hob Conrad die seine und legte sie auf Karls. Eine nach der anderen folgte.

Nachdem auch Karl noch eine Kleinigkeit gegessen hatte, war es erstaunlicherweise Rio, der sich als Erster erhob, um die Schüsseln und Löffel vom Tisch zu räumen. Jo war überrascht. Von ihm hätte sie das am wenigsten erwartet. Aber warum auch nicht? Sie und Liz hatten schließlich auch einen anstrengenden Tag hinter sich. Da konnten die Jungs genauso ihren Beitrag bei Lene leisten.

Nachdem die Stube aufgeräumt war - am Ende halfen alle mit - setzten sie sich wieder zu den anderen.

Karl und Magdalena stellten etliche Fragen über die Zukunft und staunten mit großen, ungläubigen Augen, als Rio und Hannes abwechselnd von sämtlichen technischen Errungenschaften erzählten. Das mit den Flugzeugen schienen sie ihnen allerdings nicht so richtig abzunehmen.

Die Zeit verging und in spätestens einer Stunde würde die Sonne hinter dem Horizont verschwunden sein.

Liz und Jo hatten sich die meiste Zeit in den kühlen Räumen der Burg aufgehalten. Dennoch war ihnen bei den hochsommerlichen Temperaturen unter den schweren Samtkleidern der Schweiß in Strömen geflossen. Nun klebte der Stoff unangenehm auf ihrer Haut. Sie sehnten sich nach der Frische des Brunnenwassers.

»Mädchen, was haltet ihr von einem Bad? Seht her, es steht schon heißes Wasser bereit.«

Konnte Lene Gedanken lesen? Jo und Liz tauschten einen Blick.

Lene prüfte zwei große, gusseiserne Töpfe auf ihre Temperatur. »Conrad, wärst du bitte so gut und würdest uns behilflich sein, es scheint mir doch eine zu schwere Last.«

Conrad trat an die Feuerstelle und hob einen der massigen Kessel an, um ihn nach draußen in den Hof zu tragen.

Jo und Liz schauten ihm über die Schulter und trauten ihren Augen nicht. Neben dem Brunnen stand ein riesiger Holzzuber.

»Eine Badewanne!« Liz schlug die Hände vor den Mund.

Conrad leerte das heiße Wasser hinein und gab noch einige Eimer kühles Brunnenwasser hinzu.

»Wir Männer gehen derweil an den Neckar und werden dort unser Bad nehmen.« Gutgelaunt zwinkerte er ihnen zu. »Dann seid ihr ungestört.«

»Kannst du mir mal helfen?« Liz drehte Jo den Rücken zu. »Ich hoffe, die gehen wirklich vorne raus, oder wollen wir warten, bis sie weg sind?«

Während Jo damit begann, Liz' Kleid aufzuknöpfen, flocht diese sich geschickt ihren Zopf auseinander.

»Lene hat versprochen, sie zur Vordertür rauszuschicken. Um diese Zeit sind kaum mehr Leute unterwegs.« Jo hielt inne. »Stell dir vor, wir stehen halb nackt da und die gehen hinten raus.« Sie schloss einen Moment die Augen. »Oh Gott, ich darf's mir gar nicht vorstellen.«

Liz schüttelte ihr Haar auf. »Ich will's mir gar nicht vorstellen, das wäre der Super-GAU.«

Die anderen waren bereits im Freien, da durchforstete Hannes noch immer seinen Rucksack. *Irgendwo musste doch das Duschgel sein ... Ah, da war es ja.* Er griff danach und ging - wie gewohnt - zur Hintertür hinaus.

Verdammt - er hatte überhaupt nicht mehr daran gedacht...

Wie angewurzelt blieb er stehen. *Er sollte das nicht tun.* Sie standen da und wandten ihm den Rücken zu.

Jo half Liz mit dem Kleid. Sie hatte es ihr schon fast bis zur Taille aufgeknöpft. Von dort klaffte es wie ein großes V auseinander und gab ihren nackten Rücken frei. Sie hatte sich das Haar nach vorne gebunden. In der Abendsonne glänzte es wie pures Gold.

In diesem Moment drehte Jo sich ein wenig zur Seite und entdeckte ihn. Ihr Lachen erstarb.

»Du kannst dir überhaupt nicht vorstellen, wie nah wir dem Super-GAU in Wirklichkeit sind.«

Liz warf einen Blick über die Schulter.

»Was soll das?« Jo stemmte ihre Hände in die Hüften und schüttelte ungläubig den Kopf. »Ich fass es nicht! Stehst da wie ein Spanner! - Verpiss dich bloß!«

»Hey, tut mir leid, hab echt nicht dran gedacht, hab was vergessen.« Mit erhobenen Händen, als würde Jo mit einer Pistole auf ihn zielen, ging er langsam rückwärts. »Bin schon weg, sorry.« Mit hochrotem Kopf verließ er fluchtartig durch die Vordertür das Haus.

Sie teilten sich den Platz in dem großen Zuber und es machte ihnen nichts aus, das herrliche Bad gemeinsam zu nutzen.

Eine ganze Weile schwiegen sie und genossen es einfach nur entspannt vor sich hinzudösen. Dann hielt es Liz doch nicht mehr aus.

»Hättest ihn echt nicht so anschreien müssen.«

Sie erntete nur ein Schnauben von Jo.

»Er hat mir ganz leidgetan, so wie du ihn angefahren hast.«

»Die nerven mich manchmal einfach«, entgegnete Jo. »Steht da und glotzt uns beim Ausziehen zu.«

»Aber das hatte er doch nicht vor, vermutlich hat er nicht nachgedacht.« Liz holte tief Luft. »Jo, was ist eigentlich los mit dir? Warum bist du nur dauernd so … so … «, Liz suchte nach den richtigen Worten, »so wütend?« Verzweifelt sah sie Jo an. »Ich bin deine beste Freundin, du weißt, du kannst mit mir über alles reden.«

Jo wandte den Blick ab. »Was soll mit mir los sein? Hab dir gerade erklärt, dass die Typen mich nerven.«

»Aber warum? Was machen sie denn?« Hilflos schüttelte Liz den Kopf und fuhr fort. »Heute Abend, bei Conrad in der Schmiede«, sie zögerte, »du weißt schon, ihr standet da, du und Rio und du warst so... so… patzig zu ihm.«

Jo holte tief Luft und tauchte unter.

Genervt verdrehte Liz die Augen. Sie stieß mal wieder nicht zu ihr durch. Es war zum Verrücktwerden.

Jo kam an die Oberfläche. »Weil er ein Arsch und Macho ist. Er denkt, er wäre der Absolute und wüsste alles am besten!«

»Ach«, entgegnete Liz, »und wie bitte sollte er deiner Meinung nach auf dein dauerndes Rumgezicke reagieren?«

»Du tust ja gerade so, als wären sie deine best friends! Wir konnten sie noch nie leiden, hast du das etwa vergessen?« Langsam hatte Jo genug. Was war nur auf einmal in Liz gefahren?

»Ja, das stimmt, aber warum eigentlich? Wir waren grässlich und arrogant zu ihnen und wenn ich es mir recht überlege, Jo, hab ich immer nur deinetwegen mitgemacht.«

»Jetzt bin ich also die Bitch«, empörte sich Jo. »Ich hatte nicht das Gefühl, dass ich dich zu etwas zwinge.« Sie presste die Lippen zusammen.

»Soll ich dir mal was sagen Jo?« Liz beugte sich ein wenig vor.

»Ich glaube, du magst ihn.«

»Was?« Jo schaute sie völlig entgeistert an. »Du hast sie ja nicht alle.«

Liz stieg aus der Wanne und band sich eines der großen Tücher, die Lene ihnen gegeben hatte, um ihren nassen Körper. Im Moment konnte sie Jos Dickköpfigkeit einfach nicht ertragen.

»Und weißt du was? Er mag dich auch.« Sie schnappte sich ihre Sachen und ging ins Haus.

Benommen starrte Jo vor sich hin und ließ geistesabwesend ihre Hand durchs Wasser gleiten. Liz war komplett verrückt geworden, so etwas auch nur zu denken. Wie kam sie denn darauf?

Ihre Gedanken spulten unkontrolliert einige Stunden zurück.

Nach der Arbeit in der Schmiede angekommen, wollte sie sich nur ein wenig ausruhen. Jack hatte ihr ein Fell auf den Boden gelegt, damit sie es etwas bequemer hatte. An die Wand gelehnt wollte sie ein paar Minuten die Augen schließen. Vielleicht würden ihre Kopfschmerzen dann nachlassen. Sie war eingeschlafen. Als sie zu sich gekommen war und Rio vor ihr stand, war sie beinahe zu Tode erschrocken.

Er hatte sie so seltsam angesehen. Sie fühlte sich auf einmal so klein, schwach und minderwertig. Selbst als sie jetzt darüber nachdachte, fiel ihr nicht das passende Wort ein, das ihren Gefühlszustand hätte besser beschreiben können. Beim Aufstehen war ihr schwindelig geworden. Plötzlich hatte sie Rios Arme unter sich gespürt. Er zog sie an sich. Und dann hatte er sie mit seinen dunklen Augen fixiert. Sie musste das Kinn leicht anheben. Er war ein ganzes Stück größer als sie. Sie hatten sich regelrecht angestarrt und in ihrem Bauch begann sich irgendetwas zusammenzuziehen. Und das tat es jetzt wieder.

Das Bad im Neckar war eine echte Wohltat. Während Conrad und Jack sich am Ufer niederließen, tobten Karl, Rio und Hannes wie die kleinen Kinder im Wasser herum.

»Wie bedauerlich, dass dies alles bald ein Ende haben wird.« Conrad wiegte den Kopf. »Ihr werdet uns fehlen, Jack, mein Freund.«

Jack blickte ihn kurz von der Seite an. »Ihr werdet mir auch fehlen, mein Freund.« Er richtete seinen Blick zu den Jungs aufs Wasser.

»Ich muss die jungen Leute wieder gesund nach Hause bringen.«

Conrad nickte ein paar Mal. »Das werdet Ihr«, meinte er zuversichtlich. Plötzlich sah er Jack direkt an. »Jack, warum habt Ihr diese Zeitmaschine erschaffen?«

Eine ganze Weile erwiderte Jack nichts und starrte weiter auf den Fluss. Sekunden vergingen, bevor er schließlich zu reden begann und Conrad seine Geschichte erzählte.

Sie traten den Heimweg an, als es schon beinahe dunkel war, was wiederum den Vorteil hatte, dass sie keiner Menschenseele mehr begegneten.

Liz, Jo und Magdalena machten es sich auf ihrem Nachtlager bequem und unterhielten sich leise. Lene hatte sich bereits schlafen gelegt.

Im Schein der letzten zaghaften Flammen im Kamin, erzählte Magdalena ihnen von ihrer gemeinsamen Kindheit mit Karl.

»Karl war immer wie ein Bruder für mich. Ich war erst zwei Jahre alt, aber ich erinnere mich noch genau, wie Vater ihn zu uns holte. Es war ein Gefühl, als würde die Sonne aufgehen. Ich war nie mehr alleine und wir waren von Beginn an unzertrennlich. Vater hatte nun auch endlich einen Jungen.« Etwas verbittert kamen die letzten Worte aus ihrem Mund.

»Du erinnerst dich wirklich noch daran?« Liz war erstaunt.

Mit hinter dem Kopf verschränkten Armen schwieg Magdalena für Sekunden. »Nun, vielleicht erinnere ich mich auch einfach nur daran, dass ich mir plötzlich nicht mehr so verlassen vorkam. Mutter wurde krank. Ihr ging es stetig schlechter. Sie konnte sich nicht mehr um mich kümmern, lag nur noch in ihrem großen Bett.«

Jo und Liz lauschten still.

»Ich träume oft von ihr.« Sie hielt einen Augenblick inne. »Es ist irgendwie seltsam, sie sieht mich an ohne ein Wort zu sagen. Ich spüre, wie ihr Blick immer intensiver und undurchdringlicher wird. Sie scheint mir etwas mitteilen zu wollen und gerade dann, wenn sie den Mund öffnet, wache ich auf.«

Jo gähnte. »Träume sind Schäume. Ich bin todmüde. Lasst uns schlafen.«

Magdalena drehte sich auf die Seite. »Ja, natürlich, du hast Recht. Ihr habt morgen wieder einen anstrengenden Tag vor euch. Schlaft gut.«

Sie hörten schon nicht mehr, wie Rio und Hannes leise hereinschlichen.

Die Glut im Kamin spendete gerade noch so viel Helligkeit, dass es den beiden gelang, ohne Schwierigkeiten an den Mädchen vorbei zu huschen. Sie schienen bereits tief und fest zu schlafen. Hannes musste daran denken, wie er gestern um ein Haar auf Liz gefallen wäre. Nicht auszudenken, wenn ihm das schon wieder passieren würde.

Er lag auf dem Rücken und starrte an die Decke. Das Wasser hatte die Müdigkeit, die ihn am Abend überfallen hatte, schlagartig vertrieben.

Er war hellwach. »Rio? Schläfst du schon?«

Mit einem undeutlichen Murmeln drehte Rio sich in diesem Moment auf die andere Seite und nach kurzer Zeit war nur noch sein gleichmäßiger Atem zu hören. Hannes Blick wanderte wieder zur Decke. Wenn das Wetter so blieb, hätte er nichts dagegen sein tägliches Bad im Neckar zu nehmen. Das Wasser war glasklar und sauber - anders als in ihrer Zeit. Auch die recht frische Temperatur machte ihm nichts aus. In einem Bereich des Flusses staute sich das Wasser zu einem kleinen See. Man konnte sogar ein paar Runden schwimmen. Sie waren nur etwas spät dran gewesen. Morgen würde er vorschlagen, bereits vor dem Abendessen loszuziehen - und zwar durch die Vordertür.

Er stöhnte innerlich auf, als er sich an die an Peinlichkeit nicht zu überbietende Szene von vorhin erinnerte. Am liebsten wäre er in den Erdboden versunken, als Jos Blick sich plötzlich auf ihn richtete und Liz ihn schließlich entdeckte. Wie konnte er ihr jemals wieder in die Augen sehen?

Am nächsten Morgen diskutierten sie die Möglichkeiten, an Informationen zu gelangen.

»Schade, dass wir uns mit Philomena nicht unterhalten können«, bedauerte Jo. »Vielleicht ist ihr ja irgendetwas aufgefallen.«

»Niemals.« Magdalena schüttelte entschieden den Kopf. »Auch wenn Phil nicht spricht, so hätte sie, wäre ihr etwas seltsam erschienen, sofort Karl aufgesucht.«

»Vielleicht könnte man mal bei der Dienerschaft herumfragen?« Liz zuckte die Schulter. »Na ja, nachdem wir alle etwas besser kennengelernt haben.«

»Ihr müsst auf jeden Fall sehr vorsichtig sein, Kinder«, ermahnte Jack sie. »Keinesfalls solltet ihr euch in irgendeiner Weise verdächtig verhalten.«

Eine ganze Weile hingen sie ihren Gedanken nach, da hob Rio plötzlich den Kopf.

»Magdalena, du sagtest, ein paar Mal hast du mit Hilfe einer Magd dein Versteck verlassen. Kannst du sie beschreiben?«

Magdalena sah auf. »Oh, das war ein junges Mädchen.« Sie überlegte einen Augenblick. »Ich glaube, ihr Name war Hanna. Sie war von schlanker Gestalt, rotes Haar - ein etwas schüchternes, hübsches Ding.«

»Die kleine Rote.« Es war eher eine Feststellung als eine Frage und Hannes stieß Rio grinsend mit dem Ellbogen an. »Also, wenn sie etwas weiß, dann wird sie es wohl am ehesten dir erzählen.« Er zwinkerte Rio verschwörerisch zu.

»Da ist uns wohl etwas entgangen?« Magdalena lächelte. Aus dem Augenwinkel fiel ihr Jos Reaktion auf. So war das also, ihre Vermutung hatte sich bestätigt.

Langsam wurde es Zeit aufzubrechen und sie machten sich alle erneut auf den Weg. Conrad ließ es sich nicht nehmen die Mädchen zu begleiten. Er wollte sie heute noch einmal persönlich bei Mechthild abliefern.

Jack würde den Tag wieder bei ihm in der Schmiede verbringen.

Es bereitete ihm große Freude, Conrad behilflich zu sein.

Die Jungs würden den Weg ohne Probleme alleine in die Stallungen des Wehrsteinhofes finden. Über die beiden musste man sich keine Gedanken machen.

Karl wollte nochmals das Gespräch mit seinem Onkel suchen - er konnte doch nicht ernsthaft an der Unschuld Magdalenas zweifeln. Und er musste der Frage nachgehen, ob nicht Graf Christophs Bruder der mögliche Täter sein könnte. Vielleicht sollte er sich auf den Weg nach Haigerloch begeben, um sich direkt vor Ort ein Bild vom Verhältnis der Brüder zu machen. Zuerst jedoch würde er seinen Onkel aufsuchen, um ihm von seinem Plan zu berichten.

Er stieg die lange Treppe zu dessen Gemächern hinauf. In Gedanken vertieft hatte er völlig vergessen, nach dem Anklopfen abzuwarten, bis er hereingebeten wurde.

Ihm bot sich ein irritierendes Bild. Hektisch riss sein Onkel an einem Schrank eine Schublade nach der anderen auf. Er schien Karl überhaupt nicht zu bemerken. Vorsichtig näherte der sich ihm. »Onkel?«

Verwirrt blickte Graf Rudolf auf. »Karl!« Er räusperte sich und schloss beiläufig eine Schublade.

Rasch ging er auf Karl zu und legte ihm die Hand auf die Schulter.

»Wirst du mir heute verraten, wo meine Tochter sich aufhält?«

»Onkel, habt Ihr nicht auch schon in Betracht gezogen, dass möglicherweise die Haigerlocher hinter dem Mord stecken könnten?«

Ohne auf die Frage Graf Rudolfs eingegangen zu sein, sprach er seinen Verdacht aus.

»Welcher Anlass bringt dich auf diesen abwegigen Gedanken, mein Junge?« Er verschränkte die Hände hinter seinem Rücken und sah ihn erstaunt an.

Karl reckte das Kinn. »Ist Euch nicht aufgefallen, wie missgünstig sich Graf Christophs Bruder verhalten hat? Vielleicht wollte der ihn ja loswerden, um seinen Platz einzunehmen.«

Skeptisch zog Graf Rudolf die Augenbrauen nach oben. »Nun, das scheint mir etwas weit hergeholt, den eigenen Bruder umzubringen. Was hast du vor, mein Junge?«

Karl musste lächeln. »Ihr kennt mich gut, Onkel.« Er wurde wieder ernst. »Ich werde mich auf den Weg nach Haigerloch begeben und mich ein wenig im Dorf umhören. Vielleicht erfahre ich etwas über das Verhältnis der Brüder.«

Nachdenklich ging Rudolf im Raum auf und ab. »Sie könnten dich als Geisel nehmen, sollten sie dich entdecken. Mir ist nicht wohl bei dem Gedanken, Junge.«

»Sorgt Euch nicht, Onkel. Ich werde mich nicht zu erkennen geben.«

»Du hast deine Cousine sehr gern, nicht wahr, Karl?« Rudolf war stehen geblieben.

»Sie ist wie eine Schwester für mich, genügt das?« Karl hob die Augenbrauen.

»Nun gut. Tu was du für richtig hältst. Gib auf dich acht.« Rudolf drehte sich abrupt um und starrte aus dem Fenster.

Er war schon fast am Treppenende angelangt, da fiel Karl ein, dass er ganz vergessen hatte, seinen Onkel zu fragen, nach was er so verzweifelt gesucht hatte.

14

Zu den stets willkommenen Gästen auf Burg Wehrstein, zählten auch immer wieder Ritter mit ihren Knappen, die sich auf der Durchreise befanden. Besonders in der kalten Jahreszeit waren diese dankbar, ein Lager im Trockenen beziehen zu dürfen.

Aus diesem Grund gab es jetzt, im Hochsommer, weniger Gäste als im Winter. Von den gut fünfzehn Gästeräumen hatten die Mädchen heute daher nur sechs herzurichten. In den übrigen Kammern sollten sie in den kommenden Tagen nach und nach die Schränke ausräumen, saubermachen und wieder äußerst ordentlich, wie Mechthild sie mit einem strengen Blick angewiesen hatte, einräumen.

Liz und Philomena waren mit den letzten Handgriffen in einer der Räumlichkeiten beschäftigt, als Jo mit einem Korb voller Schmutzwäsche in den Gang trat. In diesem Moment sah sie am Ende des Korridors Karl aus Graf Rudolfs Gemächer kommen. Mit schnellen Schritten näherte er sich ihr, ohne sie jedoch zu bemerken. Rasch wich sie zurück.

Eine Begegnung war sicher auch nicht in Karls Interesse. Es war nicht nötig, dass Philomena von ihrer Bekanntschaft erfuhr.

Deshalb also hatte Graf Rudolf ihre Dienste heute Morgen nicht in Anspruch genommen. Er erwartete Karl. Was die beiden wohl zu besprechen hatten?

In der Regel zogen die Gäste bei Tagesanbruch weiter und die Kammern waren schon früh am Morgen geräumt. Umso erstaunter waren sie, als sie nach dem Anklopfen an das nächste Zimmer schnell herannahende Schritte hörten und die Tür mit einem Ruck aufgerissen wurde.

Graf Joachim von Zollern stand vor ihnen. Allem Anschein nach hatte er jemand anderen erwartet. Er schien überrascht.

»Der Tag scheint es gut mit mir zu meinen.« Er lächelte. »Gleich drei Schönheiten!« Er schaute sie der Reihe nach an. »Was kann ich für die Damen tun?«

Liz und Jo warfen sich einen kurzen Blick zu und mussten ein Grinsen unterdrücken. Sie wussten aus Jacks Erzählungen, dass sie es mit dem

Verwalter von Burg Hohenzollern zu tun hatten. Regelmäßig machte der auf Burg Wehrstein seine Aufwartung bei Graf Rudolf, Karls Vormund, um Bericht über Karls anwachsendes Vermögen zu erstatten.

Da Philomena keine Regung zeigte, übernahm Jo das Wort.

»Wir sind gekommen, um Ordnung zu machen.« Sie sah kurz zu Philomena, die immer noch reglos dastand.

Graf Joachim folgte ihrem Blick. »Nun, dann tretet ein und lasst euch nicht aufhalten. Ohnehin wollte ich gerade weiter.« Seine Aufmerksamkeit weiterhin auf Philomena gerichtet, fuhr er mit hochgezogenen Augenbrauen fort: »Reden ist Silber, Schweigen ist Gold, nicht wahr, meine Damen?«

»Was sollte das jetzt?« Liz zog die Tür hinter sich zu und schüttelte verwirrt den Kopf.

Philomena war ans Fenster geeilt, um es zu öffnen. Heftig atmend stützte sie sich am Sims ab.

Jo warf Liz einen schnellen Blick zu und eilte zu ihr.

»Philomena, sieh mich an!« Energisch fasste Jo sie an den Schultern und drehte sie zu sich. »Ganz ruhig, atme tief ein.« Jo sog die Luft kontrolliert durch die Nase ein. »Und aus.« Dabei ließ sie den Atem langsam durch den Mund entweichen. So atmeten sie im Takt miteinander weiter. »Es ist alles gut, dir kann nichts geschehen.« Ruhig redete sie auf Philomena ein und allmählich schien diese sich zu beruhigen.

»Besser?« Jo sah sie forschend an. Philomena nickte etwas zu heftig und befreite sich aus Jos Griff. Geschäftig, als wäre nichts geschehen, machte sie sich wieder an die Arbeit. Es war nicht zu übersehen, dass selbst, wenn sie hätte reden können, kein Wort über ihre Lippen gekommen wäre.

Liz und Jo wechselten abermals einen Blick. Weshalb hatte Philomena solch eine Panik bekommen, nachdem sie mit Graf Joachim zusammengetroffen waren? Hatte er ihr etwas angetan?

»Unser ganz persönliches Fußballtraining.« Hannes wischte sich den Schweiß von der Stirn und stützte sich auf seiner Schaufel ab.

Rio war in der Pferdebox neben ihm ebenfalls mit Ausmisten beschäftigt. »Ich freu mich jetzt schon auf das Bad im Neckar.« Er schaufelte in gleichmäßigem Rhythmus den Pferdemist in eine Karre.

»Und ich erst.« Hannes seufzte auf und machte sich wieder an die Arbeit. Ob ihnen die Milchmädchen von gestern erneut über den Weg liefen? Wie er Rio kannte, würde er die kleine Rote in ein Gespräch verwickeln und sie natürlich ganz unauffällig ein bisschen ausfragen.

Sollten sie denselben Zeitplan haben, müssten sie demnächst auftauchen. Er hatte den Gedanken kaum zu Ende gedacht, als er auf herannahende Stimmen aufmerksam wurde.

»Wer sagt's denn.« Auch Rio hatte die Mädchen registriert. Er arbeitete jedoch unermüdlich weiter, als würde er sie nicht bemerken.

Hannes tat es ihm gleich. »Was hast du vor?« Er schielte zu Rio hinüber, der sich unauffällig immer weiter Richtung Gang bewegte. Dabei streckte er den Mädchen, die jetzt nur noch einige Meter entfernt waren, den Rücken zu. Kichernd kamen sie näher und in dem Moment, als sie alle auf gleicher Höhe waren, trat Rio einen Schritt zurück. Mit voller Wucht prallte er mit der rothaarigen Hanna zusammen. Vor Schreck stieß sie einen Schrei aus. Die Milch schwappte über und der Eimer glitt ihr aus der Hand.

»Oh nein, nicht schon wieder!« Schnell hob Rio den Kübel auf und hielt ihn ihr hin. »Tut mir wirklich leid. Ich war so in die Arbeit vertieft, dass ich euch gar nicht kommen sah.« Sein Gesicht nahm einen zerknirschten Ausdruck an.

Hastig strich sie sich die Schürze glatt und schaute ihn kurz an, um gleich darauf wieder rasch die Augen niederzuschlagen.

»Ist nicht so schlimm. Da werd' ich noch einmal gehen müssen.« Schüchtern sah sie ihn mit leicht geröteten Wangen an und zuckte die Schultern.

»Hast du was dagegen, wenn ich dich begleite?« Rio lächelte.

Natürlich hast du nichts dagegen, dachte Hannes. Wenn Rio dieses schiefe Grinsen aufsetzte, hatte kein Mädchen auch nur irgendetwas dagegen, was aus seinem Mund kam.

»Überhaupt nicht«, beantwortete Hanna auch schon die Frage.

Ein Strahlen ging über ihr Gesicht und sie spazierten gemeinsam in Richtung Kuhstall davon.

Das kann ja heiter werden. Die fuhr total auf Rio ab, das war nicht zu übersehen. Hannes fragte sich, ob sie ihm etwas Brauchbares erzählte.

Fast eine Stunde war vergangen - Hannes hatte bereits drei weitere Pferdeboxen saubergemacht - da sah er Rio alleine den Gang entlangkommen. Erwartungsvoll sah er ihn an.

»Und, hat sie sich von dir losreißen können?«

»Wie man's nimmt.« Rio zuckte mit den Schultern. »Sie hat Ärger bekommen und musste weiter. Davor hat sie mir aber noch von dem Tag erzählt, als Magdalena sie gebeten hatte, ihr beim Verlassen des Verstecks zu helfen. Der Geheimgang befindet sich übrigens im Geräteschuppen.«

Überrascht sah Hannes auf.

»Sie haben sich kurze Zeit bei den Pferden im Stall aufgehalten und sind dann noch einen Augenblick ins Freie. Sie meinte, Magdalena wollte ein bisschen frische Luft schnappen. Anscheinend sind sie niemandem begegnet. Es war noch früh am Morgen. Sie hat nichts Außergewöhnliches bemerkt. Etwas ist ihr dann allerdings im Nachhinein doch seltsam vorgekommen.« Rio machte eine kurze Pause.

»Als sie, nachdem sie Magdalena zurückgebracht hatte, aus dem Geräteschuppen kam, war ein Stallbursche mit dem Reinigen der Pferdeboxen beschäftigt.«

»Was ist daran seltsam?«, fragte Hannes leicht verwirrt.

Rio zuckte mit den Schultern. »Sie meinte, sie sei verwundert gewesen, so früh am Morgen jemanden im Stall anzutreffen. Für gewöhnlich würde mit dem Ausmisten der Stallungen erst viel später begonnen.

Außerdem, sagte sie, hätte sie diesen Stallburschen mit dem pockennarbigen Gesicht noch nie zuvor gesehen.«

Das Schlusslicht bildeten dieses Mal Jo und Liz. Als sie am Abend in der Schmiede ankamen, waren Rio und Hannes bereits da. Sie standen mit Conrad an der Feuerstelle und fachsimpelten mit ihm über den Härtegrad von Stahl.

»Oh, die jungen Damen sind eingetroffen.« Conrad klatschte erfreut in die Hände. »Dann lasst uns schleunigst aufbrechen. Lene hat eine Überraschung für euch vorbereitet und Jack bereits als ihren Gehilfen eingespannt.« Er zwinkerte ihnen zu und strahlte dabei wie ein kleines Kind.

»Na hoffentlich eine Essbare, ich verhungere fast. Spaghetti wären geil.« Hannes' Gesicht nahm einen verträumten Ausdruck an.

»Pizza«, hauchte Liz.

»Ich hätte Bock auf Döner«, fügte Rio hinzu.

»Oder auf 'ne Reis Box.« Jo schluckte trocken.

Als sie Conrads verständnislose Miene bemerkten, prusteten sie alle vier los.

Sie wurden von Lene sofort in den Hinterhof gescheucht.

Köstlicher Duft schlug ihnen entgegen. An der Feuerstelle war Jack damit beschäftigt, irgendwelche Tiere über der Glut zu brutzeln.

Er leerte eine undefinierbare Flüssigkeit darüber und ein leises Zischen war zu hören. Ihnen lief das Wasser im Mund zusammen.

Hannes und Rios Blick trafen sich. Sie grinsten sich an. Ganz der alte Jack, wie sie ihn kannten. Voller Eifer bei der Sache.

Seit sie hier gestrandet waren, hatte er sich verändert. Er war ernst und nachdenklich geworden. Es hatte sicherlich mit seiner Vergangenheit zu tun. Sie wussten nichts darüber. Aber dass es da etwas gab, war unbestreitbar. Zu oft schon hatten sie seine Stimmungsschwankungen und Andeutungen miterleben müssen. Wenn dies alles hier vorbei war, würde er ihnen erzählen, was für ein Geheimnis er mit sich herumtrug, dessen waren sie sich sicher.

Es stellte sich heraus, dass es sich bei den Tieren um zwei Hasen handelte. Lene hatte sie von einer Frau aus dem Dorf geschenkt bekommen. Dieser war sie bei der Geburt ihres fünften Kindes beigestanden.

Die Menschen besaßen nicht viel und so kam es des Öfteren vor, dass Lene anstatt Gulden und Taler, Sachleistungen erhielt.

»Ich platze gleich. Das war sooo gut.« Liz streckte die Beine aus.

Sie hatten es sich um das Feuer herum bequem gemacht. Alle waren sie in diesem Moment satt und zufrieden.

Dann war Karl gekommen. Er erzählte ihnen, dass er sich in Haigerloch umgesehen hätte. Wirklich Neues hatte er jedoch nicht herausfinden können. Ja, die Haigerlocher Brüder waren sich nicht wohlgesinnt gewesen. Schon immer hatte Wilhelm auf seinen älteren Bruder Christoph mit Neid geblickt. Aber ihn deshalb zu ermorden? Daran wollte in Haigerloch niemand so recht glauben.

»Du warst bei Vater? Was hat er gesagt?« Erwartungsvoll sah Magdalena Karl an.

»Wir haben nur kurz geredet - ich wollte keine Zeit verschwenden und habe mich sofort auf den Weg gemacht.«

Magdalena bemerkte sehr wohl, dass Karl ihr auswich. Sie runzelte die Stirn.

»Wir reden später darüber, in Ordnung?« Mit ernstem Blick sah er ihr in die Augen.

»In Ordnung.« Sie presste die Lippen zu einem dünnen Strich zusammen.

»Karl, vielleicht hilft dir weiter, was wir zu erzählen haben.«

Hannes hatte das Gefühl, das Gespräch schleunigst in eine andere Richtung lenken zu müssen.

Grinsend stieß er Rio in die Seite. »Los, erzähl, wie du zufällig mit der roten Hanna zusammengestoßen bist.«

Mit unschuldigem Blick schaute Rio in die Runde. »Ich hab sie nicht kommen sehen.« Er zuckte mit den Schultern.

Er erzählte, wie er seine Hilfe angeboten hatte und mit ihr in den Kuhstall zurückgegangen war und wie sie ihm von dem pockennarbigen Stallburschen berichtet hatte.

»Sollte er zu den Haigerlochern gehören, dürfte es nicht allzu schwer sein ihn aufzuspüren.« Conrad sah Karl an.

Eine Weile sagte niemand etwas. Jeder hing seinen Gedanken nach.

Es würde nicht mehr lange dauern, bis die Sonne unterging. Der von Felsen umgebene Hinterhof, mit dem Brunnen in der Mitte und der Feuerstelle, erschien im abendlichen Licht wie ein Stück vom Paradies.

Die Zeit schien hier irgendwie langsamer zu vergehen.

Jo fiel auf einmal auf, dass sie, seit sie hier gestrandet waren, ihr Handy noch keine Minute vermisst hatte. Es lag nach wie vor in ihrem Rucksack. Ohnehin benutzte sie es meistens nur, um ihre Musik abzuspielen. Aber irgendwie kam es ihr falsch vor, diese Lieder hier zu hören. Alternativ Rock passte ganz und gar nicht in diese Zeit.

Auf einmal wurde ihr bewusst, dass sie von allen angestarrt wurde. Fragend sah sie von einem zum anderen. »Hab ich was verpasst?«

»Allerdings«, entgegnete Liz trocken.

Jack schmunzelte. »Ich versuche herauszufinden, wie euer Tag war, aber unsere Jo scheint mit den Gedanken ganz woanders zu sein.«

Er zwinkerte ihr zu.

»Oh, entschuldigt, hab ich gar nicht mitbekommen.« Verlegen zuckte sie mit den Schultern. »Es gab eigentlich nichts Besonderes, stimmt's Liz?«

»Nein«, bestätigte Liz. »Nichts Neues. Wartet, natürlich!« Sie sah plötzlich auf und hatte die Aufmerksamkeit aller. »Etwas war sehr seltsam.« Sie erzählte von Philomenas Panikattacke, nachdem sie Graf Joachim begegnet waren. »Es war beängstigend, nicht wahr Jo?«

»Ja«, bekräftigte Jo. »Ich glaube, sie hat große Angst vor ihm.«

»Ihr hättet sehen sollen, wie Jo sie beruhigt hat, das war richtig fachmännisch.«

»Blödsinn, das hätte jeder andere genauso gekonnt.« *Verdammt ...*

Jo konnte spüren, wie das Gespräch in eine unangenehme Richtung zu laufen drohte.

»Trotzdem«, entgegnete Liz. »Ich hätte nicht gewusst, was ich tun sollte.«

»Es war nichts Besonderes. Jetzt mach' kein Drama draus«, erwiderte Jo genervt.

Liz wusste gleich, dass es falsch war, aber sie hatte in diesem Moment einfach die Nase voll von Jos ständigen Zurückweisungen, ihrer Verschlossenheit und ihrer sofort wachsenden Mauer, kam man ihr auch nur ein klein wenig zu nahe. *Verdammt nochmal, sie war ihre beste Freundin und wusste nichts von ihr.*

»Jetzt gib doch zu, dass du dich damit auskennst. Warum musst du aus allem immer so ein Geheimnis machen?« Und dann sprach es Liz auch aus. »Verdammt, du bist meine beste Freundin und ich weiß nichts von dir!«

Einen Moment lang starrten sie sich nur stumm an. Plötzlich schien ein Ruck durch Jo zu gehen und sie stand auf. Mit steifen Schritten ging sie ins Haus.

Magdalena wollte ihr hinterher, doch Lene hielt sie zurück. Sanft legte sie ihr die Hand auf die Schulter. »Sie muss jetzt alleine sein, gebt ihr Zeit.« Dabei nickte sie Liz kaum merklich zu.

»Ich konnte es einfach nicht mehr ertragen.« Liz vergrub den Kopf in den Händen und schluchzte auf.

Rio hatte das Ganze mit gemischten Gefühlen beobachtet. Er war überrascht. Er hätte nicht gedacht, dass die zwei so aneinandergeraten könnten. Dass mit Jo etwas nicht stimmte, hatte er seit ihrer Exkursion mit den beiden Kursstufen geahnt. Aber so richtig bewusst wurde ihm das erst jetzt, nach diesem Auftritt. Was hatte Liz gesagt? Du bist meine beste

Freundin und ich weiß nichts von dir. Sie waren umgeben von Geheimnissen, stellte er fest. Jack, der Mord und nun auch noch Jo.

Die Männer unterhielten sich leise mit Lene. Karl und Magdalena starrten ins Feuer. Bei den beiden würde es heute vermutlich auch noch Diskussionen geben. So wie Magdalena Karl angesehen hatte, würde der wohl nicht drum herumkommen ihr Genaueres von seinem Gespräch mit ihrem Vater zu erzählen.

Auch Hannes schien in Gedanken versunken. Mit einer scheinbar stoischen Ruhe warf er in regelmäßigen Abständen kleine Rindenstücke, die er von einem Ast abbrach, ins Feuer.

Unvermittelt erhob er sich und steuerte auf Liz zu. Sie hatte immer noch den Kopf in den Händen vergraben.

Rio fragte sich, wie lange Hannes wohl gebraucht hatte, seinen Entschluss in die Tat umzusetzen.

Unauffällig schielte er zu den beiden hinüber. Sie saßen nebeneinander und flüsterten. Plötzlich legte Hannes seinen Arm um Liz und sie lehnte sich an ihn.

Irritiert spürte Rio eine gewisse Gereiztheit in sich aufsteigen.

War es die Vertrautheit der beiden, die ihm mit einem Mal die Laune verhagelte?

Die Sonne verabschiedete sich mit ihren letzten Strahlen. Für ein Bad im Neckar war es zu spät, daher entschieden sie sich für eine Katzenwäsche am Brunnen.

Magdalena und Liz ließen ihren männlichen Mitbewohnern den Vortritt. Liz wollte ohnehin nach Jo sehen und sich bei ihr entschuldigen. Sie war noch nicht wieder aufgetaucht. Bestimmt hatte sie sich auf ihr Nachtlager zurückgezogen. Wo sollte sie auch sonst sein?

Sie fühlte sich immer noch schlecht. Was war nur in sie gefahren, Jo vor allen so bloß zu stellen. Sie konnte die anderen nicht mehr ansehen, so sehr schämte sie sich. Und dann hatte sich plötzlich Hannes neben sie gesetzt und mit ihr geredet. An seine genauen Worte konnte sie sich nicht mehr erinnern, aber seine ruhige Stimme tat ihr gut. Sie hatte auf einmal angefangen zu zittern. Er legte den Arm um sie und sie lehnte ihren Kopf wie selbstverständlich an seine Schulter. Es war ihr so richtig vorgekommen. Wenn sie jetzt daran dachte, fühlte sie ein leichtes Ziehen in der Bauchgegend.

Jos Rucksack lag auf ihrer Decke. Von ihr selbst jedoch, war nichts zu sehen. Weit konnte sie nicht sein. So viele Möglichkeiten, sich zu verkriechen, gab es hier nicht. Etwas ratlos sah Liz sich um.

Wo steckte sie nur?

»Jo? Jo, komm schon, wo bist du?« Sie seufzte. »Es tut mir leid!«

War sie etwa weggelaufen? Liz beschlich ein mulmiges Gefühl.

Lene war zwischenzeitlich ins Innere gekommen und sah in den übrigen Kammern nach. Keine Spur von Jo.

Liz spürte, wie sich in ihrer Brust etwas zusammenzog. Gehetzt wandte sie sich um und stürmte hinaus zu den anderen.

»Jo ist weg! Wir müssen sie suchen!« Am Rande registrierte sie Hannes nackten, muskulösen Oberkörper. Er schüttelte sein nasses Haar und zog sich rasch sein Hemd über.

»Sie ist abgehauen?« Rio stöhnte. »Oh Mann, auch das noch! Am besten bleibst du bei ihr.« Er zeigte zuerst auf Hannes und dann auf Liz. »Sonst klappt sie uns noch zusammen.«

»Was? Nein! Wir suchen sie gemeinsam. Ich kann doch hier nicht rumsitzen und nichts tun!« Liz fasste sich an die Stirn.

»Setz dich erst mal.« Hannes griff nach ihrer Hand und zog sie zu sich auf die Treppenstufen.

»Beruhigt euch, Kinder.« Beschwichtigend hob Jack seine Arme in die Höhe. »Sie kennt sich hier nicht sehr gut aus. Es gibt nicht viele Möglichkeiten.«

»Vielleicht ist sie im Geheimgang?« Conrad wiegte nachdenklich den Kopf.

»Oder unten am Neckar«, meinte Karl. »Am besten teilen wir uns auf.« Karl sah zu Jack und Conrad. »Rio und ich suchen das Neckarufer ab und ihr seht im Geheimgang nach.«

Magdalena hatte sich zu Liz gesellt. »Hannes, geh ruhig mit Karl und Rio. Sechs Augen sehen mehr. Lene und ich werden uns um Liz kümmern.«

Hannes hielt noch immer Liz' Hand. Er schaute sie an. »Ist das ok?« Sie nickte heftig. »Ja, geh mit ihnen.«

»Mach dir keine Sorgen, wir finden sie.« Beschwörend sah er sie an.

Zwischen den Büschen und der steilen Felswand gelangten sie im Schein ihrer Fackeln über einen schmalen Pfad bis ans Neckarufer.

»Ich schlage vor, wir teilen uns auf. Sollte sie sich hier irgendwo aufhalten, dann sicherlich in einer der kleinen Buchten.« Karl zeigte auf einen Steg. »Dort gelangt man auf die andere Seite. Vielleicht ist sie da drüben. Wir treffen uns hier wieder. Derjenige, der sie findet, gibt ein Zeichen.«

Rio sah in den Nachthimmel – es war fast Vollmond. Kurzentschlossen blies er seine Fackel aus. Fragend sah Karl ihn an.

»Sie muss uns ja nicht gleich schon von Weitem kommen sehen.«

»Und wie willst du sie wieder anzünden?« Karl hob die Augenbrauen.

Rio zog aus seiner Hosentasche ein Feuerzeug und ließ es aufflammen. »Damit.«

Karl zuckte zurück und bekam große Augen. »Unglaublich!« Er hob drohend den Finger. »Das musst du mir bei nächster Gelegenheit genauer zeigen.«

Rio sah zum Steg. »Ich werd' rübergehen.«

»In Ordnung, dann sehen Hannes und ich uns hier um.«

Die Holzdielen waren von der Feuchtigkeit rutschig und teilweise morsch. Rio musste aufpassen, dass er keinen unbedachten Schritt tat. Auf dieser Seite des Neckars waren die Büsche dichter. Es war schwieriger, ans Ufer zu gelangen. Vorsichtig setzte er einen Fuß vor den anderen. Die nächtlichen Geräusche kamen ihm unnatürlich laut vor und trotzdem hatte das Quaken der Frösche und das Zirpen der Grillen etwas Beruhigendes an sich. Er versuchte, so geräuschlos wie möglich, durch jede noch so kleine Lücke in den Büschen irgendetwas zu erkennen.

Gerade wollte er die Zweige, die er auseinandergehalten hatte wieder loslassen, als ihm eine winzige, grüne Lichtquelle auffiel.

Vorsichtig zwängte er sich durch die Hecken. Eine Bucht kam zum Vorschein. Durch einen Seitenarm des Neckars hatte sich hier ein kleiner See gebildet. Er sah sich um. Auf den ersten Blick konnte er nichts erkennen. Doch plötzlich war da wieder dieses grüne Licht. Es kam von ihrem Handy.

Den Rücken ihm zugewandt, saß sie am Boden und hatte den Kopf auf ihre angezogenen Knie gebettet. Mit den Stöpseln in den Ohren konnte sie ihn nicht hören. Einen Moment stand er etwas unschlüssig hinter ihr. Er wollte sie nicht erschrecken. Als er sie schließlich vorsichtig an der Schulter berührte, fuhr sie herum.

Sie hatte geweint. Hastig wischte sie sich die Tränen weg und nahm die kleinen Lautsprecher ab.

»Darf ich?« Rio ging in die Knie und sie legte einen der Kopfhörer in seine Hand.

»My Chemical Romance?« Er war überrascht und ein Lächeln umspielte seine Lippen. »Guter Geschmack.«

Sie hatte immer noch kein Wort gesprochen. Stumm erwiderte er ihren Blick. Er berührte ihr Gesicht. Vorsichtig wischte er ihr mit dem Daumen eine Träne weg.

Jo schloss die Augen und schluckte. *Oh Gott, was ging hier vor?*

Plötzlich hatte sie das dringende Bedürfnis, sich an ihn zu lehnen.

Sie sah ihn an. Eine Haarsträhne fiel ihm ins Gesicht und sie hatte das Gefühl, in den dunklen Seen seiner Augen zu versinken.

Rio fand zuerst seine Stimme wieder. Er räusperte sich.

»Ich denke, wir sollten den anderen Bescheid sagen. Karl und Hannes suchen dort drüben nach dir.« Mit dem Kopf deutete er auf die gegenüberliegende Uferseite. »Alle machen sich große Sorgen.«

Jo biss sich auf die Unterlippe und brachte ein abgehacktes Nicken zustande.

Rio war aufgestanden und zog sie an den Händen hoch. Sie standen sich gegenüber. Er war ein gutes Stück größer als sie.

»Das war ziemlich dumm von dir.« Seine Stimme hörte sich rau an.

»Was weißt du schon davon!« Jos Gesicht verschloss sich augenblicklich. Sie entzog ihm ihre Hände und drehte sich weg.

»Vielleicht erzählst du's mir?«

Jo schaute kurz über die Schulter. »Du würdest es nicht verstehen.«

Rio schüttelte leicht den Kopf. »Was macht dich da so sicher?«

Hannes und Karl erwarteten sie auf der anderen Seite des Stegs.

Rio hatte ihnen mit der Fackel ein Zeichen gegeben. Jo trottete hinter ihm her und er gab den beiden mit einem leichten Kopfschütteln zu verstehen, dass sie sie in Ruhe lassen sollten.

»Nun denn, sputen wir uns.« Karl ging voraus und keiner sprach ein Wort, bis sie bei Lene ankamen.

Conrad und Jack waren schon vor einer ganzen Weile zurückgekommen. Inständig hatten sie auf eine erfolgreiche Suche der drei jungen Männer gehofft.

Liz fuhr herum, als die Tür aufschwang. »Jo!« Erleichtert ging sie auf Jo zu und umarmte sie. »Es tut mir so leid.«

»Mir tut's leid«, entgegnete Jo.

Liz schob sie an den Schultern von sich und sah ihr in die Augen. »Mach sowas nie wieder!«

Jo erwiderte ihren Blick. »Du aber auch nicht.«

Noch einmal zog Liz sie in ihre Arme. »Versprochen.«

Jack stand die Erleichterung ins Gesicht geschrieben. Erneut fragte er sich, ob es richtig gewesen war, die jungen Leute mit auf diese Mission zu nehmen. Conrad musste ihm seinen grübelnden Blick angesehen haben, denn plötzlich klatschte er in die Hände.

»Jack, mein Freund, was meint Ihr, wollen wir auf den guten Ausgang des Abends anstoßen?«

»Keine schlechte Idee«, erwiderte Rio darauf, »oder was haltet ihr davon?« Er warf Karl und Hannes einen grinsenden Blick zu.

»Ein Becher Met wird den jungen Männern schon nicht schaden.« Augenzwinkernd stellte Lene einen Krug auf den Tisch.

Während Jo sich am Brunnen einer kleinen Katzenwäsche unterzog, leisteten Liz und Magdalena ihr am fast erloschenen Feuer Gesellschaft. Mit einem entschiedenen »Ich lass dich heute nicht mehr aus den Augen«, war ihr Liz hinterher spaziert und da Magdalena keine Lust auf Männergespräche hatte, war sie ihnen ebenfalls gefolgt.

»Hat Phil noch nie gesprochen? Ich meine, war sie von Geburt an stumm?« Seit dem Vorfall heute Morgen, musste Liz immer wieder an Philomena denken.

»Ehrlich gesagt, habe ich mir darüber noch nie Gedanken gemacht. Ich habe sie jedenfalls zu keiner Zeit reden hören. Aber ich war ja auch erst zwei Jahre alt, als sie vom Zoller zu uns kam.« Nachdenklich sah Magdalena vor sich hin.

Liz horchte erstaunt auf. »Sie hat auf Burg Hohenzollern gelebt? Bei Karl?«

»Ja, sie hatte niemanden. Sie ist ein Waisenkind. Ich glaube, meine Eltern empfanden Mitleid mit ihr und als sie zu uns kam, dachten sie wohl, Phil könnte eine Spielkameradin für uns werden - obwohl sie vier Jahre älter ist. Unter Mechthilds Anleitung hat sie später auch immer wieder auf uns aufgepasst. Seit ein paar Jahren ist sie meine Zofe - und meine beste Freundin.« Bekümmert schaute Magdalena ins Feuer.

»Sicherlich macht sie sich große Sorgen um mich. Ich wünschte, sie wäre hier.« Sie sah Liz an. »Ihr meint, sie hat Angst vor Graf Joachim?«

»Man könnte denken, er hat ihr etwas angetan.« Jo rubbelte sich beim Näherkommen mit einem Tuch ihr nasses Haar.

»Ihr vermutet ... « Magdalena sprach den Gedanken, der ihr durch den Kopf ging, nicht aus. »Aber wann und wo sollte das gewesen sein? Mir ist nie etwas Außergewöhnliches aufgefallen und Graf Joachim ist des Öfteren Gast auf Burg Wehrstein. Gewiss hätte ich ihr angemerkt, wäre ihr derart Schreckliches zugestoßen.«

»Vielleicht ist es ja auch anders, als wir denken.« Ruckartig hob Liz den Kopf.» Was hat Graf Joachim nochmal gesagt, heute Morgen, Jo?«

»Keine Ahnung, was meinst du?«

»Na, diesen Spruch, wie ging der noch? Reden ist Gold, oder so ähnlich.«

Jo verdrehte die Augen. »Reden ist Silber, Schweigen ist Gold.«

»Sag ich doch. Was ist, wenn das eine Drohung war?« Liz schaute abwechselnd von Magdalena zu Jo.

»Eine Drohung? Aber das ist doch Unsinn. Warum sollte jemand Phil drohen?« Zweifel lagen in Magdalenas Blick.

»Vielleicht hat sie irgendwann einmal etwas gesehen, das sie nicht hätte sehen sollen?« Liz zuckte mit den Schultern.

»Selbst wenn«, entgegnete Magdalena auf Liz' Vermutung, »sie war ja nicht in der Lage etwas zu erzählen.«

»Es sei denn«, gab Jo zu bedenken, »es war so schlimm, was sie mit ansehen musste, dass sie, na ja, eine Art Trauma erlitt und deshalb nicht mehr gesprochen hat.«

»Wartet«, Magdalena fasste sich an die Stirn, »angenommen, an eurer Vermutung ist etwas dran, dann muss sie noch ein kleines Kind gewesen sein! Oh mein Gott, ich muss sie sehen, ich muss sie danach fragen!«

»Das halte ich für keine gute Idee.« Gelassen schritt Karl die Treppe herab.

»Karl!« Magdalena wandte sich ihm zu. »Karl, wir müssen herausfinden, was mit ihr geschehen ist!«

»Magdalena, du wirst überhaupt nichts herausfinden. Es ist zu gefährlich.« Er sprach mit ruhiger Stimme und legte ihr behutsam die Hände auf die Schultern.

Mit zornigem Blick funkelte sie ihn an. »Ich habe es satt, zum Nichtstun verdammt zu sein! Morgen werde ich zu Vater gehen!« Irritiert nahm sie das kurze Aufflackern in seinen Augen wahr. »Was hast du?«

Er blinzelte hastig. »Nichts, es ist nichts.« Er sah zur Seite.

»Was hat Vater gesagt?«, fragte sie leise. Als Karl nicht antwortete, gab sie sich selbst die unfassbare Antwort. »Er hält mich für schuldig.«

Sie wandte sich ab. Karl sollte nicht sehen, wie sehr sie diese Erkenntnis traf.

Er trat hinter sie. »Hör zu, ich werde alles tun, um deine Unschuld zu beweisen. Aber du musst mir versprechen, dich ruhig zu verhalten.«

Sie spürte seinen warmen Atem in ihrem Nacken. Langsam drehte sie sich um und sah ihm in das vertraute Gesicht mit den markanten, hohen Wangenknochen, der geraden Nase und dem kräftigen Kinn.

Ihr waren noch nie diese bernsteinfarbenen Sprengel in seinen Augen aufgefallen.

»Ich werde nicht zulassen, dass dir irgendjemand etwas antut, niemals«. Seine Stimme war plötzlich ganz rau geworden. Unentwegt sah er sie an. »Du bist wunderschön.« Nur noch ein Flüstern kam über seine Lippen. Und dann nahm er ihr Gesicht in seine Hände und küsste sie.

»Die haben noch nicht einmal bemerkt, dass wir uns verdrückt haben.« Liz zog leise die Tür hinter sich zu.

»Also, nach Geschwisterliebe«, Jo malte Häkchen in die Luft, »sah das definitiv nicht aus.«

»Wow.« Liz war ganz aufgewühlt. »Das war total romantisch, wie im Kino.« Sie lehnte sich kurz an die Tür und schloss verträumt die Augen.

Jo grinste. »Das hättest du wohl gern mit Hannes, was?«

Liz sah sie mit hochgezogenen Augenbrauen an. »Und du mit Rio?«

Jo sah nur zur Decke. »Komm schon.« Sie zog Liz an der Hand in die Stube.

Sie saßen alle um den großen Eichentisch. Conrad und Lene lauschten fasziniert Jacks Geschichten über dessen diverse Erfindungen.

»Ah, Mädchen, da seid ihr ja! Seid ihr durstig?« Lene wartete ihre Antwort gar nicht erst ab und stellte zwei weitere Becher auf den Tisch.

»Ich muss euch warnen. Trinkt langsam, unser Met kann recht heimtückisch sein.« Sie zwinkerte ihnen zu.

Jo und Liz waren etwas skeptisch. Wenn sie abends weggingen, leisteten sie sich manchmal einen Cocktail oder ein Glas Sekt. Bier tranken sie eigentlich so gut wie nie, höchstens mal ein Radler. Aber Lene hatte ihnen bereits eingeschenkt und so blieb ihnen nichts anderes übrig, als das Gebräu zu versuchen. Sie waren überrascht von der leichten Süße des Mets. Das schmeckte wirklich nicht schlecht.

Rio erklärte Conrad gerade die Funktion seines Feuerzeuges und ließ es immer wieder vor ihm aufflammen.

»Junge, solltest du einmal wiederkommen, sei so gut und bring ein paar von diesen kleinen Feuerwerken mit.« Er drehte und wendete das Feuerzeug in alle Richtungen. Ungläubig schüttelte er es immer wieder.

Den Kopf auf eine Hand gestützt, lauschte Jo Rios Schilderungen.

Sicherlich würde er ein guter Lehrer abgeben. Er hatte wirklich Talent, etwas verständlich zu erklären. Bestimmt könnte er ihr in Mathe helfen. Sie würde sich jedoch eher die Zunge abbeißen, als ihn darum zu bitten. Mit seiner Arroganz würde er ihr sofort das Gefühl geben, total unfähig zu sein.

Sie dachte daran, wie er sie heute Abend vorgefunden hatte. Sie war völlig fertig gewesen. Alles war plötzlich wieder hochgekommen und sie konnte einfach nicht darüber reden, mit niemandem. Die furchtbare Angst zusammenzubrechen, wenn die Worte erst einmal ausgesprochen waren, war übermächtig. Rio hatte keine Fragen gestellt. Er war einfach nur dagewesen. Und wie er sie angesehen hatte… Ihr wurde jetzt noch gleichzeitig heiß und kalt, wenn sie daran dachte, wie seine Hand ihr Gesicht berührte.

Es war, als hätte Rio ihre Gedanken erraten, denn genau in diesem Moment sah er sie an. Fragend zog er die Augenbrauen hoch.

Jo spürte geradezu, wie ihr die Hitze in den Kopf stieg. Bestimmt war sie rot wie eine Tomate. Schnell nahm sie ein paar kräftige Züge von ihrem mit Met gefüllten Becher.

»Äh, Liz, wir wollten von unserem Verdacht erzählen. Du weißt schon, Phil … «

Die Situation war gerettet. Sie erntete fragende Blicke und atmete innerlich auf. Abwechselnd erzählten sie von ihren Überlegungen zusammen mit Magdalena.

»Graf Joachim?« Conrad war skeptisch. »Er kommt nur alle paar Wochen hier vorbei. Ich weiß nichts Schlechtes über ihn zu berichten.«

»Ich konnte ihn noch nie leiden.« Lene stellte abermals einen Krug Met auf den Tisch und setzte sich. »Er hat etwas Abgeschlagenes im Blick. Es würde mich nicht wundern, sollte er einige dunkle Geheimnisse hüten.«

Interessiert lauschte Jack der Diskussion. »Ich bin mir nicht sicher, ob es etwas zu bedeuten hat. Erinnert ihr euch, als ich von meinem ersten Ausflug in die Vergangenheit erzählt habe?« Er sah Hannes und Rio an. »Ich wartete im Wald auf Karl. Er sollte mir passende Kleidung besorgen und da kamen Ritter Marquard und Graf Joachim den Weg entlang geritten. Ich habe nicht verstanden, was Ritter Marquard sagte, aber ich glaube, er hegte gegen irgendjemanden einen Verdacht.« Jack hielt einen Augenblick inne. »Graf Joachim drohte ihm nicht direkt, aber er warnte ihn mit den Worten, er solle seine Gedanken für sich behalten.«

Nachdenklich schwiegen sie einen Moment.

»Wo stecken Karl und Magdalena?« Rio erhob sich. »Ich seh mal nach. Wir sollten gemeinsam besprechen, wie es weitergeht.«

Liz und Jo warfen sich einen amüsierten Blick zu. In welcher Situation würde er die beiden wohl antreffen?

Mit unergründlicher Miene betrat Rio, gefolgt von Karl und Magdalena wieder die Stube. Sie setzten sich zu den anderen.

Erneut tauschten sie sich über die Vorkommnisse des vergangenen Tages aus. Sie entschieden, dass Karl zuerst den Stallburschen mit dem pockennarbigen Gesicht in Haigerloch ausfindig machen sollte. Vielleicht würde sie das ja ein Stück weiterbringen.

Es war spät geworden an diesem Abend. Jo wälzte sich von einer Seite auf die andere. In ihrem Kopf drehte sich alles. Jetzt bereute sie es, so viel von dem Met getrunken zu haben.

Die anderen schliefen schon lange, als sie beschloss, aufzustehen um kurz an die frische Luft zu gehen. Sie hoffte, dass niemand aufwachen würde. Sie hatte keine Lust, dass am Ende noch jemand mitbekam, wie sie sich übergeben musste. Langsam zweifelte sie nicht mehr daran, dass es soweit kommen würde.

Zum Glück gelangte sie unbemerkt in den Hof. Inzwischen war ihr speiübel.

Sie setzte sich an die Feuerstelle. Ein paar verkohlte Holzscheite glommen noch schwach vor sich hin. Den Kopf in die Hände gestützt, beugte sie sich mit geschlossenen Augen vor.

Das Knacken einer Holzdiele drang an ihr Ohr. Das Geräusch kam von der Treppe. Für den Bruchteil einer Sekunde nahm sie noch wahr, wie er mit verschränkten Armen und Beinen, lässig am Holzpfosten lehnte.

Es gelang ihr nicht einmal mehr, sich wegzudrehen, als ihr gesamter Mageninhalt hochkam. Sie keuchte und würgte abwechselnd, bis nur noch Galle kam. Ihre Augen tränten und ihre Nase lief.

Oh Gott, was für einen erbärmlichen Anblick musste sie bieten? Zum zweiten Mal an diesem Abend.

Plötzlich war er neben ihr. Mit einem feuchten Lappen wusch er ihr vorsichtig das Gesicht ab. Sie hatte gar nicht mitbekommen, wie er am Brunnen einen Eimer Wasser geholt hatte. Sie spülte sich den Mund aus und trank hastig ein paar Schlucke.

Nie wieder würde sie ihm in die Augen sehen können, wie megapeinlich.

»Besser?« Rio hatte sich neben sie gesetzt und stützte sich mit den Armen auf seinen Oberschenkeln ab. Er warf ihr einen Blick zu.

»Geht so.« Noch immer konnte sie ihn nicht ansehen.

»Bin heute wohl dein Retter in der Not.«

»Deinen Sarkasmus kannst du dir sparen«, zischte Jo.

Ein leises Lachen drang aus seiner Kehle. »Ganz die alte Jo. Nur ja keinen zu nah an sich ranlassen, was?« Er stand auf. »Nachdem es dir besser zu gehen scheint, kann ich ja wieder reingehen.«

Er nahm den Eimer und ging zum Brunnen.

Verdammt - sie wollte, dass er blieb. »Warte!«

Rio drehte sich um. Warum nur musste er seine Augenbrauen immer so verdammt sexy hochziehen?

Sie stand auf und zögerte kurz. »Kannst du noch bleiben?«

Mit undurchdringlicher Miene sah er sie an. Langsam ging er auf sie zu. Mit den Händen in den Taschen seiner Jogginghose blieb er dicht vor ihr stehen. Er fragte sich, was wohl in diesem kleinen hübschen Dickkopf mit den großen dunklen Augen und dem trotzigen Zug um den Mund vorgehen mochte.

»Scheiß drauf.« Mit diesen Worten unterbrach sie seine Gedanken und zog ihn an den Haaren zu sich herunter.

Er spürte ihre weichen Lippen auf seinem Mund und war zuerst völlig überrumpelt.

Was tust du, was tust du, was tust du, hämmerte es in Jos Kopf.

Scheiß Alkohol, merkst du nicht, dass er das nicht will? Sie ließ ihn abrupt los und trat einen Schritt zurück. *Was zum Teufel tat sie da?*

»Entschuldige, keine Ahnung, was in mich gefahren ist.«

»Kein Grund, sich zu entschuldigen«, entgegnete Rio mit rauer Stimme.

Er trat ganz nah an sie heran. Einen Moment lang schienen seine Augen die ihren zu durchbohren. Er hob seine Hand und berührte sie sacht am Schlüsselbein. Von dort ließ er sie langsam ihren Hals entlang bis zu ihrem Nacken hochwandern und verharrte dort einen Moment.

Mit einem Ruck zog er sie plötzlich an sich und küsste sie.

Mit geschlossenen Augen spürte sie, wie seine Zunge mit sanfter Gewalt ihren Mund öffnete. Einen kurzen Augenblick fragte sie sich, warum sie noch stand, wo ihr gesamter Körper doch gerade dabei war sich in zuckersüßes Gelee zu verwandeln. Und dann hörte sie auf zu denken. Sie legte ihre Hände an seine Hüften, von wo sie wie von alleine den Weg unter sein T-Shirt fanden. Sie konnte seinen durchtrainierten Rücken fühlen. Irgendeine fremde Macht schien sie zu steuern. Sie bekam den Stoff seines Shirts zu fassen und zog es ihm über den Kopf. Einen Moment sahen sie sich an.

Jo legte eine Hand auf seine Brust. »Nicht schlecht«, flüsterte sie und diesmal küsste sie ihn.

Er streifte ihre Sweatjacke ab und ließ sie zu Boden fallen. Sein Mund wanderte von ihrer Halsbeuge bis zur Schulter, wo er die Träger ihres Tops zur Seite geschoben hatte. Mit geschlossenen Augen legte sie den Kopf in den Nacken. Er ließ seine Hände ihre Arme hinuntergleiten, um sie mit ihren zu verschränken. Sie sahen sich an und plötzlich ging ein Ruck durch seinen Körper. Er beugte den Kopf und lehnte seine Stirn gegen ihre. »Wir können das nicht tun, nicht hier.«

»Ich weiß.« Jo schluckte.

»Es wäre total unverantwortlich und es gibt mindestens tausend Gründe, die dagegensprechen.«

»Gleich tausend?« Jo musste lächeln.

»Ok, mindestens zwei.« Er zögerte. »Erstens haben wir nichts dabei - du weißt schon ... und zweitens«, er seufzte, »bist du betrunken, schon vergessen?« Mit der Hand hob er ihr Kinn an. »Morgen hasst du mich wieder und würdest es bereuen.«

Sie sah ihm in die Augen. »Ich war noch nie so nüchtern.«

Mit dem Daumen strich er ihr zärtlich über die Lippen. Nachdenklich sah er sie einen Moment an. »Wirst du's mir irgendwann erzählen?«

»Was?« Jo hätte das nicht zu fragen brauchen. Sie wusste sofort, was er meinte.

Am liebsten hätte Rio sich die Zunge abgebissen, als er den verzweifelten Ausdruck in ihren Augen sah.

Jo hob sein T-Shirt vom Boden auf und reichte es ihm. »Hier, zieh das besser wieder an.«

Wortlos griff er danach und zog es sich über. »Hey, tut mir leid, du muss nichts dazu sagen, ok?« Er fasste nach ihrer Hand.

Stumm nickte Jo.

»Vielleicht sollten wir wieder rein.« Rio steuerte auf die Tür zu.

»Rio?«

Er drehte sich um. »Ja?«

»Danke.«

Fragend hob er die Augenbrauen.

»Danke, dass du nicht weiter fragst.«

Rio sah die furchtbare Qual in ihrem Blick und es schnürte ihm die Kehle zu. Er zog sie an sich und sie lehnte ihren Kopf an seine Schulter. Einen Moment schloss er die Augen und atmete den leichten Vanilleduft ihrer Haare ein. »Komm, lass uns reingehen, es ist spät.« Er ließ ihre Hand erst los, als sie an der Tür waren. »Du zuerst ... schlaf gut.«

»Bestimmt.« Jo lächelte, dann ging sie leise ins Haus.

Rio blieb noch einen Moment draußen. Er musste definitiv über diesen Abend nachdenken.

Jo gelangte zum Glück unbemerkt an ihren Schlafplatz. Sie legte sich auf den Rücken, verschränkte die Arme hinter ihrem Kopf und starrte an die rußgeschwärzte Decke.

Von dem Zeitpunkt an, als Rio sie am Fluss gefunden hatte, rief sie sich jede Sekunde des Abends ins Gedächtnis. Sie bezweifelte, dass sie diese Nacht auch nur ein Auge würde zu machen können. So viele Gefühle und Gedanken beschäftigten sie. Sie sah sein Gesicht vor sich. Das fast schwarze Haar, von dem ihm dauernd eine Strähne in die Stirn fiel.

Seine kräftigen Augenbrauen und seine dunklen Augen. Die gerade Nase und sein Mund, um den ständig ein spöttischer Zug zu liegen schien. Mit einem leisen Seufzer drehte sie sich auf die Seite und schloss die Augen.

»Alles in Ordnung?« Verschlafen sah Liz zu ihr rüber.

Jo fühlte sich ertappt. »Ja, alles ok. Ich war kurz draußen, mir war ein bisschen schlecht.«

»Ist es besser?« Liz gähnte.

»Ja, alles gut.«

Schon hatte Liz die Augen wieder geschlossen.

Und obwohl Jo nicht daran geglaubt hatte, war sie nach nicht einmal zwei Minuten ebenfalls eingeschlafen.

Als sie am nächsten Morgen beim Frühstück saßen, waren Jack und Conrad schon unterwegs.

»Sie wollten nach eurem Fortbewegungsmittel schauen.« Lene konnte mit dem Begriff Zeitmaschine nicht viel anfangen. »Sie werden bald zurück sein.«

Schweigend aßen sie ihren Haferbrei.

»Reichst du mir mal den Honig?« Als Rio nicht reagierte, schnipste Hannes mit den Fingern in die Luft. »Hallo.«

»Was? Ja, klar.« Rio und Jo griffen gleichzeitig nach dem kleinen Tontöpfchen und als hätten sie sich daran verbrannt, zogen sie ihre Hände blitzschnell zurück, sodass das Gefäß einen Moment scheppernd im Kreis herumeierte.

Hannes warf Liz einen fragenden Blick zu. Sie zuckte lediglich mit den Schultern.

Nur Magdalena aß mit einem Lächeln auf den Lippen weiter.

»Hab ich irgendwas verpasst?« Hannes ließ seinen Löffel sinken und schaute in die Runde.

»Wieso?« Rio aß konzentriert weiter.

Hannes hob das Kinn an. »Bist du heut Nacht eigentlich nochmal raus, oder hab ich das geträumt?«

»Kurz.«

»Aha, so kurz wie deine Antworten heute Morgen?« Hannes wunderte sich, wie eigenartig Rio sich verhielt.

Plötzlich legte Liz ihre Hand auf seinen Arm und sah ihm intensiv in die Augen. »Jo auch.«

»Wie, Jo auch?« Hannes kapierte überhaupt nichts mehr.

»Jo war auch kurz draußen.« Liz sah ihn mit einem bedeutungsvollen Blick an.

Er räusperte sich. *So war das also ...* Langsam ging auch ihm ein Licht auf. »Aha ... okay ... gut ... warum auch nicht?« Konzentriert widmete er sich wieder seinem Haferbrei.

Rio reagierte überhaupt nicht und Jo biss sich auf die Lippen, als sie Liz' und Magdalenas grinsende Blicke auf sich spürte.

Ich würde all meine edlen Kleider dafür geben, könnte ich nur auch diese - wie nennt ihr sie - Jogginghosen tragen.«

Während sich Jo und Liz in ihre schweren Samtkleider zwängten, hielt Magdalena seufzend Jos Sporthose in den Händen und betrachtete sie ein wenig neidisch.

»Ich fange schon wieder an zu dampfen.« Liz stöhnte. »Gibt es denn eigentlich keine Sommerkleider? Dieser schwere Samt ist vielleicht im Winter ganz angenehm, aber jetzt im Sommer, bei fast dreißig Grad?«

»Nur gut, dass wenigstens der Ausschnitt recht groß ist.« Jo hatte ihr Kleid bereits angezogen und reckte die Brust vor. »Zumindest kommt da ein wenig Luft hin.«

Sie mussten lachen.

Jo war verändert. Liz fiel die Leichtigkeit auf, mit der sie sich bewegte. Sie hätte sonst was dafür gegeben zu erfahren, was da letzte Nacht mit ihr und Rio gelaufen war. Sie hatte gehört, wie Jo aufgestanden und Rio ihr kurz darauf gefolgt war. Sie waren bestimmt eine Stunde weg gewesen. Sicherlich würde ihre Freundin sie heute noch einweihen.

Wenn Jo auch um ihre privaten Probleme ein Geheimnis machte, so hatten sie sich über Jungs immer alles erzählt.

»Meine Damen, seid ihr fertig?« Jack stand hinter dem dicken Vorhang, der ihre Schlafstätte von der Wohnstube trennte. »Wir sollten langsam aufbrechen.«

Nun schon zum dritten Mal machten sie sich auf den Weg durch den Geheimgang zur Burg. Conrad und Jack gingen voraus, gefolgt von Liz, Hannes und Jo.

Rio bildete das Schlusslicht.

Seit letzter Nacht hatten sie noch keine Silbe miteinander gesprochen. Bei Tageslicht sah alles etwas anders aus. Irgendwie nüchterner - im wahrsten Sinne des Wortes.

Jetzt war Jo nüchtern. Vielleicht bereute sie den gestrigen Abend längst. Er würde sich erstmal zurückhalten. Ganz bestimmt würde er sich nicht zum Affen machen und ihr hinterherdackeln, was er im Augenblick ja gerade irrwitziger Weise tat.

Am Felsspalt angekommen, mussten sie einen Moment warten, bis sich jeder Einzelne von ihnen hindurchgezwängt hatte.

Rio stand direkt hinter Jo. Fasziniert betrachtete er ihren Nacken.

Er war eingebettet in einen hauchzarten Flaum golden schimmernden Härchen. Er schloss kurz die Augen und atmete ihren Duft ein.

Wenn sie jetzt nicht augenblicklich durch diesen Spalt kämen, würde er noch um den Verstand kommen. Doch dann war sie an der Reihe und verschwand hinter der Wand. Er atmete kurz durch und ging ihr hinterher.

In der Schmiede wartete Karl bereits auf sie.

»Endlich! Hannes, Rio, ich habe eine Überraschung für euch!«

Mit dem Kopf deutete er Richtung Eingang. Sie traten erneut ins Freie und schauten um die Ecke. Zwei gesattelte Pferde standen für sie bereit.

»Ich hoffe, ihr seid des Reitens mächtig?« Fragend sah Karl sie an.

»Um ehrlich zu sein, ich habe auf eine Gelegenheit gehofft, es hier einmal wieder ausprobieren zu können.« Begeistert tätschelte Hannes die Stute. Es schien ein ausgeglichenes, ruhiges Tier zu sein.

Auch Rio freute sich über die gelungene Überraschung.

»Reiten ist wie schwimmen, wenn du es einmal kannst, verlernst du es nie wieder.« Er strich dem schwarzen Hengst über den Hals.

Hannes war da skeptischer. »Es sind immerhin schon sechs Jahre her, seit wir das letzte Mal auf dem Wehrsteinhof waren.«

Damals in der Reitstunde waren sie irgendwann die einzigen Jungs unter einer Vielzahl von Mädchen gewesen und hatten sich am Ende total fehl am Platz gefühlt. Sie hörten mit dem Reiten auf und saßen seitdem nie wieder auf dem Rücken eines Pferdes.

»Die Tiere müssen bewegt werden und ich dachte mir, ihr seid froh, wenn ihr nicht immer auf den Wehrsteinhof laufen müsst. Außerdem habe ich mit Johann vereinbart, dass ihr euch jeden Tag mindestens zwei Stunden Zeit für einen Ausritt nehmen solltet.« Karl schüttelte leicht den Kopf. »Ich denke nicht, dass ihr noch viel Neues auf dem Hof erfahren werdet - und den ganzen Tag Ställe ausmisten, muss nicht sein, es sei denn ihr habt Gefallen daran gefunden.« Er zwinkerte den beiden zu.

»Komplett durchdachte Entscheidung.« Rio streckte den Daumen in die Höhe.

Grinsend stießen sie sich alle drei mit den Fäusten an.

»Na toll, und wir dürfen aufräumen und putzen.« Besonders Liz war enttäuscht, denn Reiten gehörte zu ihren Leidenschaften. Regelmäßig verbrachte sie einen Großteil ihrer Freizeit auf dem Hirschhof im benachbarten Nordstetten.

Jo hingegen war das ganz egal. Mit Pferden hatte sie nichts am Hut. Eigentlich hatte sie nur ein Hobby und das war die Musik. Sie spielte Schlagzeug. Zugegeben für ein Mädchen ein eher ungewöhnliches Instrument. Aber hierbei konnte sie ihre ganze Wut und ihren Kummer raushauen.

Am liebsten hörte sie alternativ Rock. My Chemical Romance war ihre Lieblingsband. Leider hatten die sich mittlerweile aufgelöst. Das Album The Black Parade war das Beste, was sie je gehört hatte. Es war zwar ziemlich makaber, denn fast jedes Lied handelte vom Tod. Doch was könnte besser zu ihr passen?

Die Jungs hatten nichts verlernt. Problemlos schwangen sie sich in den Sattel. Bevor sie sich auf den Weg machten, bemühte Jo sich ein paar Mal um Blickkontakt mit Rio, aber er ignorierte sie.

Was war mit ihm los? Hatte sie etwas falschgemacht? Bereute er den gestrigen Abend? Je länger sie darüber nachdachte, desto mehr war sie sich sicher, dass er letzte Nacht wohl am liebsten ungeschehen machen wollte, und diese Erkenntnis wirkte sich im Moment extrem auf ihre Stimmung aus. Auf dem Weg zum Wohntrakt der Burg, starrte sie missmutig vor sich hin. Liz begann sich schon zu wundern. Als Jo immer schneller ging, wurde es ihr zu bunt und sie blieb stehen.

»Kannst du mich mal aufklären?«

»Was? Wieso?« Irritiert hielt Jo inne.

»Wieso? Meinst du, ich bin blöd? Von einer Sekunde auf die andere ziehst du ein Gesicht, als ob du jemandem eine scheuern willst.« Genervt sah Liz sie an. »Was ist los?«

Frustriert schnaufte Jo auf und sah an ihrer Freundin vorbei.

Plötzlich verzog Liz ihren Mund zu einem Lächeln. »Oder vielleicht möchtest du zuerst erzählen, wie deine Nacht war?«

Jo biss sich auf die Lippen und senkte die Lider. Dann sah sie Liz an. »Es war… wunderschön.«

Liz bekam große Augen. »Ihr habt doch nicht etwa …?«

Jo schüttelte den Kopf. »Nein, haben wir nicht, aber trotzdem, ich kann's nicht erklären.« Jo lächelte. Mehr wollte sie nicht preisgeben. Irgendwie hätte sie das Gefühl gehabt, etwas Kostbares zu verraten, würde sie Liz jedes Detail erzählen.

»Und jetzt?« Liz verschränkte abwartend die Arme.

»Wie und jetzt?« Jo war einen Moment mit den Gedanken in die letzte Nacht abgedriftet.

»Was hat dir plötzlich die Laune verhagelt?«

Jos Gesichtsausdruck verdüsterte sich. »Er hat heute Morgen noch kein Wort mit mir gesprochen. Er hat mich nicht einmal angesehen. Er ignoriert mich komplett.« Unglücklich sah sie Liz an. »Vielleicht hab ich mich getäuscht und er ist doch der arrogante Arsch, für den ich ihn gehalten hab.« Sie presste die Lippen aufeinander und musste sich zusammenreißen, um nicht in Tränen auszubrechen.

»Bist du bescheuert?« Ungläubig starrte Liz sie an. »Also, wenn du's genau wissen willst, ich hab euch beide beobachtet. Rio hat mindestens so oft zu dir rüber geschielt, wie du zu ihm.«

Jo blickte erstaunt auf.

»Frag Hannes, er wird's bestätigen.« Liz drückte Jos Arm. »Komm, gehen wir, sonst wundern sich Mechthild und Phil noch, wo wir so lange bleiben.«

Mechthild schickte die beiden in den Wohntrakt, wo Philomena bereits auf sie warten würde.

Es war ziemlich anstrengend mit den schweren Samtkleidern die unzähligen Stufen zu erklimmen. Oben angekommen, mussten sie erst einmal kurz verschnaufen. Liz wollte gerade zum Sprechen ansetzen, als Jo ein merkwürdiges Wimmern registrierte. Es kam vom hinteren Teil des Südflügels.

»Scht!« Sie legte einen Finger an ihre Lippen.

Jetzt nahm es auch Liz wahr. Vorsichtig bewegten sie sich langsam auf das Geräusch zu. Plötzlich hörten sie Stimmen.

»Ich denke, ich muss dich nicht daran erinnern, was dich erwarten würde.«

Rasch zwängten sie sich in eine Türnische. Mist, sie konnten sich jetzt nicht einfach so aus dem Staub machen. Jemand wurde keine zehn Meter von ihnen entfernt bedroht.

Jo bewegte sich behutsam aus der Nische heraus. Panisch griff Liz nach ihrem Arm, doch Jo ließ sich nicht abhalten und legte abermals den Finger an den Mund. Langsam schob sie sich an der Mauer entlang und spähte vorsichtig um die Ecke. Vor Schreck hätte sie sich beinahe verraten. Phil starrte sie mit angsterfüllten Augen an.

Ein Mann hatte ihr die Hände an den Hals gelegt und drückte ihren Kopf grob gegen die Wand. Er streckte Jo den Rücken zu. Plötzlich ließ er Phil abrupt los. Schnell wich Jo zurück. Glücklicherweise war die Tür, an der Liz verharrte nicht verschlossen und sie schafften es gerade noch, unbemerkt in den Raum zu gelangen.

Schritte von schweren Stiefeln drangen an ihre Ohren. Sie warteten ab, bis diese sich entfernt hatten. Rasch öffneten sie die Tür und eilten zu Phil. Zitternd und mit apathischem Blick kauerte sie wie ein Häufchen Elend am Boden.

Jo ließ sich auf die Knie fallen. »Phil... Phil, sieh mich an!«

Sie reagierte nicht.

»Komm, steh auf.« Jo wollte sie nach oben ziehen, doch es war unmöglich, Phil bewegte sich keinen Millimeter.

»Liz, hilf mir, wir fassen sie unter den Armen.«

Gemeinsam gelang es ihnen, Phil hochzustemmen. Einen Moment sahen sie sich unschlüssig um.

»Am besten bringen wir sie in das Zimmer von eben, was meinst du?« Liz deutete in die Richtung, aus der sie gekommen waren.

»Ok, los, bevor uns noch jemand über den Weg läuft.«

Zum Glück mussten sie nicht bei Graf Rudolf vorbei. Heute sollten sie nur die übrigen Zimmer säubern und die Schränke der leerstehenden Räume durchsehen und gegebenenfalls mit frischer Wäsche bestücken. Sie wurden also von niemandem erwartet. Schnell schlossen sie die Tür hinter sich und halfen Phil auf das Bett.

»Halt ihr die Beine hoch.« Jo sah sich hastig im Zimmer um.

Phil musste schon hier gewesen sein und den Raum hergerichtet haben, denn auf dem Tisch stand ein Krug mit frischem Wasser. Rasch zog Jo das kleine Deckchen darunter hervor, tauchte es in das Behältnis und eilte zu Phil, um es ihr auf die Stirn zu legen.

»Phil, das war Graf Joachim, nicht wahr?« Jo nahm ihr Gesicht in beide Hände und schaute ihr fest in die Augen. Doch Phil starrte nur mit ausdruckslosem Blick zurück.

»Oh Gott, Jo, das macht mir Angst, was sollen wir bloß tun?« Liz saß auf der anderen Seite des Bettes und hielt Phils Hand.

»Wir bringen sie zu Lene.«

Ruckartig hob Liz den Kopf. »Bist du verrückt? Das wird Ärger geben.«

Zum ersten Mal zeigte Phil eine Regung. Sie sah Liz fragend an.

»Also gut«, Jo holte tief Luft. »Hör zu Phil, wir müssen dir etwas erzählen. Wir wissen, wo sich Magdalena aufhält.«

Phil bekam große Augen. Sie setzte sich auf und schien sich zu fragen, warum ausgerechnet Jo und Liz etwas über Magdalenas Verschwinden wissen sollten.

»Wir könnten mit ihr zu Conrad in die Schmiede und Jack bitten, sie zu Lene zu bringen.« Plötzlich schien auch Liz sich für die Idee zu erwärmen. »Keine Angst Phil, du wirst in Sicherheit sein.« Sie warf Jo einen Blick zu. »Und wir werden dich hier so gut es geht vertreten.«

Phil sah zuerst Liz und dann Jo an. Mit Tränen in den Augen zog sie die beiden an sich.

Sie mussten vorsichtig sein, um Mechthild nicht über den Weg zu laufen. Heute Abend hatten sie genügend Zeit, sich Gedanken zu machen, wie sie Phils Fehlen erklären sollten.

Der Burghof lag wie ausgestorben vor ihnen. Schnell überquerten sie den leeren Platz und keine fünf Minuten später waren sie bei der Schmiede angelangt.

Sie hatten nicht mitbekommen, dass sie beobachtet wurden.

Conrad und Jack waren so in ihre Arbeit versunken, sie bemerkten die drei zuerst überhaupt nicht. Jack zuckte zusammen, als sie plötzlich vor ihm standen. »Grundgütiger, Mädchen, habt ihr mich erschreckt!« Er ließ den Hammer sinken und auch Conrad hielt in der Arbeit inne.

»Wir brauchen eure Hilfe.« Jo warf einen Blick auf Phil.

In kurzen Worten erzählten sie von dem Zwischenfall und äußerten ihre Vermutung, dass es sich bei dem Mann um Graf Joachim handelte.

»Er hatte uns den Rücken zugewandt, aber es war seine Stimme, da bin ich mir sicher.« Jos Worte ließen Liz zustimmend nicken.

Bestürzt sahen Jack und Conrad Phil an.

»Hab keine Angst, Philomena«, Jack wischte sich die Hände an einem Lappen ab, »ich werde dich zu Lene bringen, dort wirst du in Sicherheit sein.«

Jacks mitfühlende Art ließ Phils Anspannung langsam weichen.

Noch einmal umarmten sich die Mädchen.

»Wir sehen uns heute Abend, Phil.« Jo zwinkerte. »Magdalena wird Augen machen.«

Wohin nur waren sie so schnell verschwunden? Die kleine Stumme und ihre hübschen Freundinnen hatten es äußerst eilig gehabt. Vom Fenster aus konnte er lediglich sehen, wie sie das Gemäuer verlassen hatten, über den Hof gingen und linker Hand abbogen. Hegten die beiden einen Verdacht? Hatten sie von seinem kleinen Geplänkel vorhin etwas mitbekommen? Reden konnte die andere ja schließlich nicht, oder etwa doch? Was, wenn sie ihm die ganze Zeit über etwas vorgemacht hatte? Aber nein, hätte sie sonst nicht schon viel eher geredet? Er musste die drei auf jeden Fall im Auge behalten, sie konnten ihm gefährlich werden.

Jo und Liz gelang es, unbehelligt in die Burg zurückzukehren.

Sie kamen mit der Arbeit gut voran. Die meisten Räume waren nahezu identisch, jedoch recht spartanisch eingerichtet. Es befand sich nur das Nötigste darin. Bett, Schrank, Tisch und je zwei Stühle. Fünf weitere Räume waren etwas pompöser ausgestattet. Teppiche lagen aus, die Betten und das Mobiliar waren deutlich vornehmer und hochwertiger. Hier wurde der Adel untergebracht, zu denen auch Graf Joachim zählte.

Sie waren gerade mit dem vorletzten Zimmer fertig, als Liz ans Fenster trat. »Schau mal, wie schön.«

Gemeinsam sahen sie hinaus. Die Landschaft war atemberaubend. Winziger Diamanten gleich, ließen die ersten Sonnenstrahlen den Tau auf den Wiesen funkeln. Das kleine Dorf Fischingen lag am Fuße Burg Wehrsteins und der Neckar wandte sich wie eine glänzende, geschmeidige Schlange an dem Örtchen vorbei.

Gerade wollte Jo sich abwenden, als ihr auf der rechten Seite unterhalb des Burghofes ein großer, runder Platz ins Auge fiel. Eine Art Feuerstelle war zu erkennen. Es hatte den Anschein, als hätte jemand etwas verbrannt. Plötzlich wurde ihr eiskalt. Sie war sich sicher zu wissen, was das war. Der Hexenplatz.

»Gott sei Dank, er reitet weg.« Liz sah in die andere Richtung und hatte nichts von Jos Entdeckung mitbekommen. Als Jo nicht auf ihre Worte reagierte, wandte sie sich um. Sie schlug die Hand vor den Mund.

»Oh mein Gott!« Im Gegensatz zu Jo begriff sie sofort, was für ein Ort das sein musste. »Vielleicht täuschen wir uns auch. Nur weil das in unserer Zeit der Hexenplatz ist, muss es nicht heißen, dass es ihn tatsächlich gab.« Ihr war sofort Jos versteinerte Miene aufgefallen.

»Wer ist weggeritten?«

»Was?« Liz wusste im ersten Moment nicht, wovon Jo sprach.

»Du sagtest, Gott sei Dank, er ist weggeritten.«

»Ach so, ja... Graf Joachim.« Liz war total irritiert. Was war auf einmal jetzt wieder mit Jo los? Natürlich wäre es furchtbar, gäbe es den Hexenplatz wirklich, aber trotzdem fand sie Jos Reaktion eigenartig. Irgendwie ferngesteuert und ganz weit weg.

Sie sprachen kein Wort mehr darüber. Jo schien wieder aufgetaucht zu sein, wo immer sie auch gedanklich gewesen war. Sie sah Liz an.

»Na dann wollen wir uns doch mal in Graf Joachims Bude umsehen, bevor er zurückkommt, was meinst du? Wer weiß, vielleicht finden wir ja etwas Aufschlussreiches. Los, komm!«

Sie schlossen die Tür hinter sich und begaben sich auf den Weg in seine Räumlichkeiten. Zuerst konnten sie nichts Außergewöhnliches entdecken. Ein paar Klamotten lagen unordentlich auf einem Stuhl und dem Bett. Auf dem Tisch stand ein halbvolles Glas Wein, daneben ein Teller mit einem Rest Dörrfleisch und einem kleinen Stück Brot.

Jo inspizierte jedes Kleidungsstück genau. Sie wusste selbst nicht, nach was sie suchte, aber bei Graf Joachim war etwas faul, soviel stand fest und sie war überzeugt, dass es irgendetwas geben musste, das diese Vermutung bestätigte.

Sie hatte die Hoffnung etwas zu finden schon beinahe aufgegeben, als sie in der Innentasche seiner Jacke einen festen Gegenstand ertastete. Neugierig griff sie hinein und zog ein kleines Fläschchen hervor.

»Was haben wir denn da?« Sie hielt es gegen das Licht. Eine dunkle Flüssigkeit schimmerte durch das Glas. Vorsichtig nahm Jo den Korken ab und roch an dem Behältnis.

»Riecht nach nichts, ein bisschen bitter vielleicht.« Sie reichte Liz das Fläschchen, dabei spritzte ein wenig von dem Inhalt auf deren Handrücken. Liz schnupperte daran und war im Begriff ihre Hand an den Mund zu führen.

Jo riss ihren Arm nach unten. »Spinnst du? Wer weiß, ob das nicht irgendwas Giftiges ist!«

Liz verdrehte die Augen, wischte sich die Hand jedoch an ihrem Kleid ab. »Ist ja schon gut. Dann nehmen wir das Zeug aber mit und zeigen es Lene. Vielleicht kann sie herausfinden, was es ist.«

Hannes und Rio hatten mit Johann vereinbart, erst nach getaner Arbeit am Nachmittag, die Pferde zu satteln. So konnten sie abends zur Burg reiten und die Tiere dort im Stall unterstellen.

Tatsächlich hatten sie nichts verlernt. Sie fühlten sich sofort sicher im Sattel.

»Was hältst du davon einen kleinen Erkundungsritt zu machen? Mal schauen, wo wir in über fünfhundert Jahren leben.« Hannes zeigte ein schiefes Grinsen.

Rios schwarzer Hengst tänzelte ungeduldig auf der Stelle.

»Okay, wer schneller ist, hat was gut... los!« Mit leichtem Schenkeldruck trieb Rio sein Pferd zum Galopp an.

In rasantem Tempo jagten sie die abschüssige Wiese hinunter. Fast gleichzeitig kamen sie an dem Ort an, wo in der Zukunft die Schlossbergsiedlung entstehen würde.

»Eigenartiges Gefühl.« Hannes ließ den Blick schweifen. »Wenn man sich vorstellt, dass wir eigentlich überhaupt nicht existieren ...«

»Ja, echt krass, irgendwie beängstigend.« Rio sprang vom Pferd und ließ sich ins Gras fallen.

Hannes tat es ihm gleich. Nachdenklich kaute er auf einem Grashalm. »Wenn wir wieder zu Hause sind, meinst du, es hat sich irgendetwas verändert?«

Rio sah ihn kurz an und richtete seinen Blick erneut in die Ferne. »Keine Ahnung, hab noch nicht drüber nachgedacht.«

Sie schwiegen eine Weile.

»Ich finde, es hat sich jetzt schon einiges verändert. Jack hat sich verändert. Er ist ruhiger geworden.«

»Ja«, erwiderte Hannes, »und irgendwie so nachdenklich.« Er schüttelte den Kopf. »Ich weiß nicht, wie ich es ausdrücken soll. Beinahe so, als würde er sich innerlich auf etwas vorbereiten.«

»Wir wissen beide, dass er ein Geheimnis in sich trägt.« Die Sonne blendete und Rio hielt schützend die Hand vor Augen.

»Jo scheint auch ihre Geheimnisse zu haben.« Hannes registrierte, wie Rio sich nach seinen Worten plötzlich anspannte.

»Junge, du stehst ganz schön auf sie, hab ich recht?«

»Sie ist anders, als ich dachte.« Rio ließ sich ins Gras sinken und legte den Arm auf seine Augen. »Und was ist mit dir und Liz?«

Hannes blies sich eine Strähne aus der Stirn und ließ sich ebenfalls zurücksinken. »Hab ein ganz gutes Gefühl.«

Es wurde langsam Zeit zurückzukehren. Sie standen auf und streckten ihre Glieder. Beinahe wären sie eingeschlafen.

Sie ritten über die Wiese und bogen nach dem Wehrsteinhof in den Waldweg ein. Nachdem sie ein gutes Stück des Weges zurückgelegt hatten, sahen sie in der Ferne zwei Mädchen am Wegesrand sitzen.

Es waren Hanna und eine ihrer Freundinnen. Auf dem Boden an einen Baum gelehnt, rieb diese sich mit schmerzverzerrtem Gesicht den Knöchel.

Rio und Hannes zügelten ihre Pferde.

Hannas Miene hellte sich auf, als sie Rio erkannte. Sie deutete auf ihre Freundin. »Lina hat sich den Fuß verstaucht.« Zerknirscht sah sie ihn an. »Wir müssen noch heute diese frischen Eier in der Burgküche abliefern.« Zur Demonstration hielt sie einen Korb hoch.

Hannes war vom Pferd abgestiegen. Er ging in die Hocke und betrachtete den bereits dick geschwollenen Knöchel des Mädchens.

»Sieht nicht gut aus. Da wirst du ein paar Tage nicht drauf stehen können.«

Hanna trat einen Schritt vor und sah Rio bittend an. »Könnt ihr uns mitnehmen? In der Küche arbeitet Linas Mutter«, sie deutete kurz auf ihre Freundin, »sie kann sich dann um sie kümmern.«

Rio nickte. »Ja, natürlich, kein Problem.«

Gemeinsam halfen sie Lina auf Hannes' Pferd und Rio zog Hanna zu sich in den Sattel.

16

Während Conrad und Jack noch beschäftigt waren, hatten sich die Mädchen in eine Nische der Schmiede zurückgezogen.

Zum wiederholten Mal betrachtete Jo das Fläschchen und hielt es ins Licht. Hatte Graf Joachim sein Fehlen schon bemerkt?

Unruhig schritt Liz auf und ab. »Er wird uns verdächtigen, er weiß ja, dass wir für die Zimmer zuständig sind.«

Erst jetzt wurde ihnen so richtig bewusst, wie gefährlich es gewesen war, was sie getan hatten.

»Er kann uns nichts beweisen. Morgen legen wir das Fläschchen einfach unter sein Bett. Es wird aussehen, als wäre es aus seiner Jackentasche gefallen.«

Liz war endlich stehen geblieben. »Jo, ich hab Angst vor diesem Typ.«

»Wir müssen es den anderen so schnell wie möglich erzählen.« Jo atmete tief ein und wieder aus. »Wo nur Hannes und Rio so lange bleiben?«

Kaum hatte Jo ihren Satz beendet, waren auf der Zugbrücke Pferdehufe zu hören.

»Das werden sie sein!« Sie warf Liz einen Blick zu und gemeinsam liefen sie zum Torbogen der Schmiede.

Es waren Hannes und Rio, die mit ihren Pferden langsam näherkamen und sie waren nicht allein. Eine Rothaarige saß hinter Rio im Sattel - sie schien regelrecht an ihm festzukleben. Das andere Mädchen saß bei Hannes auf. Ihr Gesicht war zu einer schmerzhaften Grimasse verzogen.

Sie sahen dem seltsamen Trupp hinterher. Jo reckte das Kinn nach vorne. Die kleine Rote, so hatte Hannes sie genannt. Wie dumm sie doch war. Nach der vergangenen Nacht hatte sie tatsächlich geglaubt, Rio wäre etwas Besonderes.

Conrad und Jack verabschiedeten sich gerade von zwei Kaufleuten, denen sie neue Schwerter geschmiedet hatten, als Rio und Hannes um die Ecke bogen.

»Na Jungs, alles in Ordnung? Habt ihr euren Ausritt genossen?« Jack klopfte beiden auf die Schulter.

»Ganz bestimmt, ihr hattet ja Gesellschaft.« Erstaunt registrierte Hannes, Liz' ironischen Unterton.

War sie etwa eifersüchtig? Er fuhr sich mit der Hand durch sein Haar, dann sah er ihr fest in die Augen. »Sie war verletzt. Wir haben sie nur zu ihrer Mutter gebracht, das ist alles.«

»Was man von der kleinen Roten ja nicht behaupten kann, die sah aus wie das blühende Leben«, fügte Jo in spöttischem Tonfall hinzu.

Sie hatte die Arme vor der Brust verschränkt und sah mit zusammengekniffenen Lippen an Rio vorbei.

Okay, ich bin dir wohl doch nicht gleichgültig. Ein leises Lächeln umspielte Rios Mund.

Meine Lieben, ihr würdet mir einen großen Gefallen tun, wenn ihr euch noch ein Stündchen an den Neckar begebt. Ihr könntet gleich ein Bad nehmen.« Lene hatte an diesem Tag im Dorf wieder bei einer Geburt geholfen. Daher war sie mit ihrem Tagesablauf ein wenig in Verzug geraten. »Bis ihr zurück seid, ist das Essen fertig. Was meint ihr?«

Conrad und Karl würden ohnehin erst später zu ihnen stoßen. Also machte sich Jack mit seinen vier Schützlingen auf den Weg zum Neckar. Jo und Liz spazierten über den Steg zu der kleinen Bucht, in der Rio sie zwei Tage zuvor gefunden hatte. Ungestört genossen sie hier ihr Bad.

»Schau dir das Wasser an, wie klar es ist.« Liz ließ sich auf dem Rücken treiben.

Von Jack und den Jungs am anderen Ufer war nichts zu sehen. Sie konnten sie in der Ferne herumalbern hören.

»Es ist herrlich nackt zu baden, findest du nicht?« Auch Jo ließ sich einen Moment auf dem Rücken treiben.

»Ja, das ist es.« Liz sah sich immer wieder um. »Ich hoffe nur, die bleiben schön da drüben.«

Bevor sie in ihre leichten Leinenkleider schlüpften, die Lene ihnen besorgt hatte, legten sie sich ein paar Minuten zum Trocknen in die Abendsonne.

Schließlich traten sie den Rückweg an.

Der Steg kam in Sichtweite und sie beobachteten, wie Hannes und Rio in den unterschiedlichsten Sprungvariationen abwechselnd im Wasser landeten. Jack hatte sich ans Ufer gesetzt und sah ihnen amüsiert zu.

Liz hielt die Hand über ihre Augen, um sie vor der tiefstehenden Sonne zu schützen. »Ich fass es nicht, die haben tatsächlich an Badehosen gedacht.«

Schweigend sahen sie ihnen eine Weile zu.

»Aber eins musst du zugeben«, Liz machte eine Pause, »sie sind wirklich zwei Schnittchen.«

Während Rio und Hannes sich abwechselnd ins Wasser tauchten, leisteten die Mädchen Jack Gesellschaft. Er erzählte ihnen, wie sehr sich Magdalena gefreut hatte, Phil in die Arme schließen zu können.

»Jack, wir haben noch mehr zu erzählen, nachher, wenn alle beisammen sind.« Liz und Jo sahen sich bedeutungsvoll an.

»Noch mehr?« Jack war erstaunt. »Dann sollten wir langsam aufbrechen, ihr macht mich neugierig.« Er war im Begriff aufzustehen, um nach Hannes und Rio zu rufen, da kamen ihnen die beiden bereits entgegen.

»Halb so wild.« Rio winkte ab.

Sie schienen über etwas zu diskutieren.

»Rio blutet.« Jo richtete sich auf.

»Was ist passiert?« Jack war ebenfalls aufgestanden und ging ihnen eilig entgegen.

»Irgendetwas Spitzes im Wasser ... geht schon.« Rio winkte ab.

Jo reichte ihm rasch eines von den Leinentüchern, die Lene ihnen mitgegeben hatte. »Hier, drück das drauf. Die Wunde ist ganz schön tief.« Sie sahen sich an.

»Danke.« Er presste das Tuch auf die Verletzung unterhalb seiner Schulter.

»Zu dumm, dass ich mein spezielles Wundspray nicht eingepackt habe.« Missbilligend verzog Jack den Mund.

»Die Wunde muss desinfiziert werden. Lene hat sicherlich einen selbst gebrannten Schnaps zuhause.« Stirnrunzelnd beobachtete Jo wie sich das Tuch unter Rios Hand langsam rot verfärbte.

»Ja«, pflichtete Hannes Jo bei, »das hab ich ihm auch schon gesagt.«

Nachdem sie mit Hilfe einiger abgerissener Leinenstreifen einen notdürftigen Verband gebastelt hatten, machten sie sich auf den Weg.

Conrad, Karl, Magdalena und Phil hielten sich im Hof auf. Sie waren so sehr ins Gespräch vertieft, dass sie die anderen zuerst überhaupt nicht bemerkten. Wobei Phil natürlich nicht sprach, sondern den dreien gebannt zuzuhören schien. Erst als Lene sie aufforderte, sich schleunigst zu Tisch zu begeben - bevor die Suppe noch verkochen würde - sahen sie von ihrer Gesprächsrunde auf. Hannes und Rio waren überrascht. Was machte Phil hier?

»Wir müssen euch einiges erklären.« Liz hatte ihre fragenden Blicke bemerkt.

»Außerdem gibt es etwas, das noch keiner von euch weiß.« Jo warf Liz einen Blick zu.

»Das mag ja alles sein, meine Lieben, aber jetzt wird zuerst einmal etwas gegessen.« Energisch stemmte Lene die Hände in die Hüften. »Zeit zu reden bleibt noch genug.«

Sie folgten ihr ins Haus und Lene schöpfte in jede Schale eine große Kelle Erbsensuppe.

Rios Appetit hielt sich in Grenzen. Seine Wunde pochte unangenehm. Er aß ein paar Löffel, dann schob er seine Schüssel von sich und lehnte sich an die Wand. Besorgt sah Jo ihn an.

»Kind, kannst du mir helfen?« Lene warf Jo einen kurzen Blick zu. Auch sie hatte bemerkt, dass Rio Schmerzen zu haben schien.

»Kommt mit, wir gehen nach draußen. Ich möchte mir die Wunde ansehen.«

Rio und Jo folgten ihr in den Hof. Sie setzten sich auf die Treppenstufen. Vorsichtig entfernte Lene den Verband und begutachtete die Verletzung.

»Wartet einen Moment.« Sie verschwand im Haus.

»Tut ganz schön weh, was?« Jo warf Rio einen mitfühlenden Blick zu.

Er schielte auf die auseinanderklaffende fast fünf Zentimeter lange Wunde und lehnte seinen Kopf an das Holzgeländer. Er schloss die Augen. »Hatte schon bessere Tage.« Plötzlich sah er sie mit einem schiefen Grinsen an. »Heute bist du wohl meine Retterin.«

Sie lächelte. »Kein Problem.«

Mit einem Korb voller Utensilien kehrte Lene zurück.

»Hier haben wir erst einmal Hochprozentiges, um die Wunde zu säubern.« Sie setzte einen großen, dickbäuchigen Krug auf der Treppe ab. »Und dies hier, hat mir euer Freund Jack soeben überreicht - unglaublich!« Sie hielt ein zugeschweißtes Verbandspäckchen mit sterilen Kompressen in den Händen und begutachtete es von allen Seiten. »Er meinte, ihr wüsstet schon, was damit zu tun sei. Ach, und hiermit werden wir die Wunde verschließen.« Kurz hielt sie einen seltsam dicken Faden und eine überdimensional große, hölzerne Nadel in den Händen.

Rios Augen weiteten sich und er versuchte, sich aufzubäumen.

»Was? Nein! Das ist nicht Euer Ernst! Ganz sicher lass ich mich nicht mit diesem Riesending durchlöchern!« Er deutete auf die Nadel.

»Junger Mann, diese Wunde muss genäht werden. Keine Angst, das hat schon manch anderer vor Euch überstanden.« Lene nickte ihm aufmunternd zu.

»Wartet.« Jo war aufgestanden. »Bin gleich zurück.«

Sie verschwand im Haus, um kurz darauf mit einem kleinen schwarzen Mäppchen in der Hand zurückzukehren. Rasch öffnete sie den Reißverschluss und beförderte eine bedeutend zierlichere Nadel daraus hervor.

Lene kam aus dem Staunen nicht mehr heraus. Besonders der Verschluss hatte es ihr angetan. Ehrfürchtig nahm sie Jo die Nadel ab und fädelte den seltsamen Faden hindurch. Mit durchdringendem Blick sah sie Rio an. »Du nimmst besser einige Schluck von dem Gebrannten, dann ist es erträglicher.«

Rio holte tief Luft und setzte den Krug an. Es brannte wie Feuer. Er wischte sich den Mund ab und lehnte sich zurück.

»Wir warten noch einen Moment, bis der Alkohol seine Wirkung zufriedenstellend entfaltet hat.« Lene tätschelte ihm die Wange.

Schon kurze Zeit später sah Rio Jo mit einem leicht glasigen Blick an. »Ware cool, wenn du bleiben würdest.«

Jo griff nach seiner Hand.

»Bereit?« Lene hielt den Schnaps in die Höhe.

Rio nickte entschlossen. Er meinte zu verbrennen, als Lene ihm die Flüssigkeit über die Wunde schüttete.

»Fuck, fuck, fuck ... verdammt!« Er riss den Kopf nach hinten.

»Diesen Teil hast du überstanden. Beiß hier drauf.« Sie reichte ihm ein Stück Holz. »Können wir beginnen?«

Rio nickte abgehackt.

Die Prozedur des Nähens war sogar erträglicher, als er gedacht hatte. Vermutlich spürte er die Einstiche der Nadel wegen der ohnehin starken Schmerzen nicht so sehr. Oder der Alkohol tat seine Wirkung. Egal, nach sechs Stichen war es überstanden.

Nachdem Lene ihm eine ihrer selbstgemachten Kräutersalben aufgetragen hatte, versorgte Jo ihn mit Jacks Verbandsmaterial und legte einen fachmännischen Schulterverband an.

»Woher kannst du das so gut?« Mit schwerer Zunge kamen die Worte über Rios Lippen.

»Rotkreuzkurs«, antwortete Jo knapp.

Die ganze Zeit über sah er sie mit leicht verschwommenem Blick an. Mit der rechten Hand griff er nach ihrem Arm. »Danke.«

Sie schenkte ihm einen kurzen Augenaufschlag. »Schon ok.«

Hannes und Karl halfen Rio auf sein Nachtlager.

»Er wird sich schnell erholen.« Liebevoll sah Lene Jo an. Ihr war nicht entgangen, dass sie am liebsten bei Rio geblieben wäre.

»Er benötigt jetzt vor allem Ruhe. Setzen wir uns noch eine Weile zu den anderen.« Lene streckte ihr die Hand entgegen und Jo ergriff sie.

»Jo, endlich, wir haben auf dich gewartet. Alle sind schon gespannt, was wir zu berichten haben.« Liz rückte ein Stück zur Seite, um ihrer Freundin Platz zu machen.

Der Grund, weshalb Phil hier bei ihnen war, hatte große Bestürzung ausgelöst.

»Ich verstehe das nicht.« Karl schüttelte den Kopf. »Was ist nur in Graf Joachim gefahren?«

Magdalena war mit Phil nach draußen gegangen. Jedes Mal, wenn die Sprache auf Graf Joachim kam, fing sie an zu zittern.

»Es gibt da noch etwas.« Jo und Liz tauschten einen kurzen Blick.

»Ihr scheint ja heute richtig viel erlebt zu haben.« Neugierig sah Hannes die beiden an.

»Bin gleich wieder da.« Jo schob leise den provisorischen Vorhang beiseite und schlich sich vorsichtig an Rio vorbei. Er schien bereits tief und fest zu schlafen. Aus ihrem Rucksack holte sie das Fläschchen, das sie bei Graf Joachim gefunden hatten.

»Das hatte Graf Joachim in seiner Jackentasche.« Sie hielt es hoch, damit alle es sehen konnten. »Hier Lene, vielleicht kannst du uns sagen, was da drin ist.«

Vorsichtig entkorkte Lene den kleinen Behälter und roch daran. Sie registrierte den leicht bitteren Geruch und war sich sofort sicher.

»Eisenhut.« Ernst sah sie in die Runde. »Führt innerhalb kürzester Zeit zum Tode.«

»Oh mein Gott«, Liz schlug sich die Hand vor den Mund. »Beinahe hätte ich ein wenig davon probiert.«

Bestürzt sah Hannes sie an.

»Konntest du eigentlich diesen Stallburschen auftreiben, Karl?« Jack war plötzlich wieder dieser pockennarbige Junge eingefallen.

Frustriert runzelte Karl die Stirn. »Nein, ich habe mich im ganzen Ort umgehört, er war nicht aufzuspüren.«

»Karl, du musst morgen in jedem Fall mit Vater sprechen.« Magdalena war inzwischen wieder hereingekommen. Sie hatte Phil in Lenes Kammer zu Bett gebracht und gewartet, bis sie eingeschlafen war. »Du musst ihm von Graf Joachim erzählen.« Beschwörend sah sie Karl an.

»Das werde ich. Sofort morgen früh, ich gebe dir mein Wort.« Nachdenklich drehte Karl seinen mit Met gefüllten Becher im Kreis. »Morgen wird Ritter Marquard zurückkehren. Er hatte einige Tage auf Schloss Sigmaringen zu tun.«

»Was hast du vor?« Conrad sah ihn an.

Mit Daumen und Zeigefinger griff Karl sich an die Nasenwurzel - er war müde und erschöpft. »Nun, wie uns Jack erzählt hat, äußerte Ritter Marquard gegenüber Graf Joachim irgendeinen Verdacht. Marquard genießt mein äußerstes Vertrauen, ich möchte persönlich von ihm hören, was er befürchtet.« Er sah in die Runde. »Viele Fragen - wenig Antworten, bis jetzt. Wir werden die Wahrheit herausfinden, gemeinsam, meine Freunde.«

Sie stießen mit ihren Bechern an.

»Was sagen wir wegen Phil? Ich meine, wenn Mechthild uns fragt? Sie kann unmöglich in die Burg zurück«, gab Jo zu bedenken.

»Jedenfalls nicht, solange Graf Joachim hier ist«, fügte Liz hinzu.

»Keine Sorge, das werde ich mit Mechthild klären.« Conrad winkte beruhigend mit der Hand ab.

»Sie kann doch sicherlich hierbleiben, nicht wahr Lene?« Magdalena sah sie bittend an.

»Natürlich kann sie das«, Lene lächelte, »ich kann immer Hilfe gebrauchen. So habe ich schon mehr Zeit für die Erkrankten.«

Lene war eine faszinierende Frau. Würde sie in der Zukunft leben, wäre sie sicher Ärztin geworden. Jo war beeindruckt, wie gut sie sich in medizinischen Dingen auskannte. Gegenüber der Feuerstelle, war ihr ein Schrank aufgefallen, in dem unzählige Töpfchen und Tiegelchen mit Pasten, Salben und Lösungen aufbewahrt waren.

Wie nannte man die Frauen in dieser Zeit? Eine Heilerin. Sie half bei Geburten, Krankheiten, Brüchen, Verbrennungen und was es sonst noch alles an Verletzungen gab. Aus Magdalenas Erzählungen hatte sie erfahren, dass Lene in weitem Umkreis bekannt war und ihre Dienste großflächig in Anspruch genommen wurden. Nur auf der Burg schien sie nie zu verkehren. Das hatte eigentlich niemand so direkt gesagt, es war nur so ein Gefühl, das Jo beschlich. Sie war neugierig und wollte es plötzlich von Lene selbst wissen.

»Lene, kommt Ihr auch manchmal hoch zur Burg?«

Mit wehmütigem Blick sah Lene sie an. »Schon seit langer Zeit nicht mehr.«

Sie starrte in das Licht der Kerze und die Geschichte ihrer Vergangenheit schien mit der Flamme zu verschmelzen.

»Ich war auf der Burg zuhause.« Sie lächelte versonnen. »Ich war sehr glücklich da oben. Graf Rudolf hatte eigens für mich Räumlichkeiten geschaffen, um die Schwachen und Erkrankten zu empfangen. Nebst einer Kammer für meine Medizin, meine Salben und Tinkturen.«

Mit einem Mal verdüsterte sich ihr Gesichtsausdruck.

»Und dann änderte sich alles.« Bestürzt sah sie einen Moment lang Karl und Magdalena an. »Ihr kennt die Geschichte.«

Wieder sah sie in das Licht der Kerze.

»Eure Mütter waren beide guter Hoffnung. Anna von Wehrsteins Niederkunft wurde im Frühjahr erwartet, Tilda von Hohenzollerns bereits um das heilige Christfest.

In der Nacht auf den elften Dezember im Jahre des Herrn 1468, klopfte es spät abends an meine Kammer. Vor der Tür stand ein Bote von Burg Hohenzollern. Aufgeregt bat er mich, schnell mitzukommen. Gräfin Tilda wäre kurz vor der Niederkunft. Es hätten wohl starke Schmerzen bei ihr eingesetzt.

Nachdem ich rasch alles Nötige zusammengepackt und in der Burg Bescheid gegeben hatte, begaben wir uns auf den Weg.

Wir würden mit den Pferden mindestens drei Stunden unterwegs sein, wenn nicht sogar länger.

Einige Tage zuvor hatte es zu schneien begonnen und nun lag eine dünne Schneedecke über dem Land. Immer wieder rutschten die Pferde mit ihren Hufen auf den gefrorenen Wurzeln aus. Glücklicherweise stand der Mond in dieser Nacht voll am Himmel, so mussten wir keine Fackeln in den Händen halten und kamen schneller voran.

Wir hatten etwa die Hälfte des Weges zurückgelegt, da hörten wir plötzlich die Hufe eines herannahenden Pferdes. Der Reiter schien es eilig zu haben. Es dauerte nicht lange und er hatte uns eingeholt.

Es war ein Wehrsteiner Bote. Gräfin Anna war gestürzt. Als sie in der Nacht keinen Schlaf finden konnte, war sie aufgestanden, um ein wenig an der frischen Luft zu verweilen. Sie war wohl auf der Treppe ausgerutscht und gefallen. Sie blutete. Ich wusste, eine Geburt zum jetzigen Zeitpunkt würde das Kind nicht überleben.

Der Bote hatte den Befehl erhalten, mich unverzüglich zurückzubringen.« Mitfühlend sah Lene Karl und Magdalena an. »Selbst wenn ich gewollt hätte, es war mir versagt eine eigene Entscheidung zu treffen.

Und dennoch, wenn ich ehrlich bin, war es aus damaliger Sicht richtig, was ich getan habe. Wir hatten keinen Grund, davon auszugehen, dass sich Karls Mutter in außergewöhnlicher Gefahr befand. Schließlich ist es ganz natürlich zu Beginn der Niederkunft starke Schmerzen zu haben.

Gräfin Annas ungeborenes Kind hingegen, befand sich in größter Gefahr. Ich versprach dem Zollerschen Boten schnellstmöglich nachzukommen.

Graf Rudolf saß am Bett seiner Frau und hielt ihre Hand. Ich werde die Verzweiflung in seinen Augen nie vergessen. Magdalenas Mutter hatte bereits sehr viel Blut verloren. Die ganze Nacht flößten wir ihr immer wieder eine blutstillende Mischung aus Schafgarbe und Hirtentäschel ein. Und tatsächlich, die regelmäßige Gabe und Ruhe brachten den Erfolg. Für mich gab es nichts mehr zu tun. Die Zeit alleine würde entscheiden, wie sich die Dinge entwickelten.

Zwischenzeitlich war ein neuer Tag angebrochen und ich begab mich erneut auf den Weg zur Burg Hohenzollern. Vielleicht hatte der kleine Erdenbürger ja bereits das Licht der Welt erblickt, bis ich eintreffen würde. Ich kam zügig voran. Auf dem Zoller angekommen, überfiel mich plötzlich ein ungutes Gefühl. Eine seltsame Stille schien sich wie eine Decke über das Gemäuer gelegt zu haben. Als ich die Gemächer deiner Eltern betrat, stand dein Vater am Fenster und streckte mir den Rücken zu. Ich wusste sofort, dass seine Frau die Geburt nicht überlebt hatte.«

Traurig sah Lene Karl an.

»Ich kehrte zurück auf Burg Wehrstein. Aber Graf Rudolf konnte sich niemals verzeihen, dass durch seinen Befehl, mich zurückzuholen, die

Frau seines Bruders ihr Leben lassen musste. Ich blieb, bis Magdalena das Licht der Welt erblickte. Dann schickte er mich fort. Hierher.

Ich will mich nicht beklagen. Es wurde gut für mich gesorgt. Keiner der Dorfbewohner hat ein vergleichbares Heim, mit echten Glasfenstern, einer Herdstelle und Kammern, die sogar Türen haben. Dennoch liebte ich es, Teil des Burglebens zu sein.«

Lene überlegte einen Augenblick. »Ich denke, er konnte es nicht ertragen, mich jeden Tag zu sehen und daran erinnert zu werden, indirekt die Schuld am Tod von Karls Mutter zu tragen.«

»Er hat Eure Hilfe nie wieder in Anspruch genommen?« Fasziniert, das Kinn auf die Hände gestützt, hatte Jo Lenes Erzählung gelauscht.

Lene schüttelte traurig den Kopf. »Niemals wieder.«

Betreten schwiegen sie alle.

18

Gut. Fassen wir nochmals zusammen: Ich werde morgen mit meinem Onkel und Ritter Marquard das Gespräch suchen. Des Weiteren werde ich mich darauf konzentrieren, den Haigerlocher Stallburschen ausfindig zu machen.« Mit verschränkten Händen beugte Karl sich vor. Er sah in die Runde und erntete einstimmiges Nicken. Ihnen allen schwirrte der Kopf. Über so vieles musste nachgedacht werden und es gab Unmengen offener Fragen.

Jo sprach eine davon aus.

»Könnte Phil nicht der Schlüssel zu allem sein? Was befürchtet Graf Joachim und warum droht er ihr? Hat er Angst, sie könnte plötzlich ihre Sprache wiederfinden?«

Fest stand, dass sie an diesem Abend keine Antworten mehr bekommen würden. Es war sehr spät geworden und sie alle waren hundemüde. Daher beschlossen sie, sich auf ihr Nachtlager zu begeben. Leise, um Rio nicht zu wecken, schlichen sie sich auf ihre Plätze. Nach wenigen Minuten schienen alle eingeschlafen zu sein. Alle, außer Jo.

Im Schein, des leise vor sich hin flackernden Feuers, konnte sie Rios Silhouette erkennen. Er lag auf dem Rücken. Den rechten Arm hatte er auf dem Bauch abgelegt. Sein Oberkörper war nur von dem Verband bedeckt. Er hatte ihr den Kopf zugewandt und sie lauschte seinem gleichmäßigen Atem. Immer wieder wurde sein Gesicht vom Schein der Flammen erhellt. Selbst im Schlaf lag um seinen Mund noch dieser leicht spöttische Zug.

Was für unglaublich lange Wimpern er hatte. Jo schluckte. Sie lag höchstens einen Meter von ihm entfernt. Wenn er jetzt die Augen öffnen würde ... Vorsichtig schob sie sich immer näher an ihn heran, bis sie keine zehn Zentimeter mehr voneinander trennten. Sie stützte den Kopf auf ihren Arm und studierte sein Gesicht. Jede Einzelheit prägte sie sich ein, sanft benetzten ihre Lippen seine Schläfe.

Er öffnete die Augen und sah sie an. Wortlos hob er seinen Arm und berührte mit dem Handrücken sachte ihre Wange. Wie selbstverständlich schmiegte sie sich an ihn und so schliefen sie zusammen ein.

Liz rieb sich die Augen. Lange hatte sie nicht mehr so gut geschlafen. Mit der Hand fuhr sie sich durchs Haar. Sie bereute es, am Abend keinen Zopf geflochten zu haben. Das würde einen schönen Kampf mit der Bürste geben. Plötzlich fühlte sie sich irgendwie beobachtet. Sie stützte sich auf ihre Unterarme. Auf dem Bauch liegend, das Kinn in die Hände gestützt, grinste Hannes sie vom Fußende aus an. Mit den Fingern fuhr er sich durchs Haar und deutete wortlos mit dem Kinn nach rechts, wo Jo und Rio eng umschlungen, tief und fest schliefen. Liz bekam große Augen und sah wieder zu Hannes. Sie grinste zurück. Anscheinend waren sie die Ersten, die wach waren. Sie legte den Finger an die Lippen und bedeutete Hannes mitzukommen. Leise schlichen sie an den anderen vorbei nach draußen in den Hof.

»Wir könnten hier frühstücken.« Sie deutete auf einen Tisch, der ihr gestern erst aufgefallen war. Er stand etwas versteckt, hinter dem kleinen Stall. »Wir könnten ihn zwischen den Brunnen und der Feuerstelle, hier an die Seite stellen, was meinst du?«

Hannes sah ihn sich aus der Nähe an. »Sieh mal, da stehen sogar noch zwei Holzbänke«, stellte er fest.

Leicht war der Tisch nicht, aber nachdem sie ihn einige Male abgesetzt hatten, war es geschafft. Hannes stützte sich darauf ab und sah Liz an.

»Was?« Sie hob die Augenbrauen.

Hannes wusste nicht, wie er beginnen sollte. Er überlegte fieberhaft. »Früher haben wir uns gehasst.«

»Ja, vor nicht mal einer Woche.« Liz lächelte.

»Stimmt, kommt mir schon viel länger vor«, er hob einen Mundwinkel an.

Sie setzte sich ihm schräg gegenüber auf den Tisch, ließ ein Bein baumeln und wickelte sich eine Haarsträhne um ihren Finger.

Hannes holte tief Luft. »Und jetzt bin ich froh, dass wir hier sind, zusammen, meine ich.«

Mitten in der Bewegung hielt sie inne und sah ihn ernst an. »Ja, das bin ich auch.«

Hannes runzelte die Stirn. *Mist, er war nicht so gut in diesen Dingen.*

Abrupt stieß er sich vom Tisch ab und drehte ihr den Rücken zu. Er fuhr sich mit der Hand durchs Haar. »Ich bin vielleicht nicht so ein Draufgänger wie Rio, aber ich wollte dir sagen ...«, er stockte, »dass du mir wirklich etwas bedeutest.« Er schloss die Augen und als Liz zuerst nicht reagierte, war er sich sicher, damit genau das Falsche gesagt zu haben.

»Weißt du, ich steh nicht so auf Draufgänger.« Liz umrundete den Tisch und ging langsam auf Hannes zu. Schräg hinter ihm blieb sie stehen.

Er drehte sich um und sah sie an. »Weißt du eigentlich, dass du die grünsten Augen hast, die ich je gesehen habe?«

Als wollte sie sich für diese Tatsache entschuldigen, zuckte sie mit einem leichten Lächeln die Schultern. Er hob die Hand und schob ihr vorsichtig eine Haarsträhne hinters Ohr. Sein Gesicht war plötzlich nur noch wenige Zentimeter von ihrem entfernt und als sie ihre Lippen leicht öffnete, begann er sie sanft zu küssen.

Selbst mit geschlossenen Augen nahm Jo seinen Blick war. Sie genoss diesen Moment und spürte ein Ziehen im Bauch. Schließlich konnte sie sich nicht mehr beherrschen und verzog den Mund zu einem Lächeln.

»Hey«, flüsterte Rio.

»Hey«, sie öffnete die Augen. Einen Moment lang sahen sie sich nur an.

»Was macht deine Schulter?«

»Schon fast wieder der Alte.« Er grinste schief, dann wurde er ernst und sah sie nachdenklich an. Mit dem Handrücken berührte er ihre Schläfe und studierte ihr Gesicht. Ihm war, als könnte er die feinen Risse, die sich langsam in ihrer Maske bildeten, erkennen.

Alle freuten sich über das Frühstück im Freien.

»Eine hervorragende Idee.« Lene klatschte begeistert in die Hände.

Zusammen hatten sie alles Nötige nach draußen getragen. Inzwischen waren auch Karl und Conrad eingetroffen.

»Heute ist Markttag auf der Burg. Also Lene, solltest du etwas benötigen, lass es mich wissen.«

Seit Lene nicht mehr auf der Burg verkehrte, besorgte Conrad ihr regelmäßig verschiedene Utensilien, von den zahlreichen Kaufleuten und Händlern, die einmal im Monat auf dem Markt im Burghof ihre Waren feilboten. Auch dieses Mal hatte Lene ein paar Wünsche.

Ihr besonderes Interesse galt den Kräuterhändlern, die viele ihrer Pflanzen und Essenzen aus den fernen Ländern bezogen. Lene stellte daraus diverse Salben und Tinkturen her, für die sie wegen deren heilender Wirkung in weitem Umkreis bekannt war.

»Markttag?« Liz sah Jo begeistert an.

Conrad zwinkerte den beiden zu. »Ich habe eine gute Nachricht für die jungen Leute.« Er machte eine kunstvolle Pause. »Ich habe mir gedacht, da unser Freund Rio sich noch etwas schonen sollte und Hannes womöglich nicht alleine auf den Hof möchte, wärt ihr über einen freien Tag erfreut. Was meint ihr?« Er zwinkerte ihnen ein weiteres Mal zu und schien sich über die gelungene Überraschung selbst am meisten zu freuen.

So groß die Begeisterung auch war, sich mit den Jungs einen schönen Tag machen zu können, so hatten Jo und Liz doch Magdalena und Phil gegenüber ein schlechtes Gewissen.

»Und ihr müsst hier sitzen und euch langweilen.« Liz schaute zerknirscht.

Magdalena nahm sie in die Arme. »Genießt den Tag und macht euch keine Gedanken. Ich habe ja Phil bei mir und wir werden Lene ein wenig zur Hand gehen.«

Zu ihrem Erstaunen hielt Conrad für jeden von ihnen einen kleinen Lederbeutel, gefüllt mit ein paar Gulden, bereit. »Sicherlich möchtet ihr euch auf dem Markt nicht nur umsehen, sondern auch ein paar Dinge erwerben.«

»Oh nein, Conrad, das können wir nicht annehmen.« Rio hob abwehrend die Hände.

Conrad ging einen Schritt auf ihn zu und legte seine Pranke glücklicherweise auf Rios gesunde Schulter. »Keine Widerrede, Junge. Ihr seid unsere Freunde und riskiert euer Leben. Das ist das Mindeste, was wir für euch tun können.«

»Zuerst müssen wir unauffällig das Fläschchen zurückbringen.«

Während sie durch den Geheimgang gingen, erzählte Jo Rio von Phils Martyrium mit Graf Joachim und dem anschließenden Fund des Giftes. Er war schockiert.

»Und Lene hat das Gift wirklich ausgetauscht?«

»Ja«, Jo ging hinter Rio her.

»Sie hat einfach eine ihrer Teemischungen sehr lange ziehen lassen, bis ein bitterer Geschmack entstand.«

»Na ja«, entgegnete Rio, »er wird sich Neues besorgen, aber wenigstens kann er damit erstmal niemanden um die Ecke bringen.«

Kaum hatten sie den festen Boden der Schmiede unter sich, drangen auch schon die typischen Geräusche eines Marktes an ihre Ohren.

»Und denkt daran«, Conrad sah sie streng an, »sollte euch jemand fragen, ihr seid von der Alb und weil es dort keine Arbeit gibt, seid ihr hierher in Stellung gekommen.«

»Und achtet auf euer Verhalten und eure Sprache.« Jack zwinkerte ihnen zu. »Kein cool, krass oder… ich mag es nicht aussprechen … geil«. Er schielte gespielt genervt zum Himmel.

»Keine Panik, wir reißen uns zusammen.«

Diesmal war es Hannes, der Jack und Conrad zuzwinkerte.

Karl hoffte, seinen Onkel anzutreffen. Zuerst würde er jedoch, wie mit Jo abgesprochen, das Fläschchen unter Graf Joachims Bett platzieren.

Er lauschte an der Tür und als nichts zu hören war, drückte er vorsichtig die Klinke nach unten. Der Raum lag verlassen vor ihm. Wie es den Anschein hatte, weilte Graf Joachim noch immer auf Burg Wehrstein. Die Kammer sah jedenfalls bewohnt aus.

Karl platzierte das Fläschchen so unter das Bett, dass es ein wenig hervorschaute. Eilig verließ er das Zimmer und schritt den Gang entlang. Glücklicherweise wurde er von niemandem gesehen.

Er klopfte ein paar Mal kräftig an seines Onkels Tür und nach einem kurzen tretet ein, drückte er die Klinke nach unten und betrat die Räumlichkeiten.

»Guten Morgen, Onkel.«

»Sei gegrüßt, mein Junge.« Erfreut und mit ausgebreiteten Armen, schritt Graf Rudolf auf Karl zu und umarmte ihn kurz, um ihn sogleich an den Schultern fassend, prüfend in Augenschein zu nehmen.

»Weißt du etwas Neues von meiner Tochter zu berichten?«

Karl wich seinem Blick aus. »Sie ist in Sicherheit.« Er ging zum Fenster und drehte sich dann mit einem Ruck um. »Onkel, Graf Joachim, wir können ihm nicht trauen.« Beschwörend sah er seinem Onkel in die Augen.

Rudolf hielt mitten in der Bewegung inne. »Was redest du da?«

Karl berichtete ihm von den Geschehnissen des Vortages.

»Er hat Philomena bedroht? Aber warum sollte er das tun?«

Unruhig ging Karl im Raum auf und ab. »Ich weiß es nicht, es ist absurd, doch er scheint zu befürchten, dass sie plötzlich sprechen könnte.«

Rudolf ließ sich in einen großen, ledernen Sessel am Kamin sinken. Gedankenverloren drehte er an seinem Siegelring.

»Graf Joachim genießt mein allergrößtes Vertrauen. Ich kenne ihn seit über zwanzig Jahren.« Er schüttelte ungläubig den Kopf. »In keiner Weise kann ich mir vorstellen, dass er jemandem Unrecht antun, geschweige denn einen Mord begehen könnte.« Er sah Karl an. »Denn sollte ich dich richtig verstehen, verdächtigst du ihn des Mordes an Christoph von Haigerloch, habe ich recht?«

Ratlos wiegte Karl den Kopf. »Ich weiß es nicht, Onkel.«

Rudolf erhob sich. Er legte Karl die Hand auf die Schulter.

»Mein Junge, es ist mir unerklärlich - ich bin mehr als bestürzt. Selbstverständlich werde ich den Geschehnissen nachgehen und Graf Joachim zur Rechenschaft ziehen, dessen sei gewiss. Und wer, sagtest du, hat das Gift gefunden? Eine der neuen Kammerzofen?«

Karl nickte kurz. »Ja, es ist wohl aus seiner Jackentasche gefallen, als sie das Kleidungsstück vom Boden aufhob. Sie hatte zuvor beobachtet, wie er Philomena bedrohte, und ist skeptisch geworden. Sie hat das Behältnis sofort mir überbracht. Es handelt sich zweifelsfrei um Eisenhut.«

Karl hatte diesen Teil der Geschichte etwas abgewandelt - er wollte Jo nicht in Schwierigkeiten bringen.

»Und du willst mir noch immer nicht verraten, wo Magdalena sich aufhält?« Sorgenvoll musterte sein Onkel ihn.

Karl blickte kurz zu Boden, dann sah er Rudolf entschlossen in die Augen. »Ich möchte einfach ihren Wunsch, zuerst ihre Unschuld bewiesen zu haben, respektieren. Sie denkt, ihr Vater hält sie für schuldig.« Mit bitterem Gesichtsausdruck sah Karl seinen Onkel an.

Er hatte schon die Türklinke in der Hand, als ihm etwas einfiel.

»Was habt Ihr eigentlich gesucht, Onkel? Kürzlich, hier in Eurem Schrank? Vermisst Ihr etwas?«

Zuerst sah Rudolf ihn verwirrt an, dann schien er sich jedoch zu erinnern. »Ach das, ja ... ein Dokument.« Er winkte ab. »Nicht so wichtig.«

Irgendetwas an dem Gespräch hatte Karl irritiert.

Er schritt den Gang entlang und überlegte fieberhaft, was ihm so seltsam vorgekommen war. Angestrengt versuchte er, sich nochmals jede

Einzelheit ins Gedächtnis zu rufen, aber er kam nicht darauf, was es gewesen war.

Es war mit einem unglaublichen Gefühl verbunden, über diesen Markt zu schlendern. Rund um die Burg hatten sich unzählige Händler und Kaufleute mit ihren Ständen niedergelassen.

Sie fühlten sich wie auf dem Rittermarkt im benachbarten Städtchen Horb, der zusammen mit den Ritterspielen einmal im Jahr stattfand.

Die Luft schien erfüllt mit tausenden von Düften. Gleich am ersten Stand bot ein Händler unzählige, nach Kräutern duftende Salben und Tinkturen in winzigen Tontöpfchen und Karaffen an. Lene wäre von der Auswahl begeistert gewesen.

Sie schlenderten vorbei an Marktbuden, an denen Kleidung, Lederwaren und Schafwolle oder allerlei kulinarische Leckereien angeboten wurden.

»Schaut euch das an Leute.« Sie folgten Rios Blick.

An mehreren Stäben aufgespießte Hähnchen brutzelten, einen herrlichen Duft verbreitend, über einer Feuerstelle. Ein Mann betätigte eine große Kurbel, um so für eine gleichmäßige Bräunung der Köstlichkeiten zu sorgen.

»Herbei, herbei, meine Freunde. Kostet von den besten Hühnchen im Lande.« Einladend streckte er seine Hand aus.

Ihnen lief das Wasser im Mund zusammen und sie benötigten nicht viel Überzeugungsarbeit, um zwei große, knusprig gebratene Hähnchen zu erwerben. Sie machten es sich an einem Tisch auf zwei Holzbänken gemütlich, als der Mann plötzlich vier mit Met gefüllte Becher, schwungvoll vor ihnen absetzte.

»Die gehen aufs Haus«, bemerkte er augenzwinkernd.

»Nicht zu schnell hinunterstürzen.« Rio grinste, nachdem er mit Jo angestoßen hatte.

Sie biss sich auf die Unterlippe und wusste genau, dass er auf den Abend anspielte, an dem es ihr so schlecht gegangen war.

Er setzte den Becher ab und wischte sich mit dem Handrücken über den Mund. Er sah ihr in die Augen und sie war überzeugt, dass er genau wie sie in diesem Moment, daran dachte, wie sie sich geküsst hatten und beinahe einen Schritt zu weit gegangen waren.

Sie spürte ein Kribbeln auf ihrer Haut.

»Stimmt's Jo? - Joo!« Liz schnipste mit den Fingern vor ihrem Gesicht herum.

»Was?« Verwirrt sah sie Liz an.

»Ich sagte gerade, vor einer Woche wäre dies hier undenkbar gewesen.« Mit den Armen machte sie eine ausladende Bewegung. »Also, ich meine, dass wir hier so zusammensitzen.«

»Tja, die Zeiten ändern sich.« Rio hob seinen Krug und nahm einen Schluck.

»Warum eigentlich?« Hannes wischte sich den Schaum von den Lippen.

»Warum was?« Fragend sah Liz ihn an.

»Warum seid ihr eigentlich immer so sauer auf uns gewesen?« Neugierig sah er zuerst Jo, dann wieder Liz an.

»Ich weiß es.« Hannes gab sich selbst die Antwort und grinste verschmitzt. »Jo mag keine Italiener, stimmt's Jo?« Er zwinkerte ihr zu.

»Davon ist in letzter Zeit aber nichts zu spüren«, erwiderte Liz trocken.

»So ein Blödsinn, können wir vielleicht das Thema wechseln?«

Rio beobachtete, wie Jos Gesicht sich verdüsterte. Es war jedoch noch ein anderer Ausdruck in ihren Zügen. Er kam nicht sofort darauf, was es war. Doch plötzlich wusste er es. Panik. In ihren Augen konnte er die nackte Panik erkennen. Was war nur mit ihr los? Was brachte sie nur immer wieder derart aus der Fassung? Sie musste irgendetwas Schreckliches erlebt haben, dessen war er sich in diesem Moment sicher.

Er räusperte sich. »Wenn wir wieder zuhause sind, habt ihr Bock aufs Schulkonzert zu kommen?«

Dankbar, das Gespräch in eine andere Richtung gelenkt zu haben, sah Jo ihn an. Sie wusste, dass Rio in der Rockband der Schule E-Gitarre spielte. Hannes war der Bassist. Sie war nie auf einem der Konzerte gewesen. Es hatte sie immer genervt, wie alle Mädchen Rio anschmachteten und er sich in dem Bewusstsein, der coolste Typ der Schule zu sein, sonnte. Allerdings musste er wirklich gut im Umgang mit der Gitarre sein.

»Was spielt ihr so?«, fragte Jo.

Während sie sich das köstliche Hühnchen schmecken ließen, erzählte Rio, was sie zusammen mit ihrer Musiklehrerin, Frau Berí, einstudiert hatten.

»Na ja, es ist für jeden Geschmack etwas dabei, würde ich sagen. Green Day, Metallica, ein paar Lieder aus den Charts.«

Er machte eine kurze Pause. »Und wir spielen was von My Chemical Romance.«

Jo blickte erstaunt von ihrem Hähnchen auf. »Cool, welches Lied?«

Rio zuckte mit den Schultern. »Wir nehmen eins aus The Black Parade - müssen uns noch entscheiden.«

»Ein Jammer, dass die sich aufgelöst haben«, meinte Jo bedauernd.

Vermutlich würde Jo sie köpfen, aber Liz wagte einen Vorstoß.

»Habt ihr gewusst, dass Jo Schlagzeug spielt?«

Prompt erntete sie einen bitterbösen Blick ihrer Freundin.

Jetzt war es Rio, der erstaunt innehielt. Doch dann lächelte er.

»Ja ... das passt zu dir. Wie lange spielst du schon?«

»Seit ich zehn bin.« Sie wusste selbst nicht warum, aber irgendwie war es ihr peinlich und unangenehm darüber zu reden. Vielleicht deshalb, weil sie es nie an die große Glocke gehängt hatte und es außer Liz eigentlich keiner wusste.

»Ja, ich hab immer zu ihr gesagt, sie soll in der Schulband mitmachen, aber sie denkt, sie ist nicht gut genug, stimmt's Jo?«

»Bin ich auch nicht, ich spiel nur für mich und jetzt hör endlich auf, Liz.« Unauffällig gab sie ihr ein Zeichen ruhig zu sein.

»Das werden wir noch herausfinden, sobald ich mit meiner Gitarre bei dir vorbeikomme.« Rio hatte sich vorgebeugt und fixierte sie mit seinen Augen und in ihrem Bauch zog sich schon wieder alles zusammen.

»Oje«, meinte Liz, »da wärst du der Erste, nicht mal ich hatte bisher die Ehre.«

Rio und Hannes blickten sie erstaunt an.

Sie schlug die Hand vor den Mund. »Tut mir leid Jo.«

Mist, was hatte sie sich nur dabei gedacht, aber es war ihr so rausgerutscht.

Jo stand abrupt auf. »Ich seh mir mal die Sachen da drüben an.«

Sie schauten ihr hinterher, wie sie sich mit hölzernen Schritten auf dem inzwischen belebten Platz, einen Weg zu dem großen Stand einige Meter weiter vorne bahnte.

»Wie meinst du das, du hattest noch nie die Ehre?« Neugierig sah Hannes Liz an. »Willst du damit etwa sagen, dass du noch nie bei Jo zuhause warst?«

Liz zuckte die Schulter. »Noch nie, verrückt, was? Wenn wir uns verabredet haben, dann stets bei mir oder irgendwo draußen. Ihre Mutter leidet wohl sehr oft unter starker Migräne und braucht viel Ruhe. Jo meinte immer, jede Aufregung wäre sofort too much für sie.« Einen kurzen Moment stockte Liz, nachdenklich starrte sie auf den Tisch. »Wisst ihr, ich glaube, da ist noch mehr. Jo ist oftmals so verschlossen und irgendwie … unglücklich. Als sie vor ein paar Jahren nach Fischingen gezogen sind, war ihr Vater schon tot. Sie spricht nicht darüber. Keine Ahnung, an was er gestorben ist. Sie hat ihn wohl sehr geliebt.«

Liz sprach aus, was Rio vermutet hatte. »Ich glaube, sie hat etwas Schreckliches erlebt und kann einfach nicht darüber reden, mit niemandem, nicht einmal mit ihrer besten Freundin.«

Frustriert zuckte sie die Schultern und Hannes griff nach ihrer Hand. »Vielleicht braucht sie professionelle Hilfe.«

Sie sah ihn an. »Ja, das hab ich auch schon gedacht.«

Rio hatte die ganze Zeit über geschwiegen. Tausend Gedanken wirbelten durch seinen Kopf. Vor seinem inneren Auge sah er ihr Gesicht. Einmal wütend und trotzig, dann wieder traurig und verletzlich und viel zu selten gelöst und glücklich. Und plötzlich wurde ihm bewusst, wie wichtig sie ihm war. Er würde zu ihr durchdringen, das schwor er sich in diesem Moment. Er trank einen letzten Schluck aus seinem Becher.

»Lasst euch Zeit.« Er klopfte mit der Faust auf den Tisch und stand auf.

Mit den Händen in den Hosentaschen schlenderte er betont langsam zu Jo hinüber.

Sie stand da, den Oberkörper fest mit ihren Armen umschlungen und wandte ihm den Rücken zu. Scheinbar fasziniert betrachtete sie die unglaubliche Vielfalt der Lederwaren. Es gab alles Mögliche, angefangen von Geldbeuteln, bis hin zu Gürteln, Kleidung und sogar Schuhen.

Sie hatte ihn nicht gehört und erschrak beinahe zu Tode, als er plötzlich nach ihrer Hand griff und sie schwungvoll in einer einzigen Drehung an sich zog. Sie musste sich an seiner Brust abstützen, um nicht auf ihn zu prallen, und schnappte nach Luft.

»Davon zu laufen ist immer eine schlechte Wahl.«

Sie schaute zu ihm auf. »Was weißt du schon davon?«

»Was weißt du schon, was ich weiß?« Spöttisch zog er wieder einmal seine Augenbrauen hoch.

Doch die Art, wie er das sagte, ließ Jo aufhorchen. Gab es etwa in Rios Leben auch Geheimnisse?

Da waren sie wieder. Diesmal ohne die Stumme, dafür in Begleitung zweier junger Burschen. Er war überzeugt, dass sie es waren, die seine kleine Giftmischung gegen harmlosen Tee ausgetauscht hatten.

Um den Eindruck zu vermitteln, er wäre aus seiner Jackentasche gefallen, hatten sie den Behälter geschickt unter sein Bett gelegt.

Als Drahtzieherin vermutete er die Schwarzhaarige. Sie war die Dominantere der beiden, das sah er an ihrem Blick.

Sicherlich hatten sie seine kleine Auseinandersetzung mit der Stummen beobachtet und danach in seinen Räumlichkeiten herumgeschnüffelt. Er würde handeln müssen.

Der Markt auf Burg Wehrstein erfreute sich großer Beliebtheit.

Aus sämtlichen Nachbardörfern waren die Menschen gekommen. Der Tag bot eine willkommene Abwechslung zum tristen Arbeitsalltag.

Sie waren erstaunt über die Vielfalt der angebotenen Waren. Hannes und Liz hatten sich inzwischen zu ihnen gesellt und zu viert schlenderten sie nun von einem Stand zum nächsten.

Eine kleine Menschentraube, einige Meter weiter vorne, erregte plötzlich ihre Aufmerksamkeit.

An einem Tisch saß eine Frau mit langem, rabenschwarz gewelltem Haar. An ihren etwas strenger wirkenden Gesichtszügen konnte man erkennen, dass sie nicht mehr ganz jung war. Aber dennoch strahlte sie mit ihrem leicht dunklen Teint eine fast majestätische Schönheit aus. An den Handgelenken trug sie eine Vielzahl Armbänder, die mit unzähligen kleinen Metallplättchen bestückt waren.

»Eine Zigeunerin«. Liz war fasziniert und erntete von Jo einen missbilligenden Blick.

»Du weißt, dass das diskriminierend ist … Roma, das ist eine Roma.«

Jos Einwand ignorierend deutete sie auf die zahlreichen bunten Bänder, die auf einem weiteren Tisch angeboten wurden. „Schau nur!"

Während Liz fasziniert den Armschmuck betrachtete, richtete sich Jos Aufmerksamkeit auf die Frau.

Ein Mann aus der Menschenmenge hatte ihr gegenüber Platz genommen. Mit den Fingern strich sie über seine Handfläche. Es schien ihn zu freuen, was sie ihm dabei erzählte, denn sein Gesicht begann zu leuchten. Er legte ihr eine Münze auf den Tisch und verabschiedete sich voller Dankbarkeit.

Als Nächstes nahm ein Mädchen Platz. Die Roma betrachtete ihre Hand und begann zu reden. Zuerst breitete sich ein Strahlen auf dem Gesicht der jungen Frau aus, doch dann verdüsterte sich ihre Mimik und mit einem Mal brach sie in Tränen aus und stürmte davon.

»Eine Wahrsagerin? Abgefahren.« Hannes schüttelte leicht den Kopf und Rio stand mit verschränkten Armen neben ihm. Seinem Gesichtsausdruck nach zu deuten, fand er die Situation amüsant.

Jo hätte es nie zugegeben, aber bei der Vorstellung, an diesem Tisch zu sitzen und sich aus der Hand lesen zu lassen, beschlich sie ein mulmiges Gefühl. Sie spürte plötzlich Rios Blick auf sich und als sie ihn ansah, wurde sie gleichzeitig wütend und schwach, denn wieder einmal hatte er diesen leicht spöttischen Zug um den Mund, der ihn so arrogant wie unglaublich sexy wirken ließ.

Er beugte sich zu ihr. »Jo, Jo, du glaubst doch nicht etwa an so was?«

»Ach, halt die Klappe.« Sie gab ihm einen leichten Stoß in die Rippen.

Plötzlich bemerkte sie, dass die Wahrsagerin in ihre Richtung sah.

Jo drehte den Kopf, in der Hoffnung, dass nicht ihr, sondern jemand anderem die Aufmerksamkeit galt. Doch hinter ihnen war niemand zu sehen.

Es war seltsam. Alle Umstehenden starrten sie an und wie von einer fremden Macht angezogen, setzte sie einen Fuß vor den anderen und ging auf die Frau zu. Mit einem kurzen Nicken bedeutete diese ihr, sich zu setzen.

Sie streckte die Hand aus und wie selbstverständlich legte Jo die ihre hinein. Die ganze Zeit über hatten sie sich wie hypnotisiert in die Augen gesehen. Jetzt senkte die Frau den Blick und studierte konzentriert die Linien in Jos Handfläche. Sie begann zu sprechen.

»Ich sehe Trauer, Verzweiflung und … Liebe.« Sie sah zuerst Jo an und ließ dann ihren Blick zu Rio schweifen.

Auf einmal veränderte sich ihr Gesichtsausdruck und Jo meinte ein kurzes Aufflackern in ihren Augen zu erkennen. Das war genau der Moment, vor dem sie sich gefürchtet hatte. Sie wollte nichts über ihre Zukunft wissen. Schon gar nichts Schlechtes.

»Es wird etwas geschehen ... Sie werden dich holen ...« Wieder sah die Roma sie an. »Hab keine Angst, vertraue ihm, er wird kommen.«

Mit einem Ruck zog Jo ihre Hand zurück und stand abrupt auf.

Rio war plötzlich neben ihr. »Los, wir gehen.« Er griff nach ihrem Arm und zog sie mit sich fort.

Alle vier gingen sie zwischen den Marktständen hindurch und gelangten über eine Steintreppe in den Burggarten. Bis auf drei Pferde, die jemand an einen Holzzaun angebunden hatte, waren sie hier glücklicherweise unter sich.

Rio sah Jo, die immer noch kein Wort gesprochen hatte, besorgt an. »Alles in Ordnung?« Sie setzten sich nebeneinander ins Gras.

»Hey, du glaubst doch hoffentlich nichts von all dem?« Er war richtig wütend. »Diese alte Hexe, knöpft den Leuten das Geld ab und die nehmen ihr den ganzen Scheiß ab, den sie verzapft.«

»Von mir wollte sie kein Geld.« Jo war immer noch ganz durcheinander. »Sie hat mich so seltsam angesehen.«

»Die wollte sich bestimmt nur wichtigmachen«, versuchte auch Hannes sie zu beruhigen.

Liz umarmte ihre Freundin. »Wir passen auf dich auf.« Um die angespannte Situation etwas aufzulockern, hob sie drei Finger in die Luft und demonstrierte so ihr Zeichen aus Kindheitstagen. »Großes Indianerehrenwort.«

Langsam begann Jo sich zu beruhigen und je länger sie darüber nachdachte, desto absurder kam ihr die Situation mit der Zigeunerin vor. Am Ende war sie selbst davon überzeugt, wie lächerlich das Ganze war.

Müde und satt blieben sie noch eine Weile im Schatten sitzen. Das Thermometer hatte jetzt um die Mittagszeit mit Sicherheit die dreißig Grad Marke längst überschritten. Da die Mädchen jedoch für Magdalena, Phil und Lene noch eine Kleinigkeit kaufen wollten, drängten sie die Jungs, bald aufzubrechen. Über die Steinstufen gelangten sie zu den Marktständen. Es waren weniger Menschen unterwegs. Vermutlich war es den meisten inzwischen zu heiß geworden. Die Sonne schien erbarmungslos von einem wolkenlosen Himmel.

»Schaut mal, da vorne.« Hannes deutete mit dem Kinn ans Ende des Marktes, wo ein Feuerspucker seine Künste darbot. Auf einer kleinen Bühne führte ein Zauberer dem Publikum seine Tricks vor.

Fasziniert näherten sie sich der Menschenmenge, da lösten sich aus der Gruppe zwei Mädchen und steuerten freudestrahlend auf Rio und Hannes zu.

»Oh nein, die Rote und ihre Freundin.« Liz stöhnte leise auf.

Es war nicht zu übersehen, dass Hanna und ihre Begleiterin eine absolute Schwäche für Rio und Hannes hegten. Liz und Jo wurden komplett von ihnen ignoriert.

»Seid gegrüßt.« Rio lächelte und beugte den Kopf.

»Die Damen.« Hannes deutete eine Verbeugung an.

»Die Damen? Ich muss gleich kotzen.« Jo warf Liz einen Blick zu, während sie die Worte leise aussprach.

»Danke nochmals für eure Hilfe.« Hanna klimperte mit den Wimpern. Das war ja nicht auszuhalten, wie die Kuh Rio anschmachtete.

Jo hätte ihr am liebsten eine gescheuert.

»Keine Ursache, es war uns eine Ehre.« Wieder lächelte Rio.

»Hier«, plötzlich schien ihr bewusst zu werden, dass sie ihn anstarrte. Sie griff in ihren Korb und reichte zuerst Hannes und dann Rio ein kleines Gebäckstück.

»Oh, vielen Dank.« Rio verbeugte sich theatralisch und die Mädchen kicherten.

Liz und Jo tauschten einen Blick und verdrehten die Augen.

»Wir wünschen den Damen noch einen herrlichen Tag.«

»Und schön auf das Bein achtgeben.« Hannes zwinkerte Hannas Freundin zu, was sich ein weiteres Mal erheiternd auf die beiden auswirkte.

»Mein Gott, wie ritterlich.« Während sie weitergingen, konnte Jo sich einen Kommentar nicht verkneifen.

»Fehlt nur noch 'ne Rüstung«, fügte Liz spöttisch hinzu.

Hannes und Rio, die vorausgingen, tauschten einen Blick und grinsten sich an.

»Hannes, Kumpel, mir scheint, da ist jemand eifersüchtig.«

»Ja, den Verdacht hatte ich auch schon.«

»Bildet euch bloß nichts ein.« Mit großen Schritten überholten sie die Jungs und stolzierten voraus.

Sie waren nun tatsächlich am Ende des Marktes angelangt. Hier ging eine weitere Steintreppe nach unten. Man konnte allerdings nicht erkennen, wohin sie führte. Neugierig geworden, beschlossen sie es herauszufinden. Dichter Efeu bedeckte einen Großteil der Steinwand. Unten angekommen, folgten sie einem schmalen Weg, an dessen Ende sich eine weitere Grünfläche anschloss.

»Wie ein kleiner, geheimer Garten«, stellte Liz verzückt fest.

Jo war bis an den Rand vorgetreten. Ringsherum fiel das Gelände steil ab. Auf dem großen Platz unter ihr ragten drei mächtige, mit Ästen aufgeschichtete Holzpfähle, aus dem Boden.

Plötzlich stockte ihr der Atem. Sie begann unkontrolliert zu zittern. Vor ihrem inneren Auge konnte sie die Flammen sehen. Sie hörte die Schreie und roch den Gestank von verbranntem Fleisch. Es war, als würde sie in diesem Moment alles noch einmal erleben. Und dann wurde ihr schwarz vor Augen.

Sie blinzelte und hörte Stimmen. Komplett orientierungslos versuchte sie angestrengt, die Situation in den Griff zu bekommen.

»Halt ihr die Beine etwas höher, Liz.« Verdammt, wo blieb Hannes mit dem Wasser? Rio kniete neben ihr. »Sie kommt zu sich.« Er atmete erleichtert aus. »Hey, da bist du ja wieder. Du hast uns einen ganz schönen Schrecken eingejagt.« Er hielt ihre Hand.

Verwirrt sah Jo ihn an. Gerade wollte sie fragen, was passiert war, als es ihr plötzlich wieder einfiel. Sie schloss die Augen und schluckte.

»Hier.« Hannes war inzwischen mit einem Krug Wasser zurückgekommen. Kurzentschlossen hatte er diesen an einem Stand mit Töpferwaren gekauft und an einem Brunnen im Burghof aufgefüllt.

Auf die Ellbogen gestützt trank sie mit Rios Hilfe ein paar Schluck.

Mit dem Handrücken wischte sie sich den Mund ab und sah ihn an. »Danke.« Sie konnte seinen durchdringenden Blick nicht länger ertragen und senkte die Lider.

»Oh mein Gott.« Liz schlug die Hand vor den Mund. Natürlich, das war der Platz, den sie tags zuvor von einem der Fenster aus entdeckt hatten. Jetzt fiel es ihr wieder ein.

»Was ist?« Hannes ging ein paar Schritte auf sie zu und folgte ihrem Blick.

»Oh Mann«, ungläubig schüttelte er den Kopf.

»Was ist da unten, sagt schon.« Rio sah in ihre Richtung.

»Sie verbrennen Menschen«, Jo krallte ihre Fingernägel in seine Hand, dass es schmerzte, aber auf keinen Fall würde er sie jetzt loslassen.

»Es gibt ihn also wirklich, den Hexenplatz, ich hab überhaupt nicht mehr dran gedacht.« Hannes kaute nachdenklich an einem Grashalm.

An die Mauer gelehnt, saßen sie im Schatten. Sie wollten Jo die Gelegenheit geben, sich noch ein wenig auszuruhen.

»Meint ihr, da wird demnächst jemand … verbrannt?« Nur mit Mühe bekam Liz das letzte Wort über die Lippen.

»Vorbereitet ist es jedenfalls.« Hannes sah Liz an. »Hey, du bist ja ganz blass.« Er zog sie an sich und so blieben sie noch eine Weile schweigend sitzen.

Jo gab keinen Ton von sich. Sie schien mit ihren Gedanken meilenweit entfernt. Besorgt beobachtete Rio sie aus dem Augenwinkel. Noch immer hielt er ihre Hand.

Schließlich jedoch war es gerade Jo, die zum Aufbruch drängte.

»Wir sollten ein Geschenk für Magdalena und Phil besorgen. Den Krug können wir ja Lene schenken, was meint ihr?«

Erleichtert, dass Jo wieder aufgetaucht war, erhoben sie sich.

»Alles in Ordnung?« Rio hatte sie an beiden Händen hochgezogen.

Sie nickte ein paar Mal heftig und presste kurz die Lippen zusammen. »Geht schon.«

Langsam gingen sie über die Stufen nach oben. Sie stellten fest, dass viele Marktbeschicker bereits am Zusammenpacken waren. Da Jo auf keinen Fall mehr der Zigeunerin über den Weg laufen wollte, übernahmen Liz und Hannes die Aufgabe, um an deren Stand für Phil und Magdalena ein Armband zu erwerben.

Jo und Rio lehnten an der Burgmauer und blickten auf das Neckartal.

»Wahnsinn, schau dir das an. Nur Wiesen, Wald und der Neckar.« Die Sonne blendete und Jo hob schützend die Hand über ihre Augen.

Rio reagierte nicht. Sie wollte gerade noch etwas Belangloses sagen, als er ihr zuvorkam.

»Du musst darüber reden.« Er machte eine Pause. »Es wird immer schlimmer werden und es wird dich kaputt machen, wenn du mit niemandem darüber sprichst.«

Bevor sie etwas erwidern konnte, kamen auch schon Hannes und Liz um die Ecke.

»Stellt euch vor, die Zigeunerin hat mir sogar noch zwei Bänder geschenkt.« Begeistert hielt Liz ihrer Freundin eines davon unter die Nase. »Hier, für dich.« Als Jo keine Anstalten machte, es zu nehmen, griff Liz nach ihrer Hand und legte es ihr kurzentschlossen um.

Sie waren beinahe an der Schmiede angelangt, als ihnen ein Reiter entgegenkam. Es war Graf Joachim. Sofort zügelte er sein Pferd.

»Seid gegrüßt, meine Damen. Nicht im Dienste? Mir ist heute Morgen sogleich aufgefallen«, fuhr er fort, »dass wohl anstatt der drei überaus zuverlässigen Mägde, eine äußerst unzuverlässige Zofe in meinen Räumlichkeiten zugange war.« Betrübt schüttelte er den Kopf. »Kleidung lag zerstreut auf meinem Bett und selbst darunter befanden sich Dinge, die dort nicht hingehörten.« Mit kaltem Blick lächelte er sie an. »Wo habt ihr denn eure kleine Freundin versteckt?« Er zwinkerte verschwörerisch.

»Sie ist heute leider etwas… unpässlich.« Mit spöttischem Blick sah Jo ihm direkt in die Augen.

»Wie bedauerlich.« Graf Joachim hob die Augenbrauen. »Nun denn, dann richtet meine besten Wünsche und rasche Genesung aus.« Mit einem zynischen Lächeln nickte er ihnen zu.

Sie sahen ihm hinterher.

»Er weiß es.« Liz war ganz blass geworden.

»Aber er kann uns nichts beweisen.« Auch Jo hatte ein mulmiges Gefühl bekommen.

»Verdammt, das gefällt mir überhaupt nicht.« Die Hände in den Hosentaschen vergraben, sah Hannes dem Grafen hinterher.

»Ihr könnt da nicht mehr rein.« Rios düsterer Blick war auf die Burganlage gerichtet. »Es ist zu riskant.«

Jack war außer sich, als er von der Gefahr, die von Graf Joachim auszugehen schien, hörte. Wieder einmal machte er sich große Vorwürfe, die jungen Leute auf diese Reise mitgenommen zu haben. »Nicht auszudenken, sollte einem von euch etwas geschehen.« Rastlos ging er in Conrads Schmiede auf und ab.

»Jack, es war unsere Entscheidung, wir sind für uns selbst verantwortlich.« Jack ließ sich von Rios Worten wenig beeindrucken. Er blieb stehen und sah alle vier an. »Wie könnte ich Euren Eltern je wieder unter die Augen treten, sollte euch etwas zustoßen?«

Jo trat einen Schritt auf ihn zu. »Jack, du hast alles richtig gemacht.« Sie biss sich auf die Unterlippe und verharrte einen Moment.

»Dir haben wir es zu verdanken, dass wir in der kurzen Zeit, in der wir hier sind, gelernt haben, was es heißt, füreinander einzustehen und sich aufeinander verlassen zu können.« Sie sah Liz, Hannes und zuletzt Rio an. »Wir haben dir unendlich viel zu verdanken, stimmt's?«

Und plötzlich umarmte sie Jack. Gerührt von ihren Worten, tätschelte er etwas unbeholfen ihren Rücken.

Phil und Magdalena freuten sich sehr über die Armbänder und Lene füllte ihren neuen Krug sofort mit frischem, prickelndem Apfelwein. Nacheinander begnügten sie sich heute wieder einmal mit einer Katzenwäsche am Brunnen.

Von Conrad erfuhren sie, dass Karl und Ritter Marquard zum Abendessen kommen würden. Gespannt über eventuelle neue Erkenntnisse, warteten sie auf deren Eintreffen.

Die Mädchen deckten im Hof den Tisch. Sie trugen Brot, Becher und Schüsseln nach draußen.

Hannes und Rio bereiteten die Feuerstelle vor. Sie würden den Sommerabend im Freien verbringen.

Karl und sein Gast kamen pünktlich.

»Er sieht aus, wie Charlie Sheen aus Die drei Musketiere«, flüsterte Hannes Rio zu.

»Absolut«, pflichtete Rio ihm leise bei.

»Habt Dank für eure Gastfreundschaft.« Ritter Marquard verbeugte sich galant vor Lene. Vom äußeren Erscheinungsbild abgesehen, war sie von seinem tadellosen Benehmen sichtlich angetan.

Zunächst herrschte eine gelöste Stimmung. Sie ließen sich Lenes Eintopf schmecken und Marquard lobte das Essen in den höchsten Tönen. Mit seinem trockenen Humor und seinen wachen, hellbraunen Augen, war er ihnen allen sofort sympathisch. Genussvoll setzte er seinen Becher ab und musterte jeden Einzelnen in der Runde nachdenklich.

»Mir scheint, wir sind umgeben von Geheimnissen. Um es vorwegzunehmen, es entzieht sich derzeit noch meiner Kenntnis, was genau von wem gespielt wird.« Gedankenverloren zwirbelte er mit Daumen und Zeigefinger an seinem kunstvoll geformten Oberlippenbart.

»Die Geschehnisse, von denen Karl mir heute berichtete, bestätigen jedoch meinen lang gehegten Verdacht, dass etwas ganz und gar nicht mit rechten Dingen zugeht.«

»Marquard, was wisst Ihr?« Magdalena sah ihn mit hoffnungsvollem und zugleich bittendem Blick an. »Ich halte das alles nicht mehr lange aus.« Verzweifelt und den Tränen nahe presste sie die Lippen zusammen. Karl griff nach ihrer Hand und hielt sie fest.

Ritter Marquard sah sie mitfühlend an und wägte seine folgenden Worte vorsichtig ab.

»Drücken wir es so aus: Das Übel besteht darin, dass es äußerst schwierig scheint, meine Verdachtsmomente zu beweisen.« Er wirkte nachdenklich und mit einem Mal betrübt.

»Es gibt da eine Frau, die ich sehr schätze und die mir viel bedeutet. Auf dem Rückweg von Schloss Sigmaringen nach Fischingen, kam mir auf halbem Wege ein Bote entgegen. Er überbrachte mir eine Nachricht. Darin stand, dass ich sie heute Abend unbedingt aufsuchen solle, sie müsse mir etwas sehr Wichtiges mitteilen. Bei meinem Eintreffen auf Burg Wehrstein, galt mein erster Weg ihr.

Lara ist Beschickerin eines Marktstandes. Beim Näherkommen sah ich, dass sie ihre Ware bereits weggeräumt hatte. Nur ihre wacklige Bretterbude stand noch da. Ich wollte ihr schon lange eine neue zimmern ... «, versonnen sah er einen Moment ins Leere.

Ein Ruck ging durch seinen Körper und er blickte auf.

»Sie haben sie in den Kerker geworfen ... wegen Hexerei.«

»Oh Gott, die Scheiterhaufen.« Liz hatte die Hand vor den Mund geschlagen.

»Die Frau, hat sie lange, schwarze Haare?« Jo war kreidebleich geworden.

Ritter Marquard sah sie an. »Das hat sie, Mädchen, sie hat das schönste schwarze Haar, das mir je vor Augen gekommen ist.«

»Ihr habt Scheiterhaufen gesehen?« Jacks Aufmerksamkeit war zunächst ganz auf Liz gerichtet. Bestürzt fiel sein Blick anschließend auf Conrad und Karl.

»Sofern es von Nöten ist, werden einmal im Monat Exekutionen durchgeführt. In drei Tagen ist es wieder soweit.« Karls düstere Miene sprach für sich. Er verabscheute dieses barbarische Morden. Schon viele Male hatte er versucht, seinen Onkel, was diese schrecklichen Hinrichtungen anging, umzustimmen. Graf Rudolf jedoch war der Überzeugung, man müsse jegliches teuflische Gebaren im Keim ersticken und war für kein Gegenargument empfänglich.

Ritter Marquard zeigte keinerlei Regung. Nur das Mahlen seiner Kieferknochen ließ erahnen, wie aufgewühlt er innerlich war. Er musste diese Frau sehr lieben.

»Was wird ihr vorgeworfen?« Die Roma - Jo war sich sicher, dass ihr die hellseherischen Tätigkeiten zum Verhängnis geworden waren. Dennoch, sie musste wissen, was Ritter Marquard ihr antworten würde.

Er sah sie an. »Sie besitzt eine Gabe. Man sagt, sie hat das zweite Gesicht.«

Jo lief es eiskalt den Rücken hinab und sie spürte die Blicke von Liz, Hannes und Rio auf sich.

Doch bevor einer von ihnen reagieren konnte, ergriff Magdalena das Wort. »Du musst mit Vater reden, Karl. Er muss sie frei lassen!«

Karl sah Marquard an. »Werdet Ihr mich morgen in der Frühe begleiten?«

»Es wird mir eine Ehre sein.«

Sie prosteten sich zu.

Rio fragte sich, ob den anderen wohl auch dieser Ausdruck in Ritter Marquards Augen aufgefallen war. Irgendwie seltsam, er konnte so etwas wie Verachtung darin lesen.

»Die Zigeunerin und der Ritter, wer hätte das gedacht.« Hannes wiegte den Kopf.

Rio nickte mechanisch. Immer wieder ließ er den Blick zu Jo, die auf der anderen Seite des Feuers saß, hinübergleiten. Während sich neben ihr Liz mit Magdalena unterhielt, sah sie gedankenverloren in die Flammen.

Hannes folgte seinem Blick. »Schätze, sie wird dich brauchen, das hat sie alles ganz schön mitgenommen heute.«

Rio biss sich auf die Unterlippe. »Ich weiß.«

Eine Weile schwiegen beide.

»Und du und Liz?« Rio musterte Hannes von der Seite.

Hannes ließ seinen Blick zu ihr gleiten. »Sie ist klasse.«

Rio grinste. »Dich hat's ganz schön erwischt, was?«

Hannes gab ihm einen leichten Stoß. »Nicht nur mich, wie's aussieht.«

Lene war aufgefallen, wie Jo von ihren Freunden angestarrt wurde, als Ritter Marquard von Laras Fähigkeiten erzählte.

Irgendetwas musste heute vorgefallen sein, das Jo so aus der Fassung gebracht hatte. Sie schien regelrecht neben sich zu stehen.

Vorsichtig ließ Lene sich an ihre Seite sinken. »Wir sollten uns Rios Wunde noch einmal ansehen. Vielleicht möchtest du ihm einen frischen Verband anlegen?«

Jo riss sich vom Anblick des Feuers los und sah Lene an.

»Ja, ich kann das machen, natürlich.«

Liebevoll strich Lene über ihren Rücken. »Gut, ich werde alles Nötige herrichten.« Sie stand auf und zögerte einen Moment. »Weißt du, es ist sehr kostbar, solche Freunde zu haben. Man ist nie allein, vergiss das nicht.«

Jo sah ihr hinterher. War ihre Verfassung so offensichtlich, dass Lene derart in ihrer Mimik lesen konnte? Gleichzeitig wurde ihr plötzlich klar, wie recht sie hatte. So vieles hatte sich in den letzten Tagen verändert. Heimlich beobachtete sie Rio. Leise unterhielt er sich mit Hannes. Die Schatten der Flammen tanzten über sein Gesicht und seinen muskulösen Oberkörper, der sich unter seinem Hemd abzeichnete. Ihr wurde sofort wieder flau im Magen und das Gefühl verstärkte sich um das Tausendfache, als er ihren Blick erwiderte und sein schiefes Grinsen aufsetzte. Und plötzlich wünschte sie sich nichts sehnlicher, als von ihm in die Arme genommen und einfach nur festgehalten zu werden. Wäre Karl in diesem Moment nicht aufgestanden, um sich zu verabschieden, sie wäre womöglich noch in Tränen ausgebrochen.

»Freunde, bevor ich mich auf den Weg mache, habe ich euch noch etwas zu berichten.«

Er sah kurz auf Magdalenas Hand, die er noch immer festhielt. Entschlossen hob er den Kopf. »Ich konnte den Haigerlocher Stallburschen ausfindig machen. Es dürfte euch nicht erstaunen, dass er absichtlich auf dem Wehrsteinhof Stellung bezogen hatte. Er bekam den Auftrag, sich dort nach Magdalena umzusehen. Der Beschreibung nach handelte es sich bei dem Auftraggeber - welch Überraschung - um Graf Joachim.«

Erschrocken blickte Magdalena ihn an. »Was sagst du da?« Sie entzog Karl ihre Hand. »Aber weißt du, was das bedeutet?«

»Ich weiß sehr gut, was es bedeutet.« Er holte tief Luft. »Es gibt zwei Möglichkeiten. Entweder steht Graf Joachim auf der Seite der Haigerlocher, oder er lenkt den Verdacht bewusst auf dich.«

Überrascht sah Magdalena auf. »Dann hat vielleicht er Christoph getötet.« Ratlos starrte sie vor sich hin. »Aber warum sollte er das tun?«

»Wir werden es herausfinden. Ich werde deinem Vater morgen davon erzählen. Es wird ihn überzeugen, dass Graf Joachim auf der falschen Seite steht. Vermutlich hat er deinen Vater auch noch bestohlen, er vermisst ein Dokument, wie er mir heute Morgen berichtete.

»Ein Dokument?« Magdalena sah ihn fragend an.

Karl zuckte die Schultern.

»Er hat mir nichts Genaueres darüber erzählt, er meinte, es wäre wohl nicht so wichtig.«

»Wir könnten uns morgen trotzdem noch einmal in seinem Zimmer umsehen.« Jo sah Liz an.

»Ja, es wird nicht auffallen, schließlich sind wir da, um aufzuräumen.« Mit unschuldigem Blick zuckte Liz mit den Schultern.

Rio hob ruckartig den Kopf. »Auf keinen Fall.«

Hannes pflichtete ihm bei. »Wir hatten besprochen, dass ihr da nicht mehr reingeht.«

»Vielleicht ist das gar keine so schlechte Idee.« Karl rieb sich nachdenklich das Kinn. »Ihr seid Bedienstete und tut lediglich eure Pflicht. Ich denke nicht, dass er so dreist wäre, euch etwas anzutun.« Er sah die Mädchen direkt an. »Marquard und ich werden zur selben Zeit bei Graf Rudolf unsere Aufwartung machen. Wir werden also in eurer Nähe sein.«

»Es wird schon gutgehen. Während ich mich etwas umsehe, kann Jo an der Tür aufpassen, nicht wahr Jo?« Mit einem einvernehmlichen Klatschen trafen sich ihre Hände in der Luft.

Jo und Rio hatten sich auf der Treppe niedergelassen.

»Halt still.« Jo warf Rio einen strafenden Blick zu. Der Verband war ein wenig an der Wunde festgeklebt. Vorsichtig nahm sie ihn ab.

Zischend sog er die Luft ein. »Dann lenk mich ab.«

Sie blickte ihn kurz fragend an, um gleich darauf ihre Arbeit konzentriert fortzusetzen.

»Erzähl mir etwas von dir.«

»Was willst du hören?«

»Warum ausgerechnet Schlagzeug?«

Vorsichtig tupfte sie ihm etwas Salbe auf die Wunde.

»Weiß nicht ..., mein Vater hat es mir früh beigebracht, er hat selbst gespielt«, fügte sie nach einer Pause hinzu. »Außerdem ist es perfekt, um Aggressionen abzubauen.«

»Aha.« Rio verzog das Gesicht. »Das brennt.«

»Sei nicht so wehleidig, die Wunde sieht gut aus. Ich denke, übermorgen kann man die Fäden ziehen.«

Rio musterte sie amüsiert. »Du würdest eine gute Ärztin abgeben, weißt du das?« Er sah ihr zu, wie sie vorsichtig die Naht betupfte.

»Was sind das eigentlich für Fäden?«

»Pferdehaar«, antwortete Jo knapp.

»Pferdehaar? Verarsch mich nicht!« Entgeistert starrte Rio sie an. »Woher weißt du das?«

»Von Lene, das haben sie zu dieser Zeit meistens benutzt, es reißt nicht so leicht.«

»Super, ich hab Teile eines Pferdes in mir. Was, wenn ich eine Allergie hätte?«

»Hast du aber nicht.« Mit geübten Händen legte Jo ihm den Verband an.

»Wenn doch, hätte ich vielleicht einen anaphylaktischen Schock bekommen und wäre gestorben.« Er runzelte gespielt bestürzt die Stirn. »Würdest du mich vermissen?« Er setzte sein unwiderstehliches schiefes Grinsen auf.

Jo sah ihn strafend an. »Mit sowas macht man keine Witze.«

Sie klebte ein Pflaster auf das Ende des Verbandes.

»Fertig.« Ihr Blick wanderte automatisch über seinen Oberkörper, der nur von seinem Schulterverband bedeckt war. Sie biss sich auf die Unterlippe und sah ihm ins Gesicht. »Ein bisschen vielleicht.«

Lässig, auf einen Ellbogen abgestützt und immer noch ein Lächeln auf den Lippen, wickelte er sich spielerisch eines der Bänder, die ihr Kleid am Ausschnitt zusammenhielten, um den Finger.

Langsam zog er daran und sie war unfähig etwas dagegen zu tun.

Ihr Dekolleté öffnete sich ein wenig über dem Brustansatz. Einen Augenblick schloss sie die Augen. Sie sah ihn an und sein Lächeln war verschwunden.

Jo klopfte das Herz plötzlich bis zum Hals. Sie räusperte sich. »Ahm ... ich denke, wir sollten wohl besser wieder zu den anderen.«

Zum hundertsten Mal überlegten sie, wie alles zusammenhängen könnte. Was für ein Spiel spielte Graf Joachim? Welches Interesse hätte er daran, Magdalena ein Verbrechen anzuhängen? Oder war er der Mörder und brauchte einfach einen Sündenbock? Und was für eine Rolle kam Phil dabei zuteil?

»Ich habe versucht, irgendetwas von Phil zu erfahren, aber kaum spreche ich Graf Joachims Name aus, fängt sie sofort an zu zittern und schüttelt immer nur angsterfüllt den Kopf.« Magdalena hob frustriert die Arme und ließ sie wieder sinken. »Ich hoffe, Vater lässt mit sich reden, wegen dieser Zigeunerin.«

Jack sah sie an. »Du scheinst Zweifel zu haben.«

Magdalena hob die Schultern. »Ja, er hat Menschen, die über hellseherische Kräfte verfügen schon immer als die rechte Hand des Teufels angesehen.«

»Kann man denn gar nichts tun, ich meine wegen der Hinrichtungen?« Liz brachte das Wort fast nicht über die Lippen.

Stumm schüttelte Magdalena den Kopf. »Wenn das Urteil einmal gesprochen ist, ist es unumstößlich.«

»Hast du ...« Liz fuhr sich über die Lippen. »Ich meine, warst du ... «

»Ob ich dabei zusehe, willst du wissen?« Magdalena lachte bitter auf. »Vater hat mich gezwungen, ein Mal.« Sie starrte in die Flammen. »Ich war erst zehn und er wollte, dass ich Zeuge werde, wie das Böse, was auch immer er dafür hält, vernichtet wird.« Sie schloss einen Moment die Augen. »Noch heute kann ich das verbrannte Fleisch riechen und die grauenhaften Schreie der Frauen hören.«

Betroffen schwiegen alle. Keiner, nicht einmal Rio hatte bemerkt, dass Jo nicht mehr auf ihrem Platz saß. Erst als sie ein Knarren auf der Treppe hörten, sahen sie, wie sie die Stufen hinaufging.

»Hey Jo, was ist?« Rio war aufgestanden.

»Alles ok.« Sie winkte mit der Hand ab. »Ich geh schlafen, bin echt total müde.«

Einen Moment blieb er unschlüssig stehen. »Wirklich alles ok?«

»Wirklich.« Sie hob den Daumen in die Höhe und ging rein.

Er hatte ein komisches Gefühl.

Liz legte ihm die Hand auf den Arm. »Lass sie, es war dumm von mir, über dieses Thema zu reden, wo sie das heute eh so mitgenommen hat. Ich denke, sie möchte jetzt einfach alleine sein.«

Es hatte sie alle Kraft der Welt gekostet, nicht sofort wie eine Geistesgestörte ins Haus zu rennen. Als sie Magdalenas Schilderungen gelauscht hatte, meinte sie schreien zu müssen. Sie konnte das nicht mehr. Das war zu viel heute. Sie wollte einfach nur alles wieder in eine Schublade stecken und diese zuknallen. Aber es ging nicht, ständig war sie davon umgeben: Feuer, Schreie, Tod.

Sie zog sich ihren Schlafsack über die Ohren. Schreckliche Bilder tanzten vor ihren Augen und doch schlief sie erstaunlicherweise nach wenigen Minuten ein.

Sie träumte. Sie war zehn und die Sommerferien hatten begonnen.

In der Nacht würden sie aufbrechen und in den Urlaub fahren, nach Italien. Das erste Mal in ihrem Leben würde sie das Meer sehen.

Sie konnte es beinahe nicht erwarten.

Das Gefühl von Müdigkeit im Auto, ohne schlafen zu können. Leere Straßen. Das langsame Erwachen des Tages. Sonnenaufgang am Bodensee. Vereinzelt Menschen auf den Gehwegen, die zur Frühschicht gingen - ins Krankenhaus oder in die Fabrik? Vollere Fahrbahnen. Berufspendler. Die ersten Berge, schneebedeckt. Die Kirche im See, am Reschen.

Vorfreude, Musik, Lachen und dann … Stille, Zeitlupe, Explosion, Feuer, Schreie … Nein ... sie musste zu ihm … aber so sehr sie sich anstrengte, sie konnte ihre Beine nicht bewegen. Sie konnte sich nicht bewegen … Sie konnte sich einfach nicht bewegen…

»Jo, hey Jo, sch ... sch ... ist ja gut, alles ist gut ...«

Sie schlug die Augen auf und schaute in Rios Gesicht.

»Was?«

Er legte ihr sacht die Hand auf den Mund. »Du weckst noch alle auf.«

Jetzt erst nahm sie ihre Umgebung richtig wahr. Die anderen schienen tief und fest zu schlafen, zum Glück. Und da fiel ihr ein, dass sie seit langem das erste Mal wieder davon geträumt hatte. Sie wischte sich über ihr tränennasses Gesicht.

»Komm.« Er war aufgestanden. Auf die Ellbogen gestützt sah sie einen Moment zu ihm auf. Schließlich ergriff sie seine ausgestreckten Hände und ließ sich von ihm auf die Beine ziehen.

Bevor sie leise hinausschlichen, schnappte Jo sich ihren Schlafsack.

Sie fragte nicht, wohin er wollte, sie wusste es ohnehin.

Der Mond stand beinahe voll am Himmel und so war der Weg über den inzwischen vertrauten Pfad leicht zu bewältigen.

Ohne ein Wort zu wechseln gingen sie wie selbstverständlich über den Steg auf die andere Seite des Neckars zu der kleinen Bucht.

Sie setzten sich nebeneinander auf den Schlafsack, den Jo auf dem Boden zu einer Decke ausgebreitet hatte.

»Meine Mutter ist an Krebs gestorben, da war ich acht.« Rio starrte auf das Wasser hinaus. »Mein Vater und ich waren bei ihr, als sie starb. Sie hatte höllische Schmerzen und es war schrecklich, sie leiden zu sehen. Sie sagte immer zu mir, geh auf die Angst zu und lauf niemals weg, sonst wird sie dich einholen.

Ich vermisse sie, jeden Tag. Obwohl mein Vater wirklich sein Bestes gibt. Sie ist stets bei uns, das spür ich und ich glaube, das Gefühl kommt daher, weil wir oft von ihr sprechen. Nicht nur über den Verlust und all das Traurige, sondern wir reden über die vielen schönen Momente und die lustigen Dinge, die wir gemeinsam erlebt haben.« Er sah Jo an.

»Was ich damit sagen will, du musst darüber sprechen, sonst wird die Angst immer größer werden und irgendwann die Kontrolle übernehmen.« Er machte eine Pause.

»Warum bist du heute umgekippt?« Herausfordernd fixierte er sie.

»Es hat dich an etwas erinnert, stimmt's? Feuer, der Geruch von verbranntem Fleisch ...« Sein Blick schien sie zu durchbohren und trieb sie immer weiter in die Enge. Sie fing an zu zittern.

»Deshalb bist du heute Abend auch so schnell verschwunden, als Magdalena über genau diese Details gesprochen hat.«

Mit spöttischem Blick sah er sie an. »Hab ich recht?«

Sie schlug ihn mit voller Wucht ins Gesicht und schrie ihn an.

»Du arrogantes Arschloch, mein Vater ist so gestorben!« Unaufhörlich liefen Tränen über ihre Wangen.

Rio atmete erleichtert auf. Endlich fing sie an zu reden. Er zog sie an sich und sie schluchzte verzweifelt auf.

»Ich bin schuld, meinetwegen ist es passiert.« In ihrem Inneren begannen sich sämtliche Schleusen zu öffnen, und sie fing an hemmungslos zu weinen.

Als irgendwann keine Tränen mehr kamen, hob sie den Kopf und sah ihn aus ihren großen dunklen Augen mit unergründlichem Blick an.

Sie löste sich von ihm und stand auf. Mit steifen Schritten ging sie ans Ufer und drehte ihm den Rücken zu. Mit den Händen hielt sie ihre Arme umschlungen.

»Ich habe heute seit langer Zeit wieder davon geträumt.«

Sie blickte über ihre Schulter. »Bist du schon mal am Reschen vorbeigefahren? Da wo früher einmal ein Dorf stand, befindet sich jetzt ein Stausee. Nur der Kirchturm ragt noch aus dem Wasser. Die Menschen wurden damals alle umgesiedelt.«

Sie wartete seine Antwort nicht ab und begann von dem Traum zu erzählen, der die schreckliche Realität preisgab.

»Wir waren schon in Italien. Die Autobahnen waren ziemlich voll.

Jeder schien in den Urlaub fahren zu wollen. Wir lachten und hatten Spaß im Auto. Es lief eine CD mit verschiedener Filmmusik.

Ich wollte etwas anderes hören und als Who Wants to Live Forever von Queen kam, streikte ich. Das war doch keine Urlaubsmusik, Who Wants to Live Forever, wer wollte schon für immer leben?

Wie makaber und schrecklich passend für das, was danach kam.

Mum versuchte die CD zu wechseln und als sie es irgendwie nicht hinbekam, sah Pa kurz rüber und drückte die richtige Taste.

Es war nur ein winzig kleiner Augenblick. Ein alles entscheidender Moment.

Wir fuhren auf der rechten Spur, hinter einem LKW. Noch immer sehe ich die großen, roten Lichter ... Der Fahrer trat auf die Bremse. Ich schrie noch - Pa! Aber es war zu spät. Wir knallten mit voller Wucht drauf. Nach dem ersten Schreck realisierten wir, dass es keinem von uns etwas getan hatte.

Plötzlich sah ich im Rückspiegel den Reisebus. Er kam immer näher. Der Fahrer, so hieß es im Nachhinein, sei abgelenkt gewesen. Er hatte den Unfall zu spät bemerkt. Unser Auto wurde ungebremst unter den LKW geschoben.

Mum war bewusstlos. Ihr Gesicht ... so viel Blut ... Pas Beine waren eingeklemmt, er konnte sich nicht bewegen. Sonst schien ihm, wie durch ein Wunder, nichts zu fehlen.

Er rief nach mir, Jo, geht's dir gut?

Ja Pa, alles ok, was ist mit Mum?

Sie bewegte sich nicht mehr, ich hatte furchtbare Angst.

Pa wollte, dass ich aus dem Auto steige und mich hinter der Leitplanke in Sicherheit bringe. Aber ich konnte mich nicht bewegen. Ich konnte meine Eltern doch nicht allein lassen. Kurze Zeit später trafen die Rettungskräfte ein. Jemand trug mich aus dem Auto und brachte mich in einen Krankenwagen. Pa rief mir noch hinterher. Es wird alles gut, Kleines!

Die Feuerwehr musste die Beifahrerseite aufschneiden, um Mum rauszuholen. Sie hatten es gerade geschafft und sie in Sicherheit gebracht, als sich ein Funken an dem auslaufenden Benzin entzündete. Und da hörte ich im Krankenwagen plötzlich unmenschliche Schreie, wie die eines Tieres. Ich riss mich los und sprang ins Freie. Unser Auto brannte. In Sekundenschnelle breitete sich das Feuer aus und der Wagen stand komplett in Flammen. Und… ich sah einen Menschen, der in diesem Inferno die Arme hochhielt und schrie und schrie und schrie…

Seltsam, in diesem Moment fragte ich mich, wer das war. Vermutlich weigerte sich, mein unter Schock stehendes Gehirn das Entsetzliche zu begreifen.

Die Feuerwehr reagierte sofort, aber sie konnten für Pa nichts mehr tun. Seine Verbrennungen waren so stark, er ist noch an der Unfallstelle gestorben.«

Jo drehte sich um. Sie hatte gar nicht bemerkt, dass Rio hinter ihr stand.

»Ich werde den Geruch nach verbranntem Fleisch einfach nicht mehr los.« Verzweifelt sah sie ihn an.

Wortlos zog er sie in seine Arme. »Es ist nicht deine Schuld, es war ein Unfall.«

»Hätte ich nicht so ein Theater gemacht, wegen dieser dummen CD, wäre es nicht passiert.«

Rio legte seine Hände auf ihre Schultern und schob sie ein Stück von sich. »Jo, hör auf, jeder ist für sich selbst verantwortlich und du warst ein Kind. Schau mich an - glaubst du, dein Vater hätte gewollt, dass du dich so quälst?«

Sie biss sich auf die Unterlippe. »Ich hab Angst, Rio, meine Mutter … ich hab das alles noch nie jemandem erzählt, nicht mal Liz. ich hab niemanden.«

Mit den Händen hielt er ihren Kopf umschlossen und fixierte ihre Augen. »Du hast mich, und ich versprech dir, so schnell wirst du mich nicht los.« Er lehnte seine Stirn an ihre. »Erzähl mir von deiner Mutter. Was ist mit ihr?«

Stumm griff Jo nach seiner Hand. Sie ließ sich auf den Schlafsack sinken und Rio setzte sich mit angezogenen Beinen neben sie.

»Mum... seit damals verkriecht sie sich in der Wohnung. Wir haben unser Haus verkauft. Sie ertrug es nicht, ständig an Pa erinnert zu werden. Deshalb sind wir nach Fischingen gezogen. Sie sollte regelmäßig ihre Tabletten nehmen - Antidepressiva. Aber sie tut es nicht. Sie möchte sich nicht mit diesem Zeug vollstopfen, was wiederum zur Folge hat, dass sie zu nichts fähig ist. Entweder sie schläft oder sitzt auf dem Sofa und starrt vor sich hin. Alles bleibt an mir hängen.« Sie legte den Kopf auf ihre Arme. »Ich kann das einfach nicht mehr.«

Sie zuckte kurz zusammen, als Rio ihr den kleinen Kopfhörer ins Ohr steckte. Gespannt, was kommen würde, bewegte sie sich keinen Millimeter. Und plötzlich hörte sie die vertrauten Töne.

My Chemical Romance…

Rio musste sein Handy mitgenommen haben. Sie lächelte ihn an und so saßen sie da, jeder einen Stöpsel im Ohr und lauschten den rockigen Klängen der Musik.

Jo ließ sich auf die Ellbogen zurücksinken und legte den Kopf in den Nacken. Sie schloss die Augen. Erst als nach dem dritten Lied eine Pause entstand, blinzelte sie ein wenig verwirrt und setzte sich auf.

»Ich war ganz woanders, entschuldige.«

»Kein Problem.« Seine Stimme klang heiser.

Als ihr bewusst wurde, dass er sie die ganze Zeit über beobachtet haben musste, wandte sie schnell den Blick ab. Das Kabel war aus dem Handy gerutscht und im Hintergrund lief die Musik weiter.

»Mein Lieblingslied.« Sie konnte ihn noch immer nicht ansehen.

»Ja, es gefällt mir auch, aber der Titel ist absolut unpassend.«

(I don't love you - My Chemical Romanze - Album The Black Parade).

Er hob ihr Kinn an und zwang sie, ihn anzusehen.

»Du bist wunderschön, weißt du das? Und es tut mir echt leid, was dir passiert ist.«

Jo schluckte. »Tut mir leid, dass ich dich geschlagen hab.« Sie biss sich auf die Unterlippe.

Rio zog die Augenbrauen hoch. »Ich hab dich in die Enge getrieben. Aber ich musste das tun - du hättest sonst nie geredet.«

Sie senkte den Kopf.

»Hey«, er schob seine Hand in ihr kurzes, schwarzes Haar und strich mit dem Daumen über ihre Wange.

Sie sah ihn an. »Wenn wir wieder zuhause sind … würdest du vielleicht mit mir zum Grab meines Vaters kommen? Ich … ich war seit der Beerdigung nicht mehr dort.«

»Wann immer du willst.«

Sekundenlang sahen sie sich in die Augen. Sachte zog er ihren Kopf zu sich her. Jo spürte seine weichen Lippen auf ihrem Mund und ihr wurde schwindelig. Ihre Hand fuhr durch sein Haar und sie erwiderte den Kuss mit einer Intensität, die sie niemals für möglich gehalten hätte. Sie schnappte nach Luft, als er sich von ihr löste und sie mit durchdringendem Blick fixierte.

Ein leichtes Zucken war an seinem rechten Mundwinkel zu sehen.

In Zeitlupe strich er mit dem Handrücken über ihr Kinn und ihren Hals. Mit den Fingern zeichnete er ihr Schlüsselbein nach. Langsam ließ er seine Hand zum Ausschnitt ihres Kleides hinab gleiten.

»Denkst du, wir sollten da weitermachen, wo wir heute Abend stehengeblieben sind?« Er legte seine Stirn in Falten.

»Unbedingt.« Sie brachte nur ein Flüstern zustande.

Mit gespielter Resignation lockerte er die unzähligen Bänder, die ihr Kleid am Dekolleté zusammenhielten. Unvermittelt griff er mit beiden Händen in den Stoff und vergrößerte mit einem einzigen Ruck den Ausschnitt, so dass ihr die Träger von den Schultern glitten. Sie schnappte nach Luft und sah ihn entrüstet an.

Das Anheben seines Mundwinkels war die einzige Antwort darauf. Schwungvoll zog er sie auf die Beine. Mit beiden Händen umschloss er ihr Gesicht und küsste sie erneut unendlich zärtlich.

Eine Hitzewelle begann sich in ihrem Körper auszubreiten, die sie völlig zu überrollen drohte.

Er schob ihre Träger langsam weiter nach unten und das Kleid rutschte ihr bis zur Hüfte.

Flüchtig kam ihr der erleichternde Gedanke, dass sie zum Glück nicht ihren langweiligen baumwollenen, sondern ihren neuen Spitzen-BH trug.

Sie schob ihre Hand unter sein T-Shirt und ließ sie über seinen Rücken wandern. Mit der anderen griff sie nach dem Stoff und zog es ihm über den Kopf.

Sekundenlang sahen sie sich in die Augen.

Vorsichtig berührte Jo seinen Verband. Ihre Lippen benetzten sanft seine Halsbeuge.

Rio schloss einen Moment die Augen und sog die Luft ein. Er legte seine Hände auf ihre Taille.

Sie wusste nicht, wie er das machte, aber plötzlich war ihr Kleid vollends an ihr hinab geglitten und sie stand nur noch in ihrer Unterwäsche vor ihm.

Langsam ließ er seinen Blick von ihren gebräunten Beinen über ihren flachen Bauch bis zu ihrer Brust gleiten.

Während er die Träger ihres BHs über ihre Schultern streifte und dann seine Hände auf ihrem Rücken den Verschluss öffneten, sah er ihr unentwegt in die Augen.

Jo hatte das Gefühl, ihr ganzer Körper würde unter Strom stehen.

Als sie schließlich nur noch im Slip vor ihm stand, konnte sie sich nicht mehr beherrschen. Sie trat einen kleinen Schritt vor, hob ihre Hand und zeichnete vorsichtig seine kräftigen Augenbrauen nach, um dann über seinem Wangenknochen auf seinen Lippen innezuhalten.

Sie sah ihn an. »Schlaf mit mir.«

Dann küsste sie ihn, wie sie nie zuvor und in diesem Moment war sie überzeugt, niemals danach wieder jemand anderen küssen würde.

Eng umschlungen standen sie da, bis Rio sie plötzlich hochhob.

Der Schlafsack war etwas klamm geworden, doch das störte sie nicht. Langsam ließen sie sich darauf nieder.

Auf die Unterarme abgestützt, beugte er sich über sie. »Jo verdammt, du kannst dir nicht vorstellen, wie sehr ich dich will, aber verdammt, ich kann dir das nicht antun. Wir haben … nichts dabei.«

Sie legte ihm die Finger auf den Mund. »Sch… Es wird nichts passieren.« Sie machte eine Pause. »Ich hatte vor kurzem meine Tage, es kann nichts passieren.«

Er sah sie einen Moment unentschlossen an. »Bist du auch wirklich sicher, dass du das willst?«

Sie lächelte ihn an. »Ich war mir niemals zuvor bei etwas so sicher.«

Rio erwachte zuerst. Sie lagen in derselben Position da, in der sie eingeschlafen waren. Er hatte noch immer den Arm um Jo gelegt.

Eng an ihn geschmiegt, wandte sie ihm den Rücken zu.

Jetzt erst fiel ihm das Tattoo auf ihrer Schulter auf. Ein verschnörkeltes Dreieck. Er fragte sich, was es zu bedeuten hatte. Vorsichtig strich er mit den Fingern darüber.

Er überlegte, wie viel Zeit vergangen war. Es kam ihm schon nicht mehr so dunkel vor. Sie sollten sich auf den Rückweg machen, bevor der Tag anbrach.

Er atmete den leichten Vanilleduft ihrer Haare ein und schloss die Augen. Sie würde ihn noch um den Verstand bringen. Er dachte an die letzten Stunden und am liebsten hätte er die Zeit zurückgedreht. Aber es half nichts. Sie mussten zurück, bevor die anderen ihr Fehlen bemerkten.

»Hey«, er flüsterte in ihr Ohr, sanft berührten seine Lippen ihre Schläfe.

Sie wandte ihm ihr Gesicht zu und öffnete die Augen. »Hey.«

Er stützte sich auf den Ellbogen. »Ausgeschlafen?«

»Geht so.« Jo biss sich auf die Unterlippe.

Mit dem Handrücken strich er zärtlich über ihre Wange. »Wir sollten zurück.«

»Ja, das sollten wir, aber zuerst ... « Sie zog ihn am Nacken zu sich herunter und Rio musste alle Kraft der Welt aufbringen, damit nicht mehr, als ein überaus leidenschaftlicher Kuss daraus wurde.

»Jo, Jo, du bringst mich um den Verstand, weißt du das?« Er fuhr sich mit der Hand durchs Haar und sie grinste ihn an.

Plötzlich wurde sie ernst. »Es war ... unglaublich ... ich meine heute Nacht ... ich habe noch nie ... es ... es war ... wunderschön.« Sie schlug die Augen nieder, um ihn gleich darauf wieder anzusehen. »Hat es dir ... ich meine, wie war es für dich?«

Er sah sie einen Moment an, ohne etwas zu sagen, und sie dachte schon, dass es ein Fehler gewesen war, darüber zu reden.

»Musst du das wirklich fragen? Hast du das nicht gemerkt?« Er sah sie mit diesem unglaublichen Blick von der Seite an.

»Es war das Beste, was mir jemals passiert ist.« Forschend musterte er sie. »Was?« Er grinste. »Sag schon, da ist noch was, hab ich recht? Immer wenn du auf deiner Lippe kaust, spukt dir etwas in deinem hübschen Köpfchen herum, stimmt's?«

Ihr schoss die Röte ins Gesicht und zum Glück war es noch nicht hell genug, als dass Rio es hätte bemerken können.

»Na ja, ich hab mich gefragt ... « Entschlossen sah sie ihn an. »Ich denke, es war nicht das erste Mal für dich?« Sie schluckte, erleichtert, den Satz herausgebracht zu haben.

Er schaute amüsiert und sie schlug die Hände vors Gesicht.

»Das ist so peinlich, vergiss es, vergiss es einfach.«

»Ist das wirklich so wichtig?« Als sie nicht antwortete, atmete er resigniert aus. »Na gut, vor über drei Jahren gab es jemanden.« Er lächelte in sich hinein und Jo spürte augenblicklich, wie sich das Gift der Eifersucht in ihr ausbreitete.

»Eine Zeit lang lief es in Latein nicht so gut und eine Studentin gab mir Nachhilfe. Na ja«, er grinste schief, »nicht nur in Latein.«

Jo setzte sich auf. »Moment mal, du sagtest vor über drei Jahren ... da warst du sechzehn und die Studentin?« Sie sah ihn mit offenem Mund an.

Er überlegte kurz. »Zwanzig, nein warte, einundzwanzig.«

Ihr klappte der Mund zu. »Läuft das nicht unter Verführung Minderjähriger?« Schockiert sah sie ihn an.

Unschuldig zuckte er mit den Schultern. »Keine Ahnung, sie hat mir auf jeden Fall einiges beigebracht.« Er grinste sie unverschämt an.

»Allerdings«, entgegnete Jo trocken.

Nachdem sie ihre Sachen zusammengepackt hatten, brachen sie auf. Es wurde wirklich höchste Zeit. Die Umrisse der Häuser in der Ferne, waren schon langsam in der schwindenden Dunkelheit zu erkennen. Jo ging voraus, doch bevor sie die Treppe zur hinteren Eingangstür betrat, griff Rio nach ihrer Hand und zog sie mit einem Ruck an sich.

»Warte«, er presste seine Lippen auf ihre und schon wieder verwandelten sich ihre Beine in Pudding.

Langsam lösten sie sich voneinander. Durchdringend sah er sie an.

»Versprich mir, dass du vorsichtig bist, oben auf der Burg.«

Jo beschwichtigte ihn. »Es wird schon gutgehen. Außerdem sind ja Karl und Marquard nebenan.«

Rio zog die Augenbrauen zusammen. Ihm war überhaupt nicht wohl bei der Sache.

Leise schlichen sie sich ins Haus und tatsächlich schien niemand etwas von ihrem nächtlichen Ausflug mitbekommen zu haben.

Alle schliefen tief und fest.

21

Die anderen hatten bereits mit dem Frühstück begonnen, als sich Rio und Jo zu ihnen gesellten.

»Ich bin wirklich neugierig, ob wir bei Graf Joachim noch etwas Aufschlussreiches finden werden.« Liz schluckte ihren letzten Bissen hinunter und griff nach dem Becher mit der frischen Ziegenmilch.

»Wir können es ja so machen, Jo ... « Irritiert brach sie mitten im Satz ab und musterte einen Augenblick lang ihre Freundin.

Auf Jos Gesicht lag ein eigenartiger Ausdruck. Sie schien Lichtjahre von ihnen entfernt. Plötzlich registrierte sie, dass Hannes neben ihr aufgehört hatte zu kauen. Er beobachtete Rio.

Sie folgte seinem Blick und auf einmal bemerkte sie diese seltsame Spannung, die in der Luft lag und mit einem Schlag wurde ihr klar, was bei den beiden los war. Sie hatte völlig den Faden verloren und wusste nicht mehr, wo sie stehen geblieben war. Aber es war gleichgültig, denn ohnehin schien ihr niemand zugehört zu haben.

Sie warf Hannes einen Blick zu, doch der zuckte nur mit der Schulter. Typisch Mann, kein Durchblick. Er hatte zwar bemerkt, dass irgendetwas mit den beiden nicht stimmte, war aber komplett ahnungslos. Sie seufzte.

»Machen wir uns fertig?«

»Ja, ok. Bin ja mal gespannt, ob es bei Graf Joachim noch etwas zu entdecken gibt, was meinst du Liz?« Mit einem seltsamen Glanz in den Augen sah Jo ihre Freundin an.

»Ja«, erwiderte Liz trocken, »das hab ich mich auch schon gefragt.«

In der Schmiede wurden sie bereits von Karl und Ritter Marquard erwartet. Gemeinsam besprachen sie nochmals ihren Plan.

Karl und Marquard würden Graf Rudolf ihre Aufwartung machen und während dessen sollten sich Jo und Liz noch einmal in Graf Joachims Räumlichkeiten umsehen.

Rio und Hannes hätten eigentlich mit den Pferden ausreiten sollen.

Sie wollten jedoch zuerst abwarten, bis Jo und Liz wieder in Sicherheit waren. Außerdem konnten sie sich so ein wenig umschauen. Sollte ihnen

Graf Joachim über den Weg laufen, würden sie versuchen, ihn abzulenken.

Sie warteten unter dem Torbogen auf Karl und Marquard, die sich noch in der Schmiede aufhielten.

»Wenn man vom Teufel spricht.« Hannes folgte Rios Blick.

Graf Joachim näherte sich ihnen mit seinem Pferd in leichtem Trab. Auf ihrer Höhe zog er die Zügel an und blieb stehen. Er nahm seinen Hut ab und deutete eine Verbeugung an. »Die Damen ... Was für ein herrlicher Sommertag, nicht wahr?«

Als Jo und Liz nicht antworteten, fiel sein Blick auf Hannes und Rio, die mit verschränkten Armen am Torbogen lehnten.

»Die Herren scheinen wohl ihre Begleiter zu sein?« Ein hässliches Grinsen breitete sich auf seinem Gesicht aus. »Das ist gut, man sollte auf zwei so funkelnde Diamanten achtgeben, habe ich Recht?« Er zwinkerte Rio und Hannes zu. »Nun denn.« Er setzte seinen Hut wieder auf. »Ich werde nun meinen Ausritt nach Empfingen genießen. Es soll dort in einer Kaschemme den besten Met weit und breit geben.« Er zwinkerte ein weiteres Mal. »Ich wünsche den Herrschaften einen guten Tag.« Noch einmal nickte er ihnen zu, dann gab er seinem Pferd einen leichten Schenkeldruck.

Sie sahen ihm hinterher und Liz schüttelte sich. »Was für ein ekliger, schmieriger Typ.«

»Wenigstens können wir uns jetzt in Ruhe umschauen und ihr könnt ja nun doch mit den Pferden los.« Jo wandte sich Rio und Hannes zu.

Die beiden wechselten einen Blick. »Eigentlich spricht nichts dagegen«, meinte Hannes. »Der kommt mit Sicherheit so schnell nicht wieder.«

»Na gut«, erwiderte Rio, »aber beeilt euch trotzdem.«

In diesem Moment kamen Karl und Marquard aus der Schmiede und sie erzählten ihnen in kurzen Worten, von Joachims Ausflug.

»Gut zu wissen«, meinte Karl erleichtert. »Dann, meine Freunde, schlage ich vor, brechen wir besser gleich auf.«

Marquardt nickte zustimmend. Rio und Hannes würden die Pferde holen und so gingen sie alle gemeinsam los. Am Eingang zum Wohntrakt trennten sich ihre Wege. Später würden sie sich, wie immer, bei Conrad und Jack treffen.

Während Liz und Jo sich in Graf Joachims Zimmer schlichen, eilten Karl und Ritter Marquard weiter den Gang entlang. Kurz bevor sie an der Tür zu Graf Rudolfs Räumlichkeiten angelangt waren, griff Marquard plötzlich nach Karls Arm und zwang ihn damit, stehen zu bleiben.

»Karl, hört mir zu«. Als würde er befürchten, jemand könnte seinen folgenden Worten lauschen, blickte er sich hastig nach allen Seiten um. »Für den Fall, dass mir etwas zustoßen sollte ... « Er griff in seinen Umhang und zog eine versiegelte Rolle heraus. »Haltet Euch an diese Anweisung.« Beschwörend sah er Karl an.

»Ich verstehe nicht ... « Karl warf ihm einen fragenden Blick zu. »Weshalb sollte Euch etwas zustoßen?«

»Vielleicht irre ich mich.« Er legte ihm mit Nachdruck die Hand auf seine Schulter. »Kommt.«

Karl wollte gerade ein weiteres Mal an die mächtige Holztür klopfen, als von der anderen Seite ein kräftiges *tretet ein* erklang. Er drückte die Klinke herunter und sie betraten den Raum.

Sein Onkel saß hinter dem großen, wuchtigen Tisch und tauchte eine Feder in ein Tintenfässchen. Nachdem er ein paar letzte Worte auf ein Stück Pergament gebracht hatte, blickte er auf und begrüßte sie mit einem Strahlen im Gesicht.

»Ritter Marquard, Karl, welch freudige Überraschung!«

»Mein Herr.« Marquard deutete eine Verbeugung an.

»Ich bin erfreut, Euch wieder zu sehen. Hattet Ihr einen angenehmen Aufenthalt auf Schloss Sigmaringen?«

Erneut verbeugte sich Marquard kurz. »Danke der Nachfrage, mein Herr, ich kann nicht klagen. Alles verlief bestens - dazu das gute Essen und der Wein. Was will man mehr?« Er lächelte.

»Gut. Sehr gut.« Rudolf lehnte sich in seinem Sessel zurück.

»Was führt euch zu mir, meine Freunde?«

Karl und Marquard tauschten einen kurzen Blick und der Ritter ergriff das Wort.

»Gestern, auf dem Markt, wurde eine gute Freundin von den Wachen abgeführt. Sie soll in den nächsten Tagen … hingerichtet werden.«

Es fiel ihm augenscheinlich nicht leicht, den Satz hervorzubringen.

»Onkel, sie hat nichts verbrochen.« Beschwörend sah Karl Rudolf an.

»Außerdem ist sie im Besitz wichtiger Informationen, die sie Ritter

Marquard überbringen wollte. Wir möchten Euch bitten, die Wachen anzuweisen, sie freizulassen.«

Rudolf verschränkte die Finger ineinander. »Ja, ich wurde unterrichtet, die Zigeunerin … Wie mir zugetragen wurde, bemächtigte sie sich zum wiederholten Male der Hellseherei - so auch am gestrigen Tage auf dem Markt.«

»Mit Verlaub mein Herr.« Marquard deutete mit der Hand auf seiner Brust eine weitere Verbeugung an. »Es ist eine Gabe, die ihr in die Wiege gelegt wurde. Sie konnte schon vielen Menschen Gutes damit tun.«

Rudolf erhob sich und trat ans Fenster. Mit auf dem Rücken verschränkten Armen sah er in den Burghof hinaus.

»Und dennoch ist es, wie Euch bekannt sein dürfte, eine Gabe, die der Hexerei zuzuschreiben ist.« Er hatte sich ihnen wieder zugewandt und ging langsam auf und ab. »Und ebenso bekannt sein dürfte Euch, was auf Hexerei steht.«

Bis auf ein Zucken um Marquards Mundwinkel, war ihm keinerlei Regung anzumerken.

»Aber Onkel, sie ist keine Hexe!« Verärgert fuhr sich Karl durchs Haar. »Womöglich steckt ein weiteres Mal Graf Joachim dahinter. Er wurde gestern auf dem Markt gesehen. Sicherlich hat er sie bei den Wachen angeschwärzt. Vielleicht hängen ja die Informationen, die sie Ritter Marquard zukommen lassen wollte, mit ihm zusammen.«

»Ich erwarte Graf Joachim am Mittag. Wie du weißt, muss er sich ohnehin einigen Anschuldigungen stellen. Ich werde ihn selbstverständlich auch dahingehend befragen.« Nachdenklich rieb sich Rudolf das Kinn. »Nun gut«, er sah Marquard an, »ich gestatte Euch, mit der Zigeunerin zu sprechen. Ich werde den Wachen entsprechende Anweisungen geben. Geht zu ihr und hört, was sie zu sagen hat. Danach kommt zu mir und wir werden sehen, ob es in unseren Händen liegt, den Lauf der Dinge zu beeinflussen.«

Ein weiteres Mal zuckte es um Ritter Marquards Mundwinkel und wieder war ihm nicht anzumerken, was er dachte.

»Ich danke Euch, mein Herr.« Er neigte den Kopf.

»Ach … und vielleicht könnt Ihr, mein lieber Marquard, meinen Neffen umstimmen.« Ein trauriges Lächeln umspielte Rudolfs Lippen. »Ich muss wissen, wo meine Tochter sich befindet, sie ist in großer Gefahr.«

An Karl gewandt sagte er, »die Haigerlocher wurden wieder gesehen und was geschieht, wenn Magdalena von ihnen gefunden wird, weißt du, mein Junge.«

Ausdruckslos sah Karl ihn an. »Gehen wir, Marquard.«

Mit einem Nicken verabschiedeten sie sich endgültig.

Während Jo sich in Graf Joachims Zimmer geschäftig auf die Suche machte, schloss Liz leise die Tür und lehnte sich einen Moment dagegen. Sie beobachtete Jo eine Weile.

»Ihr habt es getan.« Es war keine Frage, sondern eine Feststellung und als Jo nichts darauf erwiderte und sich weiter ihrer Beschäftigung hingab, wusste Liz endgültig, dass sie mit ihrer Vermutung richtig lag.

»Seid ihr komplett wahnsinnig?« Sie stieß sich von der Tür ab, ging auf Jo zu und schüttelte sie an den Schultern. »Hallooo! - Du hattest ja wohl nichts dabei, oder hast du schon zuhause damit gerechnet und was mitgenommen?« Ironisch legte sie die Stirn in Falten.

Sie sahen sich eine Weile an. »Oh mein Gott.« Liz ließ die Arme sinken. »Dich hat es wirklich total erwischt.«

Jo lächelte. »Es kann nichts passiert sein, ich hatte erst vor kurzem meine Tage.« Wie entschuldigend zuckte sie mit den Schultern.

»Ich hatte erst vor kurzem meine Tage?« Liz starrte sie entgeistert an. »Du weißt schon, dass das die denkbar unsicherste Methode ist?«

Als Jo nichts darauf sagte, resignierte sie und ließ die Arme sinken. »Was soll's, ist jetzt eh zu spät.«

Gemeinsam machten sie sich auf die Suche, in der Hoffnung etwas Brauchbares in Graf Joachims Habseligkeiten zu finden. Als aber immer mehr Zeit vergangen war, entschieden sie sich, dass eine von ihnen besser den Gang im Auge behalten sollte, falls der Graf doch früher von seinem Ausflug zurückkehren würde. Jo öffnete vorsichtig die Tür und spähte hinaus. Es war nichts Außergewöhnliches zu hören.

Liz war gerade dabei die herumliegenden Kleidungsstücke zu inspizieren, als sie plötzlich mitten in der Bewegung innehielt. Sie sah Jo an. »Wie war es denn so?«

Jo lehnte am Türrahmen und schloss einen Moment die Augen, dann sah sie Liz wieder an und grinste. »Es war der Wahnsinn.«

»Hier liegen auch noch Klamotten.« Liz kniete auf dem Boden und warf einen Blick unter das Bett. »Igitt.« Sie musste sich auf den Bauch legen und ihren Körper ein wenig darunter schieben, um an die Kleidungsstücke zu gelangen.

»Mal sehn, was du unter der Decke vergraben hast.« Jo löste sich vom Türrahmen und schlenderte auf das Bett zu, als sie plötzlich ein Geräusch hörte. Sie blieb abrupt stehen und spürte sofort, dass jemand in der Tür stand und sie beobachtete.

»Kann ich der Dame bei der Suche behilflich sein?« Sie schloss die Augen. *Oh Gott, nein, Graf Joachim.* Hoffentlich verhielt Liz sich ruhig. Langsam drehte sie sich um.

Er stand mit verschränkten Armen an den Türrahmen gelehnt und musterte sie von oben bis unten mit einem kalten und zugleich anzüglichen Blick.

Sie schluckte. »Es tut mir leid.« Fieberhaft überlegte sie, was sie noch sagen könnte. »Ich habe beim Aufräumen mein Tuch liegen lassen.«

Er ging langsam auf sie zu. Jo zwang sich, ruhig zu bleiben. Als er vor ihr stand, konnte sie seinen schlechten Atem riechen.

»Unter der Decke - wie interessant.« Er musterte sie einen Augenblick. Plötzlich hob er die Hand und fuhr ihr beinahe zärtlich übers Haar.

»Ich frage mich schon eine ganze Weile, warum du das Haar kurz trägst.« Er sprach im Plauderton, als hätte er alle Zeit der Welt.

Jo hielt die Luft an.

»Wo ist eigentlich deine kleine blonde Freundin?«

Jo blinzelte kurz. »In der Küche. Sie wird jeden Moment zurückkommen.«

Graf Joachim ließ seine Hand ihren Nacken entlang gleiten und plötzlich packte er sie am Hals und bog ihren Kopf brutal nach hinten. Sie schnappte entsetzt nach Luft.

»Nun, dann beeilen wir uns besser. Was meinst du?« Mit einem Ruck riss er sie herum und hielt ihr den Mund zu. Er war so stark, sie konnte sich keinen Millimeter bewegen. Sie versuchte, sich dennoch in seinen Armen zu winden, aber er lachte nur und zog sie noch enger an sich.

»Keinen Mucks, oder ich töte dich auf der Stelle. Wäre doch bedauerlich, wenn dir der Aufenthalt im Kerker entginge.«

Liz war wie gelähmt. Die ganze Zeit über wagte sie es nicht sich zu bewegen. Er hatte ihnen eine Falle gestellt. Sie waren höchstens eine halbe Stunde in seinem Zimmer gewesen. Er musste von Anfang an geplant haben sie zu überraschen. Oh Gott, wo hatte er Jo hingebracht? Er hatte vom Kerker gesprochen. Sie begann am ganzen Körper zu zittern. Bleib ruhig, ermahnte sie sich. Es wird sich alles aufklären. Graf Rudolf wird Jo frei lassen. Schließlich wollten sie ja nach dem Dokument suchen, das er vermisste. Nach einer gefühlten Ewigkeit kroch sie vorsichtig unter dem Bett hervor. Leise schlich sie den Gang entlang und lauschte einen Moment an Graf Rudolfs Tür. Es war nichts zu hören. Waren Karl und Ritter Marquard bereits wieder gegangen? Egal, sie würde sofort in die Schmiede laufen. Vielleicht waren Rio und Hannes von ihrem Ausritt zurück.

»Sollen wir erstmal in dieselbe Richtung wie der Alte?« Rios Blick folgten den Pferdespuren auf dem Waldweg. Obwohl es anscheinend schon seit Wochen nicht mehr geregnet hatte, war die Erde auf dem Weg teilweise noch recht feucht, sodass die Abdrücke der Hufe deutlich zu erkennen waren.

»Warum nicht? Würde mich schon interessieren, wie Empfingen vor über fünfhundert Jahren ausgesehen hat.« Hannes schüttelte sein Haar aus der Stirn. »Echt krass, oder?«

»Ja, total abgefahren.« Rio wiegte den Kopf.

Schweigend trabten sie eine Weile nebeneinander her.

»Du warst mit Jo heute Nacht weg, stimmt's?« Hannes sah Rio von der Seite an. »Ich hab euch gehört.«

»Ok ... «, Rio warf ihm einen kurzen Blick zu.

Konzentriert sah Hannes in die Ferne.

»Ich frag mich, was Liz erwartet.« Er biss sich auf die Lippe. »Ich mein, ich bring das nicht wie du.«

Rio zügelte sein Pferd und blieb stehen. »Alter, das ist kein Wettbewerb, vergleich dich nicht mit mir!« Er schüttelte ungläubig den Kopf und schloss wieder zu Hannes auf.

»Glaub mir, du wirst merken, wann der richtige Zeitpunkt gekommen ist.« Er boxte ihn auf den Arm und irgendwie schien Hannes beruhigt. Schief grinsend boxte er zurück.

Sie hatten die Weggabelung schon ungefähr hundert Meter hinter sich gelassen, als Rio plötzlich irgendetwas seltsam vorkam. Er sah sich um. Sie befanden sich noch immer im Wald. Die Sonnenstrahlen suchten sich ihren Weg durch die Bäume und bis auf leises Vogelgezwitscher und ab und zu ein Rascheln im Unterholz war alles ruhig. In diesem Moment brachte Hannes sein Pferd zum Stehen.

»Sieh mal.« Er deutete mit dem Kopf auf den Weg und da fiel es auch Rio auf. »Verdammt.«

Der Waldweg lag unberührt vor ihnen. Es waren keinerlei Spuren zu sehen. Bestürzt sahen sie sich an und wendeten wortlos.

An der Weggabelung angekommen, wurden ihre schlimmsten Befürchtungen bestätigt. Auf dem Weg, der rechts abzweigte, setzten sich die Hufspuren fort und dieser Weg führte an die rückwärtige Seite der Burg.

»Fuck, das Schwein hat uns reingelegt, ich wusste es!« In Rios Innerem zog sich alles zusammen.

Hannes war leichenblass geworden. »Wir sollten den gewohnten Weg zurück, da sind wir schneller. Los!«

Sie trieben die Pferde an und in halsbrecherischem Tempo jagten sie zwischen den Bäumen hindurch. Kurz vor der Burg wechselten sie vom Galopp in langsamen Trab. Um nicht jegliche Aufmerksamkeit auf sich zu ziehen, versuchten sie sich zusammenzureißen und ritten gemächlich über die Zugbrücke den Weg bis zur Schmiede entlang. Dort banden sie ihre Pferde am Torbogen fest und gingen rasch hindurch.

Ihre Augen mussten sich zuerst wieder an das gedämpfte Licht im Inneren gewöhnen. Das Feuer in dem rußgeschwärzten Ofen verbreitete wie immer eine große Hitze. Kein Mensch war zu sehen. Ratlos blieben sie einen Moment stehen. Plötzlich hörten sie am anderen Ende des Raumes Stimmen. Stumm sahen sie sich an.

Sie bogen um die Ecke und Rio wäre um ein Haar auf Jack geprallt. Völlig verwirrt sah der die beiden an.

Auf einem Schemel saß Conrad, die Hände auf den Oberschenkeln abgestützt und schüttelte immer wieder den Kopf.

Liz kauerte auf dem Boden an die Wand gelehnt.

»Liz!« Hannes zwängte sich an Rio vorbei und kniete sich neben sie.

»Hannes!« Sie schluchzte auf und er zog sie an sich.

»Was ist passiert?« Unfähig sich zu bewegen, graute Rio vor der Antwort.

»Er hat Jo.« Liz löste sich ein wenig von Hannes und sah Rio verzweifelt an. Sie wischte sich die Tränen vom Gesicht. »Ich glaube, er hat sie in den Kerker gebracht.«

Stockend erzählte sie ihnen, was geschehen war.

»Was habe ich getan, was habe ich nur getan. Niemals hätte ich euch mitnehmen dürfen.« Jack starrte mit hängenden Schultern unentwegt vor sich hin.

Conrad war aufgestanden und legte ihm beschwichtigend die Hand auf die Schulter. »Karl wird bald hier sein. Sicherlich wird er alles in seiner Macht Stehende tun, um das Mädchen zu befreien.«

Wie ein riesiges Ungeheuer fraß sich die Angst durch Rios Eingeweide. Eine unendliche Machtlosigkeit gab ihm das Gefühl, sich nicht mehr bewegen zu können.

Hannes und Liz sahen ihn besorgt an, doch er konnte ihren Anblick nicht ertragen. Abrupt wandte er sich ab. Er musste dringend an die frische Luft. An den Torbogen gelehnt, schloss er kurz die Augen und atmete tief ein. *Alter, reiß dich zusammen, tu's für sie.* Es würde sich alles aufklären. Schließlich war es offensichtlich, dass Graf Joachim Dreck am Stecken hatte.

Wo nur Karl blieb. Gerade als er wieder ins Innere wollte, sah er ihn auf seinem Pferd näherkommen.

»Sei gegrüßt Rio.« Sein Lächeln erstarb, als er Rios Gesichtsausdruck wahrnahm. »Ist etwas geschehen?«

Rio deutete mit dem Kopf in die Schmiede. »Gehen wir besser rein.«

»Ich verstehe nicht. Warum hast du nicht nach mir und Marquard geschickt?« Fragend sah Karl Liz an. Liz schilderte die Situation, wie sie vor Panik zitternd unter dem Bett gelegen hatte.

»Ich konnte nichts machen. Ich hatte solche Angst, dass er ihr was antut. Es war schrecklich. Ich wollte noch zu euch, aber hinter Graf Rudolfs Tür war alles ruhig und ich dachte, ihr seid weg, also bin ich gleich hierher. Oh Gott.« Sie schlug die Hände vors Gesicht.

»Hört zu.« Karl hob beschwichtigend die Arme. »Mein Onkel hat Marquard die Erlaubnis gegeben, mit der Zigeunerin zu sprechen, und Graf Joachim wird heute Mittag seine Aufwartung machen. Ich bin sicher, es wird sich alles aufklären und Jo kommt frei. Habt Geduld bis zum Abend.« Zuversichtlich sah er Rio an und legte ihm beruhigend die Hand auf seine Schulter.

Durch Karls Worte schöpften sie alle wieder etwas Mut.

Conrad erhob sich als Erster. Er sah Jack, der immer noch ein wenig apathisch wirkte, fest in die Augen. »Mein Freund, wir sollten die beiden Schwerter fertigstellen, was meint ihr? Heute Abend wollen sie von ihren Besitzern in Empfang genommen werden.«

Jack sah ihn einen Moment unentschlossen an. Plötzlich straffte er die Schultern und ein Ruck schien durch seinen Körper zu gehen. Er nickte. »Ja, das sollten wir.«

»Nichts tun zu können ist das Schlimmste.« Liz fasste sich an die Stirn. Sie spürte, wie sich langsam Kopfschmerzen ankündigten.

»Vielleicht sollten wir nochmal mit den Pferden los.« Mit einem Bein auf dem Boden kniete Hannes neben ihr. Mit seiner Hand schob er ihr vorsichtig eine Haarsträhne, die sich aus ihrem Zopf gelöst hatte, hinters Ohr. »Kommst du mit uns?«

Liz sah ihn unsicher an. »Ich weiß nicht.«

»Du kannst mein Pferd haben.« Rio drehte sich um. Er hatte die ganze Zeit über durch eine kleine fensterähnliche Öffnung ins Freie gestarrt.

Überrascht sah Hannes ihn an.

»Ist schon ok. Ich bleibe hier bei Jack und Conrad.«

Als wollte er einen schlechten Gedanken vertreiben, schüttelte er kurz den Kopf. »Ich kann jetzt nicht weg.«

Hannes und Liz wechselten einen Blick. »Bist du sicher?« Fragend sah Hannes ihn an und Rio nickte.

»Ich werde auch bleiben«, mischte Karl sich ein. »Geht nur.«

Hannes boxte Rio mit der Faust leicht auf den Arm. »Es wird gutgehen.«

Rio blickte ihnen hinterher, bis sie um die Ecke gebogen waren. Abrupt wandte er sich Karl zu. »Was passiert dort mit ihr, Karl? Werden sie ihr etwas antun?« Seine Angst um Jo war ins Unermessliche angestiegen. Sie nahm ihm beinahe die Luft zum Atmen.

Karl zog einen Schemel heran und bedeutete Rio, es ihm gleich zu tun. Er zögerte. »Sicherlich ist Jo bis zum Abend in Freiheit. Es ist müßig, sich zu viele Gedanken zu machen.« Die Stirn in Falten gelegt, sah er Rio ernst an. Als ihm klar wurde, dass Rio nicht lockerlassen würde, seufzte er auf und begann zu erzählen.

»Es ist kalt, dunkel und es befindet sich allerlei Getier in den Gewölben. Frauen und Männer sind getrennt voneinander untergebracht. Soweit mir bekannt ist, befinden sich derzeit zwölf Männer und neun Frauen in Gefangenschaft. Sie sind hauptsächlich der Ketzerei und Hexerei wegen angeklagt. Die Welt da unten wird von dem Aufseher Kilian und seinen vier Gehilfen regiert.«

Karl presste die Lippen zusammen. Seine Missbilligung war ihm deutlich anzumerken.

Rio saß breitbeinig auf dem Schemel. Die Arme auf den Oberschenkeln abgestützt, lauschte er mit zu Boden gerichtetem Blick Karls Worten. Er hob den Kopf und sah ihn flehend an.

»Was werden die mit ihr machen Karl? Sag mir bitte die Wahrheit.«

Einen Moment lang sah Karl ihn unentschlossen an.

»Rio, ich weiß nicht, ob es gut ist, etwas zu erzählen, das möglicherweise nicht eintreffen wird.«

Als Rio ihn weiterhin unentwegt anstarrte, seufzte er und stand auf. »Nun gut, da du dich anscheinend selbst geißeln willst ... « Während er sprach, ging er auf und ab.

»Sie benutzen verschiedene Foltermethoden. Schraubenzwinge, Streckbank, Atementzug, Peitsche - um nur einige zu nennen.«

Er blieb stehen und legte Rio mitfühlend die Hand auf die Schulter. »Aber es muss nicht bedeuten, dass dies alles Jo erleiden muss.«

Rio starrte vor sich hin. »Warum lässt der Graf das zu? Warum lässt er Menschen auf so bestialische Weise quälen?« Wütend sah er Karl an.

»Glaub mir, wir haben wirklich schon unzählige Male darüber gestritten, mein Onkel und ich.« Karl lachte bitter auf. »Aber er lässt sich nicht davon abbringen, unschuldige Menschen der Hexerei zu bezichtigen. Er lebt in der Überzeugung, dass Satan auf Beutezug ist und immer wieder von deren Seelen Besitz ergreift. Er nennt es seine christliche Pflicht, diese Erdenbürger töten zu lassen.« Aus seiner Nase drang ein abfälliges Schnauben. »Natürlich erst, nachdem sie unter schrecklichster Folter ihre Schuld zugegeben haben.«

Verzweifelt fuhr Rio sich durchs Haar. Es half nichts, sie mussten bis zum Abend durchhalten und hoffen, dass Marquard positive Nachrichten brachte.

Erfolglos wehrte Liz sich dagegen, den Ausritt mit Hannes zu genießen. Mit furchtbar schlechtem Gewissen, stellte sie fest, dass sie ihre Freundin zwischendurch immer wieder total vergaß.

Es war herrlich, den Rücken eines Pferdes unter sich zu spüren.

Nachdem sie in gemächlichem Tempo durch den Wald geritten waren, galoppierten sie nun nebeneinander über die großen, weitläufigen Wiesen, in die das im Tal gelegene Örtchen Fischingen, eingebettet lag.

Am selben Platz, an dem Hannes und Rio das letzte Mal Halt gemacht hatten, brachten sie ihre Pferde zum Stehen.

Liz und Jo hatten von Mechthild die Erlaubnis erhalten, sich eigenständig in der Kleiderkammer einzudecken. Zum Glück hatten sie außer den schweren Samtkleidern doch noch leichte Leinenkleider für den Sommer entdeckt. Außerdem war der Rock großzügiger geschnitten, so dass sich Liz ohne Probleme im Herrensitz auf das Pferd setzen konnte.

»Wahnsinn ... es sieht alles so friedlich aus.« Liz spürte, wie ihr schon wieder Tränen in die Augen stiegen. Sie ließ sich vom Sattel gleiten und sank im Schatten eines Apfelbaums ins Gras.

An einem Ast band Hannes beide Pferde fest und setzte sich neben sie. Eine ganze Weile schwiegen sie. Angestrengt blickte Liz in die Ferne und nagte an ihrer Unterlippe. Plötzlich sah sie ihn an.

»Was hätte ich tun sollen, Hannes? War es feige von mir mich nicht zu zeigen? Aber ich hatte solche Angst.« Ihr Gesicht nahm einen verzweifelten Ausdruck an.

Hannes zögerte einen Moment, bevor er antwortete.

»Was denkst du, wäre passiert, wenn er dich entdeckt hätte?«

»Ich weiß es nicht.« Mit der Hand griff sie sich an die Stirn.

»Ich weiß gar nichts mehr.« Sie stand auf und ging unruhig hin und her. »Ich weiß nur, dass Jo in diesem Moment die Hölle durchmacht, und ich kann einfach nichts für sie tun. Sie ist ganz allein in diesem… Loch.« An den Baum gelehnt, bedeckte sie ihre Augen und schluchzte auf.

Hannes nahm ihr behutsam die Hände vom Gesicht.

»Aber ich weiß es«, sagte er, »du wärst jetzt auch in diesem Loch und nicht nur Rio hätte eine Scheißangst, sondern ich genauso ... um dich. Du hättest es nicht verhindern können und Jo hätte an deiner Stelle dasselbe getan, jeder hätte das getan.« Hannes hielt immer noch ihre Handgelenke umschlossen und sah beschwörend in ihre leuchtend grünen Augen.

»Ich hab sie im Stich gelassen.« Die Worte drangen nicht mehr als ein Flüstern aus ihrem Mund. Eine Träne lief über ihre Wange.

»Hast du nicht.« Hannes sah sie mit durchdringendem Blick an. »Glaub mir, es wird alles gut, das weiß ich einfach.«

Ihre Augen zogen ihn magisch an und er konnte nichts dagegen tun. Er senkte die Lider und sog ihren Duft ein. Als er sie wieder ansah, berührten sich ihre Lippen fast. Sie hob ihren Kopf etwas an und er küsste sie sanft auf den Mund. Mit dem Rücken lehnte sie an der groben Rinde des Baumstammes, doch sie spürte die Unebenheiten kein bisschen.

Die Nähe seines Körpers ließen in ihrem Innern tausende kleine Feuerwerke explodieren. Sie legte ihre Arme um seinen Nacken. Gleichzeitig zog Hannes sie noch enger an sich. Nach einer gefühlten Ewigkeit lösten sie sich voneinander. Liz' Zopf hatte sich nahezu aufgelöst. Unzählige Haarsträhnen umrahmten ihr erhitztes Gesicht.

»Das gefällt mir, ich könnte es ewig tun.« Mit beiden Händen umfasste er ihren Kopf und erneut umschlossen seine Lippen ihren Mund.

Hannes Pferd brachte sie wieder zurück in die Realität.

Es knabberte ständig an den Ästen des Baumes, um an die Äpfel zu gelangen, und dann fielen hintereinander gleich zwei davon unsanft auf Hannes' Kopf.

»Au, du blödes Vieh.« Er rieb sich den Hinterkopf. Das Pferd schnappte sich einen Apfel vom Boden und genüsslich kauend glotzte es Hannes ungerührt an.

Liz begann zu kichern, es sah zu komisch aus.

»Sie lacht uns aus, siehst du das?« Hannes bekam ein Wiehern zur Antwort und zur Bekräftigung, so erweckte es den Eindruck, nickte das Pferd dabei noch mit dem Kopf. Das brachte Liz noch mehr zum Lachen.

»Ich muss ihr den Mund verbieten.« Resigniert schaute er das Pferd an und zuckte mit den Schultern. Mit einem Ruck zog er Liz erneut an sich.

»Wir sollten langsam zurück.« Liz hatte immer noch die Hände um Hannes' Nacken gelegt.

»Ja, das sollten wir.« Hannes sah sie unverwandt an und vermittelte in keiner Weise den Eindruck, sich in naher Zukunft von der Stelle bewegen zu wollen.

Liz legte den Kopf schief und lächelte. Doch plötzlich wurde sie ernst und schaute auf den Boden.

»Hey.« Hannes hob ihr Kinn an. »Was ist?«

»Ist es falsch, jetzt glücklich zu sein?«

Einen Moment sah er sie nur an. »Nein, das ist es nicht.« Er schüttelte den Kopf. »Das eine hat mit dem anderen nichts zu tun. Weißt du, ich denke, gerade Jo versteht das derzeit besser als jeder andere, also ich meine sie und Rio, du weißt schon ... «

»Die legen ein ganz schönes Tempo vor, was?« Liz biss sich auf die Lippen und schaute schnell an Hannes vorbei. Mist, was redete sie denn da? Sie spürte, wie ihr die Hitze ins Gesicht stieg und drehte sich hastig weg. Geschäftig versuchte sie, ihr Haar zu entwirren - das Gummi war nun endgültig herausgerutscht. Wortlos beobachtete Hannes sie eine ganze Weile.

»Liz ... «

Sie drehte sich um.

Mit den Händen in den Taschen seiner ledernen Hose, stand er vor ihr. Sein Hemd war an seinen gebräunten Armen lässig hochgekrempelt.

»Ja?« Fragend sah sie ihn an.

Er nahm ihre Hand. »Ich möchte, dass du eins weißt.« Er erwiderte ihren Blick. »Wir haben unser eigenes Tempo und du bestimmst es, ok?«

»Ok.« Sie schmiegte sich an ihn und Hannes hielt sie einfach nur fest.

In der Hoffnung, etwas Neues zu erfahren, machten sie sich, nachdem sie die Pferde versorgt hatten, rasch auf den Weg zur Schmiede.

Conrad befand sich im Gespräch mit zwei gutgekleideten Männern. Jeder von ihnen hielt ein Schwert in der Hand. Zufrieden begutachteten sie Conrads Arbeit.

Nach dem Gang durch den Torbogen trafen sie Jack beim Aufräumen der Werkzeuge an.

»Hey Jack, gibt's was Neues?« Gespannt sahen sie ihn an.

Doch er schüttelte nur müde den Kopf. »Leider nein. Wir müssen uns wohl noch gedulden. Sobald Conrad soweit ist, brechen wir auf. Karl und Marquard werden sicherlich auch bald bei Lene eintreffen.«

Hannes' Blick wanderte durch die Schmiede. Ganz hinten, neben dem Ofen bearbeitete Rio mit einem monotonen Klopfen vermutlich ein Stück Eisen.

Hannes deutete mit dem Kopf in seine Richtung. »Wie geht's ihm?« Jack folgte seinem Blick und wischte sich dabei an einem Lappen die

Finger ab. »Er versucht, sich so gut wie möglich abzulenken, wie ihr seht. Das geht schon den ganzen Mittag so.«

Hannes seufzte und legte Jack die Hand auf den Arm. »Gib dir keine Schuld, Jack, hörst du?«

In der Art, wie er nickte, lag etwas Hoffnungsloses und es war offensichtlich, dass er sich ganz alleine die Verantwortung zuschob.

»Wenn das alles gut geht, werde ich euch meine Geschichte erzählen.« Er sah die beiden abwechselnd an. »Zumindest das schulde ich euch.«

Er drehte sich um und tat als würde er das Werkzeug an der Wand überprüfen.

Hannes und Liz tauschten einen Blick. Sie würden ihn jetzt wohl besser alleine lassen.

»Ok, schauen wir mal nach Rio.« Er nahm ihre Hand und langsam schlenderten sie Richtung Ofen.

Rio hob kurz den Blick, hörte jedoch nicht auf, wie ein Besessener, weiter auf das Stück Eisen einzuschlagen. Er hatte das Hemd ausgezogen, sein Oberkörper glänzte schweißnass.

»Hi, kommst du klar? Nichts Neues, wie Jack sagt.« Hannes sah neugierig auf das Teil, das Rio bearbeitete. »Was soll das werden, ein Messer?«

Rio richtete sich auf und fuhr sich mit dem Arm über die Stirn. »Ein Dolch.«

Hannes hob die Augenbrauen. »Müssen wir uns Sorgen machen?«

Er erntete lediglich einen stummen Blick.

»Conrad und Jack sind gleich soweit, kommst du?«

Wortlos räumte Rio seinen Arbeitsplatz auf und zog sich sein Hemd über.

Lene, Magdalena und Phil reagierten mit Bestürzung auf die Nachricht von Jos Festnahme. Nachdem Phil sich in den letzten Tagen zu erholen schien, war sie nun wieder apathischer denn je. Sie hatte sich bereits zurückgezogen.

Rio zog aus dem Brunnen einen Eimer mit frischem Wasser und leerte sich den gesamten Inhalt über den Kopf. Er fuhr sich durchs Haar und stützte sich am Brunnenrand ab. Angespannt starrte er in das schwarze

Loch hinab. Wo nur Karl und Marquard blieben. Er hielt diese Ungewiss-
heit fast nicht mehr aus.

22

Er hatte ihr gedroht zuerst ihre Freunde und dann sie umzubringen, wenn sie nicht tat, was er verlangte. Da er nicht befugt war, jemanden einfach ins Verlies werfen zu lassen, durfte kein Verdacht erregt werden. Als ihnen Mechthild auf der Treppe entgegenkam, und sie fragte, ob sie mit ihrer Arbeit fertig wäre, antwortete Graf Joachim für sie.

»Gnädigste Mechthild, die junge Dame ist so liebenswürdig, mir behilflich zu sein. Sie hat sich freundlicherweise bereiterklärt, mir beim Tragen meines Gepäcks zur Hand zu gehen.«

Erfreut nickte Mechthild ihm zu und bedachte Jo mit einem Lächeln. »Weiter so junge Dame. Dann möchte ich euch nicht aufhalten.« Sie beugte ihr Haupt erneut und setzte ihren Weg fort.

Sie waren am Fuße der Treppe angelangt. Er zerrte sie um die Ecke, einen langen dunklen Gang entlang. Sie zappelte und versuchte, sich loszureißen, aber sie hatte keine Chance, er war einfach viel zu stark.

»Warum hat Phil solche Angst vor Euch und aus welchem Grund habt Ihr sie bedroht?«

Er lachte höhnisch auf. »Glaub mir, das willst du nicht wissen. Obwohl es mir ungeheure Freude bereiten würde, die Verwandlung deines Gesichtes nach dem Lüften des großen Geheimnisses beobachten zu dürfen, und da du ohnehin bald auf dem Scheiterhaufen endest, würde es keine Rolle spielen. Du könntest dein Wissen mit niemandem teilen.«

»Ihr seid ein Teufel, Ihr gehört auf den Scheiterhaufen!« Jo spie die Worte aus. Seltsamerweise hatte sie überhaupt keine Angst vor Graf Joachim. Sie war nur unglaublich wütend.

»Erzähl mir lieber, warum ihr in meinen Räumlichkeiten herumgeschnüffelt habt.«

»Das wisst Ihr genau.«

Er packte sie noch fester und Jo stöhnte vor Schmerz kurz auf.

»Was hast du gesucht?« Er betonte jedes einzelne Wort.

Als sie nicht gleich antwortete, wurde sein Griff noch härter und Jo keuchte abermals auf.

»Das Dokument.«

Einen Moment schien Graf Joachim verdutzt und er lockerte seinen Griff. »Was für ein Dokument?«

Er hat wirklich keine Ahnung, erkannte Jo erstaunt und dann wurde ihr klar, dass sie diesen Moment nutzen musste und es gelang ihr, sich von ihm loszureißen. Doch er reagierte sofort. Er bekam ihr Kleid am Rücken zu fassen und es gab ein hässliches Geräusch. Der Stoff riss ein und gab ihr rechtes Schulterblatt frei. Mitten in der Bewegung hielt er überrascht inne. »Was haben wir denn da? Ich wusste es ... Hexe!«

Im ersten Moment hatte Jo keine Ahnung, wovon er sprach, doch dann durchfuhr sie die Erkenntnis wie ein Blitzschlag.

Das Tattoo ... er hatte das Tattoo entdeckt.

Er packte sie abermals mit festem Griff und schleifte sie weiter den dunklen Gang entlang, der nur vom Schein einiger Fackeln spärlich erhellt wurde. Am Ende des leicht abschüssigen Weges kam eine große schwere Holztür zum Vorschein. Zwei Wachen standen davor und versperrten mit langen, über Kreuz gelegten Speeren den Weg.

»Seid gegrüßt, treue Diener von Wehrstein. Ich komme im Auftrag Graf Rudolfs. Er schickt euch diese kleine Hexe.« Grob packte er Jo am Arm und schob sie ihnen entgegen.

»Ihr seid nicht befugt, uns Anweisungen zu erteilen«, entgegnete der Stämmigere der beiden.

»Nicht befugt?« Zynisch wiederholte Graf Joachim dessen Worte.

Mit einem Ruck riss er Jo herum, sodass ihre Schulter zum Vorschein kam. »Vielleicht überzeugt euch dies.«

Der Schmächtigere wich erschrocken zurück und bekreuzigte sich hastig. »Heilige Mutter Gottes.« Er schluckte. »Ich hole Kilian.«

Die schwere Holztür öffnete sich und ein ekelhafter, modriger Geruch drang in Jos Nase.

»Das wird nicht nötig sein, ich kenne den Weg.«

Der Graf zerrte sie eine steile Steintreppe hinab. Während sich ihre Augen langsam an die Dunkelheit gewöhnten, fragte sie sich, warum Graf Joachim sich hier unten so gut auskannte, wo er doch nur Gast auf Burg Wehrstein zu sein schien.

Am Ende der Treppe wurde es etwas heller. Vereinzelt waren Fackeln an den Wänden des kellerartigen Gewölbes angebracht.

Der Gestank war mittlerweile unerträglich.

Plötzlich näherten sich auf dem Boden flackernde Schatten und gleichzeitig hörte sie in der Ferne einen lauten Schlag, verbunden mit einem schrillen Quieken. Schockiert sah sie in diesem Moment zwei Ratten an sich vorbei huschen.

Aus der Ferne drang ein Wimmern an ihr Ohr, das urplötzlich in einen entsetzlichen Aufschrei überging. Jo lief es eiskalt den Rücken hinunter.

Immer weiter schleifte Graf Joachim sie in die Tiefen des Verlieses.

An einer Gabelung bog er nach links ab und auf einmal befanden sie sich in einem gewölbeartigen Raum.

»Verdammte Viecher.« Ein Mann hieb mit einer Art Knüppel auf den Boden ein.

»Kilian, mein Freund, warum so aufgebracht?«

Der Kerl fuhr herum und Jo erschauderte. Er sah furchterregend aus. Strähnige, schulterlange Haare umrahmten ein furchiges Gesicht. Eine dicke Narbe zog sich von der Stirn quer über die Wange bis zum Kinn. Er war groß gewachsen und von kräftiger muskulöser Statur.

»Graf Joachim, welch Ehre, lange nicht gesehen.« Auf seinen Knüppel gestützt deutete er eine Verbeugung an. Plötzlich sah er auf und brach in schallendes Gelächter aus.

Joachim schubste sie wie einen überflüssigen Gegenstand zur Seite und die beiden Männer fielen sich schulterklopfend um den Hals.

Die scheinen ja gute Freunde zu sein. Jo wurde immer klarer, welch verdorbener Charakter Graf Joachim sein musste.

Schlagartig ließ Kilian von ihm ab und wandte sich Jo zu. Anzüglich wanderte sein Blick über ihren Körper. Er schien sie mit den Augen ausziehen zu wollen und da bekam sie zum ersten Mal richtig Angst.

»Was haben wir denn da?«

»Die kleine Hexe schnüffelt gerne in anderer Leute Angelegenheiten.« Graf Joachim packte sie am Arm und mit einem Ruck riss er sie herum, sodass Kilian ihren Rücken zu sehen bekam. »Und dass sie eine Hexe ist, steht außer Frage.«

Graf Joachim lächelte süffisant. »Ich denke, Ihr wisst, was zu tun ist.«

Gebannt starrte Kilian auf das Tattoo. Sein bösartiges Grinsen schien voller Vorfreude. »Sorgt Euch nicht, es wird mir eine Freude sein, ihr den Teufel aus dem Leib zu treiben.«

»Nun gut, dann überlasse ich das Weibsstück jetzt Euch.«

Er nickte Jo spöttisch zu. »Ich wünsche der Dame einen angenehmen Aufenthalt.«

Er hatte sich bereits zum Gehen gewandt, als er abrupt stehen blieb. »Ach, wie macht sich eigentlich dieses Zigeunerweib?«

Kilian grinste selbstgefällig. »Seit sie die Regeln verstanden hat, frisst sie mir aus der Hand, wie ein kleines Hündchen und ihr Liebster nebenan, vergeht beinahe vor Sehnsucht nach ihr.«

Gedankenverloren blickte Joachim einen Moment ins Leere.

»Nun, bald schon werden sie wieder vereint sein«, er sah Kilian lächelnd an, »auf dem Scheiterhaufen.«

Jo horchte auf, was hatte das zu bedeuten? Es konnte nur heißen, dass auch Ritter Marquard hier war. Die Gedanken wirbelten durch ihren Kopf. Wie konnte das sein? Er wollte doch zusammen mit Karl, Graf Rudolf aufsuchen. Aus welchem Grund sollte er sich hier unten befinden? Jo hatte auf einmal das Gefühl, dass sich hinter all dem viel mehr verbarg, als sie jemals für möglich gehalten hatten.

Ganz in ihre Überlegungen vertieft, realisierte sie erst jetzt, dass sie mit Kilian allein war. Er starrte sie an. Instinktiv wusste sie, dass sie ihre Angst nicht zeigen durfte. Mit einer Hand raffte sie ihr zerrissenes Kleid zusammen und reckte entschlossen den Kopf vor. Langsam kam er auf sie zu und umkreiste sie, wie ein Geier seine Beute. Unwillkürlich hielt sie den Atem an. Sie fragte sich, was er vorhatte.

Der Schlag kam völlig unerwartet. Sie hatte den Gedanken noch nicht zu Ende gedacht, als sein Handrücken mit voller Wucht auf ihr Gesicht traf. Der Schmerz schien in ihrem Kopf explodieren zu wollen. Sie schlug auf dem Boden auf und schmeckte den metallenen Geschmack von Blut auf ihrer Lippe.

Er riss sie hoch, halb benommen konnte sie seinen schlechten Atem riechen. Er war ein Sadist und sie begriff, dass er Freude daran hatte, sie zu quälen. Wie ein Schraubstock umschloss seine riesige Pranke ihr Unterkiefer.

»Wirst du mir freiwillig erzählen, was Satan dir für einen Auftrag erteilt hat?«

Selbst wenn sie gewollt hätte, wäre es unmöglich gewesen, ihm zu antworten, so fest hielt er ihren Mund umschlossen. Aber es spielte keine Rolle, er wollte es ohnehin nicht hören. Er schleifte sie an die gegenüberliegende Wand, in die im Abstand von ungefähr einem Meter Eisenringe eingefasst waren. Mit dem Gesicht zur Mauer band er sie an den Handgelenken daran fest.

Ganz dicht trat er an sie heran. »Bedauerlich, dass du dich Satan verschrieben hast.« Er flüsterte in ihr Ohr. »Jedoch, wenn ich ihn dir ausgetrieben habe, gehörst du mir.« Sie spürte seine Zunge ihren Hals entlangstreichen und ihr wurde übel.

Plötzlich riss er mit einem Ruck ihr Kleid am Rücken vollends entzwei. Mit seinen schwieligen Händen strich er über ihre nackte Haut. Sie war wie erstarrt. Abrupt wandte er sich ab. Aus den Augenwinkeln beobachtete Jo mit Entsetzen, wie seine Finger eine Peitsche umklammert hielten. Ehe sie den nächsten Gedanken fassen konnte, spürte sie, wie sich die Lederriemen in ihren Rücken fraßen.

Der Schmerz war unbeschreiblich. Jo blieb die Luft weg und als sie zu schreien begann, hieb er bereits zum dritten Mal auf sie ein. Sie wusste nicht, wie lange er auf sie eingeschlagen hatte. Irgendwann verlor sie endlich das Bewusstsein.

Sie saßen draußen um den von Kerzen erleuchteten Tisch. Auf Lenes Drängen hatten sie mit dem Essen begonnen. Karl und Marquard waren noch immer nicht eingetroffen.

Rio stocherte in seiner Schüssel herum. Irgendetwas musste schiefgegangen sein. Wo blieben sie so lange? Als er es nicht mehr aushielt, stand er auf. Es war zwar unhöflich, aber das war ihm egal. Er ging zum Brunnen und tauchte seine Hände in den mit frischem Wasser gefüllten Eimer. Wieder und wieder benetzte er sein Gesicht. Er hob den Kopf und starrte in die Nacht. Unzählige Sterne funkelten am Himmel. Es sah so friedlich aus. Wo war Jo, wie ging es ihr jetzt in diesem Moment? Verdammt, lange hielt er das nicht mehr durch. Sollten Karl und Marquard nicht bald eintreffen, würde er sich alleine auf den Weg machen. Doch dann drang aus dem Haus das ersehnte Klopfgeräusch an sein Ohr. Als er sich umdrehte, war Lene bereits auf dem Weg, um die Ankömmlinge hereinzulassen. Aber es war nur Karl, der mit müden Schritten langsam die Treppe herunterkam. Rio ging auf ihn zu und sie standen sich einen Moment wortlos gegenüber. Karl legte ihm die Hand auf die Schulter.

»Marquard wurde festgenommen.«

»Was?« Rios Stimme war kaum mehr als ein heißeres Flüstern.

Magdalena schlug die Hand vor den Mund.

Conrad bat Karl, sich zu ihnen zu setzen.

»Was hat das zu bedeuten?«

Karl schüttelte hilflos den Kopf. »Es ist mir ein Rätsel.«

»Hat Vater das veranlasst?« Magdalena sah ihn bestürzt an.

»Das ist ja das Seltsame.« Karl schüttelte nachdenklich den Kopf und sah sie an. »Er war gar nicht da. Ich bin mir nicht einmal sicher, ob er Graf Joachim noch empfangen konnte. Mechthild meinte, er sei in Eile gewesen. Anscheinend gab es Probleme mit einigen Bauern auf der Empfinger Gemarkung. Es war wohl ein Aufstand wegen der diesjährigen Abgabenerhöhung geplant. Mechthild erwartet ihn erst morgen wieder zurück.«

»Ich wette, dieses Dreckschwein steckt hinter allem.« Angespannt fuhr Rio sich mit der Hand durchs Haar und starrte ins Feuer.

Besorgt sah Hannes zu ihm hinüber.

»Graf Joachim hat doch sicher nicht die Befugnis, jemanden einfach so festzunehmen, oder?« Fragend sah Liz Karl an.

Er zuckte mit den Schultern. »Eigentlich nicht, er genießt jedoch das Vertrauen meines Onkels und das ist bekannt auf Wehrstein.

Die Menschen hier haben großen Respekt vor ihm … und dann, nun, bei Jo ist es ihm auch gelungen. Sie hat zwar nicht denselben Stellenwert wie Ritter Marquard und dennoch, wenn er den Wachen ein paar Lügenmärchen erzählt hat, ist es durchaus vorstellbar, dass er sie übertölpeln konnte.«

»Und Vater weiß von all dem gar nichts. Warum holst du ihn nicht einfach?« Magdalena hob den Kopf und sah Karl auffordernd an.

»Es ist bereits ein Bote unterwegs«, gereizt entledigte er sich seines Umhangs und war im Begriff diesen neben sich zu abzulegen, als sein Blick auf die versiegelte Rolle in der Innentasche fiel.

Wie hatte er das nur vergessen können?

Er blickte in die Runde. »Das hat mir Marquard heute Morgen gegeben - er sagte, für den Fall, dass ihm etwas zustoßen würde.«

Wie gebannt starrten sie auf das Pergament. Schließlich brach Karl das Siegel auf und entrollte die Nachricht. Eilig überflog er zuerst das Geschriebene und dann las er es ihnen vor:

Lieber Karl, sollte mir wegen meiner Bemühungen um Lara Schaden zugefügt werden, so würde diese Tatsache meine langgehegten Vermutungen bestätigen, dass sie im Besitz vernichtender Kenntnisse ist.

Geht mit dieser Nachricht zu Ritter Herold nach Glatt. Er wird wissen, was zu tun ist. Er ist ein guter Freund. Ihr könnt ihm vertrauen.

Ich bitte euch dringlichst mit keiner Menschenseele über diese, meine Worte, zu reden. Vertraut mir.

Euer ergebenster Ritter Marquard.

Ratlos sahen sie sich an.

»Was hat das zu bedeuten?« Conrad zog die Stirn in Falten.

»Ich habe keine Ahnung.« Nachdenklich schüttelte Karl den Kopf.

Er hob den Blick und sah jeden Einzelnen von ihnen an.

»Aber ich vertraue ihm und ich denke, wir sollten seinen Worten Folge leisten.«

Lene drückte seinen Arm und sah ihn an. »Das solltet Ihr, er ist ein guter Mann.«

Rio und Hannes hatten sofort signalisiert, dass sie Karl begleiten wollten, aber er lehnte ab.

»Alleine werde ich schneller sein, glaubt mir. Ihr kennt den Weg nicht so wie ich. Wenn alles gut geht, werde ich noch vor Mitternacht zurück sein.«

Was nur konnte diese Lara in der Hand haben? Rio hoffte, dass Jo nicht alleine war, da unten. Vielleicht kümmerte diese Frau sich ein wenig um sie.

Hannes hatte den Arm lässig um Liz gelegt. Ihr Kopf ruhte an seiner Schulter und Conrad und Jack unterhielten sich leise mit Magdalena.

Plötzlich sah Magdalena auf. Ihr Blick ging zur Treppe.

Phil stand da und hielt sich verkrampft an dem Geländer fest. In ihrem langen, weißen Nachtkleid sah sie im fahlen Schein des Mondes aus wie ein Geist. Hektisch huschten ihre Augen unablässig hin und her.

»Graf Joachim ... Mörder ... Herr... « Die Worte kamen abgehackt aus ihrem Mund.

Sie waren alle zu geschockt, um zu verstehen, was da gerade eben geschah.

Magdalena hatte sich zuerst gefasst und war aufgesprungen.

»Phil!« Sie eilte zu ihr und riss sie in ihre Arme.

Ununterbrochen strich sie über ihr Haar und wiederholte immer wieder ihren Namen.

Und dann kamen die Tränen. Wie ein nicht endend wollender Strom flossen sie über Phils Wangen. Schmerz und Angst der vergangenen Jahre schwammen mit ihnen davon.

Nachdem sie sich etwas beruhigt hatte, führte Magdalena sie vorsichtig zu ihrem Platz neben Jack und Conrad. Immer wieder strich sie über ihren Rücken.

Trotz der Tränen brachte Phil ein Lächeln zustande.

» Ich ... ich ... kann ... wieder ... reden.« Mühsam fanden die Worte ihren Weg, aber ein Bann schien gebrochen.

»Lass dir Zeit Phil, lass dir Zeit ... Du hast alle Zeit der Welt!« Magdalena hielt ihre Hand und strahlte sie voller Freude an.

»Es tut mir leid Phil«, Rio kniete sich vorsichtig vor sie auf den Boden, »aber«, er senkte kurz den Kopf, um sie gleich darauf wieder intensiv anzusehen, »wir müssen wissen, was geschehen ist.« Langsam und nachdrücklich sprach er die Worte aus.

»Rio, bitte«, Magdalena sah ihn gequält an, »wir dürfen nicht zu viel auf einmal von ihr verlangen.«

Doch Phil hob beschwichtigend die Hand. »Er … hat … Recht ...«, sie nickte hektisch, »w … werde … versuchen … keine Zeit… ich… war fünf.« Sie hob ihre Finger in die Höhe. »Graf Joachim … tötet … Graf Zollern ... mit Gift … ich gesehen.« Phil schluckte angestrengt. »Er mich bedroht.«

Mit großen Augen sahen sie Philomena an.

»Er hat Karls Vater umgebracht? Heilige Mutter Gottes.« Magdalena bekreuzigte sich. »Aber weshalb?«

Phil zuckte mit den Schultern. »Weiß nicht.«

»Phil, warum hat Graf Joachim dich bedroht, vor ein paar Tagen, oben auf der Burg, als wir dich gefunden haben?« Gespannt sah Liz sie an.

»Wollte wissen … wo Magdalena …« Sie ließ ihren Blick bestürzt zu Magdalena gleiten. »Ich … hätte nie ver … verraten.«

Magdalena ergriff ihre Hand. »Ich weiß Phil, es ist alles gut … ruh dich jetzt aus.«

»Bitte«, sagte sie zu den anderen gewandt, »lassen wir sie in Ruhe, es strengt sie zu sehr an.«

Magdalena nahm sie bei der Hand und zusammen gingen sie ins Haus.

»Ich werde ihr einen kräftigen Tee zubereiten.« Mit diesen Worten erhob sich auch Lene und folgte den beiden.

Als Erstes spürte Jo das Pochen. Sie fuhr sich mit der Zunge über ihre rauen, trockenen Lippen. Noch immer hatte sie den kupfrigen Geschmack von Blut im Mund. Langsam öffnete sie die Augen. Es dauerte einen Moment, bis sie in dem fahlen Licht etwas erkennen konnte.

Zunächst fielen ihr die nackten, schmutzigen Füße auf. Sie ließ ihren Blick weiter wandern und registrierte ein ebenso verdrecktes, wie zerschlissenes Kleid. Sie sah in das Gesicht einer Frau. Mit aufgerissenen Augen lächelte diese sie mit einem fast zahnlosen Mund an. Der pure Wahnsinn war in ihrem Blick zu erkennen. Jo wich zurück und wollte sich hastig aufrichten. Mit einem Aufschrei krümmte sie sich auf dem Boden zusammen.

»Sch ... sch ... « Eine Hand legte sich auf ihre Schulter. »Ganz ruhig, halte still.«

Tränen liefen über ihr Gesicht und plötzlich war alles wieder da. Der Kerker, Kilian und die Peitsche.

»Glücklicherweise hatte ich in meinem Beutel noch etwas Schafgarbe. Ich habe deine Wunden damit behandelt. Er hat dich böse zugerichtet.«

Vorsichtig drehte Jo den Kopf und sah Laras Gesicht vor sich.

»Es tut so weh.« Verzweifelt schloss sie die Augen.

In monotonem Rhythmus strich Lara ihr immer wieder beruhigend übers Haar. »Ich weiß ... alles wird gut ... sie werden kommen, um uns zu befreien.«

»Woher weißt du das?« Jos Stimme war nur noch ein Flüstern.

»Ich habe es gesehen.« Mit diesen Worten im Kopf glitt Jo in einen unruhigen Schlaf. Als sie wieder zu sich kam, wurde sie von entsetzlichem Durst gequält. Ihre Kehle war wie ausgetrocknet. Es war beinahe unheimlich, wie Lara ihre Gedanken zu lesen schien. Sie deutete auf ein Rinnsal in der Wand, das seinen Weg durch das Mauerwerk gefunden hatte. »Da ist frisches Quellwasser, meinst du, du schaffst es bis dahin?«

Jetzt erst bemerkte Jo den tiefblauen Bluterguss, in den Laras Auge eingebettet lag und ihr wurde klar, dass auch sie misshandelt worden war. Langsam schleppte sie sich an die Wand und Lara half ihr, sich aufrechter hinzusetzen. Sie nahm ihr Tuch von den Schultern und legte es Jo ganz vorsichtig um den geschundenen Rücken.

Jo hatte das Gefühl, noch nie zuvor etwas Köstlicheres getrunken zu haben. Gierig leckte sie mit der Zunge über die Steine.

»Danke.« Sie sah Lara an.

»Du brauchst mir nicht zu danken.« Ernst sah Lara sie an. »Du bist stark, denk immer daran.«

Jo schluckte. »Kannst du wirklich in die Zukunft sehen?«

Lara zögerte. »Manchmal.«

»Du hast auf dem Markt gesagt, er wird kommen. Wen hast du da gemeint?«

Lara lächelte. »Das weißt du doch.« Sie machte eine Pause. »Er liebt dich sehr.«

Jo schlug die Augen nieder. Lara griff nach ihrer Hand. »Und dir scheint es genauso zu gehen.«

Jo hob den Blick. »Ja, das tut es.«

Plötzlich kam ihr die Andeutung Kilians in den Sinn. »Ist Ritter Marquard auch hier?«

Lara schloss kurz die Augen und nickte. »Ja, das ist er.«

»Was wolltest du ihm erzählen?« Neugierig sah Jo sie an.

Lara hob die Augenbrauen. »Du weißt davon?«

»Ja, wir haben ihn gestern kennengelernt - eine lange Geschichte - und alles scheint mit diesem Mord zusammenzuhängen, den sie Magdalena anhängen wollen.«

Lara nickte ein paar Mal. »Das große Komplott.« Sie lachte abfällig auf. Eindringlich sah sie Jo an. »Es ist alles anders, als es scheint und all die Jahre ist es keiner Menschenseele aufgefallen, so geschickt haben sie es vertuscht. Gier, Macht und Arroganz, gepaart mit Leichtsinn, wurden ihnen zum Verhängnis. Aber die Wahrheit hat nun endlich ihren Weg gefunden. Graf Rudolf ist nicht der, für den ihn ... «Lara brach mitten im Satz ab. »Hörst du das?«

Sie lauschten beide in die Dunkelheit.

Von weitem drangen Stimmen, Lärm und sie waren sich plötzlich sicher, Kampfgeräusche an ihr Ohr.

Lara ergriff Jos Hände und sah sie hoffnungsvoll an. »Sie kommen.«

Rio musste sich bewegen. Er konnte einfach nicht mehr tatenlos herumsitzen und warten. Unruhig schritt er auf und ab.

Plötzlich drangen Hufgeklapper und das leise Schnauben von Pferden an sein Ohr.

Karl tauchte als Erster zwischen den Büschen auf. Der stattliche Mann, der gleich hinter ihm zum Vorschein kam, musste Ritter Herold aus Glatt sein. Doch sie waren nicht die Einzigen. Nacheinander folgten immer mehr Reiter. Der Tross schien nicht enden zu wollen. Schließlich standen fast ein Dutzend Männer mit ihren Pferden auf dem Hof.

In ihren Kampfrüstungen und mit ihren Schwertern am Leib, boten sie ein atemberaubendes Bild.

»Wahnsinn … « Liz war sich nicht bewusst, laut gesprochen zu haben.

Karl stieg von seinem Pferd ab. Er deutete zur Feuerstelle.

»Nehmt Platz Männer, ich möchte euch meinen Freunden vorstellen.«

Liz rückte noch etwas näher an Hannes. Das alles machte ihr Angst. Doch dann betrachtete sie jeden einzelnen Ritter unauffällig aus dem Augenwinkel und sie stellte fest, dass keiner dabei war, der unsympathisch wirkte. Im Gegenteil, es war eine eigenartige Harmonie zwischen ihnen zu spüren, als würden sie sich schon sehr lange kennen.

Nachdem Karl sie gegenseitig vorgestellt hatte, übergab er das Wort an Ritter Herold. Mit der Hand auf der Brust deutete Karl eine Verbeugung vor dem großen, stattlichen Mann an.

»Ritter Herold, darf ich Euch nun bitten, meinen Freunden von eurem Bund zu erzählen?«

Mit wachem Blick sah Herold in die Runde. Seine Augen schienen jeden von ihnen genau zu durchleuchten.

»Karl hat mir erzählt, dass sie auch eure kleine Freundin haben. Sorgt euch nicht, wir werden auch sie befreien.« Dabei ruhte sein Blick einen kurzen Moment auf Rio.

»Aber von Beginn an … Zuallererst, wir sind keineswegs eine Bande von Unholden, denen es Freude bereitet, Burgen zu überfallen.

Unser Orden ist eine Gemeinschaft von Rittersleuten aus der gesamten Region, die füreinander einstehen und gegen das Unrecht kämpfen.

Einer für alle – alle für einen.« Stolz ließ er den Blick über jeden Einzelnen seiner Männer schweifen.

»Ritter Marquard ist einer von uns.« Mit den Händen auf dem Rücken ging er auf und ab. »Ich kann mit Fug und Recht behaupten, dass uns beide eine tiefe, bereits seit Jahren, bestehende Freundschaft verbindet. Vor einiger Zeit sind uns, nun ich möchte es so nennen, beunruhigende Dinge zu Ohren gekommen, die gewisse Verdachtsmomente zum Vorschein gebracht haben. Als nun Lara verhaftet wurde, hat sich unsere Überzeugung bekräftigt. Ritter Marquard informierte den Orden.«

Er blieb stehen und schaute ein weiteres Mal in die Runde.

»Es erstaunt euch sicherlich, wie wir alle in der Kürze der Zeit zusammengefunden haben. Nun, Marquard hat erwartet, dass die Dinge sich in eine bestimmte Richtung wenden, daher waren wir bereit.«

Sein Blick ruhte auf Karl. »Wir haben nur noch auf die Überbringung der Botschaft gewartet.«

Gebannt lauschten sie seinen Worten.

Plötzlich stand Rio auf. »Es gibt da noch etwas.«

Stumm erhob sich Magdalena und setzte sich neben Karl. Sie schob ihre Hand in seine. Fragend sah er sie an. Und dann erzählte Rio, wie Phil zu reden begonnen hatte.

Karl war schockiert. »Aber warum? Was hatte er für einen Grund, meinen Vater zu töten?« Ratlos und völlig durcheinander irrten seine Augen durch die Dunkelheit.

Rio war der Blick, den Herold seinen Männern zugeworfen hatte, nicht entgangen. Es war, als hätte er ihnen einen weiteren Beweis für die Richtigkeit ihrer Vermutungen geliefert.

»Nun«, fuhr Herold fort, »es obliegt nicht unserer Verantwortung, euch von unseren Verdächtigungen in Kenntnis zu setzen.« Er machte eine Pause. »Diese Aufgabe kommt Ritter Marquard zuteil.«

Herold führte die Hand an sein Schwert und als hätte er damit ein Signal gesetzt, taten es ihm seine Männer gleich. Alle erhoben sich.

»Deshalb schlage ich vor, nun aufzubrechen, um unsere Mission durchzuführen.«

Gleichzeitig zogen sie ihre Schwerter aus der Scheide und führten sie Spitze an Spitze steil nach oben in den Nachthimmel.

Herold ließ keinen Zweifel daran, dass der Orden alleine losziehen würde.

»Mit Verlaub, es wäre töricht, euch der Gefahr auszusetzen. Wir würden Marquards Zorn auf uns ziehen, sollte euch etwas zustoßen. Ich bin zuversichtlich, dass wir mit euren Freunden noch vor Ende der Nacht zurück sein werden.«

»Es ist völlig unnötig, dass wir uns auch noch um euch sorgen müssen«, pflichtete Lene Ritter Herold mit strengem Blick bei.

»Nun gut«, Karl gab sich geschlagen, »vielleicht ist es wirklich besser, hierzubleiben.«

In Rios Innerem brodelte es. Er würde sicher nicht hier sitzen und Däumchen drehen. Sobald alle schliefen, würde er heimlich durch den Geheimgang nach oben gehen.

Es ging schon beinahe auf Mitternacht zu, als die Männer mit ihren Pferden loszogen.

Conrad und Karl würden die Nacht hier bei ihnen verbringen. Sie wollten da sein, wenn Marquard, Lara und Jo hoffentlich unversehrt eintreffen würden. Als sie nach einer halben Stunde noch immer am Feuer saßen und keiner Anstalten machte, aufzustehen, sprach Lene ein Machtwort.

»Es nützt keinem, wenn ihr nicht ausgeschlafen seid. Sie werden vermutlich unsere ganze Kraft benötigen, wenn sie eintreffen. Also schlage ich vor, dass wir uns zur Ruhe begeben.«

Rio wartete noch eine Weile. Als er sicher war, dass alle schliefen, stand er leise auf und schlich sich in den Hof, wo er seine Kleidung versteckt hatte. Er zog sich gerade sein Hemd über, da tauchte Hannes auf der Treppe auf.

»Du hast nicht vor, was ich denke, oder?« Mit verschränkten Armen sah er ihn herausfordernd an.

Rio blickte kurz auf. »Ich kann hier nicht rumsitzen.«

Hannes biss sich auf die Unterlippe und schüttelte den Kopf.

»Du bist total durchgeknallt. Glaubst du, es hilft Jo, wenn du da oben im Weg rumstehst?«

»Hannes hat Recht, Rio.«

Rio fuhr herum. Karl kam die Treppe herunter.

»Lass die Männer ihre Arbeit machen. Sie sind erfahrene Kämpfer.«

»Ich möchte einfach nur in der Nähe sein. Ist das so schwer zu verstehen?« Frustriert fuhr Rio sich durchs Haar. Er stemmte die Hände in die Hüften und sah die beiden entschlossen an.

»Kommt ihr mit? Wir halten uns im Hintergrund, vielleicht können wir auf irgendeine Weise nützlich sein.«

Karl sah Hannes an. Der zuckte die Schultern.

»Ich kenne ihn, wenn er sich etwas in den Kopf gesetzt hat, zieht er es durch.«

Karl seufzte. »Nun gut.« Er hob mahnend die Hände. »Ihr folgt jedoch meinen Anweisungen.«

Sie nickten sich einvernehmlich zu. Bevor sie aufbrachen, vergewisserte Hannes sich noch einmal, ob alle schliefen. Er hoffte inständig, dass keiner etwas mitbekam.

Sie nahmen sich jeder eine Fackel und zündeten sie an der Glut des langsam ausgehenden Feuers an. Leise öffneten sie die Tür zum Geheimgang und machten sich auf den Weg zur Burg.

Vorsichtig hoben sie die Falltür zur Schmiede an. Alles schien ruhig. Vermutlich waren Herold und seine Männer bereits im Inneren der Burg. Leise schlichen sie durch die Nacht. Ruckartig blieb Karl stehen.

»Ich denke, sie sind im Kerker.« Mit dem Kopf deutete er auf die große Eingangstür. Links und rechts davon waren selbst in der Dunkelheit zwei menschliche Körper am Boden zu erkennen. Vorsichtig näherten sie sich den beiden Gestalten. Es handelte sich um Wachen.

»Scheiße, sind die tot?« Hannes schluckte.

»Vermutlich.« Karl berührte beide kurz mit dem Fuß.

»Die Tür ist angelehnt.« Vorsichtig zog Rio an dem großen, eisernen Griff.

In der Eingangshalle empfing sie schummriges Licht. Immer noch herrschte eine gespenstische Stille. Die Treppenstufen, über die man in den oberen Stock gelangte, verloren sich in der Dunkelheit und der lange düstere Korridor, der hinter der Treppe ins Verlies führte, schien nur darauf zu warten, sie zu verschlingen.

»Entlang des Ganges befinden sich in regelmäßigen Abständen kleine Nischen. Sobald ich euch ein Zeichen gebe, werden wir uns sofort dahin zurückziehen, habt ihr verstanden?« Streng sah Karl sie an.

Trotz der Fackeln an den Wänden schien es immer dunkler zu werden.

»Wartet.« Karl blieb stehen und hob die Hand. Sie lauschten einen Moment. Dann hörten sie es auch. Aus dem Kerker waren gedämpfte Schreie und das klirrende Geräusch aufeinandertreffender Schwerter zu hören.

»Wir bleiben hier. Ich bin sicher, Ritter Herold und seine Männer werden die Mission erfolgreich beenden. Sie sind in der Überzahl.«

Sie zogen sich in eine der Nischen zurück und warteten.

Rios Nerven waren zum Zerreißen gespannt. Nervös fuhr er sich durchs Haar und ging in der kleinen Ausbuchtung hin und her.

Sie hörten es alle drei gleichzeitig und ihre Köpfe schnellten herum. Eine Unzahl gleichmäßiger Schritte näherte sich ihnen.

Vorsichtig spähte Karl hinter der Mauer hervor. Ihm stockte der Atem. Eine ganze Armee bewaffneter Kämpfer kam unaufhaltsam näher.

Angeführt wurden sie von zwei Männern, die er in dem düsteren Licht zuerst nicht erkennen konnte. Doch als sie näherkamen, traf ihn die Erkenntnis mit einem Schlag. Es waren sein Onkel und Graf Joachim.

Ich kenne ihn schon seit über zwanzig Jahren.

Der Satz fiel ihm plötzlich wieder ein und nahm in seinem Kopf immer mehr Gestalt an. Und dann wusste er, was ihm vor ein paar Tagen so seltsam erschienen war, als er bei seinem Onkel vorgesprochen hatte.

Sein Onkel konnte Graf Joachim nicht seit über zwanzig Jahren kennen. Das war unmöglich. Denn er hatte ihn erst kennengelernt, nachdem er ihn, Karl, zu sich genommen hatte, und das war vor genau achtzehn Jahren gewesen. Was lief da falsch?

Schnell zog er sich in die Nische zurück und befahl Rio und Hannes, sich ruhig zu verhalten. Er legte den Finger an die Lippen und sie drückten sich hastig an das Mauerwerk. Mit donnernden Schritten zog die Truppe an ihnen vorbei und da hörten sie auch schon, wie sie den Kerker stürmten. Ohrenbetäubender Lärm schlug ihnen entgegen. Bestürzt sahen sie sich an.

»Alter, dreh jetzt nicht durch.« Hannes packte Rio, der heftig atmend die Augen schloss, an den Schultern.

»Tut mir leid.« Einen Moment sah Rio zuerst Karl und dann Hannes an. Plötzlich riss er sich los und rannte den Gang Richtung Kerker entlang.

»Rio, du verdammter Idiot!« Hannes schrie ihm hilflos hinterher.

Panisch suchte er Karls Blick. »Ich kann ihn nicht allein lassen.«

Der seufzte auf. »Dann lass uns keine Zeit verlieren.«

Gemeinsam sprinteten sie ihm hinterher.

Die Tür zum Kerker stand offen. Ein übler, modriger Geruch drang in ihre Nasen, als sie die steilen Stufen hinabstiegen. Gleichzeitig schwollen die Kampfgeräusche an. Sie gingen immer weiter durch das von Fackeln schwach erleuchtete, kellerartige Gewölbe. Ganz am Ende, des mit zahlreichen Gabelungen angelegten Ganges, befand sich das letzte Gewölbe. Der riesige, kreisförmige Platz war umrahmt von Zellen, in denen die Gefangenen untergebracht waren. Einige rüttelten wie besessen an den Gitterstäben und feuerten die sich gegenseitig niedermetzelnden Männer auf dem Platz an.

Schockiert wurde Hannes Zeuge, wie ein gegnerischer Kämpfer sein Schwert in die Brust eines Mannes aus Ritter Herolds Truppe stieß. Schnell zogen sie sich abermals in eine Nische zurück. Keiner hatte sie bis jetzt bemerkt.

»Hört zu, wir müssen ihnen helfen. Die anderen sind in der Überzahl.« Karl spähte vorsichtig hinter der Mauer hervor und beobachtete das Gemetzel.

»Ich weiß nicht, was da geschieht. Ich sehe nur, dass mein Onkel und Graf Joachim in Eintracht gegen unsere Freunde kämpfen.«

Wie hypnotisiert starrte er auf das Schlachtfeld.

»Und ich sehe denselben Hass in ihren Augen.« Entschlossen sah er Rio und Hannes an. »Wie ihr vielleicht bemerkt habt, sind die Zellen ringsherum von einer niedrigen Mauer umgeben. Sie dient dazu, Wärter und Häftlinge auf Abstand zu halten. Wenn es uns gelingt, unbemerkt zwischen Zellen und Mauer zu kommen, können wir die Gefangenen vielleicht befreien und auf einige kampfbereite Männer unter ihnen hoffen.«

»Wie soll das funktionieren?« Skeptisch sah Hannes ihn an. »Wir können wohl kaum einfach so in die Zellen reinspazieren.«

»In der Kammer des Aufsehers Kilian muss es einen weiteren Schlüssel geben. Conrad erzählte mir einmal davon, er hat ihn selbst für ihn gefertigt. Rührt euch nicht von der Stelle, ich werde mich umsehen, er muss ihn dort irgendwo aufbewahrt haben.«

»Warte Karl, das wird nicht nötig sein.« Rio hielt einen rechteckigen, kleinen Gegenstand in den Händen. Er hatte ungefähr die Größe eines Handys.

»Du hast ihn immer noch?« Hannes war ehrlich überrascht. Er hatte überhaupt nicht mehr an diese Erfindung von Jack gedacht. Jeder von ihnen hatte vor einigen Jahren einen zu Weihnachten geschenkt bekommen.

»Was ist das?« Fragend sah Karl sie an.

»Ein Verstärker - eine Erfindung von Jack. Er wird uns helfen.«

Mit dem Daumen schob Rio einen kleinen Schalter nach oben und auf der flachen Seite des Gerätes begannen sich aus der Mitte heraus kreisförmige, blaue Lichtimpulse nach außen hin zu bewegen.

»Grundgütiger.« Fasziniert starrte Karl auf die leuchtenden Ringe.

»Rio, du weißt, dass es nie richtig funktioniert hat.« Hannes seufzte.

Rio schob den kleinen Schalter wieder zurück. »Weil wir es nie richtig aufgeladen haben.« Er sah ihn an. »Ich habe ihn vor zwei Tagen in der Seitentasche meines Rucksackes entdeckt und seitdem so oft wie möglich in die Sonne gelegt.«

Hannes war skeptisch. »Weißt du auch, wie lange er hält? Ich wette, gleich nach dem ersten Versuch geht der Saft aus.«

»Es ist eine Chance.« Rio griff in seine Hosentasche. »Zusammen mit dem da.« Er hielt sein Handy in die Höhe.

Trotz des Ernstes der Situation musste Hannes grinsen.

»Das wird spannend.«

Karl hatte die Hände in die Hüften gestemmt und sah ratlos von einem zum anderen. »Hättet ihr die Güte, mir zu erklären, was genau ihr damit vorhabt?«

Rio griff ein weiteres Mal in seine Tasche und ließ sein Feuerzeug aufflammen.

»Die kleine Waffe ...« Karl war jedes Mal von Neuem fasziniert, wenn er sah, wie es mühelos gelang, mit einer einzigen Bewegung, die Flamme zum Erleuchten zu bringen. Plötzlich schrak er auf.

»Du willst hier doch kein Feuer entfachen? Niemand würde das hier unten überleben!«

Hastig sah Rio sich um, die Zeit rannte ihnen davon. Als er einen kleinen Eisenhaken in der Wand entdeckte, hielt er das Feuerzeug dagegen. Er schaltete den Verstärker ein und richtete ihn auf die Flamme. Die Ringe begannen wie durch Geisterhand zu wandern. Sie verließen das Gerät und schwebten immer weiter pulsierend auf das Feuerzeug zu. Schließlich schienen sie mit der kleinen Flamme zu verschmelzen.

Gebannt beobachteten sie, wie sich der Haken an der Wand plötzlich veränderte.

»Es funktioniert tatsächlich, wow.« Hannes hatte die Hände auf die Knie gestützt und sah fasziniert zu, wie das Eisen einer Kerze gleich, im Feuer zu schmelzen begann und in großen, schweren Tropfen auf die Erde fiel.

»Das ist … Zauberei, heilige Mutter Gottes.« Karl bekreuzigte sich hastig. »Aber ich verstehe jetzt … « Noch einmal spähte er hinter der Mauer hervor und warf einen Blick auf die kämpfenden Männer.

»Kommt, lasst uns keine Zeit mehr verlieren.«

»Noch eins Karl«, Rio hob sein Handy in die Höhe, »das kann laut und, na ja, sehr ungewöhnlich werden. Also erschrick nicht.«

Karl lächelte und klopfte ihm auf die Schulter. »Ich vertraue dir, mein Freund.«

Es waren zwar nur ein paar Meter, von ihrem Versteck bis dahin, wo die erste Zelle und damit die Abgrenzungsmauer begann, aber diese Strecke war die schwierigste. Sollten sie da entdeckt werden, wäre alles vorbei.

»Wir gehen, wenn ich es sage.« Karl sah die beiden eindringlich an.

Sie nickten sich einvernehmlich zu.

Karl beobachtete den Kampf einen Moment. Obwohl Ritter Herold mit seinen Männern nun eindeutig in der Unterzahl war, schlugen sie sich ganz gut. Auf Dauer würden ihre Kräfte jedoch mehr und mehr schwinden. Sie mussten sich beeilen und hoffen, dass einige der Gefangenen noch fähig waren, die Männer im Kampf zu unterstützen.

Karl gab das Zeichen. »Jetzt.«

Es gelang ihnen tatsächlich, sich unbemerkt zwischen Zellen und Mauer zu verstecken. Schnell legten sie sich auf den Boden und robbten sich auf dem Bauch so nah wie möglich an die erste Zelle heran.

»Scht.« Karl hob rasch den Finger an den Mund und gab den Gefangenen ein Zeichen, sich nichts anmerken zu lassen.

Rio versuchte, im Inneren der Zelle etwas zu erkennen. »Nur Männer, wie's aussieht.«

Hannes deutete mit dem Kopf auf die andere Seite. »Ich denke, die Frauen sind da drüben.«

Hastig begann Rio die ersten Gitterstäbe zu bearbeiten. Er zitterte. Hannes packte seinen Arm. »Alter, ganz ruhig.« Sie sahen sich fest in die Augen.

Während Rio sich zu konzentrieren versuchte, gab Karl den Gefangenen Anweisungen. Erst auf sein Zeichen sollten sie alle gleichzeitig aus ihren Verliesen stürmen.

Als es Rio endlich gelungen war, die erste Zelle zu öffnen, erntete er dankbare, hoffnungsvolle und zugleich kämpferische Blicke von den Eingesperrten.

Sie kamen schnell voran. Hoffentlich würde der Verstärker durchhalten.

»Marquard, Gott sei Dank, geht es Euch gut?«

»Karl, ja mir geht es gut, seid vorsichtig.«

»Rio, Hannes, hier, schnell.« Sie schlossen zu Karl auf. Rio hielt die Flamme an das Eisen und Hannes richtete gleichzeitig den Verstärker darauf. Marquard sah ihnen schweigend zu. Für Erklärungen war später noch genügend Zeit. An seiner Augenbraue klaffte die Haut auseinander. Sonst schien er unversehrt zu sein. In dem gedämpften Licht war nur schwerlich mehr zu erkennen.

Um aus den Zellen gelangen zu können, mussten mindestens zwei Eisenstäbe durchtrennt werden. War dies erst einmal geschafft, war es erstaunlich einfach, die Stäbe aus der Verankerung zu ziehen.

Marquard hatte bereits einen an sich genommen. Abwartend lehnte er an der Wand.

»Fertig.« Rio kniete auf dem Boden und zog vorsichtig mit Hannes' Hilfe den zweiten Stab heraus. Er sah Marquard an. »Wisst Ihr etwas von Jo?« Sein Zögern machte ihm Angst.

»Sie ist bei Lara in der Zelle. Seid beruhigt. Sie wird sich um sie kümmern, so gut es geht.« Sein Blick suchte den von Karl. »Karl, Junge, hört zu, Graf Rudolf ist... «

Plötzlich wurde seine Aufmerksamkeit auf die kämpfenden Männer gelenkt. »Schnell, auf den Boden!«

Auf dem Bauch liegend pressten sie sich an die Mauer. In diesem Moment wurde über ihren Köpfen ein Oberkörper gewaltsam nach hinten gebogen. Es war Herold, der von Graf Joachim mit einem Schwert bedroht wurde. Einen endlosen langen Augenblick bangten sie, dass es ihm gelingen würde, ihn zu überwältigen. Doch dann schien Herold wieder die Oberhand zu gewinnen und sie bewegten sich von ihnen weg.

»Schnell, wir müssen uns beeilen.« Rio wurde getrieben von der Angst um Jo. Hastig schlichen sie weiter und dann kamen sie endlich an der letzten Zelle an. Verzweifelt versuchte er, irgendetwas zu erkennen.

Auf der rechten Seite lehnten mehrere Frauen an der Wand. Sie waren eng zusammengerückt. Einige davon beteten und andere weinten.

Zwei starrten apathisch vor sich hin. Vorsichtig bewegte Rio sich weiter. Seine Augen tasteten die linke Seite der Zelle ab.

»Rio.« Zuerst konnte er nur die Zigeunerin erkennen und als diese sich ein Stück nach vorne beugte, sah er Jo. Sie lehnte seitlich an der gemauerten Wand.

»Jo.« Es schnürte ihm die Kehle zu. »Ist alles ok?«

Sie schloss die Augen und nickte einmal kurz.

Selbst in dem dämmrigen Licht konnte Rio erkennen, dass sie verletzt sein musste. »Ich hol dich hier raus, halt durch!«

Ein letztes Mal setzten sie Feuer und Verstärker ein und glücklicherweise hielt beides bis zum Ende durch. Rio holte sein Handy aus der Hosentasche. Er warf Hannes und Karl, die zu seiner rechten und linken an der Steinwand lehnten, einen gehetzten Blick zu. Entschlossen nickten sie sich zu und wandten sich um.

Auf den Knien spähten sie vorsichtig über die Mauer. Der Kampf ging unvermindert weiter. Mindestens fünf Männer lagen am Boden.

Rio betätigte die Taste auf seinem Handy und gleichzeitig richtete er den Verstärker auf den kleinen Lautsprecher. Gespannt warteten sie, was passieren würde. Er hatte sich für How I disappear von My Chemical Romance entschieden. Er hoffte inständig, der Verstärker würde die nötige Power liefern.

Seine Sorge sollte sich als unbegründet herausstellen. Schlagzeug und E-Gitarre setzten fast zeitgleich in einer Lautstärke ein, die ihnen den Boden unter den Füssen wegzuziehen drohte. Und als der Sänger Gerard Way sein go herausschrie, standen sie alle auf und dies war das Zeichen.

Sämtliche Gefangene stürmten mit Eisenstangen bewaffnet aus ihren Zellen. Fasziniert beobachteten Rio, Hannes und Karl, die gerade noch kämpfende Meute. Wie erstarrt standen die Männer plötzlich mit abgesenkten Schwertern, nicht wissend wie ihnen geschah, auf der Stelle.

Einige bekreuzigten sich und als die Gefangenen auf sie zustürmten, mussten sie glauben, der Teufel persönlich würde ihnen erscheinen.

Das Unglaubliche trat ein. Zuerst machten sich nur ein paar der Männer davon, doch immer mehr taten es ihnen gleich.

Auch Herolds Leute waren einen Moment wie erstarrt. Doch dann sahen sie in die grinsenden Gesichter von Hannes, Rio und Karl und sie verstanden, dass dies zu ihrem Plan gehören musste.

Plötzlich ging alles sehr schnell. Zusammen mit den Gefangenen gelang es Herold und seinen Männern, wieder die Oberhand zu gewinnen. Ein Großteil der Meute war geflohen und die wenigen, die sich noch zu wehren versuchten, konnten nach und nach ausgeschaltet werden.

Doch dann erwischte es um ein Haar Herold. Gerade war es ihm gelungen, einen gegnerischen Kämpfer niederzuringen, da näherte sich Graf Joachim von hinten mit erhobenem Schwert. Glücklicherweise erkannte Marquard die Gefahr sofort. Er griff sich die Waffe eines am Boden liegenden Mannes und zögerte keine Sekunde. Die Spitze durchbohrte den Rücken Graf Joachims.

Herold wandte sich um und sah in dessen erstauntes Gesicht.

Joachim sank auf die Knie. Aus seiner Kehle war ein merkwürdiges Röcheln zu hören und plötzlich drang ein Schwall Blut aus seinem Mund. Er bewegte die Lippen und schien noch etwas sagen zu wollen. Doch dann sackte er auf einmal auf dem Boden zusammen, wo er reglos liegen blieb.

Karl hatte Kilian, der ebenfalls zu den Toten gehörte, rasch die Schlüssel abgenommen. Sie schleppten die verletzten, gegnerischen Kämpfer in eine der leeren Zellen.

Und mit einem Mal war alles vorbei.

»Ihr wisst nicht, wie ich diesen Tag herbeigesehnt habe.« Ritter Marquard umkreiste langsam, mit dem Schwert in der Hand, Graf Rudolf.

Gebannt beobachteten sie alle die Szene. Was für ein Geheimnis verbarg sich hinter all dem?

Mit versteinerter Miene fixierte Karl seinen Onkel. Was für eine Rolle spielte er? Nach all dem, was heute geschehen war und wenn er an den Hass in dessen Augen dachte, erwartete er alles. Er erwartete alles, nur nicht das, was sich ihm jetzt offenbaren sollte.

»Es hätte gutgehen können. All die Jahre habt Ihr es erfolgreich verstanden, die Menschen zu täuschen. Eure Weste habt ihr Euch schön sauber gehalten, die Drecksarbeit habt Ihr Eurem Helfershelfer Graf Joachim überlassen. Es war so einfach gewesen, Magdalena des Mordes zu bezichtigen.« Marquard lachte verächtlich auf.

»Die eigene Tochter dem Henker auszuliefern ... Oder verzeiht, soll ich lieber sagen ... die eigene Nichte?« Er spuckte die Worte aus und rammte dabei das Schwert in den Boden.

»Was redet Ihr da, Ihr seid ja von Sinnen.« Graf Rudolf lachte spöttisch auf.

»Ist es die Eifersucht, die Euch antreibt, mir solch ungeheuerliche Dinge zu unterstellen? Die unerträgliche Vorstellung, dass das Zigeunerweib von Zeit zu Zeit das Bett mit mir teilt?«

Marquards Gesichtsmuskeln zuckten. »Sie hatte nie eine Wahl.«

Gepresst kamen die Worte aus seinem Mund.

Plötzlich trat aus dem Kreis der Umstehenden, Herold hervor. Gemächlich schritt er auf Rudolf zu. Er blieb vor ihm stehen und musterte ihn einen Moment schweigend.

»Es ist lange her, nicht wahr? Ihr habt mich sogleich erkannt, ich habe es in Euren Augen gesehen.« Langsam umkreiste er ihn.

Mit fragendem Blick hob Rudolf die Augenbrauen. »Ich weiß nicht, wovon Ihr sprecht.«

Herold reckte das Kinn. »Nun, dann werde ich Euch etwas nachhelfen. Das Turnier im Jahr des Herrn 1467 auf Schloss Sigmaringen. Wir haben gegeneinander gekämpft. Ihr trugt eine Verletzung davon.« Er blieb vor ihm stehen. »Und zwar genau hier.«

Mit einer einzigen fließenden Bewegung zog er sein Schwert aus der Scheide und schlitzte den Stoff exakt unter Rudolfs Schulter auf. Eine hässliche Narbe kam zum Vorschein.

»Wie ich sehe, sind die Spuren noch immer gut zu erkennen. Graf Michael von Hohenzollern!«

Rudolf war zurückgewichen. Er schloss die Augen.

In Karls Kopf hämmerte es. Das konnte alles nicht wahr sein. Es musste sich um einen großen Irrtum handeln. Wie hypnotisiert ging er langsam auf die Männer zu.

»Onkel«, er schluckte, »was hat das zu bedeuten?«

Graf Rudolf sah ihn an und plötzlich veränderte sich sein Gesichtsausdruck und wurde zu einer quälenden Maske.

»Mein Junge, es geschah alles um deinetwillen. Ich habe es für dich getan, mein Sohn.«

Mit unbeweglicher Miene ließ Karl die Worte über sich ergehen.

»So versteh doch … Es steht dir zu … Die Wehrsteiner Sippe ist schuld. Wäre sie nicht gewesen, deine Mutter wäre noch am Leben!« Die Worte kamen wie Peitschenhiebe aus Graf Rudolfs Mund.

»Es ist mehr als gerecht. Du, mein Sohn, hast den alleinigen Anspruch auf Zollern und Wehrstein.«

In Karls Kopf begann sich alles zu drehen. Er fuhr sich mit beiden Händen durchs Haar und schloss einen Moment die Augen. Wie Puzzlestückchen fügte sich ein Gedanke an den anderen. Ihm wurde klar, was der Mann, der ihn plötzlich seinen Sohn nannte, Magdalena angetan hatte. Die Wut, die in ihm hochstieg, war unbeschreiblich. Er musste an sich halten, um nicht auf der Stelle auf ihn loszugehen.

»Sag mir eines, du wolltest, dass Magdalena stirbt, du hast ihren Vater töten lassen, wen hast du noch auf dem Gewissen?«

»Versteh doch mein Junge, ich habe es für dich getan, nur für dich!« Verzweiflung schien sich in dem echten Grafen von Zollern breitzumachen.

»Nein.« Karl schaute zu Boden. Er schloss kurz die Augen und schüttelte den Kopf. »Du hast es für dich getan, dein Hass hat dich vergiftet.« Mit schmerzverzerrtem Blick sah er seinen Vater an.

»Sie hat es immer gespürt und ich habe ihr nie geglaubt. Du hast Magdalena nie geliebt. Wie konntest du ihr das nur antun?«

Karl wandte den Blick ab. »Schafft ihn mir aus den Augen.«

»Junge … mein Junge … Ich habe alles nur für dich getan, du musst mir glauben!« Sein Vater wollte auf ihn zugehen, doch Marquard und Herold hielten ihn fest. Er wehrte sich nicht einmal mehr, als sie ihn endlich in eine der Zellen brachten.

»Eins noch«, Karl rief ihm hinterher, »ist Magdalenas Mutter eines natürlichen Todes gestorben?«

Die beiden Ritter waren mit ihm stehengeblieben. Einen Moment herrschte Stille, dann drehte Graf Michael von Zollern den Kopf erstaunt in Karls Richtung. »Das hätte ich doch niemals zulassen können - sie hat mich sofort erkannt. Ich musste ihr das Arsenicum verabreichen.«

Es hörte sich wie eine Entschuldigung an und spätestens jetzt wurde Karl klar, dass sein Vater Opfer des eigenen Wahnsinns geworden war.

Es hatte viele Tote gegeben. Bei den meisten handelte es sich um Kämpfer und Wachleute Wehrsteins. Aus Ritter Herolds Orden hatte es einen Mann getroffen. Sie waren alle bestürzt.

Um die zahlreichen Verletzten in den Zellen würde man sich schnellstens kümmern. Sie waren ohnehin nur Handlanger des Grafen von Zollern und Graf Joachims gewesen. Sicherlich würden sie rasch wieder freikommen.

Graf Joachims Leiche sollte verbrannt werden. All das würden Marquard und Herold regeln. Karl war das nur Recht. Er musste zuerst all seine Gedanken ordnen. Immer wieder kamen ihm Details der vergangenen Jahre in den Sinn. Wie er, Karl, ständig vorgezogen wurde. Er hatte Magdalenas Vorwürfe dahingehend immer zurückgewiesen und dies damit begründet, dass es nur zu ihrem Schutze wäre. Schließlich war es ja auch nicht üblich, Mädchen im Kampf zu unterrichten und ihnen denselben Reitunterricht angedeihen zu lassen, wie einem Jungen.

Aber sie hatte wohl noch etwas anderes empfunden. Sie hatte gespürt, dass sie von ihrem vermeintlichen Vater nicht geliebt wurde. Es tat ihm im Herzen weh und er konnte es nicht erwarten, zu ihr zurückzukehren und sie endlich in seine Arme zu schließen. Ihm wurde plötzlich bewusst, dass er sie liebte – und das schon sein ganzes Leben.

Nachdem sie Graf Michael von Zollern in die Zelle gebracht hatten und endlich alles vorbei war, hielt Rio nichts mehr. Er zwängte sich durch die Lücke zwischen den Gitterstäben und kniete sich mit einem Bein auf dem Boden vorsichtig neben Jo.

Lara hatte schützend den Arm um sie gelegt.

»Rio.« Sie schluchzte auf. Stumm sahen sie sich an.

Er wollte sie an sich ziehen. Sie zuckte schmerzhaft zusammen und Rio hielt abrupt inne. »Scheiße, was haben sie dir angetan?«

Lara legte ihm ihre Hand auf den Arm. »Sei behutsam, sie haben sie übel zugerichtet. Ich habe ihr Salbe aufgetragen, es wird heilen, aber es braucht seine Zeit.«

Rio schluckte und als er sah, wie unaufhörlich und lautlos Tränen über Jos Gesicht liefen, hätte er am liebsten laut geschrien.

Vorsichtig zog er ihren Kopf an seine Brust und schloss die Augen.

Während sich ein Teil des Ordens um die ehemaligen Gefangenen kümmerte, geleiteten Marquard und Herold sie durch die Burg hinaus in die langsam schwindende Nacht. Keine Menschenseele war zu sehen. Graf Michael von Zollern schien sämtliche Wachen in seinem Kampf eingesetzt zu haben. Sie waren dennoch vorsichtig und schlichen leise zu dem kleinen Stall, unterhalb des Wohntraktes.

»Gut, ich hatte schon befürchtet, der Wagen wäre auf dem Wehrsteinhof.« Karl atmete erleichtert auf. Zusammen mit Hannes und Rio kletterte er hinauf. Gleichmäßig verteilten sie das in einer Ecke angehäufte Heu. Herold, der Jo den ganzen Weg getragen hatte, bettete sie vorsichtig auf die Seite. Das Tuch, das Lara ihr umgelegt hatte, war von ihrer Schulter gerutscht und gab einen Teil ihres verletzten Rückens frei. Schockiert hielt Rio die Luft an. Behutsam legte er es ihr wieder um. Die ganze Zeit über, umschlossen seine Finger ihre Hand und er war sich nicht bewusst, dass er ständig mit dem Daumen über ihren Handrücken strich.

Während sich der Wagen mit den Pferden von der Burg hinab ins Tal bewegte, versuchte Jo sich zusammenzureißen. Jede noch so kleine Erschütterung schien sich auf die Wunden auf ihrem Rücken zu übertragen. Sie bemühte sich mit aller Kraft um Ablenkung und sah Rio an.

»Geniale Idee, mit der Musik. Wie habt ihr nur die Lautstärke hingekriegt?«

Rio griff in seine Hosentasche und zeigte ihr den Verstärker.

»Eine von Jacks Erfindungen«, er lächelte, »und sie hat doch tatsächlich funktioniert.«

»Hast du ihre Gesichter gesehen?« Hannes streckte die Beine aus. »Das war genial.« Er schüttelte den Kopf und grinste.

»Was sagst du Karl, gefällt dir unsere Musik?« Er boxte ihn scherzhaft in die Seite.

Etwas gequält verzog Karl den Mund. »Ich denke, wir sind noch nicht ganz so weit ... «

Als sie vor Lenes Haus ankamen, setzte bereits die Dämmerung ein. Lara, die vorne neben Marquard und Herold gesessen hatte, sprang als Erste vom Wagen. Leise rasselten die unzähligen Bänder, an ihren gebräunten Armen.

»Wartet«, Karl war ebenfalls heruntergeklettert, »ich werde zuerst reingehen.«

»Ich komme mit.« Mit einem Sprung landete Hannes neben ihm auf dem Boden.

Sie bogen um die Ecke und wären beinahe mit Lene zusammengestoßen. Mit funkelnden Augen sah sie die beiden an.

»Was habt ihr euch dabei gedacht, Jack ist beinahe um den Verstand ...«, sie brach mitten im Satz ab, als plötzlich Lara, Marquard und Herold mit Jo auf dem Arm vor ihr auftauchten. Sie sah in Rios Gesicht und ihre Wut verflog. Er schien noch größere Qualen zu leiden als die offensichtlich schwer verletzte Jo.

Erschüttert schlug sie die Hand vor den Mund. »Rasch, kommt!« Eilig ging sie voraus. »Bringt sie hier herein.«

Sie öffnete die Tür zu ihrer eigenen Kammer. Vorsichtig legte Herold Jo auf Lenes Bett. Sie stöhnte auf. Behutsam zog Lene eine Wolldecke über ihren Körper. »Armes Kind.« Zärtlich strich sie ihr übers Haar. »So, und nun raus mit euch.« Energisch wedelte Lene mit den Händen.

Lara trat einen Schritt vor. »Verzeiht, ich weiß, Ihr seid eine große Heilerin und ich möchte nicht hochtrabend klingen, doch auch ich bin im Besitz gewisser Fähigkeiten und Kenntnisse.« Sie strich sich eine schwarze Locke aus dem Gesicht. »Hättet Ihr etwas dagegen, wenn ich bleibe?«

Lene sah sie einen Augenblick durchdringend an, dann lächelte sie und nickte ihr zu.

Alle waren sie um den großen Eichentisch versammelt gewesen.

Liz und Magdalena waren aufgesprungen. »Jo, mein Gott ... was ist mit ihr?«

Entsetzt sah Liz Herold an. Sie sprang auf und umrundete den Tisch.

»Warte.« Hannes hielt sie an den Schultern fest. Er sah ihr in die Augen. »Zuerst müssen ihre Wunden versorgt werden.«

»Was haben sie mit ihr gemacht?« Panisch irrte ihr Blick zwischen Hannes und Rio hin und her. »Oh Gott, Hannes … Ich hatte solche Angst.« Sie umschlang ihn mit ihren Armen und er hielt sie fest.

Karl und Magdalena bewegten sich langsam aufeinander zu. Wortlos sahen sie sich an. Karl streckte seine Hand aus und als ihm Magdalena ihre reichte, ergriff er sie. Zusammen gingen sie nach draußen - es gab so viel zu erzählen.

Jack war aufgestanden. Alle Farbe war aus seinem Gesicht gewichen. Conrad und Phil saßen neben ihm und Conrad schaute besorgt zu ihm auf. Er hatte sich in den letzten Stunden große Sorgen um seinen alten Freund gemacht. Seit Liz das Fehlen der drei bemerkt und sie alle geweckt hatte, war er immer apathischer geworden.

Langsam ging Rio auf ihn zu. Eine Weile sahen sie sich an. Dann legte Jack ihm schweigend seine Hand an die Wange. Rio schluckte.

»Jack, alles ok, alles wird gut.«

An Schlaf war bei keinem von ihnen zu denken. Erneut hatten sie sich um den großen Tisch versammelt. Rio ließ den Blick schweifen.

Da saßen sie alle. Conrad, der sich leise mit Jack unterhielt. Daneben Marquard und Herold, die mit Lene und Lara redeten. Karl und Magdalena, die sich nicht aus den Augen ließen - er vermutete, dass Karl ihr inzwischen alles erzählt hatte. Schließlich Hannes und Liz, die, wie er selbst auch, neben der Feuerstelle auf dem Boden saßen. Hannes hatte den Arm um Liz gelegt und ihr Kopf ruhte erschöpft an seiner Schulter.

Schließlich war es Ritter Marquard, der sich erhob.

»Meine Freunde.« Er sah vor allem diejenigen an, die von den vergangenen Stunden nichts mitbekommen hatten.

»Es ist an der Zeit, euch von den Ereignissen der heutigen Nacht zu berichten. Zuerst jedoch möchte ich Lene und Lara danken, dass sie sich äußerst fürsorglich um eure kleine Freundin gekümmert und ihre Wunden versorgt haben. Sie wird viel Ruhe benötigen.« Er nickte den beiden Frauen zu, wobei er den Blick auf Lara einen Moment länger ruhen ließ. »Nun, dann will ich von den letzten Stunden berichten. Doch zuvor müsst ihr einige Dinge wissen.« Er begann im Raum auf und ab zu gehen.

»Warte«, Lara war aufgestanden, »Ich werde beginnen.« Sie hielt den Blick fest auf Marquard gerichtet.

»Du musst das nicht tun.« Liebevoll sah er sie an, doch sie beachtete seinen Einwand nicht. Sie schien sich auf einen imaginären Punkt im Raum zu konzentrieren und dann begann sie ihre Geschichte zu erzählen.

»Beinahe schon ein Jahr komme ich hier her, an diesen Ort und biete am Markttag meine Waren auf Wehrstein feil. Schmuckbänder, kleine Gefäße aus Ton und Holz sowie verschiedene Kräuter und Salben. Von Beginn an erfreute sich mein Marktstand großer Beliebtheit.

Auch Graf Michael von Zollern - nennen wir ihn von nun an bei seinem richtigen Namen - hatte von der schönen Zigeunerin gehört, die angeblich so viele Menschen anlockte.« Zynisch sprach Lara die Worte aus.

»Dann, eines Tages, stattete er mir höchstpersönlich einen Besuch ab. Er war äußerst liebenswürdig und schmeichelte mir. Besonders von meinen Schmuckbändern war er in großem Maße angetan. Er wollte seiner Tochter eines zum Geschenk machen. Jedoch sollte das Band ganz bestimmte Farbtöne aufweisen. Ich bot ihm seinem Wunsch entsprechend an, solch ein Band im Laufe des Tages fertigzustellen. Genügend Garn in allerlei Farben hatte ich bei mir. Am Abend würde ich ihm das fertige Schmuckstück persönlich überbringen. Es war wunderschön geworden und voller Freude begab ich mich auf den Weg zur Burg. Augenscheinlich wusste man dort bereits Bescheid, denn eine der Wachen begleitete mich sogleich zu Graf Michaels Gemächern.

Von dem Moment an, als die Tür hinter mir ins Schloss gefallen war, überfiel mich das Gefühl, in der Höhle eines Löwen gefangen zu sein.

Graf Michael von Zollern sprach kein Wort. Mir genügte jedoch ein Blick in sein Gesicht. Seine Augen hatten sich in die eines Tieres verwandelt.« Lara atmete tief durch. »Das Band hat ihn nie interessiert - es war nur ein Vorwand gewesen. An diesem Tag hat er mir das erste Mal Gewalt angetan. Und seither lässt er mich in regelmäßigen Abständen holen. Er hat gedroht, mich in den Kerker zu werfen und als Hexe verbrennen zu lassen, sollte ich nicht gefügig sein.«

Betroffen schwiegen alle. Lara fuhr fort.

»Eines Tages war er besonders brutal. Ich versuchte, mich zu wehren. Dabei bekam ich sein Hemd zu fassen und es zerriss. Da fiel mir die Narbe auf seiner Brust auf. Wie ein Kreuz war sie gezeichnet.«

»Lara hat mir davon erzählt.« Marquard war lautlos hinter sie getreten. Sacht legte er seine Hände auf ihre Schultern. Sie drehte den Kopf und ein leichtes Lächeln huschte über ihre Lippen.

»Wir waren uns in dieser Zeit nähergekommen und obwohl ich niemals an Laras Worten gezweifelt hätte, erschien mir alles wie ein großes Rätsel. Nach Laras Schilderungen konnte es sich bei Graf Rudolf unmöglich um dieselbe Person handeln, die ich kannte. Mir war er als gütiger und gerechter Mann stets ein Vorbild gewesen. Da beschlichen mich zum ersten Mal Zweifel. Ich begann mich zu fragen, was das für ein Mensch war, von dem ich nur Gutes zu sagen wusste, der jedoch auf der anderen Seite äußerst brutal und gewalttätig zu sein schien. Ich begann ihn zu hassen und flehte Lara an, nicht mehr zu ihm zu gehen, aber was blieb ihr für eine Wahl? Auf dem Scheiterhaufen zu brennen? Er hatte sie in der Hand. Ich wollte ihn zur Rede stellen, doch Lara hatte zu große Angst - sie nahm mir das Versprechen ab, es nicht zu tun. Irgendwann, so hoffte sie, hätte er vielleicht genug von ihr.

Vor einigen Monaten, wir saßen mit dem Orden in einer Kaschemme zu einem Umtrunk beisammen, erzählte ich meinem alten Freund, Herold von meiner Sorge um Lara, meinem Hass und der ganzen Ausweglosigkeit.«

»Und ich gab ihm den Rat, mit ihr fortzugehen oder um sie zu kämpfen.« Herold nahm einen kräftigen Schluck aus seinem Krug. Lene hatte zur Stärkung nicht mit Speck, Brot und Met gegeizt.

Nach dieser anstrengenden Nacht hatten sie alle dringend eine Mahlzeit benötigt.

Herold setzte den Krug ab und strich sich mit dem Handrücken den Schaum von den Lippen. »Denn sollte Graf Rudolf ein ebenso schlechter Kämpfer sein, wie es sein verstorbener Bruder Michael gewesen war, so wäre es ein Leichtes, ihn mit dem Schwert in seine Schranken zu weisen.«

»Herold erzählte mir von dem Turnier auf Schloss Sigmaringen, als er vor vielen Jahren gegen Graf Michael von Zollern gewonnen und was er ihm als Erinnerung hinterlassen hatte.« Marquard sah sie alle der Reihe nach an. »Eine Wunde in der Form eines Kreuzes. Genau hier.« Er legte die Hand auf die linke Brust.

»Die Erkenntnis traf mich mit voller Wucht. Konnte es sein, dass es sich bei Graf Rudolf in Wirklichkeit um Graf Michael von Hohenzollern handelte? Oder war es tatsächlich Zufall, dass beide genau an derselben

Stelle, dieselbe Narbe auf ihrer Haut trugen?«Marquard schüttelte leicht den Kopf. »Ich begann ihn zu beobachten. Jeder Gefühlsregung maß ich besondere Beachtung bei. Vor allem in den Momenten, in denen Karl und Magdalena sich in unserer Gesellschaft befanden, etwa beim gemeinsamen Mahl, nahm ich ihn unauffällig, jedoch sehr genau, in Augenschein. Lange Zeit war es nur ein seltsames Gefühl. Vielleicht redete ich mir etwas ein, weil ich einen Beweis finden wollte.«

Marquard sah zu Karl und Magdalena. »Er ließ euch beiden dieselbe Aufmerksamkeit angedeihen. Doch dir gegenüber Karl, gab er sich irgendwie anders. Und als ich in seine Augen schaute, wusste ich auf einmal, was es war. Richtete er das Wort an Karl, war sein Blick voller Wärme. Die Worte, die Magdalena galten, waren ebenso freundlich. Seine Augen jedoch, strahlten eine Eiseskälte aus.

Von diesem Zeitpunkt an war ich mir plötzlich sicher, dass es sich bei Graf Rudolf von Wehrstein in Wirklichkeit um Graf Michael von Hohenzollern handelte.«

Karl hielt Magdalenas Hand. »Ich bitte Euch, fahrt fort.«

Mitfühlend sah Marquard die beiden an. »Nun, wir konnten es nicht beweisen, aber in Lara begann ein Plan zu reifen.«

Lara begann auf und ab zu gehen. Dabei spielte sie mit den Armbändern an ihrem Handgelenk.

»Ich musste es schaffen, sein Vertrauen zu gewinnen, aber dazu war es von Nöten, den richtigen Augenblick abzupassen.« Sie atmete tief durch. »Sein Verhalten war nicht ausschließlich von Gewalt und Brutalität bestimmt. Manchmal schimmerte dabei eine Art von Verzweiflung durch. Auf solch einen Tag wollte ich warten.

Und dann kam die Gelegenheit. Er hatte mich wieder einmal zu sich rufen lassen. Er schrie mich an, ich solle ihn gefälligst ansehen, wenn er das Wort an mich richtete. Er hob die Faust, bereit zum ersten Schlag und da lag wieder dieser Ausdruck in seinen Augen.

Ich legte ihm meine Hand an die Wange und dann geschah etwas Seltsames.« Lara ließ ihren Blick zu Rio schweifen. »Ich sah, was geschehen würde. Ich sah den Kampf im Verlies und ich sah, wie du alle befreit hast. Niemals zuvor hatte ich eine derart intensive Vision.«

Als könnte sie es immer noch nicht richtig begreifen, schüttelte sie leicht den Kopf, dann fuhr sie fort. »Nun, er schlug mich nicht. Mitten in der Bewegung hielt er inne. Ich spürte plötzlich, wie ich mit meinem Blick

in seine Augen, Macht über ihn erlangte. Er schien in sich zusammenzu-
fallen. Mit gespieltem Mitgefühl, fragte ich ihn nach seiner Verzweiflung
und schenkte ihm rasch einen Becher Wein ein.«

Lara zog den kleinen Lederbeutel unter ihrer Schürze hervor.

»Ich trage stets einige meiner Salben und Tinkturen bei mir und glücklicherweise gelang es mir unbemerkt, ein paar Tropfen des Alraunen Se-
rums in den Wein zu träufeln. Das Gift dieser Pflanze, in geringer Dosie-
rung verabreicht, bewirkt ein gewisses Dahingleiten des Geistes.«

Sie lächelte. »Es hat schon manchen Lügner zum Reden gebracht und
ich hoffte im Zusammenspiel des Weines auf eine entsprechende Wirkung. Und dann begann er zu erzählen…

Äußerlich zum Verwechseln ähnlich - vom Wesen jedoch konnten sie
nicht unterschiedlicher sein - sein Bruder und er.

Immer schon stand er an zweiter Stelle. Hinter seinem Bruder, dem
stets alles gelang. Der im Umgang mit dem Schwert talentierter war, wie
kein anderer. Der in allem stets ein wenig besser war, als er selbst.

Wie ein roter Faden durchzog diese Tatsache ihrer beider Leben.

Später war es immer Rudolf, dem die Frauen zuerst ihre Aufmerksamkeit schenkten.

Ihr Vater hatte bestimmt, wer sich von ihnen beiden zuerst vermählte,
würde Herr von Wehrstein werden. Der andere sollte Hohenzollern übernehmen. Das war nicht unbedingt die schlechtere Alternative, Hohenzollern war sogar das größere und prunkvollere Anwesen. Und doch, wieder einmal hatte er sich mit der zweiten Wahl begnügen müssen.

Er verließ Wehrstein und kam sich wie ein Ausgestoßener vor.

Der Betrieb auf dem Zoller wurden von einem Verwalter geführt.
Nachdem er genügend Einblick erhalten hatte, entließ er den Mann, der
jahrelang die Geschäfte der Burg gelenkt hatte. Er konnte es nicht ertragen, jemanden an seiner Seite zu haben, der sich mit allem besser auszu-
kennen schien.

Schon bald spürte er jedoch, dass er mit vielen Dingen überfordert
war. Zu dieser Zeit, hatte er bereits einen Mann aus der benachbarten
Grafschaft kennengelernt - Graf Joachim.

Sie begegneten sich das erste Mal bei einem Streifzug durch die Wäl-
der. Im Anschluss wurde er von dem Grafen zu einem Umtrunk auf dessen Anwesen eingeladen. Sie kamen ins Gespräch und als Graf Joachim

verlauten ließ, dass sein kleines Gut recht wenig abwerfe, bot er ihm bald darauf den Posten des Verwalters auf Hohenzollern an.

Schnell wurde man sich einig und im Laufe der Zeit entstand eine enge Freundschaft.

Und dann, eines Tages, machte er seine Aufwartung auf dem benachbarten Schloss Lichtenstein. Die älteste der drei Töchter sollte verheiratet werden und man hatte ihn als möglichen Kandidaten eingeladen.

Allerdings verliebte er sich auf der Stelle in die mittlere der drei Schwestern - Tilda. Als er feststellte, dass Tilda dasselbe für ihn empfand, schien das erste Mal im Leben das Glück auf seiner Seite zu stehen.

Ein halbes Jahr später gaben sie ihre Vermählung bekannt und keine drei Monate darauf, war seine Frau guter Hoffnung. Er war überglücklich und spielte mit dem Gedanken, das Dokument mit der Prophezeiung nun endgültig zu vernichten.

Und dann erzählte er mir von diesem Schriftstück.«

Laras Blick fiel auf Jack, der plötzlich schreckensbleich wurde und aufgestanden war. »Prophezeiung?«

Fragend sah sie ihn an. »Ihr wisst davon?«

Karl hatte sich ebenfalls erhoben. »Das ist eine lange Geschichte. Diese Weissagung ist der Grund, weshalb sie alle hier bei uns weilen.« Dabei deutete er auf Jack, Hannes, Rio und Liz.

»Seid gewiss, wir werden Euch in die gesamten Geschehnisse einweihen, aber zuerst bitte ich Euch Lara, fahrt fort.«

Beruhigend legte er dem aufgewühlten Jack die Hand auf die Schulter.

Lara sah von einem zum anderen. »Nun gut… Auf dem Sterbebett erzählte der alte Graf von Wehrstein seinen beiden Söhnen Rudolf und Michael von zwei geheimnisvollen Schriftstücken, sowie den dazugehörigen mystischen Steinen, die in der Schatzkammer der Burg unter sicherem Verschluss verwahrt wurden. Diese Schriftstücke mit ihren Steinen wurden seit Generationen an die Nachfahren eines Ahnherrn von Wehrstein weitervererbt. Dieser war bei einem Kreuzzug Barbarossas, als bei einem Sturm auf hoher See drei Schiffe zerstört wurden, auf einer einsamen Insel gestrandet.

Die Insel war von seltsamen furchteinflößenden Tieren besiedelt.

Echsen, imposant wie Pferde, Affen so groß wie Menschen und bunte Vögel, dreimal mächtiger als ein Habicht.

Es gelang ihm, sich in eine Höhle zu retten. Immer tiefer drang er in sie ein. Und als er glaubte, dem Schattenreich immer näher zu kommen, sah er noch weiter in der Tiefe ein Licht schimmern.

Hunderte von Kerzen brannten auf einem steinernen Altar. In einer Vertiefung entdeckte er zwei Pergamentrollen. Neben der einen lag ein schwarzer, neben der anderen ein grüner Stein. Auf den Pergamenten waren Schriftzeichen zu erkennen. Er war des Lesens und Schreibens nicht mächtig, doch als er zuerst den schwarzen Stein und das zugehörige Schriftstück in die Hand nahm, geschah etwas Beängstigendes.

Die Lichter der Kerzen schienen schwächer zu werden und in der Höhle wurde es auf einmal dunkler. Einer Schlange gleich kroch plötzlich eine eisige Kälte in jede Ritze. Erschrocken ließ er Pergament und Stein los und beinahe gleichzeitig wurde es wieder heller und die Kälte zog sich zurück.

Als er das zweite Schriftstück mit dem grünen Stein, an sich nahm, leuchteten die Flammen der Kerzen stärker. Die Höhle schimmerte in einem warmen Licht. Eine innere Glückseligkeit begann sich in ihm auszubreiten wie nie zuvor. Er wusste, er würde gerettet werden.

Er war überzeugt, der Teufel persönlich hatte das Schriftstück mit dem schwarzen und Gott das, mit dem grünen Stein hierhergebracht.

Er nahm alles an sich und achtete darauf, die dämonischen Teile nicht zusammen aufzubewahren. Den grünen Stein und das zugehörige Pergament jedoch trug er dicht an seinem Herzen und als er die Höhle endlich verlassen hatte, entdeckte er das vierte Schiff Barbarossas unweit des Strandes.«

»Deshalb der Anker auf dem Wappen der Wehrsteiner.« Hannes hatte sich schon immer gefragt, welchen Grund es hierfür gab.

Karl nickte ihnen zu. »Ja, mir war bekannt, dass ein Vorfahre der Wehrsteiner auf Barbarossas Kreuzzügen war.« Er schüttelte den Kopf. »Von diesen Prophezeiungen jedoch, wusste ich nichts.«

Nachdem Lara sich mit ein wenig Met gestärkt hatte, fuhr sie fort.

»Als der alte Burgherr seinen Söhnen die Geschichte erzählt hatte, bestand er darauf, die teuflische Weissagung mit dem schwarzen Stein zu vernichten. Zu groß war im Laufe der Jahre seine Angst geworden, sie könnte Unheil anrichten. Denn der Inhalt des Schriftstückes, würde man ihn zusammen mit dem Stein in der Hand laut aussprechen, hätte schreckliche Folgen. Der schwarze Tod würde beginnen um sich zu greifen.«

Alle schwiegen bestürzt und Jack fuhr sich mit beiden Händen über sein Gesicht.

»Die Brüder mussten also ihrem Vater am Sterbebett versprechen, seinem Wunsch nachzukommen.

Michael dachte jedoch nicht daran, irgendetwas zu vernichten. Er ersetzte das Original durch eine wirklich gelungene Fälschung und verbrannte diese im Beisein Rudolfs. Den Stein, so erklärte er Rudolf, hätte er bereits im Neckar versenkt.

Er war befriedigt. Nun hatte er eine Waffe, die er sich jederzeit zu nutzen machen konnte und die ihm vor allem eines gab: Macht.«

Erschöpft strich sich Lara über die Augen.

»Vielleicht sollten wir eine Pause machen.« Behutsam legte Marquard seine Hand auf ihre. »Es war ein langer Tag und die Nacht ist auch schon bald vorüber.«

Lara sah ihn liebevoll an. »Lass gut sein, es dauert nicht mehr lange.« Sie überlegte einen Moment, dann fuhr sie fort.

»Wie erwähnt, Graf Michael von Zollern, spielte mit dem Gedanken, die Prophezeiung mit dem Stein, den er natürlich nicht im Neckar versenkt hatte, zu vernichten. Er entschloss sich zuerst, die Niederkunft seiner Frau abzuwarten. Und dann kam der Tag, an dem Ihr, Karl, geboren wurdet und Eure Mutter, Gott hab sie selig, nicht genug Kraft hatte, weiterzuleben.« Traurig sah sie ihn an. Ihr Blick ging zu Lene. »Ich weiß um Eure Rolle, die ihr damals spielen musstet.« Mitfühlend legte sie die Hand auf ihren Arm. »Ihr hattet keine Wahl.« Die beiden Frauen sahen sich einen Moment verstehend an, bevor Lara fortfuhr.

»Graf von Zollern liebte seinen Sohn abgöttisch. Gleichzeitig jedoch wuchs der Hass auf seinen Bruder und dessen Familie. Der hatte die Hebamme zurückbeordert und seine Frau war elendig verblutet.

Es begann ein Plan in ihm zu reifen, den er zwei Jahre später, mit Hilfe Graf Joachims in die Tat umsetzte. Unter dem Vorwand, sich endlich auszusöhnen, ließ er Graf Rudolf eine Einladung zukommen. Dieser nahm erfreut an. Graf Michael hatte alles genauestens vorbereitet.

Am Abend ihres Zusammentreffens versetzte Graf Joachim den Wein Rudolfs mit einer kleinen Dosis Eisenkraut.«

»Phil hat das beobachtet!« Aufgeregt beugte Magdalena sich vor.

»Das hat sie uns erzählt.« Doch plötzlich schien sie verwirrt. »Aber ...
sie sagte, dass es sich bei dem Toten um den Grafen von Zollern gehandelt habe. Sie erzählte uns, Graf Joachim hätte den Grafen von Zollern
getötet ... dabei hat er in Wirklichkeit meinen ... Vater ...« Bestürzt sah sie
auf.

Phil schlief bereits. Sie abermals nach dem Erlebten zu fragen, kam
nicht in Frage. Es würde sie nur erneut aufwühlen.

»Sie war ja noch ein Kind«, gab Liz zu bedenken. »Sicherlich konnte
sie die Situation nicht richtig einschätzen.«

»Ja«, stimmte ihr Magdalena zu. »Und von diesem Tag an hat Graf
Joachim sie bedroht und in Angst und Schrecken versetzt, bis sie nicht
mehr gesprochen hat.«

»Und von diesem Tag an ist Graf Michael von Hohenzollern von allen
unbemerkt in die Rolle des Burgherren Graf Rudolf von Wehrstein geschlüpft«, fügte Lara hinzu. Sie griff nach Magdalenas Hand und sah sie
einen Moment lang intensiv an.

»Er hat auch Eure Mutter auf dem Gewissen.«

Ruckartig hob Magdalena den Kopf. »Wie meint Ihr das?«

Lara zeigte ein trauriges Lächeln. »Eure Mutter liebte Euren Vater von
ganzem Herzen mein Kind. Sie hat den Schwindel sofort bemerkt. Michael flößte ihr regelmäßig Arsenicum ein, um ihre Sinne zu benebeln.

Sie starb einen schleichenden Tod.«

Entsetzt legte Magdalena die Hand an den Mund. »Oh mein Gott.« Sie
sah Lara an. »Sprecht weiter.«

Lara straffte ihre Schultern.

»Je älter Magdalena wurde, desto größer wurde sein Hass. Michael
wollte seinen Sohn Karl als alleinigen Erben von Wehrstein sehen.

Die Familie, der er die Schuld am Tod seiner geliebten Frau und an
seinem Unglück gab, sollte vollständig ausgelöscht werden. Und als die
Haigerlocher Interesse an einer Heirat zeigten, und er auch noch eine Mitgift zu erbringen hatte, wuchs sein Hass ins Unermessliche. Da kam es
gerade recht, dass Magdalena aufbegehrte. Was war perfekter, als ihr den
Giftmord an dem Haigerlocher anzulasten?«

Nach Laras Worten herrschte absolute Stille. Jeder von ihnen musste
die eigenen Gedanken ordnen. Es war einfach zu viel, was ihnen offenbart worden war.

Plötzlich hob Lara ruckartig den Kopf.

»Beinahe hätte ich vergessen … Die dunkle Prophezeiung wurde Michael vor einigen Tagen gestohlen. Natürlich hat er sie nicht vernichtet. Er dachte, die Haigerlocher stünden dahinter.«

Liz sah auf. »Dass wir da nicht gleich draufgekommen sind, das Dokument, das wir in Graf Joachims Besitz vermuteten … Es handelte sich um die Prophezeiung!«

»Wartet einen Moment.« Jack war aufgestanden und ging in seine Kammer. Als er kurz darauf wiederkam, hatte er ein Pergament in der Hand. Rasch legte er den schwarzen Stein in sicherer Entfernung auf den Tisch.

Überrascht sah Lara auf. »Ihr seid in ihrem Besitz?«

»Das ist eine lange Geschichte.« Von der Feuerstelle aus, sah er in die Gesichter seiner Mitreisenden. Sie nickten mit dem Kopf und er warf die Prophezeiung endlich in die immer schwächer werdenden Flammen.

Als würden sie sich über die Nahrung freuen, erwachten sie noch einmal zu neuem Leben und verschlangen genüsslich knisternd das Papier.

»Und all das hat er Euch erzählt?« Ungläubig sah Karl Lara an.

»Das hat er, dank der Alraune und des Weines.« Sie wiegte leicht den Kopf. »Allerdings, als ihm dies einige Tage später klar wurde und er hörte, dass Marquard mich sprechen wollte … nun ihr kennt den weiteren Verlauf.«

Karl musste an die frische Luft. Unmöglich konnte er Magdalena je wieder in die Augen sehen. Er, dessen Vater ihre Eltern getötet hatte.

Magdalena war ihm nachgegangen. Mit den Händen in den Hosentaschen streckte er ihr den Rücken zu. Langsam ging sie die Stufen hinab auf ihn zu und blieb hinter ihm stehen. Und als er sie weiterhin ignorierte, trat sie noch näher an ihn heran.

»Es ist nicht deine Schuld.« Sachte berührte sie ihn an der Schulter. »Karl!«

Heftig atmend drehte er sich um, seine Haare fielen ihm ins Gesicht. »Wie kann ich dir jemals wieder unter die Augen treten? Mein Vater ist der Mörder deiner Eltern!« Mit gequältem Blick sah er sie an.

»Graf Joachim hat meinen Vater getötet«, widersprach sie ihm.

»Aber mein Vater hat ihn dazu beauftragt!« Mit der Faust schlug Karl sich wütend auf die Brust. »Mach dir nichts vor Magdalena, immer wenn du mich ansehen würdest, müsstest du daran denken.«

Er wandte den Kopf ab und starrte mit hoffnungslosem Blick auf den Boden.

»Nun hör mir einmal genau zu!« Mit erhitztem Gesicht blieb sie dicht vor ihm stehen. »Wir sind beide hintergangen worden. Wir sind beide Opfer dieses Hasses und dein Vater hat danach getrachtet, uns zu entzweien. Erstrebst du das ebenso? Denn wenn du mich nicht mehr begehrst, dann hat er genau das erreicht, was er wollte!« Sie hatte sich immer mehr in Rage geredet. Sämtliche Strähnen ihres schwarzen Haares hatten sich aus ihrem Zopf gelöst.

Bestürzt sah Karl sie einen Moment lang an, bevor er mit beiden Händen ihren Kopf umschloss. Er schien jeden Millimeter ihres wunderschönen Gesichtes erkunden zu wollen.

Mit tränenverschwommenem Blick sah sie ihn an. »Ich liebe dich«, sie brachte nur noch ein Flüstern zustande.

In dem Moment, als er ihre weichen, vollen Lippen auf seinen spürte, wusste er, alles würde gut werden.

»Und es hat wirklich funktioniert?« Jack konnte noch immer nicht glauben, dass seine damalige Erfindung, der Verstärker, so lange durchgehalten hatte. »Was für ein Glück, dass du ihn dabeihattest.« Stolz legte er Rio die Hand auf die Schulter.

Seit die Prophezeiung vernichtet war, war Jack so gelöst, wie lange nicht mehr. Er sah Rio, Hannes und Liz an. »Ihr habt das alles ganz alleine hinbekommen. Mir blieb dieses Mal nur die Rolle des Zuschauers.«

»Er hat Recht. Wir haben euch, dem Orden, Lara und natürlich Conrad und Lene, alles zu verdanken.« Karl betrat mit Magdalena an der Hand die Stube. Er sah sie der Reihe nach an.

»Es war uns eine Ehre.« Herold deutete vor Karl eine Verbeugung an.

»Wir sollten noch ein paar Stunden ruhen, der Tag ist nicht mehr fern.« Marquard zeigte zum Fenster.

Am Horizont war bereits ein schmaler, heller Streifen zu erkennen.

»Und eure Geschichte möchte ich bei Tageslicht hören.« Spielerisch drohte er Hannes und Rio mit dem Zeigefinger und zwinkerte ihnen verschwörerisch zu, ehe er mit Herold und Lara in den Hof ging.

»Lasst alles stehen und liegen. Ich habe später genügend Zeit aufzuräumen.« Mit den Händen wedelnd verscheuchte Lene sie in Richtung ihrer Schlafplätze.

Hannes zog Liz an der Hand hinter sich her und als Rio keine Anstalten machte, ihnen zu folgen, blieb er kurz stehen.

»Ich bleib bei Jo.« Rio presste die Lippen zusammen.

Hannes musterte ihn einen Augenblick. »Das war heute eine krasse Aktion, was?«

Rio grinste schief. »Das war es.«

Freundschaftlich boxte Hannes ihm auf die Schulter. »Sie packt das, ok?«

Rio brachte nur ein Nicken zustande, dann drehte er sich um und schlich leise in Jos Kammer.

Seine Augen mussten sich zuerst an das dämmrige Licht gewöhnen.

Jo lag auf der Seite und schien zu schlafen. Die Decke war von ihrer Schulter gerutscht und gab einen Teil ihres geschundenen Rückens frei.

Schweratmend lehnte er sich einen Moment mit geschlossenen Augen an die Tür. »Verdammte Schweine.« Er musste die Worte laut ausgesprochen haben, denn plötzlich bewegte sie sich. Sie versuchte, nach der Decke zu greifen. Leise stöhnte sie auf.

»Warte, lass mich das machen.« Mit zwei Schritten war er bei ihr und zog behutsam den Stoff ein wenig höher.

Es gelang ihr, den Kopf etwas zu drehen.

»Du bist da.« Sie sah ihn an und er verschränkte seine Hand mit ihrer. »Bitte bleib.«

»Ich lass dich nicht aus den Augen.« Rio schluckte. »Hast du starke Schmerzen?«

Jo senkte kurz die Lider. »Wenn ich mich nicht bewege, geht's.« Sie sah ihn bittend an. »Legst du dich zu mir?«

»Ich möchte dir auf keinen Fall wehtun.« In seinem Gesicht zuckte es.

»Bitte, es wird schon gehen.«

Vorsichtig darauf bedacht, nicht ihre Wunden zu berühren, legte er sich hinter sie und ließ seinen Arm auf ihre Taille sinken.

Er vermutete, dass die Frauen ihr etwas gegeben hatten, denn Jo schlief fast augenblicklich ein und auch bei ihm dauerte es nicht lange, bis ihm die Augen zufielen. Die Erschöpfung hatte sich jetzt endlich auch bei ihm bemerkbar gemacht.

Das Erste was er sah, nachdem er die Augen blinzelnd geöffnet hatte, war erneut Jos Rücken. Bei Tageslicht betrachtet, war das Ausmaß der Verletzungen erst richtig zu sehen. Zehn Striemen zählte er, die sich kreuz und quer von ihrer Schulter bis zur Taille zogen. Wieder schnürte es ihm die Kehle zu, bei der Vorstellung, was sie dabei durchgemacht haben musste.

»Sieht es sehr schlimm aus?«

Er zuckte leicht zusammen, als er registrierte, dass sie wach war.

Auf seinen Ellbogen gestützt ließ er seine Finger langsam von ihrer Schulter über ihren Arm gleiten.

»Es wird heilen. Lene sagt, wenn du ihre Salbe regelmäßig aufträgst, wird man später so gut wie nichts mehr sehen.« Er umschloss ihre Hand. »Und auf Jacks Hilfe kannst du mit Sicherheit auch noch zählen. Er hat da vor Jahren so 'ne Erfindung gemacht - eine der wenigen, die wirklich was taugt.« Er lächelte. »Damit hat er einmal Hannes verstauchtes Bein innerhalb von Sekunden in Ordnung gebracht.«

»Ok, dann hoff ich mal, dass es immer noch funktioniert.« Sie erwiderte sein Lächeln. »Ich würd mich gern hinsetzen, hilfst du mir?«

Er runzelte die Stirn. »Denkst du, das ist eine gute Idee?«

Doch ehe er reagieren konnte, hatte Jo sich bereits auf ihre Hände gestützt und versuchte, sich mit schmerzverzerrtem Gesicht hochzustemmen.

»Hey, nicht so schnell.« Hastig griff er ihr unter die Arme.

Sie stellte die Beine auf den Boden und stützte sich mit den Händen auf dem Bett ab. Keuchend schloss sie einen Moment die Augen.

»Ich kann einfach nicht mehr liegen, mir tut das Kreuz weh.«

Sie sah ihn an und brach wegen der Doppeldeutigkeit ihrer Worte in hysterisches Gekicher aus. Plötzlich drang ein Schluchzen aus ihrer Kehle. »Es war so schlimm Rio und es tat so entsetzlich weh.«

Er zog sie an sich, so gut es ging und hielt sie fest. Eine Weile blieben sie so sitzen. Schließlich hob sie den Kopf und sah ihn an. »Ich bin so froh, dass du da bist.«

Mit dem Daumen wischte er ihre Tränen weg. »Wann immer du willst.« Er zog ihren Kopf zu sich her und seine Lippen benetzten sanft ihre Stirn.

»Ich muss ein paar Schritte gehen. Kannst du mir hoch helfen?«

Rio zögerte. »Bist du sicher?«

Er stand auf und zog sie langsam auf die Beine. Mit wackligen Schritten ging sie zum Fenster. Mit einer Hand hielt sie ihr Kleid fest. Es drohte ihr andauernd von den Schultern zu rutschen.

»Schau mal.« Sie lachte leise auf und Rio trat hinter sie.

Um die Feuerstelle hatten Marquard und Lara ihr Lager aufgeschlagen. Scheinbar amüsiert betrachteten sie Herold, der ein paar Meter weiter, schnarchend auf dem Rücken lag. Marquard bewarf ihn in regelmäßigen Abständen mit kleinen Steinchen, was seinen Schlaf jedoch nicht zu stören schien.

Abrupt drehte Jo sich zu Rio um.

»Danke… Ich hab nicht mal danke gesagt.« Sie sah ihn an.

Mit der Hand fuhr er in ihr Haar und strich mit dem Daumen über ihre Wange. Mit zusammengezogenen Augenbrauen sah er sie an.

»Was haben sie dir nur angetan?«

Ohne etwas zu erwidern, zog sie seinen Kopf zu sich herab und sah ihm mit flehendem Blick in die Augen. »Bitte, küss mich.«

Er zögerte nur einen kurzen Moment, dann berührten seine Lippen sanft ihren Mund und Jo erwiderte diesen Kuss voller verzweifelter Leidenschaft.

Lenes Häuschen erwachte langsam zum Leben. Von überall her waren Geräusche zu hören.

Rio bestand darauf, dass Jo sich wieder hinlegen sollte. Er würde Lene rufen, damit sie ihre Wunden versorgen konnte. Als er die Tür öffnete, hätte er sie ihr beinahe auf die Nase geschlagen.

»Guten Morgen, junger Mann, gerade wollte ich nach dem armen Kind sehen.« Sie musterte ihn von oben bis unten. »Nun, ich denke, deine Anwesenheit wird beträchtlich zu ihrer Genesung beitragen.« Verschwörerisch zwinkerte sie ihm zu.

Während Jo von Lene versorgt wurde, richteten die Mädchen draußen im Hof das Frühstück.

Der Sommer zeigte sich weiterhin von seiner besten Seite und es versprach wieder, ein heißer Tag zu werden. Zum Glück stand der große Holztisch im Schatten. In der Sonne konnte man es jetzt schon nicht mehr lange aushalten. Als Lene die Treppe herunterkam, sprang Liz auf.

»Ich kann Jo das Frühstück bringen.«

»Deine Freundin braucht dich, aber lass sie noch ein wenig schlafen. Sie benötigt viel Ruhe.« Lächelnd legte Lene ihr die Hand an die Wange. »Du kannst später nach ihr sehen.«

Widerstandslos ließ sie sich von Hannes neben sich auf die Bank ziehen.

Als Lara den warmen Hirsebrei vor ihn hinstellte, wurde Rio plötzlich bewusst, wie hungrig er war. Das letzte Mal hatte er gestern zur Mittagszeit etwas gegessen. Den anderen schien es ähnlich zu gehen. Keiner redete, alle waren auf ihre Mahlzeit konzentriert.

Doch plötzlich ließ Marquard seinen Löffel sinken. Nachdenklich ruhte sein Blick auf Rio und Hannes. »Das war sehr mutig heute Nacht.«

»Mutig und zugleich töricht.« Ärgerlich setzte Herold seinen Becher mit der frischen Ziegenmilch ab und wischte sich mit dem Arm über den Mund. »Ihr hättet sterben können.«

Karl beugte sich mit hochgezogenen Augenbrauen über den Tisch. »Und ihr wärt gestorben.«

»Dummes Zeug.« Herold winkte etwas abfällig ab.

»Karl hat Recht und das weißt du, Herold.« Marquard musterte Rio und Hannes mit zusammengekniffenen Augen. »Ihr wisst, dass ihr uns eine Erklärung schuldet?« Mit forschendem Blick sah er sie abwechselnd an. »Seid ihr der Hexerei mächtig?«

Lara legte ihre Hand auf seine und sah ihn nachsichtig an. »Sie kommen von weit her.«

Liz und Hannes warfen sich einen überraschten Blick zu. Was wusste Lara? Was hatte Jo ihr erzählt?

Rio holte tief Luft. »Das ist eine lange Geschichte.«

Marquard beugte sich vor und verschränkte die Hände auf dem Tisch. »Wir haben Zeit.« Abwartend zog er die Augenbrauen nach oben.

Eine Weile herrschte absolute Stille.

Schließlich räusperte sich Jack. »Wir kommen aus dem Jahr des Herrn… 2016.«

»Oh«, Lara sah ihn überrascht an. »Mehr als fünfhundert Jahre? Ich war der Überzeugung, es wären höchstens dreihundert.«

Marquard sah sie fragend an. Mit unschuldiger Miene zuckte sie die Schultern. »Ich habe es gesehen.« Sie warf Liz einen Blick zu. »In der Hand deiner Freundin.«

Es war klar, sie mussten es erfahren. Besonders Rio, Hannes, Liz und Jo, hatten ein Recht darauf, nach alldem, was sie durchgemacht hatten. Also begann Jack zu erzählen.

»Es erscheint mir sinnvoll, mit meiner Geschichte im Jahre 1984 zu beginnen.«

Hannes und Rio warfen sich einen fragenden Blick zu. Jack holte tief Luft.

»Ich war damals sehr glücklich. Ich hatte eine Familie. Meine Frau Inga und meine beiden Töchter Lili und Marie.« Einen Moment schien er sie vor sich zu sehen.

»Sie waren zwei so hübsche Mädchen. Mit ihren blonden Zöpfen sahen sie aus, wie kleine Prinzessinnen.« Versonnen blickte er vor sich hin. »Wir lebten in München. Meine Frau und ich waren Dozenten an der dortigen Universität. Mein Fachgebiet waren die Naturwissenschaften, das meiner Frau die Anglistik und Geographie.«

Er bemerkte die verwirrten Blicke von Marquard und Herold.

»Ja, in der neuen Zeit, haben Männer und Frauen dieselben Rechte. Meine Frau stand mit beiden Beinen im Berufsleben. Seit unsere Töchter geboren waren, blieb sie jedoch zu Hause. Sie wollte ganz für die Mädchen da sein.« Er machte eine Pause.

»Sie war eine wunderbare Mutter.« Gedankenverloren sah Jack einen Moment vor sich hin.

»Eines Tages, fand in Berlin eine Erfindermesse statt.« Er schenkte Hannes und Rio ein Lächeln. »Ja, schon damals war das meine große Leidenschaft. Ich hatte zu dieser Zeit bereits einige Projekte ins Leben gerufen und es bot sich die Möglichkeit, diese auf eben jener Ausstellung, den Menschen vorzustellen.

Da ich wegen der Vorbereitungen einige Tage eher in Berlin sein musste, flog ich an einem Dienstag mit der ersten Maschine früh morgens.«

Herold beugte sich vor. »Ihr seid … mit einer Maschine geflogen? Wollt ihr uns zum Narren halten?«

Jack sah ihn entschuldigend an. »Oh, verzeiht, ich vergesse mich, natürlich, ihr könnt ja nicht wissen, wie weit der menschliche Fortschritt bis dahin gediehen ist.«

Karl beugte sich mit leuchtenden Augen vor. »Es gibt riesige Kutschen, sie haben die Form monströser Vögel und sie schweben durch die Lüfte. Sie bringen Dutzende von Menschen in wenigen Stunden von einem Land in ein anderes. Selbst über die großen Meere.«

Sprachlos sahen Herold und Marquard ihn an. »Und sie fallen nicht vom Himmel?« Marquard hatte als Erster seine Stimme wiedergefunden.

»Tja, es ist sicherer als Auto fahren.« Hannes zuckte mit den Schultern.

»Auto … ihr sprecht in Rätseln … « Stirnrunzelnd sah Herold ihn an.

Hannes schlug mit gespielter Verzweiflung die Hände vors Gesicht. »Oh Mann, ich hab das Gefühl, ich red mich um Kopf und Kragen.«

Rio und Liz mussten lachen. Da kam ihm Jack zur Hilfe.

»Es handelt sich um eine, nun sagen wir, hundertfache Verbesserung einer Kutsche.«

Herold winkte ab. »Mir scheint, es gibt noch unzählige Neuerungen in eurer Welt, doch ich denke, es würde zu weit führen, uns heute von all diesen Erfindungen zu erzählen. Über fünfhundert Jahre kann man nicht in einen Tag packen.«

»Und ich fürchte, es ist für keinen von uns gut, zu viel über die Zukunft zu wissen«, fügte Marquard hinzu. »Deshalb, fahrt fort mein Freund.«

»Nun gut«, Jack räusperte sich. »Ich traf in Berlin ein und meine Familie sollte einige Tage später nachkommen. Das Flugzeug«, er sah Herold und Marquard mit einem entschuldigenden Lächeln an, »so nennen wir diese vogelartigen Kutschen, landete Freitag nachmittags. Ein Taxi sollte meine drei Mädchen zum Hotel bringen.«

Nachdem Jack auch diese beiden Begriffe kurz erklärt hatte, fuhr er fort.

»Das Wetter an diesem Tag war herrlich und ich hatte mir überlegt, ihnen ein Stück entgegenzugehen. Dann sah ich das Taxi an der Ampel stehen. Wir winkten uns zu. Ich sehe noch immer das Lachen meiner Marie und wie ihr kleiner Mund das Wort Papa formt. Daneben taucht das hübsche Gesicht ihrer Schwester Lili auf. Sie lacht und winkt und meine Frau und ich werfen uns eine Kusshand zu. Wir sehen uns in die Augen, wissend, was für ein ungemeines Glück wir mit unserer Familie haben. Die Ampel wird grün und sie fahren los. Es sind weniger als hundert Meter bis zum Hotel.

Der Taxifahrer schaltet in den ersten, den zweiten und schließlich in den dritten Gang. Ich warte auf den vierten Gang, aber soweit kommt es nicht. Der LKW ist schneller. Er rast ungebremst über die Kreuzung. Mit voller Wucht in das Taxi. In das Lachen, in das Winken, in die Kusshand und das Glück.« Jack starrte vor sich hin. Er nahm nichts, was um ihn herum geschah wahr. Alles schien in Watte gepackt. Er war wieder dort, an der Kreuzung, wo das Schicksal binnen Sekunden über Leben und Tod entschieden hatte.

Niemand sprach. Liz wischte sich die Tränen weg. Verstört legte Hannes den Arm um sie.

Rio war wie betäubt. Jack hatte eine Familie gehabt. Das hatten sie nie in Betracht gezogen. Für sie war er immer der etwas verschrobene Kauz gewesen, der seit sie denken konnten, in dem Haus am Rande des Dorfes lebte. Kein Wunder, dass er den Boden unter den Füßen verloren hatte.

Leise war Lene aufgestanden. Langsam umrundete sie den Tisch und setzte sich neben Jack. Voller Mitgefühl umschlossen ihre Finger seine gefalteten Hände.

»Es tut mir von Herzen leid, was Euch widerfahren ist.«

Langsam schien er aus dem Nebel aufzutauchen. Er sah sie an.

»Sie fehlen mir so sehr.« Tränen schwammen in seinen Augen.

Ein Ruck ging plötzlich durch seinen Körper. Er senkte die Lider und atmete tief durch.

»Inga und Marie waren sofort tot. Lili starb zwei Tage später.«

In sachlichem, beinahe emotionslosem Ton sprach er weiter.

»Die Monate danach waren die Hölle. Ich war zu nichts fähig. Glücklicherweise hat sich meine Schwester Luise meiner angenommen. Sie bestand darauf, dass ich in ihre Nähe ziehe. Ich war einverstanden. In unserem Haus in München hielt ich es nicht mehr aus. Zu viele Erinnerungen umgaben mich jeden Tag. Ich war Luise äußerst dankbar. Bis zu ihrem Tod war sie stets für mich da. Sie war es auch, die mich immer wieder antrieb, an meinen Erfindungen weiter zu arbeiten, und sie brachte mich auf die Idee, in der Zeit zu reisen.

Eines Tages - ich war wieder einmal ganz am Boden und konnte mich zu nichts aufraffen - verlor sie die Geduld und schrie mich an. Sie sagte, es sei nicht auszuhalten mit mir und ich solle doch eine verdammte Zeitmaschine bauen und zurück in die Vergangenheit reisen. Sie erschrak selbst am meisten über ihre Worte und entschuldigte sich tränenreich. Aber von diesem Moment an hat mich diese Idee nicht mehr losgelassen. Ich begann mich damit zu beschäftigen. Mit Magnetismus und Teleportation. Jahrelang verbrachte ich jeden Tag, bis tief in die Nacht hinein mit Überlegungen, Tests und Versuchen. Und eines Tages, nach über zwanzig Jahren, wusste ich, es war möglich. Ich begann nach meinen Konstruktionen eine Zeitmaschine zu bauen. Ich würde zu meiner Familie zurückkehren und das Schicksal wenden.

»Was ist geschehen?« Gespannt sah Marquard Jack an. »Denn verzeiht mir, mein Freund, augenscheinlich hat es nicht funktioniert?«

Fast schon belustigt erwiderte Jack seinen Blick. »Ein Zahlendreher ... Ist das zu glauben?« Er schien über sich selbst den Kopf zu schütteln.

»Der große Tag meiner Abreise war gekommen. In höchstem Maße angespannt, überprüfte ich nochmals jedes kleinste technische Detail der

Maschine. Schließlich musste ich noch die Jahreszahl meiner Ankunft in den Bordcomputer eingeben: 1984.

Ich kann es mir bis heute nicht erklären, wie es geschehen konnte. Denn obwohl ich ein zweites Mal alles überprüft hatte, stellte ich plötzlich fest, dass mir auf dem Display nicht die Zahl 1984 entgegenleuchtete, sondern das Jahr 1489! Ich befand mich bereits im Startmodus, trotzdem versuchte ich verzweifelt, das Missgeschick zu beheben, aber es war zu spät, ich steckte bereits zwischen den Zeiten.«

Jack sah in die Runde. »Nun, und da landete ich hier, bei euch«, er lächelte etwas zerknirscht, »und das Abenteuer begann.«

Und dann erzählte Jack den Rest der Geschichte. Wie er Karl und Magdalena kennengelernt und miterlebt hatte, was Magdalena widerfahren war. Wie er wieder in seine Zeit fliehen musste, nachdem sie Magdalena von den Haigerlochern befreit hatten und wie er zuhause festgestellt hatte, dass er noch immer im Besitz der Prophezeiung war, die die Haigerlocher davor den Wehrsteinern gestohlen hatten. Er erzählte, wie er das Papier zunächst zur Seite legte und erst Jahre später wieder in einer Kiste entdeckte. Gedankenlos hatte er die Worte darauf laut ausgesprochen. Die Folgen waren fatal gewesen. Die Pest war zurückgekehrt, und zwar genau im Jahre 2016.

Jack war aufgestanden. »Mein Bestreben war es, sofort zu euch, liebe Freunde, zurückzukehren, das wisst ihr.« Sein Blick ruhte auf Karl, Magdalena und Conrad. »Und nachdem es mir nach endlosen Versuchen wieder gelang, meine Zeitmaschine startklar zu machen, haben mich diese beiden nicht im Stich gelassen.« Mit festem Schritt ging er langsam auf Rio und Hannes zu. »Ihr habt mir immer vertraut, schon als ihr noch Kinder wart.« Voller Zuneigung sah er sie an.

»Es tut mir so entsetzlich leid, was ich euch zugemutet habe.« Sein Blick fiel auf Liz. »Und auch dir, mein liebes Kind und deiner Freundin Jo.« Jack schlug die Augen nieder. »Sie musste schreckliche Dinge durchmachen.« Er sah sie alle drei an. »Bitte verzeiht mir.«

Nacheinander standen zuerst Hannes, Rio und dann Liz auf. »Sag sowas nicht, Jack.« Rio schüttelte mit Nachdruck den Kopf. »Wir sind keine Kinder mehr. Wir haben dir schon einmal gesagt, es war ganz alleine unsere Entscheidung. Und ja, wir haben dir stets vertraut und daran wird sich nichts ändern. Du wirst uns nach Hause bringen, das weiß ich einfach.«

»Und du hast uns alle hier zusammengebracht.« Hannes zeigte zuerst in die Runde, dann zog er Liz an sich.

»Ohne dich wäre ich immer noch der unglücklichste Mensch dieser Welt.« Alle Köpfe flogen in die Richtung, aus der die Stimme gekommen war.

Jo stand plötzlich auf der Treppe und hielt sich am Geländer fest.

Mit der anderen Hand raffte sie ihr Tuch zusammen. Irgendwie hatte sie es geschafft es sich um ihre Schultern zu legen. Langsam kam sie die Stufen herab und Rio eilte zu ihr, um sie zu stützen.

Als sie schließlich vor Jack stand, sah sie ihn mit einem Lächeln an. »Danke Jack.« Sachte entzog sie Rio ihren Arm, legte ihn behutsam um Jack und zog ihn an sich.

Gerührt hob er die Hand und wollte ihr den Rücken tätscheln. Als ihm einfiel, dass das in Anbetracht der Umstände keine gute Idee war, hielt er mitten in der Bewegung inne.

Jo löste sich vorsichtig von ihm und griff nach Rios Hand.

Mit hängenden Armen stand Jack vor ihnen. »Ich weiß nicht, was ich sagen soll - es ist an mir euch zu danken.«

Ihre Worte hatten ihn tief bewegt.

Eigentlich hätte Jo im Stehen essen müssen, denn egal, wie sie sich auch hinsetzte, es war schlicht unmöglich, die Schmerzen waren einfach zu groß. Doch schließlich musste sie endlich einmal etwas zu sich nehmen und sie hatte Hunger, was ja ein gutes Zeichen war.

»Schau mal, die Felsspalten. Lene, habt Ihr vielleicht ein paar Decken, worauf wir uns setzen könnten?« Liz deutete an das Ende des Hofes, wo die steile Böschung begann.

Lene brachte zwei Schaffelle und kleidete die Felsspalte damit aus, sodass beide Mädchen darin Platz fanden. Jo konnte sich mit der Schulter an die Seite lehnen und Liz fütterte sie mit Haferbrei.

Währenddessen saßen die anderen noch immer beisammen. Zwanglos unterhielten sie sich, nachdem sie das Frühstück beendet hatten.

»Karl, wir müssen darüber reden, wie es weitergehen soll.« Marquard räusperte sich.

Karl sah auf. »Ich weiß.« Ernst blickte er Marquard an. »Schickt Ihr nach dem Vogt von Empfingen?«

Marquard nickte knapp. »Gewiss, das werde ich tun.«

Die anderen verstummten. Vorsichtig sah er Karl an. »Ihr wisst, was geschehen wird?«

Mit unbeweglichem Gesicht nickte Karl ihm kurz zu. »Ich bin mir darüber im Klaren.«

»Sind nicht schon genug gestorben?« Ausgerechnet von Magdalena, deren Eltern durch die Hand Graf Michaels den Tod gefunden hatten, kam der Einwand.

»Er wird seine gerechte Strafe erhalten.« Karls Gesichtsausdruck war voller Härte und nur am Mahlen seiner Kieferknochen war seine innere Erregung zu erkennen. Er erhob sich und sah Marquard mit festem Blick an.

»Magdalena und ich werden die Grafschaften Hohenzollern und Wehrstein gemeinsam führen. Dazu benötigen wir jedoch Eure Hilfe, Ritter Marquard. Ich frage Euch hiermit, werdet Ihr uns beistehen?« Einen Moment sahen sie sich schweigend an. Marquard richtete sich auf. Langsam ging er auf Karl zu und blieb schließlich vor ihm stehen. Er legte ihm die Hand auf die Schulter und sah ihn ernst an.

»Es wird mir eine Ehre sein, Graf Karl von Hohenzollern und Wehrstein.«

»Du hast Hunger, das ist ein gutes Zeichen.« Liz lächelte, während sie Jo Löffel um Löffel verabreichte.

»Hätte nie gedacht, dass ich mal auf Haferbrei abfahre.« Jo erwiderte ein mattes Lächeln. »Aber ich glaub, ich kann nicht mehr.«

Liz ließ den Löffel sinken. »Ok, ist vielleicht eh besser, du legst dich wieder hin.« Gedankenverloren kratzte sie die Breireste in der kleinen Tonschüssel zusammen. Plötzlich hob sie den Kopf und sah Jo an.

»Es muss schrecklich gewesen sein.« Sie zögerte. »Bist du… haben sie dich… ich meine, haben sie dir sonst noch was angetan?« Unfähig die Worte auszusprechen, stotterte Liz hilflos herum.

Jo schüttelte den Kopf. »Nur ausgepeitscht.« Sie lächelte bitter.

»Jo, es tut mir so entsetzlich leid. Mist, jetzt flenn ich auch noch.« Sie wischte sich die Tränen vom Gesicht.

»Das braucht es nicht.« Jo versuchte, sich in eine etwas bequemere Sitzposition zu bringen. Sie zögerte einen Moment.

»Weißt du, es war echt der Horror da unten in diesem Loch. Aber das ist vorbei, die Wunden verheilen. Lenes Salbe scheint wirklich

Zauberkräfte zu besitzen, die Schmerzen sind lange nicht mehr so schlimm.« Sie lächelte versonnen. »Die letzten Tage haben alles verändert. Bei dir doch auch, stimmt's?«

Liz strich sich eine blonde Strähne hinters Ohr und brachte ein Lächeln zustande. »Stimmt.« Sie folgte Jos Blick. »Schau sie dir an.«

Mit Schwertern bewaffnet nahmen Hannes und Rio Anweisungen von Herold entgegen. Er schien sie in die Kunst des Fechtens einweisen zu wollen und wie es aussah, hatten sie großen Spaß dabei.

Hannes zielte mit dem Schwert spielerisch auf den am Boden liegenden Rio. Der rollte sich blitzschnell auf die Seite und plötzlich stand er hinter Hannes und hatte ihm den Arm um den Hals gelegt, was zur allgemeinen Belustigung beitrug.

»Liz?« Jo griff plötzlich nach der Hand ihrer Freundin.

»Es war nicht fair, wie ich mich dir gegenüber verhalten habe, und das tut mir leid.«

Liz warf ihr einen fragenden Blick zu.

»Du hast immer zu mir gehalten und ich hab dir nie was erzählt.«

Zerknirscht sah Jo sie an. »Das werd ich nachholen, versprochen.«

Liz drückte ihre Hand. »Werde erst mal gesund, alles andere hat noch Zeit.«

»Die Versorgung der Wunden hingegen duldet keinen Zeitaufschub.« Sie waren so in ihr Gespräch vertieft gewesen, dass sie gar nicht bemerkt hatten, wie Lene sich ihnen näherte. Mit in die Hüften gestemmten Händen blieb sie vor ihnen stehen.

»Und Ruhe und genügend Schlaf erscheinen mir ebenso wichtig.«

Die Wärme in ihren Augen strafte ihre strengen Worte Lügen.

Jo war tatsächlich auf einmal wieder sehr müde geworden. Vorsichtig hakte sie sich bei Lene und Liz ein und gemeinsam überquerten sie den Hof.

»Junger Mann!« Mit dem Finger deutete Lene auf Rio. »Folgt mir!«

Rio ließ das Schwert sinken und Hannes sah ihn mit fragendem und gleichzeitig belustigtem Blick an. Rio zuckte mit der Schulter und schloss sich ihnen schweigend an.

»Wir werden zuerst deinem Liebsten die Fäden entfernen.«

In der Kammer war es angenehm kühl. Jo war froh, sich wieder hinlegen zu können.

Während Rio sich das Hemd über den Kopf zog, richtete Lene ihre Utensilien her. Die Salbe für Jo, einige undefinierbare grüne Blätter sowie eine Art Zange und Schere.

Wenn Rio daran dachte, was Jo durchmachen musste, schämte er sich geradezu des mulmigen Gefühls wegen, das ihn beschlich, wenn er sich vorstellte, wie Lene gleich das Pferdehaar unterhalb seiner Schulter entfernte.

Jo lag auf dem Bauch und sah ihnen zu. Mit der Schere schnitt Lene die beiden kleinen Knoten auf. Sie griff nach der Zange und zog vorsichtig die Fäden aus der bereits gut verheilten Wunde. Jo registrierte, wie sich Rios Muskeln anspannten. Sie schluckte. Er hatte einen perfekten Körper und sie musste unwillkürlich an die Nacht am Neckar denken. Als hätte er ihre Gedanken erraten, drehte Rio ihr in diesem Moment den Kopf zu und lächelte.

Es gab viel zu regeln und Karl und Magdalena waren froh, Marquard und Herold an ihrer Seite zu haben.

Zunächst mussten die Haigerlocher die Wahrheit erfahren und außerdem der Vogt aus Empfingen bestellt werden. Anschließend stand die Urteilsverkündung an. Die Enthüllungen würden die Bevölkerung schockieren.

Marquard und Herold zogen gemeinsam los.

»Bleibt bei Magdalena, Karl. Sie braucht Euch.« Marquardt legte ihm die Hand auf die Schulter. »Wir werden alles für Euch regeln, seid ohne Sorge.«

Karl nickte. »Ich danke Euch.«

Sie schwangen sich auf ihre Pferde und er sah ihnen hinterher, wie sie den Hof verließen.

Er hatte sein Pferd bereits gesattelt und nun stand er mit den Zügeln in der Hand etwas unentschlossen da und sah zu Magdalena hinüber.

Sie saß zusammen mit Liz und Phil im Schatten des Apfelbaumes auf einer Decke. Sie unterhielten sich. Zwischendurch war immer wieder ein Lachen zu hören.

Er fragte sich, ob er stören sollte, doch in diesem Augenblick sah Magdalena zu ihm herüber und nahm ihm die Entscheidung ab. Langsam ging er mit seinem Pferd auf sie zu. Erwartungsvoll sah sie ihm entgegen.

»Möchtest du ausreiten?«

Ein Strahlen ging über ihr Gesicht. »Mit dem größten Vergnügen.«

»Leider haben wir nur mein Pferd. Du musst also mit mir zusammen darauf vorliebnehmen.« Mit gespieltem Bedauern wartete er auf ihre Reaktion.

»Oh, ich denke, ich werde es irgendwie durchstehen.« Er sah das Blitzen in ihren Augen und schwang sich in den Sattel.

Sie hatte sich erhoben und streckte ihm ihre Hand entgegen. Mit schwungvoller Leichtigkeit zog er sie zu sich hoch.

Sie ritten durch den Wald, dessen herrliche Kühle eine Wohltat war. Es war wunderbar, den Duft von Moos und Holz einatmen zu dürfen. Magdalena erkannte erst jetzt, wie sehr ihr das alles gefehlt hatte.

Eng an Karl geschmiegt sog sie mit geschlossenen Augen die Luft ein. Sie spürte seinen warmen, kräftigen Rücken an ihrer Brust und trotz allem, was in den letzten Tagen geschehen war, wurde ihr Körper von einem unbeschreiblichen, überglücklichen Kribbeln durchströmt.

An einer kleinen Lichtung machten sie Halt. Karl schwang sich von seinem Pferd und half ihr herunter.

»Es ist so herrlich - endlich frei!« Sie drehte sich mit ausgestreckten Armen im Kreis und lachte befreit. Leicht schwankend blieb sie stehen.

»Gib acht.« Karl stimmte in ihr Lachen mit ein und hielt sie an den Händen fest. Er sah in ihr glühendes Gesicht.

»Ich frage mich, warum ich es nicht schon viel früher gespürt habe.«

»Was?« Immer noch lächelnd neigte sie den Kopf ein wenig zur Seite.

»Dass ich dich liebe.« Mit den Fingerspitzen strich er ihr ein paar vereinzelte Haarsträhnen aus dem Gesicht. Plötzlich kniete er sich mit einem Bein vor sie auf den Boden und hielt ihre Hand. Er senkte kurz den Blick, um sie sogleich wieder anzusehen.

»Magdalena, willst du mir die Ehre erweisen, meine Frau zu werden?«

Ihre Augen begannen sich mit Tränen zu füllen und sie sah ihn einen Moment lang stumm an.

»Ja …ja, das will ich.«

Mit strahlenden Augen erhob er sich. Übermütig riss er sie in seine Arme, bevor ihre Lippen sekundenlang miteinander verschmolzen.

Als sie am Nachmittag zurückkehrten, wunderten sie sich über den verlassenen Hof.

»Wo sind sie nur alle?« Magdalena spähte über Karls Schulter.

»Gewiss ist ihnen die Hitze hier draußen zu groß geworden.«

Karl sprang von seinem Pferd und half Magdalena herunter.

»Gehen wir zuerst einmal ins Innere.«

Sie waren alle um den Tisch versammelt und als Karl Conrad unter ihnen entdeckte, wusste er, dass etwas Unvorhergesehenes eingetreten sein musste. Abrupt blieb er stehen.

»Conrad, du hier, um diese Zeit? Was ist geschehen?«

Conrad war aufgestanden. »Karl... euer Vater… Er ist tot.«

Ausdruckslos starrte Karl ihn an. »Wie?«

»Er hatte einen Dolch bei sich. Er wollte wohl seinem Urteil zuvorkommen.«

Karl war wie betäubt. In Zeitlupe setzte er sich an den Tisch und stützte den Kopf in seine Hände. »Ich habe ihn geliebt und bewundert, all die Jahre. Ich hatte immer das Gefühl, dass er mich wie einen Sohn betrachtete.« Er lachte bitter auf. »Was ich ja auch war.« Er nahm die Hände vom Gesicht und schien durch sie alle hindurchzusehen.

»Wie nur konnte er damit leben?«

Der Nachmittag zog sich dahin.
»Wir könnten schwimmen gehen.« Liz schaute in die Runde und als sie sah, dass Magdalena und Phil etwas beschämt zur Seite blickten, wurde ihr bewusst, dass in dieser Zeit ein gemeinsames Bad zwischen Mann und Frau unvorstellbar war. »Oh, tut mir leid ... «

Als auch Rio keine Anstalten machte mitzukommen - er wollte warten, bis Jo aufwachen würde - hatte sie die Sache schon abgehakt.

Unvermittelt trat Hannes hinter sie. »Dann gehn wir eben alleine«, flüsterte er in ihr Ohr.

Sie drehte sich um und grinste ihn an. »Okay.«

Er legte den Arm um ihre Schulter und sie schlenderten davon.

Magdalena, Phil, Karl und Rio, zog es in den Schatten, unter den Baum. Lara und Lene bereiteten schon alles für das Abendessen vor und Jack hatte sich mit Conrad wieder einmal in die Schmiede zurückgezogen.

Sie breiteten die von Lene zur Verfügung gestellte große Decke aus und machten es sich alle vier darauf gemütlich.

Es war erstaunlich, wie schnell Phil wieder den Weg zur Sprache zurückfand. Sie redete von Mal zu Mal flüssiger und schien dabei richtig aufzublühen. Als Magdalena ihr von der vergangenen Nacht erzählte, war sie mehr als erstaunt. Zuerst konnte sie es nicht glauben, dass es sich bei dem Toten, den sie damals als Kind gesehen hatte, tatsächlich um Graf Rudolf von Wehrstein gehandelt hatte.

»Sag Rio, was macht ihr den ganzen Tag, in eurer Welt?« Karl lehnte mit dem Rücken am Baumstamm und bearbeitete mit seinem Messer ein Stück Holz.

Rio, der auf dem Rücken liegend, den Arm über die Augen gelegt und vor sich hingedöst hatte, stützte sich auf die Ellbogen.

»Was wir machen?« Er riss einen Grashalm heraus und fing an, darauf herum zu kauen. »Morgens und manchmal auch mittags, gehen wir in die Schule. Wir machen Sport, Musik und treffen uns mit Freunden.«

Rio drehte den Kopf in Karls Richtung. »Oder wir gehen zusammen schwimmen.« Er zwinkerte ihm zu und grinste.

Magdalena und Phil fingen an zu kichern und Karl runzelte die Stirn. »Ich frage mich gerade, was ihr dazu an eurem Leib tragt.«

Rio setzte sich auf und zog die Beine an. Lautlos lachte er vor sich hin. »Ich bin mir nicht sicher, ob ihr das verkraftet.« Mit einem schiefen Grinsen sah er die Mädchen an.

Magdalena schien vor Neugier zu platzen. »Erzähl es … bitte.«

Rio sah abwechselnd von Karl zu den Mädchen. »Na gut … «

»Grundgütiger!« Magdalena brachte wenigstens noch dieses eine Wort heraus. Sie schlug die Hand vor den Mund.

Karl schien es vor Schreck die Sprache verschlagen zu haben. Doch er war neugierig und am Ende wollte er noch mehr wissen.

Rio gab bereitwillig Auskunft. Es gab schließlich so vieles, was sich in den letzten fünfhundert Jahren verändert hatte, und verständlicherweise kamen die drei aus dem Staunen nicht heraus.

»Eure Musik ist eigenartig.« Karl dachte an die vergangene Nacht. »Sie war jedoch äußerst wirkungsvoll.« Er grinste.

»Ja«, pflichtete Rio ihm bei, »das war sie.«

»Bevor ihr nach Hause reist, werden wir ein Fest geben. Ihr werdet unsere Musik kennenlernen und wir werden tanzen.«

Rio warf ihm einen Blick zu. »Tanzen … « Er hoffte nur, dass Karl ihm seine Gedanken nicht ansah.

Irgendwann neigte sich auch dieser Nachmittag dem Ende zu.

Liz und Hannes waren mit einem leichten Sonnenbrand und erhitzten Gesichtern eingetroffen. Wobei sich die Frage stellte, ob letzterer Umstand wirklich nur der Sonne zuzuschreiben war, oder andere Gründe dafür in Frage kamen…

Der Eintopf köchelte bereits über der Feuerstelle und Rio war überrascht, als er Jo am Tisch neben Lara und Lene entdeckte. Sie warfen sich einen Blick zu. »Du siehst viel besser aus.«

Sie lächelte. »Es geht mir auch viel besser, dank Lenes Zaubersalbe.«

»Na, na, sprich das mal nicht zu laut aus mein Kind, sonst lande ich am Ende noch auf dem Scheiterhaufen.« Lene zwinkerte ihr scherzhaft zu und stand auf, um in ihrem Eintopf zu rühren.

»Und da wir gerade davon sprechen, es ist an der Zeit deine Wunden zu versorgen.« Lene deutete auf Rio. »Möchtest du das übernehmen?«

Rio zuckte unmerklich zusammen. Er wollte Jo keinesfalls wehtun, er wusste nicht, ob er das konnte. Aber als er Jos Blick sah, war ihm klar, dass er sich nicht aus der Verantwortung ziehen konnte.

»Möchtest du dich hinlegen?« Sie standen sich etwas unschlüssig und irgendwie befangen gegenüber.

Jo schüttelte den Kopf. »Ich kann einfach nicht mehr liegen.«

Rio nickte ein paar Mal. »Ok, gut, weißt du ich ... «,

»Du musst nicht ... «, sie hatten gleichzeitig gesprochen und lachten etwas verlegen.

»Du zuerst.« Rio stopfte die Hände in seine Hosentaschen.

Jo biss sich auf die Unterlippe. »Du musst das nicht tun, ich kann Lara fragen.«

Er sah sie mit schräg gelegtem Kopf an. »Ich möchte dir einfach nicht noch mehr weh tun, das ist alles.«

Sie machte einen Schritt auf ihn zu und lehnte ihre Stirn an seine Brust. »Das kannst du doch gar nicht.« Rio nahm seine Hände aus den Hosentaschen und verschränkte sie mit ihren. Er senkte seinen Kopf auf ihre Haare und sog mit geschlossenen Augen ihren Duft ein.

»Du riechst einfach immer so verdammt gut.«

»Nein, ich stinke ganz furchtbar und ich würde so gern ein Bad nehmen.«

Rio lachte leise. »Tust du nicht.«

»Tu ich doch.«

Er schob sie an den Schultern ein Stück von sich. »Tust du nicht und jetzt dreh dich um.«

Vorsichtig betupfte er jeden Millimeter ihrer Verletzungen. Ihr Rücken sah wirklich schon viel besser aus, es begannen sich bereits Krusten zu bilden.

»Was ist mit meinem Tattoo?« Aus Angst vor der Antwort hatte sie die Frage immer wieder aufgeschoben. Doch Rio konnte sie beruhigen.

»Alles im grünen Bereich. Echt erstaunlich, aber es ist absolut unversehrt.« Vorsichtig berührte er die Stelle. »Was bedeutet es?«

»Es ist ein keltischer Dreierwirbel.« Sie senkte den Kopf. »Er steht für Lebenskraft und ewiges Leben.«

Rio wusste sofort, warum sie sich für dieses Symbol entschieden hatte. Ihr Vater ...

Zärtlich benetzte er die zahlreichen Schnörkel mit seinen Lippen.

Ein Schauer rann über Jos Rücken und als sein Mund weiter bis zu ihrer Halsbeuge wanderte, schloss sie die Augen, und ein Seufzen drang aus ihrer Kehle.

Das Klopfen an der Tür ließ sie beide zusammenfahren.

»Kommt raus in den Hof, wenn ihr fertig seid. Wir essen draußen.«

Es war Laras Stimme.

Rio drehte den Kopf. »Ja danke, wir kommen gleich.«

Er sah Jo an und fuhr sich durchs Haar. »Oh Mann, was machst du nur mit mir... Los umdrehen.«

Er versuchte, sich nun nur noch auf die Wunden zu konzentrieren und als er alle Stellen mit Salbe bedeckt hatte, legte er ihr vorsichtig das saubere Tuch, das Lene ihm in die Hand gedrückt hatte, um die Schultern. »Bereit?«

Sie biss sich auf die Unterlippe und nickte.

Sie fühlten sich irgendwie ertappt, denn sie waren die Letzten, die am Tisch Platz nahmen und alle schienen sie anzustarren.

Auch Marquard und Herold waren bereits eingetroffen und genossen mit großem Appetit Lenes Eintopf. Nachdem sie bei den Haigerlochern vorgesprochen und ihnen die ganze Wahrheit erzählt hatten, waren sie weiter nach Empfingen geritten, um den Vogt aufzusuchen. Dort erfuhren sie von der Selbsttötung Graf Michaels. Wie ein Lauffeuer hatte sich die Nachricht bereits herumgesprochen.

Jo war aus dem Staunen nicht mehr herausgekommen, als sie ihr von den ganzen Geschehnissen - die sie verschlafen hatte - berichteten.

Am ergriffensten war sie jedoch von Jacks Geschichte. Wie einsam musste er all die Jahre gewesen sein.

»Ich habe euch etwas zu sagen.« Karl hatte gewartet, bis alle mit dem Essen fertig waren.

Die Gespräche verstummten und als er sich erhob, spürte er die erwartungsvollen Blicke auf sich. Er sah auf Magdalena herab, reichte ihr seine Hand und verbeugte sich vor ihr. Sie richtete sich auf und in dem Wissen ihr gemeinsames Geheimnis gleich zu lüften, lächelten sie sich an.

»Ich habe Magdalena gebeten, meine Frau zu werden.«

In freudigem Erschrecken schlug Phil die Hand vor den Mund.

Lene und Lara lächelten sich ebenfalls zu, sie schienen nicht überrascht zu sein.

»Nun, was habt Ihr zur Antwort bekommen?« Marquard zog fragend seine Augenbrauen nach oben.

Karl grinste ihn an. »Natürlich hat sie ja gesagt, was denkt Ihr denn?«

Sie lachten alle und Karl und Magdalena mussten sämtliche Umarmungen über sich ergehen lassen.

3 0

Letztendlich hatten sie entschieden, die Hochzeit und das geplante Fest miteinander zu verbinden.

Jos Wunden mussten verheilt sein, denn Jack war sich nicht sicher, ob sein kleines Lasergerät, mit dem er damals Hannes' Bein kuriert hatte, noch funktionieren würde. Das bedeutete, dass sie noch mindestens zwei Wochen bleiben mussten. In dem Bewusstsein, dass ihre Abreise immer näher rücken würde, wollten sie die verbleibende Zeit, hier bei ihren Freunden, noch bis zum Ende genießen. Sie wussten, der Abschied würde schwer werden.

Zu Beginn hatte sich über die Menschen rund um Fischingen und weit darüber hinaus eine Art Schockstarre gelegt. Niemand konnte glauben, welchem Betrug sie all die Jahre aufgesessen waren. Als dann aber die Vermählung zwischen Karl und Magdalena bekannt gegeben wurde, schien sich eine Art Aufbruchstimmung über das Land zu legen.

Die nächsten Tage waren von großer Geschäftigkeit und den Vorbereitungen auf das Fest geprägt.

Burg Wehrstein wurde herausgeputzt. Überall wimmelte es von Bediensteten, die mit aufräumen, umräumen und saubermachen beschäftigt waren. Täglich musste Magdalena bei der hauseigenen Schneiderin zur Anprobe ihres Brautkleides erscheinen. Ein wahres Blumenmeer wurde zur Dekoration des Festsaales angeliefert. In der Küche wurden zusätzliche Hilfen angelernt. Nicht selten brach das eine oder andere Küchenmädchen in Tränen aus.

Es war ruhiger geworden in Lenes Haus. Karl, Magdalena und Phil waren wieder auf die Burg hinaufgezogen und Marquard hatte mit Lara dort ebenfalls eine Bleibe gefunden.

Herold war nach Glatt zurückgekehrt, um seinen dortigen Verpflichtungen wieder nachzukommen.

Jack gefiel die Arbeit in der Schmiede, er ging nach wie vor jeden Tag hinauf, um Conrad Gesellschaft zu leisten.

Jos Rücken sah von Tag zu Tag besser aus und als nur noch feine rote Linien zu sehen waren, wagte sie es eines Tages gemeinsam mit Rio, Hannes und Liz an den Neckar zu gehen.

Die ganze Zeit über hatte sie sich immer nur notdürftig am Brunnen gewaschen. Liz leistete ihr dabei Hilfestellung. Die einfachsten Drehbewegungen waren nicht möglich gewesen, weil auf ihrem Rücken sofort alles spannte. Nun sehnte sie sich einfach nur danach mit dem ganzen Körper im Wasser unterzutauchen.

Sie trugen alle ihre kurzen Sporthosen und Liz und Jo ließen einfach ihren BH an. Zum Glück hatten sie beide noch ihre bunt bedruckten, baumwollenen eingepackt. Auf den ersten Blick konnten diese glatt als Bikinioberteile durchgehen.

Sie hatten kaum die beiden Decken im Halbschatten der Büsche ausgebreitet, als Hannes und Rio auch schon ins Wasser liefen.

Der ausgewählte Platz, erinnerte tatsächlich ein wenig an einen Strand. Nur wenige Steine säumten den wunderbaren, feinen Sand.

Es war herrlich den warmen, weichen Untergrund unter den Fußsohlen zu spüren.

Jo und Liz sahen Hannes und Rio zu, wie sie miteinander herumalberten.

»Sieh sie dir an.« Lachend schüttelte Liz den Kopf.« Als Jo nicht reagierte, warf sie ihr einen Seitenblick zu. »Was ist?«

Nachdenklich vergrub Jo ihre Zehen im warmen Sand.

»Manchmal hab ich Angst, dass es anders ist, wenn wir wieder zu Hause sind.« Sie sah Liz an. »Du nicht auch?«

Liz sah auf das Wasser hinaus. Hannes und Rio schienen eine Art Wettkraulen ans gegenüberliegende Ufer zu veranstalten.

»Ehrlich gesagt, hab ich noch gar nicht darüber nachgedacht. Warum glaubst du das?«

Jo befreite ihre Füße aus dem Sand. »Was ist, wenn sie wieder ihre Freunde um sich haben und wir unsere und der Stress mit der Schule, ach und was weiß ich noch alles.« Mit einem Mal fühlte sie eine eigenartige Wut in sich aufsteigen.

Liz musterte sie einen Moment lang. »Vor was hast du eigentlich Angst Jo?«

Sie sah Liz an und seufzte. »Ich hab einfach Angst, dass sich plötzlich alles in Luft auflösen könnte.«

Liz strich sich eine Strähne hinters Ohr. »Weißt du denn nicht, wie er dich ansieht?« Beschwörend betrachtete sie Jo. »Wie kannst du nur daran zweifeln? Komm her.« Behutsam schloss sie Jo in ihre Arme.

»Wie konnten wir die Typen nur so lange übersehen?« Liz hielt sich schützend die Hand über ihre Augen. Sie beobachteten, wie Hannes und Rio aus dem Wasser stiegen und langsam näherkamen.

Hannes flüsterte Rio etwas ins Ohr, sie grinsten sich an.

»Die haben was vor.« Liz richtete sich auf. »Ich seh's ihnen an.«

Mit verschränkten Armen blieben sie vor den Mädchen stehen.

»Wollt ihr nicht ins Wasser?«

»Wir gehen schon noch.« Misstrauisch sah Liz zu Hannes auf.

Er streckte ihr die Hand entgegen und sie ließ sich von ihm hochziehen.

»Warte, du hast da was.« Er bückte sich und tat so, als hätte er etwas an Liz' Knie entdeckt.

Es ging so schnell und unvermittelt, dass sie einen Schrei ausstieß, als er sie plötzlich über seine Schulter warf. Sie zappelte wie ein Fisch, doch er war stärker und nach ein paar Metern waren sie im Wasser und er ließ sie einfach von seiner Schulter kippen. Als sie wieder auftauchte und nach Luft schnappte, schaute er sie mit gespielt ernster Miene an.

»Du bist doch jetzt nicht sauer, oder?«

Empört stürzte sie sich auf ihn und sie tauchten gemeinsam unter.

Rio und Jo lachten, als die beiden wieder an der Oberfläche auftauchten und sich engumschlungen zu küssen begannen.

»Gib zu, das würdest du auch gerne machen.« Jo knuffte ihn in die Seite.

»Was, dich ins Wasser werfen oder küssen?« Rio grinste schief und sie verdrehte die Augen. »Beides?«

Er verengte die Augen zu schmalen Schlitzen und biss sich auf die Lippen. »Da wir deinen Rücken schonen sollten, fangen wir besser damit an.« Er beugte sich zu ihr und begann vorsichtig an ihrer Lippe zu knabbern.

Sie schloss die Augen und vergrub ihre Hand in seinem nassen Haar. Als er sie an sich zog, konnte sie seinen noch immer feuchten Körper spüren. Seine Hände schienen plötzlich überall zu sein.

»Oh Gott, Rio.« Sie keuchte auf und er hielt inne.

Mit beiden Händen umfasste er ihren Kopf und lehnte seine Stirn an ihre. »Ich weiß nicht, was es ist, aber du machst mich total fertig.«

Er sah sie an. »Ich lass dich nie mehr los.«

»Auch nicht, wenn wir wieder zuhause sind?« Unsicher sah sie ihn an.

»Was?« Er fuhr sich mit der Zunge über die Lippen. »Das ist jetzt nicht dein Ernst?« Entgeistert sah er sie an. »Denkst du vielleicht, das alles hier war nur eine geschichtliche Episode?«

Jo schlug die Augen nieder. »Ich hab einfach Angst, es könnte vorbei sein, wenn wir zurück sind.«

Wieder hielt er ihren Kopf mit beiden Händen umfasst.

»Was denkst du nur von mir?« Mit dem Daumen streichelte er über ihre Wange und versuchte, in ihrem Gesicht zu lesen. Er schloss kurz die Augen um sie gleich darauf wieder intensiv anzusehen.

»Als du da unten warst ...«, er biss sich auf die Lippen, »bin ich fast durchgedreht.« Er sah kurz zur Seite. »Und als ich dich dann sah und was sie mit dir angestellt haben ...« Wieder schloss er einen Moment die Augen. »Ich hab mich gefragt, was sie dir noch angetan haben. Der Gedanke daran hat mich fast um den Verstand gebracht. Ich konnte dich nicht danach fragen, ich wollte dir nicht noch mehr weh tun. Erst als Liz mir erzählte, dass da nichts war ...« Er schüttelte kurz den Kopf und sah ihr abermals fest in die Augen. »Und da hast du allen Ernstes Zweifel? Bei all dem, was wir zusammen durchgestanden haben? Vergiss es, du wirst mich nicht mehr los ... niemals!«

Langsam beugte er sich zu ihr hinunter, seine Lippen berührten ihren Mund. Sein Kuss, so unendlich zärtlich ...

In diesem Moment wusste sie, dass ihre Angst unbegründet war.

»Jo, Rio, los kommt schon, das reicht jetzt, ihr könnt euch später noch auffressen.« Hannes' Stimme brachte sie wieder in die Realität zurück. Langsam lösten sie sich voneinander.

»Er hat Recht, das Wasser ist echt herrlich.« Er zog sie auf die Beine.

Und Jo genoss es wirklich. Sie hatte das Gefühl, noch nie etwas Erfrischenderes erlebt zu haben. Das kühle Nass war eine Wohltat für ihre Haut. Nachdem sie sich auch noch die Haare gewaschen hatte, legten sie sich zum Trocknen in die Sonne. Sie achtete jedoch darauf, dass sich ihr Rücken im Schatten befand.

»Leute, wenn wir zuhause sind, verdrück ich erstmal ein Pfund Spaghetti.« Hannes hatte den Arm über die Augen gelegt. »Die Hackfleischsoße meiner Mutter vermiss ich echt,« er seufzte, »ich kann langsam keinen Eintopf mehr sehen.«

Liz, die neben ihm auf dem Rücken lag, stimmte sehnsüchtig mit ein. »Ich hätte jetzt echt Bock auf einen Salat, so richtig knackig mit Paprika, Gurken und Radieschen«, geriet sie ins Schwärmen.

Hannes stützte sich auf einen Ellbogen. »Salat? Mit Radieschen ... Gurken ... und Paprika?« Für jede Gemüsesorte malte er ihr die zugehörige Form auf den Bauch.

»Hannes hör auf, das kitzelt.« Sie kicherte und schlug ihm leicht auf die Hand. »Hey Rio, ich weiß nicht, was mit ihm los ist, hat er was eingeworfen?« Liz versuchte lachend, Hannes' Hand zu halten, doch er war stärker und drückte ihren Arm auf den Boden.

»Eingeworfen? Rio, hab ich was eingeworfen?« Mit gespielter Entrüstung sah er zu Rio hinüber.

Der lachte. »Wenn er erst mal warmgelaufen ist, mutiert er. Also nimm dich in acht Liz.«

Hannes runzelte die Stirn, er hielt Liz' Arm immer noch fest.

»Siehst du? Du hast keine Chance.« Mit einem frechen Grinsen sah er sie an und beugte sich über sie. Sein Gesicht war nur noch wenige Zentimeter von ihrem entfernt. »Ich bin einfach stärker als du, das musst du einsehen.«

Sie zog die Augenbrauen hoch. »So, denkst du.« Ganz leicht fuhr sie ihm mit ihrer freien Hand die Taille entlang.

»Aah!« Er stieß einen Schrei aus und Liz nutzte diesen Überraschungseffekt. Blitzschnell rollte sie sich unter ihm weg und plötzlich war er es, der auf dem Rücken lag. Diesmal beugte Liz sich über ihn.

»Aber ich hab die bessere Technik, das musst du zugeben.« Wieder zog sie ihre Augenbrauen hoch. Die Flut ihrer Haare ergoss sich über ihn und er wickelte sich ein paar Strähnen um seinen Finger. Langsam zog er sie zu sich herunter, bis sich ihre Lippen berührten.

Rio schüttelte den Kopf und lachte leise.

Er beförderte sein Handy aus dem Rucksack und hielt es Jo mit hochgezogenen Augenbrauen unter die Nase. Sie lächelte und nickte.

Vorsichtig steckte er ihr einen der beiden Kopfhörer ins Ohr. Den anderen setzte er sich selbst auf. Sie saßen nebeneinander und lauschten dem rockigen Sound ihrer Band.

Das Gefühl war unbeschreiblich. In Jos Innerem begann ein Film abzulaufen, wie alles seinen Anfang genommen hatte. Jede einzelne Episode war in ihrem Gedächtnis eingebrannt.

Die Nacht, nach dem Streit mit Liz, als Rio sie unten am Neckar fand und ihre Tränen trocknete. Niemals würde sie vergessen, wie er sie dabei angesehen hatte. Und dann später, sie hatte zu viel getrunken, es ging ihr nicht gut. Sie musste sich übergeben - oh Gott, wie peinlich - er war bei ihr geblieben.

Und dann hatten sie es beinahe getan…

Ihr kam die Nacht in den Sinn, als sie wieder von diesem schrecklichen Traum verfolgt wurde. Er war mit ihr abermals an den Neckar gegangen und nachdem er sie zum Reden brachte, hatten sich in ihrem Inneren plötzlich sämtliche Schleusen geöffnet. Nie zuvor war das jemandem gelungen.

Und dann diese unbeschreibliche Nacht… Es gab keine Worte dafür. Sie schliefen miteinander und er war so unglaublich zärtlich und einfühlsam gewesen und sie wusste, sie würde niemals jemanden anderen lieben können. Falls diese Liebe irgendwann sterben würde, würde sie mit ihr untergehen.

Jo griff nach seiner Hand, er sah sie an und sie war sich plötzlich sicher, dass er in diesem Moment an dieselben Dinge dachte.

Es wurde ein rauschendes Hochzeitsfest. Von nah und fern waren Menschen gekommen. Die kleine Kirche in Fischingen schien aus allen Nähten zu platzen.

Magdalena sah in ihrem cremefarbenen Kleid wunderschön aus.

Das kunstvoll hochgesteckte schwarze Haar war von unzähligen kleinen, weißen Perlen durchbrochen. Vereinzelte Strähnen umrahmten ihr strahlendes Gesicht.

Überwältigt sah Karl ihr entgegen, als sie am Arm von Ritter Marquard den Gang zum Altar entlang schritt. Mit den ledernen Hosen, seinem weißen Hemd und dem samtenen, roten Umhang bot auch er ein beeindruckendes Bild.

»Sie sehen wunderschön aus«, flüsterte Liz Jo leise zu. Die nickte nur. Zusammen mit Rio und Hannes saßen sie in einer der vorderen Bänke und verfolgten gebannt die Trauzeremonie.

Die Frauen des Dorfes hatten körbeweise Blumen gepflückt und nun regnete ein Meer von Blüten auf das Brautpaar nieder, als sie die Kirche verließen.

Das gesamte Dorf war auf die Burg eingeladen worden.

Während sich das einfache Volk im Burghof vergnügte, feierten die geladenen Gäste im großen Festsaal. Unmengen von Wildgerichten in allen möglichen Variationen wurden aufgetragen.

Angeekelt betrachteten Jo und Liz einen Wildschweinkopf, der gerade auf einem Tablett an ihnen vorbeigetragen wurde.

»Wenigstens muss ich nicht befürchten, dass mein Kleid aufplatzt - ich werde davon keinen Bissen hinunterbekommen.« Liz fummelte ständig an den Bändern ihrer Robe. Sie hatte das Gefühl, ihr Busen würde jeden Moment aus dem Ausschnitt quellen. Eine Magd hatte ihnen beim Ankleiden geholfen und die Bänder zu straff angezogen.

»Du siehst toll aus. Die Farbe passt genau zu deinen Augen und ich glaube, Hannes wird jeden Moment über dich herfallen.«

Liz folgte Jos grinsendem Blick.

Hannes und Rio standen am anderen Ende des Festsaales und unterhielten sich mit Jack und Conrad. Hannes sah immer wieder in ihre Richtung.

Magdalena hatte ihnen die Kleider ausgeliehen und sie hätte die Auswahl nicht besser treffen können. Eng geschnürt, mit einem Ausschnitt, der das Dekolleté vorteilhaft betonte, zeigte es nicht zu viel, aber auch nicht zu wenig Haut. Die Ärmel waren bis zu den Ellbogen eng geschnitten und wurden dann, wie zu dieser Zeit üblich, überdimensional weit. Der lange Rock endete mit einer kleinen Schleppe.

Das Kleid von Liz war in Grüntönen gehalten, es passte exakt zu ihren Augen. Das schwarz-bordeaux Farbene war wie für Jo gemacht, der emohafte Touch ließ sie sehr geheimnisvoll aussehen.

Lara hatte ihr aus roten Brennnesseln eine Creme hergestellt. Nun schimmerten ihre Lippen im selben Rotton des Kleides.

Einem Haarreif gleich schmückte ein dunkelrotes, überdimensional breites Band ihren Kopf, dessen unzählige lange Bänder über ihren Rücken und ihre Schultern fielen.

In dem Bewusstsein, dass ihnen sämtliche Blicke folgten, schlenderten sie langsam zu Hannes und Rio hinüber.

Mit ihren dunkelbraunen Lederhosen und den cremefarbenen Hemden hätten die Jungs ohne Probleme bei den Horber Ritterspielen mitwirken können.

Auch sie hatten die Blicke bemerkt, mit denen die Umstehenden Jo und Liz bedachten und als sich darunter plötzlich zwei junge, gutaussehende Männer herauslösten und auf die Mädchen zusteuerten, gefiel ihnen das ganz und gar nicht.

»Jetzt schau dir diese Spackos an.« Hannes deutete mit dem Kinn in deren Richtung.

Die zwei sprachen Liz und Jo an. Es war unmöglich zu hören, über was sie redeten. Aber anscheinend fanden es die Mädchen amüsant, denn sie fingen an zu lachen.

»Ich glaub das jetzt nicht, die lassen sich von denen anbaggern.«

Hannes sah Rio an und sie nickten sich einvernehmlich zu.

Im Vorbeigehen schnappten sie sich jeder einen mit Wein gefüllten Becher, die in einer Vielzahl von der Dienerschaft angeboten wurden und gingen zielstrebig auf die vier zu.

»Ihr wart durstig, kostet, der Wein mundet vorzüglich.«

Überrascht wandte Liz sich um und hätte beinahe laut losgelacht, als sie feststellte, dass die Worte aus Rios Mund kamen. Als sie jedoch sah, mit welchem Blick er Jo dabei fixierte, riss sie sich zusammen.

Hannes schenkte ihr ein Lächeln und gerade, als er ihr den Wein reichen wollte, stieß Rio *plötzlich* mit dem Ellbogen gegen seinen Arm. Der Inhalt des Bechers ergoss sich über das Hemd des einen jungen Mannes. »Oh, verzeiht, wie ungeschickt von mir.« Hannes schien untröstlich.

»Könnt Ihr nicht aufpassen, Tölpel?« Der Bursche wollte ihn allem Anschein nach am liebsten am Kragen packen, aber sein Kumpan hielt ihn zurück. »Lass gut sein, sehen wir uns anderweitig um, die Damen scheinen vergeben - wie bedauerlich.« Er verbeugte sich kurz vor Liz und Jo und zog seinen Freund mit sich fort.

Liz hatte die Hände in die Hüften gestemmt und Jo verschränkte die Arme vor ihrer Brust. Sprachlos und gleichzeitig auffordernd starrten sie Hannes und Rio an.

»Was bitte sollte das jetzt?« Liz fixierte Hannes.

Mit versteinerter Miene griff Rio nach Jos Hand und zog sie hinter sich her. Sie hatten den Festsaal durchquert und standen in dem kalten, dunklen Gang. Mit einem Ruck zog er sie in die nächste Nische.

Keuchend starrten sie sich mit funkelnden Augen an.

Jo kochte vor Wut. Was bildete er sich ein, sie so zu behandeln?

Mit den Händen stützte er sich am kalten Mauerwerk ab, sodass sie regelrecht zwischen ihm eingekeilt mit dem Rücken zur Wand stand. Und dann presste er seine Lippen auf ihre.

Es war ein heftiger, wütender Kuss und Jo erwiderte ihn mit einer Mischung aus Trotz und Empörung. Doch plötzlich veränderte sich diese Intensität und Wut und Empörung wichen einer stillen Leidenschaft.

Rio nahm ihr Gesicht zwischen seine Hände. Langsam löste er sich von ihr und sah sie an.

»Als ich sah, wie dieser Typ dich angestarrt hat, hätte ich ihm am liebsten eine reingehauen.«

»Idiot!« Jo sah ihm in seine dunkelbraunen Augen.

Ihr Mund verzog sich zu einem Lächeln. »Du bist eifersüchtig, das gefällt mir.« Sie zog seinen Kopf zu sich herunter und küsste ihn zärtlich.

»Ihr habt euch von den Typen anmachen lassen, da mussten wir eingreifen.« Hannes zuckte mit den Schultern.

»Blödsinn, die waren nur nett.« Liz regte sich immer noch auf.

»Männer sind nicht einfach nur so nett zu Frauen, die haben immer Hintergedanken, das liegt in ihrer Natur. Gibst du mir mal das Brot, Jo?« Ohne Erfolg versuchte Hannes die Richtigkeit ihres Eingreifens zu erklären. Er nahm die Brotscheibe von Jo entgegen.

»Ich muss Hannes recht geben, Männer ticken genauso.« Rio nagte genüsslich an einem Hähnchenschlegel.

Sie hatten sich entschlossen, nun doch etwas zu essen. Es gab tatsächlich einige Köstlichkeiten, die sie sich nicht entgehen lassen wollten.

»Aha, deshalb seid ihr zu diesen beiden Mägden kürzlich auch so nett gewesen?« Ironisch zog Liz die Stirn kraus.

»Das war etwas anderes, sie brauchten unsere Hilfe - du erinnerst dich? Verstauchter Fuß? Außerdem standen die auf uns.« Hannes zwinkerte ihr zu.

»Macho.« Liz verdrehte die Augen.

Schon während des Essens wurde leise, gedämpfte mittelalterliche Musik gespielt und nachdem die letzten Platten abgetragen worden waren, trat die Musik in den Vordergrund und Karl und Magdalena eröffneten den ersten Tanz. Nach und nach schlossen sich immer mehr Paare an. Es war ein Bild, das aus einem mittelalterlichen Historienschinken zu stammen schien. Fasziniert betrachteten die vier das Schauspiel.

»Ich glaub, ich brauch frische Luft - bevor uns hier noch jemand zum Tanz auffordert.« Jo stand auf. »Kommt ihr mit?«

Erleichtert erhoben sich alle.

Die kühle Nachtluft war eine Wohltat.

Anlässlich des Festes gab es am Rande des gesamten Burghofes unzählige Sitzmöglichkeiten, die mit Fackeln ausgeleuchtet waren. Alles sah wunderschön und sehr romantisch aus.

Sie hatten kaum auf einer der Holzbänke Platz genommen, da entdeckten sie Jack, der in diesem Moment ebenfalls ins Freie trat. Lächelnd blieb er vor ihnen stehen. »Meine lieben Freunde.«

Sie rückten etwas zusammen, um Jack Platz zu machen.

»Lasst nur, ich bin lange genug gesessen.« Er betrachtete sie einer nach dem anderen. »Was meint ihr, Zeit nach Hause zu gehen?«

Sie sahen ihn abwartend an, aber er schien auf ihre Antwort zu warten.

Schließlich ergriff Rio das Wort. »Wann?«

Jack schaute in den sternenklaren Nachthimmel. »Ich denke, heute Nacht wäre ein guter Zeitpunkt.«

Er ließ den Blick auf ihnen ruhen.

»Alle sind hier und wir könnten uns gemeinsam von ihnen verabschieden.«

Eine Weile sagte niemand etwas und wieder fing Rio an zu reden.

»Irgendwann müssen wir gehen und ich denke, Jack hat Recht. Es ist ein guter Zeitpunkt.« Er nahm Jos Hand in seine und sah sie alle an. »Was meint ihr?«

Sie waren einverstanden. Jack würde die anderen herbeitrommeln.

Alle kamen sie. Karl, Magdalena, Phil, Conrad, Lene, Marquard und Lara.

Karl trat vor. »Ich habe gehört, ihr wollt uns verlassen.«

»Es wird langsam Zeit, unsere Freunde nach Hause zu bringen.« Jack ließ den Blick von Karl zu seinen Schützlingen gleiten.

Karl schluckte und wandte sich Magdalena zu. Er ergriff ihre Hand und zog sie an seine Seite. Dann sah er sie alle an.

»Ich möchte euch danken, für alles, was ihr unseretwegen auf euch genommen habt.« Sein Blick ruhte einen Moment auf Magdalena. »Wir werden euch das niemals vergessen. Ihr werdet für immer unsere Freunde bleiben. Raum und Zeit werden darin keine Rolle spielen.«

Magdalena löste sich von Karl und gemeinsam mit Phil ging sie auf Liz und Jo zu. »Ihr könnt uns jederzeit besuchen, das ist doch sicherlich möglich mit … eurem Reisegefährt.« Eine leichte Verzweiflung, wohlwissend, dass dies niemals eintreffen würde, lag in ihrem Blick.

Unter Tränen umarmten sie einander heftig.

Und dann ging Karl auf Hannes und Rio zu.

»Großer Gott, ihr werdet mir fehlen, mit euren Erfindungen aus der Zukunft.« Er zog einen nach dem anderen kurz aber heftig an sich und klopfte ihnen auf die Schulter. »Es hat mir wahrlich Freude bereitet, mit euch in den Kampf zu ziehen.« Er grinste sie an. »Ihr hättet das Zeug, mir als Ritter zu dienen.«

Und zum Schluss legte er Jack die Hand auf die Schulter.

»Passt auf Euch auf, Jack, lieber Freund. Ich hoffe, Euer Reisegefährt bringt Euch dahin, wo Ihr es wünscht.«

Am ergreifendsten war der Abschied zwischen Jack und Conrad.

Sekundenlang standen sie sich einfach nur gegenüber und sahen sich an. Schließlich umarmten sie einander wortlos.

»Lebt wohl, alter Freund. Solltet Ihr nicht finden, nach was Ihr sucht, Ihr wisst, ich kann in der Schmiede immer jemanden wie Euch gebrauchen.«

Jack lächelte. »Das werde ich mir merken, lieber Conrad.«

Dann trat Lene vor. Sie ließ den Blick auf jedem Einzelnen von ihnen ruhen. »Es war mir eine Ehre, euch kennenlernen zu dürfen.«

Tränen schwammen in ihren Augen. »Gott beschütze euch.« Sie nahm einen nach dem anderen in ihre Arme.

Ein letztes Mal würden sie durch den Geheimgang gehen um in Lenes Haus ihre Habseligkeiten zusammenzupacken.

Sie waren bereits ein paar Schritte gegangen da hielt Rio abrupt inne. »Ach Karl ... «

»Ja?« Karl blieb stehen.

»Wenn der Sand zweimal durch deine Uhr gelaufen ist - schau in den Himmel - wir werden euch von dort aus ein letztes Mal grüßen.«

Rio hob den Arm und dann machten sie sich endlich auf den Weg.

Es war ein seltsames Gefühl, genau zu wissen, dass sie nie wieder hierher zurückkehren würden.

Ein letztes Mal ließen sie den Blick durch Lenes Haus schweifen und noch einmal sahen sie in den Hof hinaus, in dem sie in den vergangenen Wochen so schöne, aber auch aufregende Stunden erlebt hatten. Es kam ihnen vor, als hätten sie nicht nur Tage, sondern Jahre hier verbracht.

Liz und Jo waren froh, Hannes und Rio an ihrer Seite zu haben. Sie hätten immerzu weinen können. Es war ein Gefühl, als würde mit diesem Abschied ein Teil von ihnen sterben.

Schweigsam gingen sie hinter Jack her. Er leuchtete ihnen mit der Taschenlampe den Weg und schließlich waren sie an dem Versteck angelangt.

Jack blieb stehen und wandte sich zu ihnen um. Er atmete einmal tief durch. »Seid ihr bereit?«

Sie nickten stumm.

Gemeinsam begannen sie, die Maschine von den Zweigen und Ästen zu befreien. Unglaublich, dass sie mit diesem Ding durch die Zeit gereist waren. Was, wenn nun irgendetwas schiefging? Keiner von ihnen sprach es aus, aber alle hatten sie denselben Gedanken. Sie redeten sich ein, wenn sie die Worte nicht laut aussprächen, würde alles gut gehen.

Ein letztes Mal umrundete Jack die Maschine und überprüfte sie, so gut es eben im Licht der Taschenlampe möglich war. Wie eine gute Freundin tätschelte er das Gehäuse. »Lass uns nicht im Stich, altes Mädchen.« Sie stiegen ins Innere und ließen sich auf ihre Plätze sinken.

War es wirklich erst etwas mehr als drei Wochen her, seit sie hier das letzte Mal gesessen hatten?

Jack nahm hinter dem Bedienfeld Platz.

»So meine Freunde, wir werden am selben Tag zurückkehren, an dem wir aufgebrochen sind.« Er drückte einige Tasten und drehte sich dann zu ihnen um. »Um genau zu sein, wir werden exakt um dieselbe Uhrzeit ankommen.«

Rio beugte sich vor. »Was wird uns erwarten, Jack?«

»Ich bin nicht Gott ... «, Jack zögerte, »aber es müsste alles so sein, als hätten diese Zeitreisen niemals stattgefunden.«

»Wartet.« Rio beugte sich hinter seinen Sitz und da lagen sie noch. Die drei Feuerwerksraketen, die er von zu Hause mitgenommen hatte - aus welchen Gründen auch immer. Er beförderte sie hervor und hielt sie in die Höhe. »Ich hab Karl was versprochen.« Er grinste. »Nur noch zwei Minuten.«

Sie folgten ihm nach draußen, wo er die drei Holzstäbe, an denen die Raketen befestigt waren, in die Erde steckte. Das Feuerzeug, das er aus seinem Rucksack hervorgeholt hatte, funktionierte glücklicherweise noch immer. Er zündete einen Feuerwerkskörper nach dem anderen an.

Sie gingen ein paar Schritte zurück und lauschten, wie die Stille der Nacht durch das schrille Pfeifen der Raketen durchbrochen wurde.

Wunderschöne Lichter erhellten den Himmel, während sie sich alle an den Händen hielten.

»Lebt wohl Freunde.« Jacks Worte trieben Jo und Liz schon wieder die Tränen in die Augen.

Karl und Magdalena sahen in den endlos sternenklaren Nachthimmel.

»Ich weiß wirklich nicht, was es da oben außer den Sternen zu sehen geben könnte.«

Magdalena schmiegte sich an Karl. Sie hatten sich ein ungestörtes Plätzchen gesucht.

»Glaub mir Liebster, Rio wird sich etwas dabei gedacht haben.«

Karl beugte den Kopf, zärtlich benetzten seine Lippen Magdalenas Haar.

»Sieh nur!« Er folgte ihrem Blick und sah hinter dem Wald, Richtung Empfingen, hintereinander drei Lichtschweife am Himmel aufsteigen.

»Oh mein Gott.« Magdalena schlug die Hand vor den Mund. Aus den Schweifen explodierten nacheinander die wundervollsten Farbregen, die sie jemals gesehen hatten.

Sie wischte sich ein paar Tränen weg. »Wie wunderschön.« Ihre Stimme war nur noch ein Flüstern.

Karl schluckte. »Lebt wohl Freunde.«

Er sah Magdalena an. »Ich liebe dich so sehr.«

Sie blinzelte ihre Tränen weg. »Und ich liebe dich, Karl.«

Er nahm ihr Gesicht in seine Hände und küsste sie.

3 2

Sie hatten alle wieder ihre Plätze eingenommen. Ein letztes Mal drehte Jack sich zu ihnen um. »Bereit?«

Sie nickten. Er wandte sich wieder um und drückte den entscheidenden Knopf. »Es geht los.«

Das Geräusch begann leise und surrend. Es schwoll zu einem ohrenbetäubenden, unerträglichen Brummen an. Erfolglos hielten sie sich die Ohren zu.

Dann war da nichts mehr.

Es war ein unangenehmes Gefühl. Jemand schlug ihr immer wieder ins Gesicht. Sie blinzelte, langsam kam sie zu sich. *Was war nur los, wo war sie?*

»Rio«, sie erkannte Rio.

Er beugte sich über sie. »Okay, sie kommt zu sich.«

Dann bemerkte sie die anderen. Alle sahen sie an. Liz, Hannes und Jack und plötzlich wusste sie wieder alles. Hektisch rappelte sie sich hoch. »Hat es funktioniert?«

»Hey, langsam.« Rio hielt sie fest, sie war seitlich vom Sitz gerutscht. Als er sie anlächelte und sie in die Gesichter der anderen sah, wusste Jo, dass alles gut war.

Jack öffnete die Tür, zögernd stiegen sie aus.

»Wahnsinn.« Hannes sah sich um. »Die Scheune, wir sind echt wieder zurück, wie's aussieht.«

Sie sahen sich an. Lachend fielen sie sich um den Hals.

»Kommt ins Haus, wir müssen sicher sein.« Jack ging voraus.

Draußen sah alles aus, wie es sein sollte, aber waren sie auch wirklich in der richtigen Zeit angekommen? Sie standen in Jacks Wohnzimmer und sahen gebannt auf die digitale Zeitanzeige seiner Wanduhr. Mittwoch, 20. Juli, 16:32 Uhr. Gut, im Zeitalter der modernen Technik waren sie schon mal angelangt und der Tag passte auch. Fragte sich nur, ob es auch das richtige Jahr war. Ratlos sahen sie sich an.

»Das gibt's doch nicht, es muss doch wohl möglich sein, das Jahr herauszufinden.« Entnervt fuhr Rio sich durchs Haar.

Mit dem Telefon in der Hand kehrte Jack ins Wohnzimmer zurück und streckte es ihnen entgegen. »20. Juli 2016«, er lächelte, »es war die ganze Zeit über auf der Ladestation.«

»Jack?« Rio sah ihn an.

»Ja?«

»Hast du ein Bier?«

Über Jacks Gesicht breitete sich ein Grinsen aus. »Ich schau nach.«

Erschöpft, aber glücklich setzten sie sich aufs Sofa und als Jack mit Saft, Wasser und Bier hereinkam, stießen sie miteinander an.

»Und jetzt?« Hannes schaute in die Runde.

Jack war aufgestanden und sah aus dem Fenster.

»Ich denke, jeder von euch sollte wohl erst einmal nach Hause gehen, was meint ihr?« Er drehte sich zu ihnen um.

»Ja, das denke ich auch.« Rio beugte sich vor. »Und was ist mit dir, Jack?«

Er sah sie einen Moment lang schweigend an.

»Aber das wisst ihr doch.« Er lächelte. »Ich werde noch heute aufbrechen.«

Betreten sahen sie ihn an.

Liz hob den Kopf. »Wo wirst du dann sein, also jetzt ... heute?«

Nachdenklich gab sie sich selbst die Antwort. »Vermutlich wirst du in München leben, stimmt's?« Es war alles so verwirrend.

»Vermutlich, wer weiß?« Jack zuckte mit den Schultern.

»Aber wenn du jetzt zurückgehst ... wirst du dann wieder jung sein?« Jo schüttelte kurz verwirrt den Kopf und auch sie gab sich selbst die Antwort. »Warte, ich weiß es. Du wirst das Unglück verhindern und alles wird sich ändern - die Geschichte wird sich verändern. Falls du morgen in München lebst, wirst du genauso alt sein wie jetzt. Aber du kannst auf eine Vergangenheit mit deiner Familie zurückblicken. Ist es nicht so?«

Sie sah alle der Reihe nach an. Aber irgendwie schien keiner richtig durchzusteigen, es war wirklich kompliziert.

»So ähnlich wird es wohl sein.« Wieder lächelte Jack.

»Ich weiß nur, dass ich es versuchen muss, alles andere wird sich weisen.«

Er setzte sich an den Esszimmertisch und sah Hannes und Rio an. »Danke.« Seine Augen wanderten zur Decke und er schien nach Worten zu suchen.

»All die Jahre habt ihr mir euer Vertrauen geschenkt«, wieder ruhte sein Blick auf ihnen, »ich war immer euer Held und ihr ahnt nicht, wie sehr ihr mir mit eurer Anwesenheit über den Schmerz hinweggeholfen habt.« Gedankenverloren wiegte er einen Moment den Kopf, dann ließ er seinen Blick zu Jo und Liz schweifen.

»Und ihr Mädchen wart - was sage ich - ihr seid ganz wunderbar. Haltet zusammen, die Geschichte hat euch zu Verbündeten gemacht.« Keiner war fähig etwas zu erwidern. Alle schwiegen sie betroffen.

Jo erhob sich als Erste. Sie ging langsam auf Jack zu und umarmte ihn. »Jack, ich wünsche dir alles Gute.« Sie wischte sich die Tränen weg.

»Jack, danke. Deinetwegen sind wir zusammengekommen.« Liz nahm Jos Platz ein und auch sie umarmte ihn.

Hannes und Rio waren ebenfalls aufgestanden. Wortlos standen sie ihrem alten Freund gegenüber.

»Danke, für alles Jack.« Rio biss sich auf die Unterlippe und zog Jack an sich. Er schloss die Augen. Es war schwerer, als er gedacht hatte.

Als letzter war Hannes an der Reihe. »Ich werd dich niemals vergessen, Jack.« Er schluckte.

»Ich dich auch nicht, mein Junge.« Jack legte ihm die Hand auf die Schulter, dann zog er ihn an sich.

Sie standen sich alle etwas unentschlossen gegenüber.

Plötzlich klatschte Jack in die Hände und lachte. »Kinder, ich bin nicht aus der Welt - ich werde mich bei euch melden, was sagt ihr?«

»Auf jeden Fall, mach das.« Hannes lächelte. »Wir wollen schließlich deine Familie kennenlernen.«

»Das werdet ihr Kinder, das werdet ihr.« Abermals klatschte er in die Hände. »Beinahe hätte ich etwas vergessen.« Er ging hinaus und kam kurz darauf wieder mit einem kleinen Spray zurück.

»Hier, für Jos Rücken, du hast mich danach gefragt. Es ist die neuere Version meiner Erfindung, sozusagen für unterwegs.« Er drückte Rio den kleinen Behälter in die Hand.

»Ich denke, es ist ihr lieber, wenn du sie einsprühst, nicht wahr Jo?« Er zwinkerte ihr zu und sie gab ihm ein Grinsen zurück.

Schließlich machten sie sich auf den Weg.

Es war ein beklemmendes Gefühl, nicht zu wissen, was aus Jack werden würde. Nun, sie konnten nur abwarten, bis oder ob er sich bei Ihnen meldete.

Sie ließen sein Haus hinter sich und gingen über die Wiese.

Ihr Blick schweifte zur Ruine.

»Unglaublich ... « Rio schüttelte den Kopf.

Einen Moment verharrten sie zu einer Art Schweigeminute.

Keiner sagte etwas und das war auch nicht nötig. Für das Erlebte gab es keine Worte.

Sie setzten ihren Weg fort, Richtung Schlossbergsiedlung.

»Wenn alles so ist, wie es sein sollte, hab ich in ungefähr einer Stunde Volleyballtraining.« Es war erstaunlich, wie schnell sich das Gehirn wieder an die Dinge des Alltags erinnerte. Liz stöhnte. »Ich weiß nicht, ob ich das durchstehe.«

Hannes zog sie an sich. »Geh hin, es tut dir bestimmt gut.« Er gab ihr einen Kuss. »Ich werd dich danach abholen.«

Rio warf Jo einen Seitenblick zu. »Hast du noch Zeit?«

Sie sah ihn fragend an.

»Kommst du mit zu mir?« Er hob das Spray in die Höhe. »Ich denke das sollten wir noch erledigen.«

Jo zögerte. »Ich weiß nicht, ich sollte vielleicht erst nach meiner Mutter sehen.« Sie blieb stehen und sah ihn an. »Komm du mit zu mir.«

Er grinste schief. »Zimmer aufgeräumt?«

Sie reckte das Kinn. »Mein Zimmer ist immer aufgeräumt.«

Am Ortseingang, oben im Neubaugebiet, verabschiedeten sie sich voneinander. Während Hannes mit Liz links abbog, gingen Rio und Jo noch ein Stück geradeaus, um an der nächsten Abzweigung nach rechts in die Beethovenstraße einzubiegen. Als sie vor Jos Haustür standen, atmete sie tief durch.

Rio griff nach ihrer Hand. »Ich muss nicht mit rein, wenn es dir lieber ist, geh ich gleich nach Hause.«

Sie schüttelte den Kopf und blickte zu Boden. »Nein«. Sie sah ihn an. »Bleib.«

Leise schloss sie die Tür auf. »Warte hier.«

»Jo?«

»Ja, Ma, ich bin da.« Jo öffnete die Wohnzimmertür einen Spalt breit. Sie war überrascht. Ihre Mutter saß am Tisch und legte die Wäsche zusammen. Sie öffnete die Tür ganz und trat ein. Der Fernseher lief.

»Hallo Liebes«, ihre Mutter lächelte.

»Hey Ma«, Jo gab ihr einen Kuss auf die Wange. »Wie geht's dir?«

»Ich mache die Wäsche und schaue nebenbei eine wirklich schreckliche Schnulze.« Sie sah ihre Tochter liebevoll an. »Es geht mir besser. Du hattest vermutlich recht, ich sollte meine Medikamente regelmäßig nehmen.«

Von der Diele war ein Geräusch zu hören. Sie sahen gleichzeitig zur Tür.

»Ist da noch jemand?« Ihre Mutter sah sie fragend an.

Jo blinzelte ein paar Mal. »Nur ein Kumpel. Wir gehen hoch.«

Hektisch machte sie mit dem Finger eine Bewegung und zeigte nach oben. »Also, dann, bis später.«

»Ok… bis später.« Irritiert sah sie Jo hinterher und als sie Schritte auf der Treppe hörte, blickte sie nachdenklich aus dem Fenster.

»Nur ein Kumpel.« Rio zog die Augenbrauen hoch, als er ihr Zimmer betreten hatte.

Sie schloss die Tür und lehnte sich daran an.

Er sah sich um. »Du hast wirklich aufgeräumt.«

Seine Finger berührten das Schlagzeug in der Ecke. »Nicht schlecht.«

Er betrachtete die Poster, die an der Wand darüber hingen und nahm ein paar CDs in die Hand, die im Regal daneben aufbewahrt waren.

Manfred Mann, AC/DC, Queen, Guns N'Roses, Pink Floyd.

Vermutlich Erbstücke ihres Vaters.

Über ihrem Schreibtisch waren an einer Pinnwand unzählige Fotos befestigt, die Jo hauptsächlich mit Liz und einigen Freundinnen auf diversen Partys und Schulveranstaltungen zeigte. Daneben hing ein Bild von Jo mit ihrem Vater, das vermutete er zumindest. Sie saßen gemeinsam am Schlagzeug. Beide hatten ein unglaubliches Strahlen im Gesicht.

Vermutlich hatte Jos Mutter das Foto gemacht.

Rios Blick wanderte weiter und blieb an einem Bild über ihrem Bett hängen. Ein riesiges Auge war in dunkle Wolken gemalt und eine Träne tropfte in den darunterliegenden See.

Unter dem Bild hing ein gerahmtes Gedicht.

Memento

Vor meinem eigenen Tod ist mir nicht bang,
Nur vor dem Tode derer, die mir nah sind.
Wie soll ich leben, wenn sie nicht mehr da sind?

Allein im Nebel tast ich todentlang
Und laß mich willig in das Dunkel treiben.
Das Gehen schmerzt nicht halb so wie das Bleiben.

Der weiß es wohl, dem gleiches widerfuhr;
- Und die es trugen, mögen mir vergeben.
Bedenkt: den eignen Tod, den stirbt man nur,
Doch mit dem Tod der andern muß man leben.

Mascha Kaléko

Neben dem breiten französischen Bett waren auf einem Schränkchen unzählige Miniatur Parfümfläschchen angeordnet. Er nahm eines in die Hand und roch daran.

»Ich hab eine Schwäche für gute Düfte.« Lächelnd zuckte sie wie zur Entschuldigung die Schultern.

Er zog die Augenbrauen hoch und sprühte sich etwas Parfüm an seinen Hals.

Sie beugte den Kopf und lachte leise.

Vorsichtig stellte er das Fläschchen wieder zurück und kam auf sie zu. Mit der Hand stützte er sich an der Tür, neben ihrem Kopf ab. Sie schloss die Augen und schnupperte an seinem Hals.

»Mmh ... du riechst wirklich gut.«

Seine Lippen waren nur noch wenige Zentimeter von ihrem Mund entfernt. Da klopfte es an der Tür.

Sie fuhren zusammen, als wären sie vom Blitz getroffen worden und stießen die Köpfe aneinander.

»Jo, alles in Ordnung?«

»Ma! - Ja, was ist denn?« Jo rieb sich mit der Hand den Kopf.

»Ich wollte nur fragen, ob ihr etwas essen möchtet.«

»Nein, aber ich komme gleich runter, ok?« Genervt verdrehte Jo die Augen.

Das durfte doch nicht wahr sein. Erst bekam sie ihre Mutter monatelang nicht vom Sofa hoch und nun da sie den ersten männlichen Besuch ihres Lebens hatte, lief sie zur Hochform auf.

»Ist gut, also ich wollte nur sagen, es ist genug da.«

»Ja, Ma, ich hab's verstanden, ok?«

Leise entfernten sich die Schritte auf der Treppe.

Rio hatte die Hände in die Hüften gestemmt. Er sah zu Boden und schüttelte leise lächelnd den Kopf.

»Entschuldige.« Mit gequältem Blick ging Jo auf ihn zu.

Er sah sie an. »Zieh das da aus.«

»Was?« Entgeistert sah sie ihn an. »Wir können doch jetzt nicht ... «

Er hielt das Spray in die Höhe und sie verstummte. »Ich denke, wir beschränken uns heute auf das da.«

Sie spürte, wie ihr die Röte ins Gesicht schoss. Schnell drehte sie sich um und zog sich das T-Shirt über den Kopf. Sie konnte hören, wie Rio hinter ihr langsam ein- und wieder ausatmete.

»Willst du dich nicht hinlegen?«

»Okay.« Sie legte sich auf ihr Bett.

»Es kann kalt werden.« Rio setzte sich neben sie und schüttelte die kleine Dose. »Darf ich?« Vorsichtig öffnete er ihren BH. Zügig besprühte er die feinen roten Linien. »Wow, du solltest das sehen Jo, das ist total abgefahren.«

Kaum war der feine Nebel auf die Narben gelangt, verschwanden diese, wie durch Geisterhand.

»Es ist absolut nichts mehr zu sehen, echt der Wahnsinn.«

»Könntest du vielleicht?« Jo drehte leicht den Kopf.

»Oh, ja klar, warte.« Behutsam verschloss er ihren BH wieder.

Als er keine Anstalten machte, sich weder zu bewegen, noch etwas zu sagen, wandte sie sich um.

»Was ist?«

Er stand etwas abrupt auf und drehte ihr den Rücken zu.

»Ich sollte jetzt besser gehen.«

Jo fragte sich, ob sie etwas falsch gemacht hatte. Was war plötzlich los mit ihm?

»Okay.« Sie setzte sich aufs Bett.

Er drehte sich kurz zu ihr um. »Also dann, wir sehn uns morgen in der Schule. Ich würde dich ja mitnehmen, aber ich glaub, ich hab erst zur Zweiten.«

Sie zuckte mit der Schulter. »Kein Problem, ich fahr mit dem Bus.«

Als wäre er auf der Flucht, ging er schnell zur Tür hinaus.

»Was zum Teufel war das jetzt?« Jo hatte die Worte laut ausgesprochen. Was dachte er sich eigentlich, warum war er plötzlich so… distanziert?

Das ganze Abendessen über grübelte sie darüber nach.

»Willst du mir nicht erzählen, wer der junge Mann war?« Jo tauchte langsam aus ihrem Gedankenkarussell auf und sah ihre Mutter an.

»Was? Ach das, das war Rio, er wohnt ein paar Straßen weiter.«

Ihre Mutter zog die Augenbrauen hoch. »Denkst du nicht, es wäre angebracht gewesen, ihn mir kurz vorzustellen?«

»Mama, du kennst ihn doch.« Entnervt schob Jo ihren Teller weg.

Selbst der Umstand, dass sich ihre Mutter plötzlich wieder für ihre Umwelt zu interessieren schien, tröstete sie nicht.

»Ich bin hundemüde, hast du was dagegen, wenn ich hochgehe?«

»Ich schätze, du willst nicht darüber reden?« Fragend sah ihre Mutter sie an.

»Da gibt's nichts zu reden.« Sie schnappte sich ihre Schultasche und ließ ihre Mutter einfach stehen.

Sie schlief miserabel. Am nächsten Morgen saß sie müde und schlecht gelaunt, wie schon lange nicht mehr, am Küchentisch.

Ihre Mutter lag zum Glück noch im Bett. Deren Anwesenheit hätte sie jetzt nicht auch noch ertragen. Sie biss zweimal von ihrem Brot ab, dann brach sie auf.

Liz wartete bereits am Ende der Straße. Sie umarmten sich kurz und Liz plapperte gleich drauf los.

»Du hättest mal sehen sollen, wie seine Schwester geklotzt hat. Ich hab ihr förmlich angesehen, was sie dachte. Ihr Bruder mit dieser eingebildeten Zimtzicke Liz.«

Sie waren schon fast am Ende des Schlossbergs angelangt, als Liz auffiel, dass Jo noch kein Wort gesprochen hatte. Sie bemerkte deren finsteren Blick und blieb stehen.

»Was ist los?«

»Ach nichts.« Mit mürrischem Gesichtsausdruck ging Jo weiter.

Erst als Liz sie wieder eingeholt hatte und am Arm festhielt, blieb sie genervt stehen.

»Jetzt sag schon.«

Jo holte Luft und erzählte Liz von Rios eigenartigem Verhalten am Abend zuvor.

»Vielleicht war es ihm einfach peinlich, wegen deiner Mutter«, mutmaßte Liz.

»Meinst du?« Zweifelnd sah Jo ihre Freundin an.

»Warum fragst du ihn nicht einfach?«

Jo atmete aus. »Vielleicht hast du recht.«

Je mehr sie darüber nachdachte, desto logischer erschien ihr Liz' Argument und ja, sie würde ihn fragen.

Keiner ihrer Mitschüler fehlte, also war keiner krank geworden und der Fluch schien wirklich gebannt.

Die Minuten vergingen in Zeitlupe doch irgendwann ertönte endlich der Gong zur Pause.

Am Rande des Schulhofes setzte Jo sich mit Liz auf eine Bank.

Immer mehr Schüler strömten durch die Tür in den Pausenhof und da entdeckten sie auch Hannes und Rio. Die beiden hatten sie noch nicht bemerkt und blieben neben der Tür bei ein paar Leuten aus ihrer Stufe stehen.

»Wir gehen da jetzt auf keinen Fall rüber, was meinst du?« Jo warf Liz einen Blick zu.

»Auf keinen Fall.« Sie sahen sich verschwörerisch an und grinsten.

Rio und Hannes unterhielten sich mit drei anderen Jungs. Plötzlich traten zwei Mädchen durch die Tür. Eine davon war Davina. Hocherfreut, so schien es, steuerten sie auf die Gruppe zu. Sie riefen etwas und alle lachten.

Rio drehte sich um und Davina stand plötzlich vor ihm. Sie redeten miteinander, er lächelte und dann zog dieses Miststück seinen Kopf zu sich herunter und küsste ihn.

»Oh Scheiße ... « Liz sah Jo an.

»Tja, da gibt es wohl nichts mehr zu fragen.« Mit unbeweglicher Miene stand Jo auf und ging davon.

»Alter, ich glaub, du hast ein Problem.« Hannes legte Rio die Hand auf die Schulter.

Die Mädchen hatten sich nach ihrem Auftritt bereits wieder verabschiedet und Rio schüttelte immer noch lächelnd den Kopf.

»Ja, das glaub ich auch ... wie soll ich Vin das bloß begreiflich machen, sie checkt es einfach nicht.« Frustriert fuhr er sich mit der Hand durchs Haar.

»Das mein ich nicht.« Hannes deutete mit dem Kinn auf Jo, die mit schnellen Schritten durch den hinteren Eingang ins Schulgebäude lief. Und dann fiel ihr Blick auf Liz, die immer noch auf der Bank saß. Sie zuckte bedauernd die Schultern.

»Verdammt, hat sie das gesehen?« Rio drehte den Kopf zur Seite und biss sich auf die Unterlippe. Wieder fuhr er sich durchs Haar.

Sie hatte sich im Klo eingeschlossen. Sie war wütend. Sie hatte es gewusst, es würde zu Ende gehen. Wie konnte sie nur so dumm sein, zu glauben, dass es mehr war als eine - wie hatte er es genannt? Geschichtliche Episode ...

Und dann ausgerechnet diese Davina. Dunkel konnte sie sich erinnern, dass sie die beiden früher schon manchmal zusammen gesehen hatte. Diese Schlampe, jeder wusste, dass die gleich zu haben war. Dann war es wohl doch nicht bei der Studentin geblieben. Also hatte er sie auch noch angelogen.

Es war unerträglich und es tat furchtbar weh. Es war der schlimmste Schmerz, den sie je durchlitten hatte. Das Auspeitschen war dagegen eine Lachnummer gewesen.

»Jo? Bist du da? Komm schon, ich weiß, dass du da bist.« Liz überprüfte jede einzelne Tür. An der letzten blieb sie stehen. »Komm raus.«

Jo putzte sich die Nase. »Ich hasse ihn.«

Liz schnaufte auf. »Du kannst ihn auch hier draußen hassen, mach auf. Außerdem hat nicht er sie geküsst, sondern sie ihn.«

Jo drehte das Schloss auf und öffnete die Tür. »Er hat aber nichts dagegen unternommen.«

Sie standen sich gegenüber.

»Wie hätte er so schnell reagieren sollen?« Liz nahm sie in den Arm. »Komm, wasch dir das Gesicht und beruhige dich. Alle fragen schon nach dir. Ich hab gesagt, dass dir schlecht ist, aber wir können nicht ewig fehlen.«

Irgendwie ging dieser Morgen vorüber und als der Gong ertönte, packte Jo erleichtert ihre Sachen zusammen.

Er stand mit Hannes auf dem Parkplatz, neben dem Alfa seines Vaters und als sie die Mädchen aus dem Schulgebäude kommen sahen, setzte Hannes sich in Bewegung.

Er gab Liz einen Kuss und nahm ihre Hand. »Wir beide fahren mit dem Bus.« Er zwinkerte ihr zu und zog sie mit sich fort.

Liz warf Jo einen hilflosen Blick zu. Da drehte sich Hannes noch einmal zu Jo um und sah sie an.

»Ach ja, er wartet auf dich.« Mit dem Kopf deutete er in Rios Richtung.

Aus der Ferne fixierten sie sich. Mit verschränkten Armen und überkreuzten Beinen, lehnte er am Auto. Er trug eine verwaschene Jeans und ein weißes T-Shirt. Selbst von Weitem konnte sie sehen, wie seine Muskeln sich unter dem Stoff abzeichneten. Wie so oft, fiel ihm eine dunkle Strähne ins Gesicht.

Sie seufzte innerlich auf, er sah so verdammt sexy aus.

Langsam ging sie auf ihn zu. Sie verschränkte die Arme ebenfalls vor der Brust und einen Moment standen sie sich wie zwei Kampfhähne gegenüber.

Rio umrundete das Auto und öffnete die Beifahrertür.

»Wir müssen reden.« Seine Worte schienen keinen Widerspruch zu dulden.

Einen Moment blieb sie trotzig stehen und biss sich auf die Unterlippe. Schließlich gab sie sich einen Ruck und stieg ein.

Er sah sie kurz an. »Wir fahren zu mir, wenn das für dich ok ist.«

»Kein Problem.«

Sie sah zum Fenster raus. Während der knapp zehnminütigen Fahrt redeten sie kein Wort miteinander.

Rasch schrieb sie ihrer Mutter eine Nachricht, dass sie später kommen würde.

Sie parkten vor der Garageneinfahrt. Zögernd folgte sie ihm.

Er schloss die Haustür auf und sie betraten eine große helle Diele.

»Ist dein Vater nicht da?« Unauffällig sah sie sich um.

Sie mussten wohlhabend sein, das war unverkennbar. Alles an der Einrichtung wirkte stilvoll und edel.

»Er kommt erst heute Abend. Geh schon mal hoch, gleich die erste Tür rechts, ich hol uns noch was zu trinken.«

Langsam ging sie die Stufen nach oben. Auch die obere Etage war großzügig angelegt. Von einer großen Empore aus führten mehrere Türen in verschiedene Räume. Sie öffnete die Erste rechts, wie er ihr gesagt hatte.

Eine Akustikgitarre und drei E-Gitarren stachen ihr ins Auge.

Eine weiße, eine metallicrote sowie eine schwarzbraune, waren im Halbkreis auf Gitarrenständern angeordnet. Daneben befand sich ein großer Verstärker. Über die gesamte Länge der Wand war ein Regal angebracht, das mit unzähligen CDs bestückt war. Am Fenster stand ein Schreibtisch mit einem Laptop darauf. Die Wände waren mit Poster verschiedener Bands bestückt. Sie erkannte Billy Talent und Emil Bulls und sie lächelte - My Chemical Romance.

Über seinem breiten Bett war eine überdimensionale Fahne von einem Festival in Dinkelsbühl angebracht - Summer Breeze - sie hatte schon davon gehört. Ein paar Fotos hingen an den Wänden. Das Gruppenbild seiner Fußballmannschaft und ein Bild, das Rio und seinen Vater am Steuer eines Motorbootes zeigte.

»Das war auf Sardinien, vor zwei Jahren.« Er war unbemerkt ins Zimmer gekommen.

Sie drehte sich um und er stand mit den Händen in den Hosentaschen vor ihr.

»Hör zu, das vorhin ... du weißt, dass das nichts zu bedeuten hat.«

Sie zog die Augenbrauen hoch und verschränkte die Arme vor der Brust. »Du weißt, dass das der bescheuertste Männer Standardspruch ist, den es gibt?«

»Komm schon Jo, du musst doch gecheckt haben, dass sie es war, die mich geküsst hat und nicht anders herum.«

»Das hab ich gesehen und was ich auch gesehen habe, war, wie du sie angelächelt hast. Dein Blick war ja geradezu einladend.« Sie drehte ihm den Rücken zu. »Und das Schlimmste ist, dass du mich angelogen hast.« Sie brachte nur noch ein Flüstern zustande.

»Was? - Was willst du damit sagen?« Rio ging einen Schritt auf sie zu.

»Du warst mit ihr zusammen, ich hab euch früher ab und zu gesehen.«
Sie drehte sich zu ihm um. »Und du kannst mir nicht erzählen, dass ihr
nichts miteinander hattet.« Sie machte eine Pause. »Wo doch jeder weiß,
was für eine sie ist.« Sie starrte auf den flauschig braunen Teppichboden.

»Na ja, vermutlich war das mit uns doch nur eine geschichtliche Episode«. Zynisch sprach sie die Worte aus.

Rio war zu perplex, um sofort etwas darauf zu erwidern. Er drehte ihr
den Rücken zu und fuhr sich mit der Hand durchs Haar und plötzlich
wurde er wütend. So schnell, wie er sich umdrehte, sie am Arm packte
und unsanft an die Wand drückte, konnte Jo überhaupt nicht reagieren.
Sie schnappte nach Luft und er sah sie einen Moment aus funkelnden
Augen an, dann presste er seinen Mund auf ihre Lippen.

Zuerst wehrte sie sich, aber es war unmöglich, sich ihm zu widersetzen, und sie wollte es auch gar nicht. Wie eine Ertrinkende begann sie
seinen Kuss zu erwidern.

Heftig atmend lösten sie sich voneinander.

»Und jetzt schau mir in die Augen, während du mir diesen ganzen
Schwachsinn nochmal erzählst.« Er sah sie an.

»Du warst nicht mit ihr zusammen?«

Ungläubig schüttelte er den Kopf. »Was hältst du eigentlich von mir?«

Jo schlug die Augen nieder. »Aber ich hab euch immer wieder miteinander gesehen.«

Er hob ihr Kinn an. »Was hast du gesehen?« Er machte eine Pause und
holte tief Luft. »Sie rennt mir schon seit Monaten hinterher, frag Hannes.
Und sie kapiert einfach nicht, dass ich nicht auf sie steh. Und nur weil ich
nett zu ihr bin, heißt das nicht, dass ich mit ihr ins Bett steige.« Er fuhr
sich mit den Händen übers Gesicht.

»Tut mir leid.« Jo war immer kleinlauter geworden. Sie drehte sich
weg und umschlang mit den Armen ihren Oberkörper.

»Aber es hat alles so zusammengepasst, gestern warst du schon so komisch, so ... distanziert. Und nachdem du einfach gegangen bist, was
sollte ich denn da denken?« Sie zuckte zusammen, als er plötzlich dicht
hinter ihr stand.

Langsam drehte er sie an den Schultern zu sich um und sah ihr in die
Augen. »Kannst du dir eigentlich vorstellen, wie viel Kraft es mich gekostet hat, einfach so zu gehen?«

Überrascht sah Jo ihn an.

»Ich dachte, es wäre besser, wenn ich mich davon mache, bevor wir etwas Unüberlegtes tun.« Zum tausendsten Mal fuhr er sich mit der Hand durch sein Haar. »Ich meine, deine Mutter war schließlich da.«

Er berührte ihr Gesicht und strich mit dem Daumen über ihre Lippen.

»Du lagst da, halb nackt ... ich konnte mich fast nicht beherrschen.« Seine Stimme war plötzlich rau geworden. »Vertrau mir endlich - ich lass dich nicht los, niemals.«

Jo sah ihn an. Tränen liefen über ihre Wangen. Sie schluckte.

»Es tut mir leid, entschuldige.« Sie nahm sein Gesicht in beide Hände. »Es tut mir so leid.«

Sie begann ihn zu küssen, er hob sie hoch und sie schlang ihre Beine um seine Hüften. Langsam bewegte er sich rückwärts und als er an sein Bett stieß, ließ er sich mit ihr darauf sinken. Mit den Händen fuhr er unter ihr T-Shirt, ihre Taille entlang und zog es ihr über den Kopf. Und als sie Schwierigkeiten hatte, ihm seines auszuziehen, mussten sie lachen.

Zärtlich strich sie über die feine Narbe auf seiner Brust und benetzte die Stelle mit ihren Lippen. Seine Hände wanderten über ihren Rücken und öffneten den Verschluss ihres BHs. Er streifte ihn von ihren Schultern und ließ ihn einfach zu Boden fallen. Und irgendwie lag Jo plötzlich auf dem Bett und er beugte sich über sie. Sie spürte seinen Mund auf ihren Lippen. Niemals würde sie dieses Gefühl, das da Besitz von ihr ergriff, beschreiben können. Es war wie ein süßer Schmerz, der in jede einzelne Faser ihres Körpers zu fließen schien. Seine Hände waren plötzlich überall. Er öffnete den Knopf ihrer Jeans und schälte sie ihr langsam von den Hüften und als er sie erneut zu küssen begann, ging ein Schauer durch ihren Körper und sie zitterte. Er griff hinter sich und zog mit einer Hand die Decke etwas höher.

»Du frierst.« Er streichelte ihr Gesicht und sah sie unentwegt an. »Jo, Jo ... du weißt nicht, wie sehr ich dich liebe.«

Sie biss sich auf die Lippen, aber sie konnte die Tränen nicht aufhalten. Erschrocken hielt er inne. »Hey, was ist?«

Sie schüttelte zuerst stumm den Kopf. »Nichts ... es ist nur … « Sie sah ihn mit tränenverschwommenem Blick an. »Ich fürchte, du bist die Liebe meines Lebens.«

Sie verschränkten ihre Hände ineinander und er küsste sie zuerst unendlich zärtlich, doch langsam wurde der Kuss fordernder und leidenschaftlicher.

Sie spürte sein Gewicht auf sich und nun war es Jo, die sich nicht mehr beherrschen konnte.

Sie griff in den Bund seiner Jeans und er sog scharf die Luft ein. Nacheinander öffnete sie die vielen Knöpfe.

Schließlich lagen sämtliche Kleidungsstücke auf dem Fußboden verstreut.

Es war anders als beim ersten Mal. Sie ließen sich Zeit und als Rio behutsam in sie drang und sich langsam in ihr bewegte, meinte sie vor Glück zerspringen zu müssen und sie wussten beide, sie würden zusammengehören und nichts würde sie je wieder trennen können.

Sie waren eingeschlafen. Rio schlug als Erster die Augen auf. Er betrachtete Jo. Wie schön sie war. Das kurze schwarze Haar stand ihr zu allen Seiten ab, aber es sah wirklich süß aus.

Sie hatte ihre Piercings wieder angelegt. Ein winziger Stein glitzerte an ihrer Nase und drei weitere zierten ihr Ohr. Die rechte Augenbraue war mit einem kleinen Ring durchstochen. Ihre Augenlider mit den langen dunklen Wimpern daran, zuckten leicht.

Als hätte sie gespürt, dass er sie beobachtete, öffnete sie langsam die Augen. Sie streckte ihre Hand aus, um seine Wange zu berühren.

»Es war wunderschön.«

Er zog die Augenbrauen hoch und grinste schief. »Es war phänomenal, wir könnten es gleich nochmal tun.«

Jo seufzte. »Ich sollte langsam nach Hause gehen.«

Ihr Blick fiel auf den Wecker auf seinem Nachttisch und sie bekam einen Schreck. »Was? Gleich halb sechs!«

Hastig stand sie auf und sammelte ihre Sachen vom Boden auf.

»Gibt's hier oben ein Bad?«

»Erste Tür rechts.« Mit dem Handy in der Hand sah er ihr hinterher. »Du kannst duschen, wenn du willst. Handtücher sind im Schrank.«

Sie war gerade hinausgegangen und Rio wollte kurz seine Nachrichten checken. Plötzlich ging die Tür wieder auf. Mit ihren Klamotten im Arm stand sie vor ihm.

»Es ist beängstigend - ich hab die Stimme meiner Mutter gehört.« Verwirrt sah sie ihn an.

Er runzelte die Stirn. »Was?«

Hastig zog sie sich an und öffnete die Tür einen Spalt breit.

Das war eindeutig die Stimme ihrer Mutter. Sie konnte nicht verstehen, was sie sagte, aber sie schien sich mit Rios Vater zu unterhalten.

Rio war inzwischen ebenfalls in seine Jeans geschlüpft. Er zog sich sein T-Shirt über und lauschte neben dem Türrahmen.

»Tatsächlich, mein Vater scheint doch schon früher gekommen zu sein.«

Im Gegensatz zu Jo war er absolut unbeeindruckt.

Panisch sah sie ihn an. »Oh mein Gott, ist das peinlich.«

Er grinste, griff mit einer Hand in ihren Nacken und zog sie lässig an sich, um ihr einen Kuss zu geben.

»Bleib cool, Baby«, er zwinkerte, »dir braucht nichts peinlich zu sein. Wir gehen da jetzt ganz locker runter und sagen Hallo.«

»Spinnst du?«

Fragend zog er die Augenbrauen nach oben.

»Sie werden es uns ansehen.« Jo bedachte ihn mit einem flehenden Blick.

Amüsiert musterte er sie. »Um meinen Vater brauchst du dir keine Sorgen zu machen. Er respektiert meine Privatsphäre, sofern ich mich an die Regeln halte.«

Diesmal zog Jo die Augenbrauen hoch. »Die da wären?«

»Keine Mädchen zu schwängern?« Er grinste sie unverschämt an.

Sprachlos klappte sie den Mund auf und wieder zu.

Also gut, sie würde mit Rio an ihrer Seite da runter gehen, aber zuerst musste sie sich noch etwas Wasser ins Gesicht spritzen und ihre Haare in Ordnung bringen.

Als sie aus dem Badezimmer kam, saß er mit dem Handy in der Hand auf dem Bett.

Sie lehnte sich an den Türrahmen und betrachtete ihn.

Alleine schon der Anblick, wie er da saß, breitbeinig, die Arme auf den Oberschenkeln abgestützt und sich voller Konzentration irgendeinem Handy Spiel zu widmen schien, ließ eine Reihe von Stromstößen durch ihren Körper schnellen.

Er musste ihre Anwesenheit gespürt haben. Mit hochgezogenen Augenbrauen hob er den Blick. Er legte sein Handy weg und kam langsam auf sie zu. »Bereit?« An der Taille zog er sie an sich und gab ihr einen Kuss.

Jo atmete tief durch. Er nahm ihre Hand und gemeinsam gingen sie die Treppe hinunter.

Sie schnappten ein paar Gesprächsfetzen auf: » ... hatte es nicht leicht ... verstehe sie sehr gut ... nicht immer einfach ... «

Rio sah sie noch einmal an und drückte ihre Hand, bevor er kurz anklopfte und ohne abzuwarten, die Wohnzimmertür öffnete.

Jo wusste nicht, was sie erwartet hatte. Vielleicht, dass sie ihre Mutter mit diesem gewohnt leeren, müden Blick antraf. Stattdessen hatte sie das Gefühl, einer fremden Person gegenüber zu stehen. Sie kam nicht sofort darauf, was es war, doch als sie in ihre Augen sah, bemerkte sie die Veränderung. Sie lebten. Sie hätte es in diesem Moment nicht anders ausdrücken können.

All die Jahre hatte sie das Gefühl gehabt, ihre Mutter würde durch sie hindurchsehen und plötzlich schien ihr Blick wacher und strahlender wie seit Langem nicht mehr.

Sie saß da und trank Kaffee - unglaublich.

Wie peinlich war das denn? Sie bedachte ihre Mutter mit einem entsprechend vorwurfsvollen, strafenden Blick.

Die blonden Haare zu einem Pferdeschwanz zusammengebunden - Jo kam vom Aussehen her eher nach ihrem Vater - sah sie in ihrer Jeans und dem pinken Sweatshirt unglaublich jung aus.

»Sehen Sie, wie ich gesagt habe, kein Grund sich Sorgen zu machen. In diesem Haus geht niemand verloren.« Rios Vater zwinkerte.

»Hallo ihr beiden.« Lächelnd sah er sie abwechselnd an. »Du bist also Joana.« Er reichte ihr die Hand. »Freut mich sehr.«

Sein Händedruck war warm und fest. Jo mochte ihn sofort.

Rio war das Abbild seines Vaters. Der hatte dasselbe dunkle Haar wie sein Sohn, mit dem Unterschied, dass er es sehr kurz trug. Mit seinem Dreitagebart hätte er glatt als seriöses Männermodel durchgehen können. Sie fragte sich, ob Rio später genauso aussehen würde. Nun, mit dieser Vorstellung konnte sie ganz gut leben. Sein Vater war ein wirklich gutaussehender Mann.

Jos Mutter stand auf und Rio beeilte sich, ihr die Hand zu reichen. »Hallo Frau Forster.«

Sie lächelte ihn an. »Du warst das also, gestern Abend.«

Rio zuckte entschuldigend die Schultern. »Ja, tut mir leid, dass wir uns da nicht gesehen haben.«

Rios Vater runzelte die Stirn. »Du hast dich nicht vorgestellt, mein Sohn?«

Jo mischte sich ein. »Das war meine Schuld.« Unbehaglich rieb sie ihre Handflächen an den Oberschenkeln.

Mit einem Blick, der zu sagen schien, da siehst du es, sah ihre Mutter sie an. Zerknirscht zuckte Jo die Schultern und eine kleine Pause entstand.

»Möchtet ihr Kaffee?« Rios Vater schob ihnen ein paar Kekse zu.

»Nein danke, du weißt doch, Kaffee so spät am Tag ist nichts für mich.« Rio sah sie an. »Möchtest du?« Als sie den Kopf schüttelte, ging er in die Küche und machte sich am Kühlschrank zu schaffen.

Er kam mit zwei Dosen Cola in der Hand zurück und grinste seinen Vater an. »Wir ziehen das hier vor.«

Fragend sah er Jo an und reichte ihr eine davon.

Plötzlich hielt er die Autoschlüssel in die Höhe. »Wir fahren nochmal weg.« Er wandte sich an Jos Mutter. »Natürlich nur wenn Sie nichts dagegen haben. Ich werde Jo spätestens um acht nach Hause bringen, wenn das für Sie in Ordnung ist.«

»Das ist sehr nett von dir, Dario. Ich habe nichts dagegen.« Jos Mutter nickte ihm freundlich zu.

Sie saß immer noch total entspannt am Tisch. Rio wollte mit ihr wegfahren und sie hatte keinen blassen Schimmer wohin.

Ok, langsam wunderte Jo sich über nichts mehr.

Sie saßen bereits im Auto, als Rio etwas einzufallen schien. Ohne ein Wort zu sagen, stieg er noch einmal aus.

Eilig überquerte er die Garageneinfahrt und schwang sich leichtfüßig über den niedrigen Zaun, der den Hof vom großzügig angelegten Garten trennte. Er verschwand um die Ecke und als er keine Minute später wieder auftauchte, hatte er zwei orangefarbene Rosen in der Hand. Er setzte sich hinters Steuer und hielt ihr die Blumen unter die Nase.

»Eine für dich und eine für deinen Vater?« Fragend sah er sie an.

Sie starrte die Rosen einen Moment lang an und schluckte. Ihre Blicke trafen sich. Wortlos nickte sie und nahm ihm die Blumen ab.

Rio legte den Rückwärtsgang ein und sie fuhren los.

Keine zehn Minuten später waren sie in Sulz. In dem kleinen Städtchen, in dem Fischingen eingemeindet war, hatten sie früher gewohnt. Dort lag ihr Vater begraben.

Glücklicherweise waren um diese Zeit - es war inzwischen sechs Uhr abends - nur wenige Menschen auf dem Friedhof. Es war immer noch sehr warm und jetzt im Sommer, bei dieser Hitze, kam niemand vor acht Uhr, um die Gräber zu gießen.

Langsam gingen sie durch das Tor. Sie befürchtete schon, das Grab ihres Vaters nicht mehr zu finden. Immerhin waren sieben Jahre vergangen, seit sie das letzte Mal hier gewesen war. Aber ihre Sorge war unbegründet. Instinktiv bog sie an der dritten Abzweigung links ab. Die kleinen Kieselsteinchen knirschten unter ihren Füßen.

Es war das fünfte Grab in der Reihe. Rio war kurz davor stehen geblieben. Sie ging die letzten zwei Schritte alleine. Fast eine Minute stand sie nur da und starrte den Grabstein an.

Michael Forster - geb. 23. April 1971 - gest. 05. Juli 2009.

Schlußstück

Der Tod ist groß.
Wir sind die Seinen
lachenden Munds.
Wenn wir uns mitten im Leben meinen,
wagt er zu weinen
mitten in uns.

Rainer Maria Rilke

Sie kniete sich auf den Boden. Behutsam legte sie die Rose auf das teilweise mit Efeu bewachsene Grab. Am Fuße des Grabsteines hatte jemand - vielleicht ihre Mutter? - einen weißen Steinengel mit überdimensional großen Flügeln platziert und auf dem kleinen Ziermoos daneben, saßen drei kleine Vögelchen, ebenfalls aus weißem Stein. Sie sollten wohl ihre Familie symbolisieren.

Langsam stand Jo wieder auf und Rio trat neben sie. Er zog sie behutsam an sich und sie legte ihren Kopf an seine Schulter. Lautlos liefen ihr ein paar vereinzelte Tränen über die Wangen. Aber es war in Ordnung. Sie fühlte sich ihrem Vater plötzlich so nahe und sie war froh, Rio bei sich zu haben.

Es war richtig gewesen, hierher zu kommen.

Hand in Hand gingen sie langsam unter den großen schattenspenden-den Kastanienbäumen durch das Tor hindurch und ließen den Friedhof hinter sich.

»Er hätte dich gemocht.« Jo sah Rio an. Sie saßen im Auto, das sie am Rande des schattigen Parkplatzes abgestellt hatten.

»Danke.« Sie schlug die Augen nieder.

Er streckte die Hand aus und streichelte ihren Nacken. »Nach Hause?« Fragend sah er sie an und sie nickte.

Es war genau halb acht, als sie in Jos Straße einbogen. Rio drehte auf der Wendeplatte in der Sackgasse und hielt vor ihrer Wohnung an.

»Morgen früh um kurz nach sieben?« Er zog sie an sich und drückte ihr einen Kuss auf den Mund. »Ich vermiss dich jetzt schon.« Bedauernd seufzte er auf. »Los, hau schon ab, bevor ich's mir anders überlege.«

Sie grinste und hatte die Autotür bereits in der Hand. Ein letztes Mal wandte sie sich um und begann auf ihrer Unterlippe zu nagen.

Rio zog die Augenbrauen hoch. »Was?« Abwartend sah er sie an.

»Nächste Woche schreiben wir Mathe.« Sie sah ihn frustriert an. »Hilfst du mir?«

»Klar helf ich dir.« Ein freches Grinsen breitete sich auf seinem Gesicht aus. »Ich bin wirklich gut in Nachhilfe.« Er zwinkerte. »Gleich morgen, nach der Bandprobe, wenn du willst.«

»Ok.« Ein erleichtertes Lächeln huschte über ihre Züge und sie stieg aus dem Auto aus.

Mit einem Dauergrinsen ging sie über den Flur in die Küche und traute ihren Augen nicht.

Ihre Mutter war dabei einen Kuchen zu backen.

»Hallo Liebes, reichst du mir bitte die Milch? Der Teig scheint mir noch etwas zäh zu sein.«

Jo öffnete den Kühlschrank und stellte überrascht fest, dass er frisch aufgefüllt war. Ihre Mutter musste einkaufen gewesen sein. Sie reichte ihr die Milchflasche.

»Du bist gefahren?«

»Nein, stell dir vor, Darios Vater war auf dem Weg in den Supermarkt und hat mich mitgenommen. Es hat sich so ergeben.« Sie lächelte etwas zerknirscht. »Du weißt ja, dass ich lange nicht mehr selbst gefahren bin -

ich muss es wohl erst wieder langsam üben.« Konzentriert wandte sie sich wieder ihrer Rührschüssel zu.

»Ich hatte plötzlich Lust, einen Kuchen zu backen. Du kannst morgen davon in die Schule mitnehmen, wenn du magst.« Sie summte leise vor sich hin.

»Ok, cool, ahm … ich geh hoch, ich sollte noch was für die Schule tun.« Einen Moment verharrte sie, doch ihre Mutter reagierte nicht.

»Übrigens, Rio kommt morgen Mittag vorbei. Er hilft mir in Mathe. Wir schreiben nächste Woche 'ne Klausur.«

Mit dem Schneebesen in der Hand drehte ihre Mutter sich um.

»Oh, wie nett von ihm. Er gefällt mir, er hat Manieren.«

Behutsam legte sie den Schneebesen ab und verschränkte die Arme vor der Brust. »Und bitte, gib mir das nächste Mal Bescheid, wenn es später wird. Ich hab mir Sorgen gemacht.«

Jo verdrehte die Augen. »Das hab ich gemerkt. Voll peinlich, einfach dort aufzutauchen. Wieso bist du überhaupt reingekommen?«

Ihr fiel auf, dass ihre Mutter ein paar Mal kurz blinzelte, bevor sie antwortete.

»Nun, ich wollte gerade auf die Klingel drücken, da fuhr Darios Vater in den Hof.« Sie zuckte die Schultern. »Wir kamen ins Gespräch und er bat mich herein.« Mit schräggelegtem Kopf sah sie ihre Tochter an. »Er scheint dir ziemlich zu gefallen, was?«

Natürlich war Jo klar, dass ihre Mutter Rio meinte. Sie biss sich auf die Unterlippe und musste grinsen. »Ziemlich.«

Ihre Mutter sah sie einen Moment lang an. »Joana, heute Mittag«, sie schien nach Worten zu suchen, »ich meine, du warst sehr lange bei ihm … also, was ich sagen will, ich hoffe, du tust nichts Unüberlegtes und wenn du … «

»Mama!« Leicht genervt unterbrach Jo ihre Mutter. »Ich weiß, was ich tue, ich werd bald achtzehn.«

Sie tauschten einen stummen Blick.

»Wirklich.« Jos Stimme nahm einen besänftigenden Ton an. »Mach dir keine Sorgen.«

Schließlich nickte ihre Mutter seufzend. »Na gut, in Ordnung.«

In dem Bemühen ein Lächeln zustande zu bringen wandte sie sich wieder dem Kuchenteig zu.

Jo hätte sich zuerst um ihre schulischen Dinge kümmern sollen, denn nach der warmen Dusche war sie mit einem Mal hundemüde geworden. Während sie Löcher in ihr Biobuch starrte, drohten ihr ständig die Augen zuzufallen. Frustriert klappte sie es schließlich zu. Sie würde sich schlafenlegen.

Nachdem sie die Zähne geputzt und das Fenster gekippt hatte, schaltete sie das Licht aus. Unruhig wälzte sie sich hin und her. Hier oben im Dachgeschoss kühlte es im Sommer nie richtig ab.

Sie stand auf, tastete sich im Dunkeln ans Fenster und öffnete es ganz. Den Rollladen zog sie zur Hälfte nach oben, was ihr eigentlich widerstrebte. Sie hatte immer Angst, irgendwelche Tiere würden sich in ihr Zimmer verirren. Einmal saß eine mindestens acht Zentimeter lange giftgrüne Heuschrecke auf ihrem Flip-Flop. Sie war beinahe zu Tode erschrocken. Heute Nacht jedoch war es so warm, sie musste einfach etwas Luft hereinlassen.

Rasch schlüpfte sie wieder unter ihre Bettdecke und verschränkte die Arme hinter ihrem Kopf. Inzwischen war sie hellwach.

Wo Jack sich in diesem Moment wohl aufhielt? Ob sein Plan aufgegangen war?

Wenn sie darüber nachdachte, wie sehr ihr Leben sich in den letzten Wochen verändert und was sie alles erlebt hatte, wurde ihr beinahe schwindelig. Und wenn sie an heute Nachmittag dachte, wurde ihr gleichzeitig heiß und kalt.

Sie griff nach ihrem Handy, das auf dem Nachttisch lag und tippte auf das WhatsApp-Symbol.

Er war online.

‚Bist du noch wach?‘

Nein, ich träume.

Sie grinste. ‚Wovon?‘

Die Frage müsste eher lauten, von wem?

‚Okay, von wem?‘

Wobei, die Frage könnte auch heißen, wovon und von wem?

‚Bitte um nähere Angaben.‘

Okay , das von wem könnte ich dir gleich beantworten.

‚Und das wovon?‘

Zeig ich dir morgen.

‚Okay, dann das von wem.‘

Auf dem Handy tauchte ein Foto auf. Er musste es heimlich gemacht haben, als sie zusammen mit Liz und Hannes am Neckar baden waren. Mit geschlossenen Augen streckte sie ihr Gesicht dem Himmel entgegen. Sie entdeckte einen Kopfhörer in ihrem Ohr. Deshalb hatte sie nichts bemerkt. Es war wirklich gelungen. Sie gefiel sich darauf.

,Wow, ein über fünfhundert Jahre altes Foto, nicht schlecht.'

Ja, du hast dich gut gehalten.

Eine weitere Nachricht wurde gesendet. Rio schreibt, stand neben seinem Profilbild.

Mein Vater pfeift den ganzen Abend vor sich hin.

,Und meine Mutter summt und bäckt Kuchen.'

Oh, oh… wir dürfen gespannt sein.

Nachdenklich ließ Jo ihr Handy sinken. Sollte sie die Veränderung, die sie an ihrer Mutter bemerkt hatte, doch richtig gedeutet haben? Und wenn es so wäre?

Als hätte Rio ihre Gedanken gelesen, kam die nächste Nachricht.

Denk nicht so viel nach … schlaf jetzt, sonst muss ich dich morgen wecken. Wobei … wenn ich darüber nachdenke …

Ihr kam ein Gedanke.

,Hast du ein Bild von dir?'

Eine Weile geschah nichts. Dann zeigte der grüne rotierende Kreis die Ankunft eines Fotos an. Das Bild wurde sichtbar.

Es zeigte Rio auf der Ruine. Sie wusste es sofort. Es war der Tag der Exkursion ihrer beider Kursstufen. Sie erinnerte sich, wie sie an diesem Morgen kurz aneinandergeraten waren. Damals, oh Gott, es schien Lichtjahre entfernt, hatte sie ihn noch als arrogantes Arschloch bezeichnet.

Er hatte irgendeine abfällige Bemerkung gemacht, sie wusste nicht einmal mehr genau, was er gesagt hatte. Dunkel konnte sie sich daran erinnern, dass Hannes immer wieder mit Rios Handy herumgealbert und ein paar Fotos geschossen hatte. Also musste er auch diese Aufnahme gemacht haben.

Sie schaute genauer hin und vergrößerte das Bild. Er saß nach vorne gebeugt, auf einer aufgeschichteten Reihe, gefällter Baumstämme. Seine Arme hatte er locker verschränkt auf den Oberschenkeln abgestützt. Er sah zur Seite. Sein Blick war irgendwie nachdenklich und sie hatte das Gefühl, dass ihn das, was er in diesem Moment so intensiv betrachtete, in den Bann zu ziehen schien. Und plötzlich wurde ihr klar, dass sie dort gesessen hatte. Er sah genau in ihre Richtung.

Sie schluckte und ließ abermals das Handy sinken. Wow, das hatte sie nicht erwartet.

Noch einmal drückte sie die Tasten ihres Handys. Sie sendete ihm ein einzelnes rotes Herz. Es kamen zwei zurück.

Sie lächelte und mit dem Handy in der Hand und seinem Gesicht vor Augen wurden ihre Lider immer schwerer und irgendwann schlief sie schließlich ein.

Pünktlich um sieben stand sie vor der Haustür. Sie ging ein paar Schritte die Straße entlang und da sah sie auch schon den roten Alfa auf sich zukommen. Rio wendete und hielt genau neben ihr.

»Hey«, sie warf einen Blick auf die Rückbank, wo Liz und Hannes wie zwei Kletten aneinanderhingen.

Sie setzte sich und gab Rio einen schnellen Kuss.

Er lächelte. »Gut geschlafen?«

»Sehr gut.«

Jo klappte die Sonnenblende herunter und trug mit Hilfe des kleinen Spiegels etwas Lipgloss auf. Sie begegnete Liz' Blick. Den Bruchteil von Sekunden sahen sie sich in die Augen. Mit einem stummen Lächeln wandte Liz sich ab, da wusste Jo Bescheid.

Sie stiegen aus und sämtliche Blicke waren auf sie gerichtet. Und als sie gemeinsam den Schulhof überquerten, wurde es nicht besser.

Jo biss sich auf die Lippen, als Rio ihre Hand nahm.

Davina stand mit ihren Freundinnen neben dem Eingang. Ihrem Gesichtsausdruck nach zu urteilen, wäre sie ihr wohl am liebsten ins Gesicht gesprungen.

Auf dem Gang verabschiedeten sie sich kurz voneinander.

Während Rio und Hannes einen Stock höher in den Physiksaal mussten, gingen Liz und Jo weiter in den zweiten Bau. Die nächsten beiden Stunden hatten sie Bildende Kunst.

Jo hakte sich bei Liz unter und sah sie grinsend von der Seite an.

»Los, sag schon ... ihr habt es getan, hab ich recht?«

Liz hielt den Blick geradeaus gerichtet und gab lediglich ein Grinsen zur Antwort.

Da die Jungs nach der Schule Bandprobe hatten - in einer Woche würde das Schulfest stattfinden - fuhren Liz und Jo mit dem Bus nach Hause.

Jo schloss die Haustür auf und der Geruch von gebratenem Fleisch drang in ihre Nase. Es war schon eine Weile her, seit ihre Mutter das letzte

Mal gekocht hatte. Meistens war es Jo, die eine Kleinigkeit zu Essen machte. Sie beschränkte sich dabei auf Dinge, die schnell und einfach zuzubereiten waren, wie etwa Nudel- oder Reispfannen in sämtlichen Variationen.

Sie betrat die Küche und sah zwei Schnitzel in der Pfanne brutzeln. Erneut traf sie ihre Mutter gut gelaunt an. Seit langem verlief das Mittagessen nicht, wie so oft, in trister, melancholischer Stimmung. Locker und zwanglos unterhielten sie sich über alles Mögliche. Zusammen räumten sie den Tisch ab und erledigten miteinander den Abwasch.

Danach wurde ihre Mutter dann aber doch etwas müde, was sicherlich auch den Nebenwirkungen der Medikamente zuzuschreiben war.

Sie legte sich schlafen und Jo ging nach oben.

Nicht mehr lange und Rio würde kommen. Keine fünfzehn Minuten später hörte sie auch schon den Alfa vorfahren.

Rasch ging sie nach unten, um ihm die Tür zu öffnen, bevor er den Klingelknopf betätigte.

In ihrem Zimmer angekommen drückte er ihr einen schnellen Kuss auf den Mund, um sie sogleich entschlossen von sich zu schieben.

»Jetzt wird gearbeitet.« Er sah sie streng an. »Ich nehme meine Aufgabe sehr ernst.«

»Yes Sir«, sie machte einen Schmollmund.

Sie arbeiteten sich durch sämtliche Themen wie Analysis, lineare Algebra und Geometrie.

Er hatte wirklich Talent, Dinge zu erklären. Sie war sich sicher, dass er mit dem Lehramtsstudium genau die richtige Wahl getroffen hatte.

Nach über zwei Stunden fiel es ihr jedoch immer schwerer, ihm die nötige Aufmerksamkeit zu schenken. Heimlich studierte sie sein Gesicht, während er ihr mit konzentrierten Worten den Sinn linearer Gleichungen begreiflich zu machen versuchte. Das Kinn auf die Hand gestützt, atmete sie tief ein und hauchte die Luft sachte an seine Wange.

Mit hochgezogenen Augenbrauen unterbrach er sich und sah sie an. »Hast du's kapiert?«

»Mmh ... « Ihr verträumter Blick hing noch immer an seinem Gesicht. Resigniert legte er den Stift auf den Tisch und lehnte sich langsam in ihrem Bürostuhl zurück.

»Ich werd dir Aufgaben geben.«

»Mmh ... «

»Du wirst sie bis spätestens übermorgen erledigen.«

»Okay.« Immer noch den Kopf in die Hand gestützt sah sie ihn an.

»Ich werde sie überprüfen.« Plötzlich beugte er sich vor. »Und wenn du sie nicht gemacht hast, werd ich mir was einfallen lassen.«

Sie biss sich auf die Unterlippe.

»Kannst du das bitte lassen?« Seine Augen bohrten sich in ihre.

»Es macht mich verrückt.« Er beugte sich noch näher zu ihr und fing an, sie zu küssen. Hätten sie nicht die Schritte und die Stimme ihrer Mutter auf der Treppe gehört, so wäre ihnen die Situation womöglich entglitten. Langsam lösten sie sich voneinander und saßen bereits wieder sittsam am Tisch, als es klopfte.

»Ja?« Jo wandte sich um. Ihre Mutter hielt den Telefonhörer in die Höhe. »Dario, dein Vater möchte dich kurz sprechen.«

Nachdem Rio das Gespräch beendet hatte, sah er Jo mit leichtem Bedauern an. »Ich muss für meinen Vater noch ein paar Einkäufe erledigen.« Er erhob sich.

Sie zuckte mit den Schultern. »Was sein muss, muss sein.«

Die Daumen in die Gürtelschlaufen seiner Jeans eingehakt, zog sie ihn an sich. »Weißt du, ich hab wirklich ein bisschen was kapiert.« Sie gab ihm einen Kuss. »Danke.«

Er zog die Augenbrauen hoch. »Wenn du schön deine Aufgaben machst, führ ich dich aus.«

»Oh, wie gnädig.« Sie tat es ihm gleich und hob ebenfalls die Augenbrauen an.

Gerade als sie am Treppenabsatz angekommen waren, klingelte das Telefon. »Warte kurz, ich geh schnell, es liegt noch oben.« Zwei Stufen auf einmal nehmend eilte Jo die Treppe hinauf. Sie streckte den Kopf aus ihrem Zimmer. »Es ist Liz, ich komme gleich.«

Er hörte Jos Mutter in der Küche hantieren und blieb etwas unschlüssig in der Diele stehen.

»Ach Dario, dachte ich doch, dass da jemand ist.« Sie streckte den Kopf zur Tür heraus. »Komm herein. Wo ist Jo?«

»Sie ist oben, das Telefon hat geklingelt.« Mit den Händen in den Gesäßtaschen betrat er die Küche. Er sah sich um.

Die moderne, in hellem Buchenholz gehaltene Einrichtung, strahlte eine gewisse Wärme aus. Rio konnte sich gut vorstellen, dass Jo mit ihrer

Mutter eher hier die gemeinsamen Mahlzeiten einnahm, als im angrenzenden Esszimmer, das zusammen mit dem Wohnzimmer einen großen Raum bildete.

»Setz dich doch. Möchtest du ein Stück Kuchen?« Die Frage war überflüssig, denn sie hatte den Teller bereits vor ihm abgestellt.

»Vielen Dank.« Er biss ein Stück von dem Gebäck ab und kaute eine Weile. »Mmh, schmeckt wirklich gut.«

Sie wischte ein paar Krümel von der Anrichte und drehte sich zu ihm um. An den Schrank gelehnt, den Spüllappen in der Hand, sah sie ihn nachdenklich an. Sie presste die Lippen aufeinander und sah kurz zum Fenster hinaus.

»Weißt du, Jo hatte es nicht leicht in letzter Zeit.« Ein trauriges Lächeln erschien auf ihrem Gesicht. »Besser gesagt, in den letzten Jahren - vor allem nicht mit mir.« Mit der Zunge fuhr sie sich über die Lippen.

»Ich weiß ja nicht, was sie dir erzählt hat ... aber ich glaube, du tust ihr gut, Rio.« Sie lächelte ihn an. »Ich glaube, du tust uns gut. Denn mir ist plötzlich klar geworden, dass sich etwas ändern muss, vor allem für Jo. Danke, dass du für sie da bist.«

Rio schob langsam den Teller zur Seite und lehnte sich zurück.

»Jo ist mir sehr wichtig«, erwiderte er mit ernster Miene.

Sie schenkte ihm ein dankbares Lächeln, bevor sie sich wieder ihrer Arbeit zuwandte.

Auf der Treppe waren Schritte zu hören und Rio erhob sich.

»Danke, für den Kuchen. Er hat wirklich sehr gut geschmeckt.«

»Gerne. Tschüss Rio.« Sie sah ihm hinterher. Er war schon fast an der Tür, als er sich noch einmal umdrehte.

»Jo gibt sich die Schuld am Tod ihres Vaters.« Mitfühlend zuckte er die Schultern. »Ich denke, das sollten Sie wissen.«

Ihren bestürzten Gesichtsausdruck sah er schon nicht mehr.

Oh mein Gott, wie hatte er das eben gemeint? Was war ihr all die Jahre entgangen? Was für eine Last trug ihr Kind seit damals mit sich herum? Sie ließ sich auf den Küchenstuhl sinken und zwang sich, sich zu erinnern. Wie kam Jo nur auf den Gedanken, sie könnte irgendeine Schuld an dem schrecklichen Unglück tragen? Sie musste unbedingt mit ihr reden. Jetzt sofort. Die Tür fiel ins Schloss und sie stand auf.

»Jo, kommst du mal?«

Erschrocken sah Jo in das kalkweise Gesicht ihrer Mutter.

»Was ist Ma? Geht's dir nicht gut?« Sie folgte ihr in die Küche und sie setzten sich an den Tisch.

Liebevoll sah ihre Mutter sie an und griff nach ihrer Hand.

»Hat es etwas gebracht? Mit Rio zu lernen, meine ich.«

Jo nickte. »Ja, doch, schon. Er hat mir ein paar Übungen aufgegeben.« Sie grinste und zuckte die Schultern. »Er will Lehrer werden.«

»Das ist schön.« Ihre Mutter verzog den Mund, doch dann wurde sie wieder ernst. Nachdenklich streichelte sie Jos Hand.

»Joana, es tut mir so leid, was du durchmachen musstest seit damals, mit allem.« Sie machte eine Pause. »Und mit mir.«

Abwartend sah Jo ihre Mutter an.

»Es war nicht Recht von mir, dir die ganze Last aufzubürden und dich damit alleine zu lassen.«

Jo beugte sich vor. »Mama, du hast dir das alles nicht ausgesucht. Es hat dich krank gemacht.«

Ihre Mutter hob den Blick. »Ja, aber ich hätte etwas tun sollen. Ich hätte viel früher professionelle Hilfe in Anspruch nehmen müssen.« Sie beugte sich ebenfalls vor. »Joana, was hältst du davon, wenn wir beide, du und ich, gemeinsam eine Therapie machen?«

Überrascht sah Jo ihre Mutter an. »Ich denke nicht, dass ich das brauche.« Mit verschränkten Armen lehnte sie sich zurück.

Nachdenklich musterte ihre Mutter sie. »Wie geht es dir damit?« Sie beantwortete sich selbst ihre Frage. »Bestimmt besser, seit du mit Rio befreundet bist. Ich bin mir sicher, er tut dir gut.« Sie suchte nach Worten. »Aber Joana, du hast das alles ebenso wenig aufgearbeitet wie ich.«

Beschwörend sah sie ihre Tochter an. Sie ging um den Tisch herum und kniete sich mit einem Bein vor Jo auf den Boden.

»Jo, ist es wahr, dass du dir die Schuld daran gibst?«

Mit leerem Blick starrte Jo an ihr vorbei. Zuerst sagte sie nichts und ihre Mutter dachte schon, sie würde keine Antwort bekommen.

»Die CD ... ich wollte unbedingt, dass er die CD wechselt.«

»Was? Wovon redest du?«

Jo benetzte ihre Lippen. »Kurz vor dem Unfall, ich wollte unbedingt, dass Papa meine CD einlegt.« Jos Blick war so voller Verzweiflung, dass es ihrer Mutter das Herz zusammenschnürte.

»Ich bin schuld Mama.«

Sie nahm das Gesicht ihrer Tochter in beide Hände. »Jo, was redest du da? Du warst ein Kind. Du bist nicht schuld. Niemand ist schuld. Es war ein Unfall!« Beschwörend sah sie Jo in die Augen.

»Oh mein Gott, hast du das all die Jahre geglaubt?« Sie zog sie in ihre Arme. »Es tut mir so unendlich leid, es tut mir so leid.« Unablässig strich sie Jo übers Haar.

Weinend klammerten sie sich aneinander. Und doch tat es gut, endlich darüber zu reden und obwohl ihr Rio schon den Großteil ihrer Schuldgefühle genommen hatte, war es doch etwas ganz anderes, die entlastenden Worte noch einmal aus dem Mund ihrer Mutter zu hören.

»Weißt du, dasselbe hat Rio zu mir gesagt.« Jo sah ihre Mutter an.

Sie hatten es sich inzwischen im Wohnzimmer auf dem Sofa gemütlich gemacht.

»Er ist eben klug. Ich habe dir ja gesagt, er gefällt mir.«

Jo musterte ihre Mutter einen Augenblick neugierig von der Seite. »Und sein Vater? Wie findest du ihn?«

Eine feine Röte stieg ihrer Mutter ins Gesicht. »Warum fragst du das?«

Jo ließ nicht locker. »Fragen mit Gegenfragen zu beantworten ist nicht fair. Er gefällt dir, stimmt's?«

»Nun ja, er ist ganz nett.«

»Und sieht gut aus«, ergänzte Jo mit einem verschmitzten Lächeln.

»Und er hat mich für morgen zum Essen eingeladen.« Panisch sah sie Jo an.

»Was?« Jo grinste. »Echt jetzt? Und was hast du gesagt?«

Mit großen Augen sah ihre Mutter sie an. »Ich habe zugesagt, heute Nachmittag, als er angerufen hat.« Sie zögerte kurz. »Aber ich glaube, es war ein Fehler.«

Sie stand auf und ging unruhig im Zimmer hin und her. Unaufhörlich knetete sie ihre Finger ineinander. »Ich fühle mich, als würde ich deinen Vater verraten. Ich habe Angst ihn zu vergessen. Und ich habe Angst, ich könnte wieder glücklich werden.« Sie war stehen geblieben und sah Jo an. »Verrückt, was?«

Jo schien zu überlegen. »Weißt du, vergessen werden wir ihn niemals. Er wird immer da sein. Ich bin schließlich ein Teil von ihm. Genauso, wie Rios Mutter immer bei ihnen sein wird. Er ist schließlich ein Teil von ihr. Und wir können auch immer wieder von ihm erzählen. Genauso, wie Rio und sein Vater immer wieder von seiner Mutter erzählen. Wir können die

Erinnerung hervorholen wann und wie wir es möchten und das ist doch wunderschön, findest du nicht Ma? Und so wie es Pa nicht gewollt hätte, dass ich mir die Schuld gebe, so hätte er es bestimmt auch nicht gewollt, dass du dein ganzes weiteres Leben alleine und unglücklich bleibst, meinst du nicht? Also, natürlich gehst du mit ihm aus!« Sie stand auf und nahm ihre Mutter in die Arme.

»Meinst du wirklich?«

»Na klar!«

34

Ich frage mich, wo Jack sich jetzt in diesem Moment herumtreibt.«
Nachdenklich drehte Hannes seine Cola in der Hand.

Sie waren in Balingen, der angrenzenden Kreisstadt, im Kino gewesen und nun saßen sie alle vier im Außenbereich des Krok.

Das Krokodil war eine stilvoll eingerichtete Kneipe am Rande der Stadt, mit gemischtem, aber hauptsächlich jüngerem Publikum.

Im Inneren konnte man Billard und Dart spielen und es gab mehrere Bowlingbahnen. Außerdem wurden leckere Salate, Snacks und Cocktails angeboten.

Das Lokal war gut besucht, glücklicherweise hatten sie einen freien Platz ergattern können. Selbst jetzt, um zehn Uhr abends, war es noch angenehm warm. Sie schienen das Wetter aus den vergangenen Jahrhunderten mitgebracht zu haben.

»Ja«, meinte Jo. »Das hab ich mich auch schon gefragt.« Sie zog am Strohhalm ihres Cocktails, der ein blubberndes Geräusch von sich gab.

»Er sagte, er würde sich melden.« Rio stellte seine Cola auf den niedrigen Tisch und lehnte sich in dem bequemen Sessel zurück.

»Alle sind schon seit über fünfhundert Jahren tot ... Magdalena, Karl, Phil, Conrad, Lene. Findet ihr die Vorstellung nicht auch irgendwie schrecklich traurig?« Liz griff nach ihrem Glas.

Sie schwiegen und jeder hing seinen Gedanken nach.

»Wir könnten demnächst mal einen Ausflug zur Ruine machen. Was zu essen und zu trinken mitnehmen und einfach ein bisschen chillen.« Hannes sah Liz an. »Na ja, so eine Art Gedenktag.«

Liz griff nach seiner Hand. »Gute Idee.«

Auch Jo und Rio waren sofort begeistert.

Die nächsten Tage sahen sie sich allerdings nicht sehr häufig.

Hannes und Rio mussten sich noch ein wenig auf das mündliche Abitur, das in der kommenden Woche auf sie wartete, vorbereiten und mit der Schulband standen auch noch einige Proben auf dem Terminplan.

Sie wollten nicht nur gut, sondern perfekt sein, wenn am nächsten Wochenende der Schulball stattfinden würde.

Jo und Liz bereiteten sich auf die Mathearbeit vor. Rio hatte sich am Sonntag noch einmal mit ihr zum Üben getroffen und ihre Fortschritte waren bemerkenswert.

Anschließend machten sie zusammen Musik. Er mit der E-Gitarre und sie am Schlagzeug. Rio war von ihrem Talent beeindruckt.

Obwohl sich alles zum Guten zu wenden schien, hatten sie und ihre Mutter sich für eine Therapie entschieden. Allerdings waren die Wartezeiten sehr lange. Einen ersten Termin konnten sie frühestens in sechs Wochen wahrnehmen.

Ihre Mutter blühte von Tag zu Tag mehr auf. Sie war tatsächlich mit Rios Vater ausgegangen und ein abendlicher Spaziergang durch die Siedlung hinaus über die Feldwege, vorbei an den goldgelben Weizenfeldern, gehörte inzwischen zu ihrem täglichen Ritual.

Sie konnten stundenlang reden - auch das war eine Art Therapie.

Und dann endlich hatten Rio und Hannes auch das mündliche Abitur hinter sich gebracht und mit dem Samstag kam der Tag des Schulfestes.

Liz und Jo waren am Kaffee- und Kuchenstand eingeteilt. Sie hatten alle Hände voll zu tun.

Am Mittag spielte die Young Rock Band, welche hauptsächlich aus Schülern der achten und neunten Klasse bestand und am Abend fand der große Schulball für die Kursstufen statt, wo Hannes und Rio mit der Rockband auftreten würden. Sie probten schon den ganzen Nachmittag in der Aula.

Gegen Abend, als sich die Menschenmenge mehr und mehr auflöste, begannen Jo und Liz langsam mit dem Abbau ihres Standes. Vor dem Konzert würden sie noch einmal nach Hause fahren, um zu duschen.

»Was zieh ich nur an ... soll ich die Haare offenlassen oder vielleicht so irgendwie hochstecken, was meinst du?« Mit den Händen hielt Liz ihre Mähne über dem Kopf zusammen und sah Jo leicht verzweifelt an. Inzwischen saßen sie im Bus von Sulz nach Fischingen.

Jo stöhnte. »Mann, trag sie so wie ich, dann hast du ein Problem weniger.«

»Niemals! « Liz warf ihr einen entgeisterten Blick zu. »Hannes liebt mein Haar über alles, das weiß ich.«

»Dann steck sie hoch. Hannes kann dir dann die Nadeln einzeln raus-
ziehen und dein Haar wird sich wie Gold über dich ergießen - es wird ihn
umhauen.« Jo untermalte ihre Worte mit einer theatralischen Geste.

»Du bist sowas von blöd.« Liz schlug im Scherz nach ihr und sie mussten beide lachen.

Und dann war es endlich soweit. Liz' Vater fuhr sie nach Sulz.

Rio und Hannes waren bereits in der Schule. Sie hatten sich eine
Stunde eher zum Soundcheck mit ihrer Lehrerin Frau Berí getroffen.

In der Aula lud ein riesiges Fingerfood Buffet zum Snacken ein. Die
SMV bot verschiedene Getränke und alkoholfreie Cocktails an.

Liz und Jo schnappten sich gleich etwas zu trinken und schlenderten
in die Mitte des bereits gut gefüllten Saales, wo ein paar Leute aus ihrer
Stufe beisammen standen.

Während Liz sich mit einigen von ihnen unterhielt, ließ Jo ihren Blick
immer wieder zur Bühne schweifen. Die Instrumente waren einsatzbe-
reit. Vermutlich hielt sich die Band hinter dem Vorhang auf.

Es war kurz vor acht. In Jos Innerem begann es zu kribbeln.

Unvermittelt wurde es für Sekunden stockdunkel, bevor rote und
grüne Scheinwerferlichter wie zuckende Blitze, über die Decke huschten.

Wie durch Zauberhand standen plötzlich die Bandmitglieder auf ihren Plätzen. Keiner hatte sie kommen sehen.

Gleich das erste Stück sorgte für Begeisterungsstürme: Black Chande-
lier von Biffy Clyro. Ausgelassen bewegten sich die Schüler zu der rockigen Musik. Rick, der Sänger, gab abwechselnd mit Frau Berí, sein Bestes.

Perfekt aufeinander abgestimmt folgten Lieder von Guns N'Roses,
Metallica, den Toten Hosen, Green Day und einiges aus den Charts. Dann
endlich spielten sie etwas von My Chemical Romance.

Rio ließ mit seiner E-Gitarre die ersten Töne von Disenchanted erklin-
gen. Jo befand sich plötzlich wieder am Ufer des Neckars, wo sie zusammen die Nacht verbracht hatten.

Sie spürte seinen Blick und hob den Kopf. Sekundenlang sahen sie sich
in die Augen. Sie wusste beide, dass sie in diesem Augenblick an dasselbe
dachten.

Das Lied war zu Ende. Einen Moment lang herrschte eine gespenstische Ruhe. Alle spürten sie diesen seltsamen Zauber, der in der Luft lag.

Plötzlich trat Rio ans Mikro. »Das Beste zum Schluss – für einen ganz besonderen Menschen.« Er runzelte die Stirn und schüttelte lächelnd den Kopf. »Ach ja, der Titel ist absolut unpassend.«

Jo wusste, was kam. Sie sah ihn an und während er den Titel ansagte, zwinkerte er ihr zu.

»I don't love you«.

Gitarre und Schlagzeug setzten ein und dann begann er zu singen. Überrascht sah Liz sie an. »Hast du gewusst, dass Rio auch singt?«

Jo konnte nicht antworten. Mechanisch schüttelte sie den Kopf.

Hätte sie die Augen geschlossen, sie wäre überzeugt gewesen, die Originalband zu hören. Es war beinahe unheimlich. Die letzten Klänge des Liedes waren verstummt und erneut herrschte atemlose Stille. Und dann plötzlich, einem Ansturm gleich, brachen alle in begeistertes Gejohle aus. Immer mehr *Zugabe, Zugabe* Rufe waren zu hören.

Während die Menge tobte, trafen sich Rios und Jos Augen. In ihren Blicken lag so vieles. Jo hätte es nicht in Worte fassen können.

Am liebsten wäre sie auf die Bühne gestürzt und hätte ihm diese dunkle Strähne aus dem Gesicht gestrichen und ihn an sich gerissen. Aber dazu ließ er ihr keine Zeit. Wieder trat er ans Mikro.

»Wir danken euch Leute. Es macht echt Bock hier zu spielen.«

Erneut tobten alle.

»Und jetzt, Calling you, von Blue October. Ich denke, der Text passt besser.« Wieder zwinkerte er Jo zu und alle Blicke schienen seinem zu folgen. Sie kannte das Lied nicht, aber als sie spürte, wie alle zu ihr hersahen, musste sie lächeln und sie biss sich auf die Lippe.

Rio schüttelte leicht den Kopf und sie riss sich zusammen, um nicht zu lachen. Sie wusste, warum er das tat, es machte ihn verrückt.

Nachdem Jo und Liz am Ende des Abends geholfen hatten, die Aula aufzuräumen, warteten sie draußen im Schulhof auf Rio und Hannes, die noch immer mit dem Abbau der Bühne beschäftigt waren.

Sie hatten es sich auf einer Bank gemütlich gemacht.

Vereinzelt hielten sich Grüppchen von Schülern auf dem Pausenhof auf. Von Weitem erkannten sie ein paar Jungs aus ihrer Stufe.

Liz runzelte die Stirn. »Oh nein, da ist Mike. Ist der schon wieder besoffen?«

Jo folgte ihrem Blick. »Und vermutlich mal wieder bekifft. Dieser Idiot. Wie bescheuert kann man eigentlich sein?«

Mike war schon des Öfteren aufgefallen. Bei den Stufenfesten war es grundsätzlich er, der am meisten trank. Er hatte bereits einen Verweis erhalten und anscheinend lernte er nichts dazu.

Sie wandten sich wieder ab und Liz lehnte den Kopf an Jos Schulter.

»Was für ein Abend… Noch ein paar Wochen, dann sind sie weg.« Sie seufzte. »Zum Glück studieren sie in der Nähe, was?«

»Ja, zum Glück.« Jo pflichtete ihr bei.

Plötzlich hob Liz ruckartig den Kopf und sah Jo panisch an.

»Und wenn er jemand anderen kennenlernt?« Sie leckte sich mit der Zunge über die Lippen. »Ich meine, da wird es nicht nur Hässliche geben?«

Jo musste über Liz' Worte lachen. Mit strengem Gesichtsausdruck betrachtete sie ihre Freundin. »Kannst du dich erinnern, was du zu mir gesagt hast?«

Fragend hob Liz die Augenbrauen.

Jo legte die Hand auf ihre Schulter und holte Luft. »Weißt du denn nicht, wie er dich ansieht?«

Liz' Lippen verzogen sich zu einem Grinsen. »Na, ja, und schließlich müssen sie auch um uns Angst haben, ich meine, schau uns an!«

Theatralisch breitete sie die Hände aus.

»Hey, ihr Süßen.« Mike war auf sie aufmerksam geworden. Mit seinen Kumpels im Schlepptau kam er betont lässig zu ihnen herüber geschlendert.

Er sah nicht mal schlecht aus, aber er war ein eingebildeter Kerl, der von zuhause alles in den Hintern gesteckt bekam.

Jeden Morgen erschien er mit der S-Klasse seiner Eltern - womöglich gehörte ihm das Auto inzwischen, es würde sie nicht wundern.

Er war ein Hippster, der immer die neuesten Klamotten trug und das blonde Haar zu einem Undercut frisiert hatte.

Es war für ihn normal, alles zu besitzen, was er haben wollte.

Liz und Jo sahen sich an und verdrehten die Augen.

»Auch das noch.« Liz stöhnte auf.

»Wartet ihr auf uns?«

»Bestimmt nicht.« Jo sah ihn verächtlich an.

Er ließ den Blick zwischen ihnen hin und her gleiten. Schließlich blieb er an Liz hängen.

»Schade - ich würd dir gern was zeigen.« Anzüglich ließ er seinen Blick über ihren Körper wandern.

Seine Freunde lachten. »Nimm sie doch einfach mit«, rief einer aus der Gruppe. Zustimmendes Gejohle war zu hören.

»Warum eigentlich nicht?« Mike zeigte ein dreckiges Grinsen. Er packte Liz am Arm und mit einem Ruck zog er sie von der Bank herunter und presste sie an sich.

»Lass mich los, du Idiot«, fauchte sie ihn an.

»Hey, das gefällt mir, das macht mich heiß, wenn du dich wehrst.«

Er lachte und versuchte, seinen Mund auf ihren zu pressen. Seine Freunde feuerten ihn an.

Jo war aufgestanden, aber sie wurde sofort von ihnen umzingelt.

»Hey, was soll das?« Sie versuchte, aus dem Kreis auszubrechen, doch die vier Jungs rückten immer näher an sie heran.

»Lass sie sofort los!« Hannes und Rio hatten in diesem Moment den Schulhof betreten. Zusammen mit den Jungs aus der Band, steuerten sie auf die Gruppe zu.

Hannes Kieferknochen mahlten. »Ich hab gesagt, lass sie los!«

Er ließ Mike nicht einmal mehr Zeit zu reagieren. Mit der linken Hand riss er ihn an seinem Hemd herum und verpasste ihm mit der rechten Faust einen Kinnhaken. Mike wurde von der Wucht nach hinten geschleudert und schaffte es gerade noch, sich auf den Beinen zu halten.

Er fasste sich an die Nase und betrachtete ungläubig seine Finger.

»Ich blute!« Seine Augen verengten sich zu schmalen Schlitzen.

»Ich hau dir eine aufs Maul.« Leise zischend kamen die Worte aus seinem Mund. Zusammen mit seinen Freunden näherte er sich Hannes.

Aber auch Rio und seine Bandkollegen rückten vor.

»Ich schlage vor, ihr zieht Leine.« Rio sah Mike fest in die Augen. »Oder willst du einen weiteren Verweis kassieren?« Er wiegte den Kopf. »Glaub mir, es wird dein Letzter sein.« Er streckte die Hand aus und griff blitzschnell in Mikes Hemdtasche. Wortlos hielt er ihm einen Joint unter die Nase, bevor er ihn wieder in dessen Hemd verschwinden ließ.

Abschätzend standen sie sich einen Moment gegenüber.

»Komm, lass uns abhauen.« Einer von Mikes Freunden deutete mit dem Kinn in die entgegengesetzte Richtung.

»Wir sehen uns.« Mike spuckte verächtlich auf den Boden. Mit einem Ruck drehte er sich um und endlich gingen sie leise fluchend davon.

»Wow, was für ein Schlag.« Mit den Händen in den Hosentaschen musterte Rio Hannes, der sich die Fingerknöchel rieb und noch immer wütend die Stirn zusammengezogen hatte.

»Tja, ich denke, ihr kommt ohne uns klar.« Rick und die Jungs von der Band verabschiedeten sich per Handschlag von Hannes und Rio.

»Tschau Mädels.« Sie hoben die Hände zum Gruß und zogen los.

»Alles in Ordnung?« Hannes zog Liz an sich.

Sie nickte hastig. »Ja, alles ok… und deine Hand?«

Er hielt sie kurz hoch. »Kein Ding.« Mit zusammengezogenen Augenbrauen sah er sie an. »Wenn wir nicht aufgetaucht wären ...« Seine Stimme klang heiser.

»Seid ihr aber.« Liz zog seinen Kopf zu sich herunter und begann ihn zu küssen.

Jo und Rio hatten sich auf die Bank zurückgezogen. Sie lehnte ihren Kopf an seine Schulter. Eine ganze Weile schwiegen sie.

»Der Abend war toll.«

»Bis auf den Abschluss.« Rio runzelte die Stirn und sah sie an.

Jo seufzte. »Mike und seine Affen sind Idioten. Nur weil seine Eltern stinkreich sind, meint dieses Muttersöhnchen, er kann alles haben.« Stumm schüttelte sie den Kopf.

»Ihr solltet weitermachen. Mit der Band, meine ich. Ihr wart unglaublich… Du warst unglaublich.« Sie sah ihn an.

»Wir haben das Angebot, im Sonnenkeller zu spielen.«

»Was? Du machst Witze!« Jo richtete sich auf.

Der Sonnenkeller war eine etwas verrauchte, aber nichtsdestotrotz beliebte Kneipe in Balingen. Nachwuchsbands, meist aus der Punk- und Alternativrockszene, aus dem ganzen Land spielten dort. Es war schon etwas Besonderes, in dieser Location Gelegenheit für einen Auftritt zu erhalten.

Rio zuckte bedauernd die Schultern. »Tja, leider haben wir keinen Schlagzeuger. Jens ist im Urlaub und danach wird es schwierig bleiben. Er studiert in Hamburg.« Er sah sie eine Weile intensiv an.

»Was?« Mit hochgezogenen Augenbrauen erwiderte sie seinen Blick.

»Hast du Bock?« Zuerst wusste sie nicht, was er meinte.

»Rick und Thomas wollen mal hören, was du so draufhast.«

Um seine Mundwinkel zuckte es.

Und dann verstand sie, was er ihr sagen wollte.

»Du meinst, ich soll bei euch mitmachen?« Mit großen Augen sah sie ihn an.

»Du bist gut, und das weißt du.« Gelassen, die Arme über die Rückenlehne der Bank gestreckt, sah er zu Hannes und Liz hinüber, die noch immer miteinander beschäftigt waren.

Jo sah ihn kurz von der Seite an und blickte dann geradeaus. »Okay.«

Sie bekam das Grinsen, das sich auf ihrem Mund breitmachte, einfach nicht mehr aus ihrem Gesicht.

Ihren Ausflug zur Ruine hatten sie für den nächsten Tag, den Sonntag geplant.

Sie trafen sich um vier bei Rio. Jeder hatte etwas eingepackt.

Liz hielt zwei Dosen Prosecco in die Luft. »Für uns«. Sie grinste Jo an.

»Und solltet ihr die hier mitschleppen wollen, gehört der Inhalt euch.« Sie sah Hannes verschmitzt an.

Neugierig öffnete er die kleine Kühltasche, auf die Liz gedeutet hatte. »Cool, ein paar Bierchen.« Er grinste Rio an.

Sie stiegen die Treppe hinab und gerade, als sie durch die Tür wollten, öffnete diese sich und Rios Vater kam herein.

»Hallo, grüßt euch. Na, wo soll's hingehen?«

»Wir gehen zur Ruine, bisschen chillen.« Rio musterte ihn einen Moment. »Und du? Gehst du heute auch noch weg?«

Sein Vater sah lächelnd von Rio zu Jo. »Allerdings, das werde ich, und zwar mit einer sehr attraktiven Dame - ins Kino.«

Jo gab das Lächeln zurück.

»Viel Spaß.« Rio boxte seinen Vater kameradschaftlich auf den Arm und grinste schief. »Bring sie nicht so spät nach Hause.«

Er boxte zurück. »Merk dir's, mein Sohn.« Er zwinkerte und eilte an ihnen vorbei.

»Abgefahren, wie wir alle zusammengekommen sind, was?«

Liz wischte sich über die Stirn und blieb einen Moment stehen. Die Sonne brannte jetzt am Nachmittag immer noch mit ihrer ganzen Kraft vom Himmel. Kein Wölkchen war zu sehen.

»Deiner Mutter scheint es besser zu gehen?«

Auch Jo war stehengeblieben. »Ja, das tut es.«

Liz wusste Bescheid. Jo hatte ihr inzwischen ihre Geschichte erzählt. Sie sahen sich einen Moment an und plötzlich umarmte Jo ihre Freundin. »Ich bin so froh, Liz.«

»Und ich bin froh, dich zur Freundin zu haben.« Liz hakte sich bei ihr ein.

»Das bin ich auch«, erwiderte Jo.

Schweigend gingen sie weiter. Sie hatten die Siedlung hinter sich gelassen und nahmen den Weg, der an Jacks Haus vorbeiführte.

Obwohl sie wussten, dass sie sein Anwesen verlassen vorfinden würden, zog es sie doch magisch an.

Rio und Hannes waren ein Stück vorausgegangen. Auf einer kleinen Anhöhe wartenden sie auf die Mädchen. Zusammen gingen sie weiter über die satten, grünen Wiesen. Am letzten Hügel angelangt, konnten sie schon das rote Ziegeldach erkennen.

Im Nachhinein waren sie sich alle einig, dasselbe Gefühl gehabt zu haben. Irgendetwas stimmte nicht.

Langsam gingen sie weiter und plötzlich blieb Rio wie angewurzelt stehen. »Seht mal.« Mit dem Kinn deutete er auf das Haus.

»Rauch.« Hannes hatte es auch bemerkt. Aus dem Kamin stieg eine dünne Rauchsäule empor.

»Was hat das zu bedeuten?« Jo hielt die Hand über ihre Augen.

Rio runzelte die Stirn. »Finden wir's raus.«

Mechanisch gingen sie weiter. Sie betraten den schmalen, gepflasterten Weg, der zur Haustür führte. Rio drückte auf den Klingelknopf.

Sie warteten einige Sekunden und auch nachdem er ein zweites Mal geläutet hatte, rührte sich nichts.

»Werfen wir einen Blick hinters Haus.« Hannes ging voraus und sie folgten ihm.

Er bog um die Ecke und Liz wäre um ein Haar auf ihn geknallt, so abrupt war er plötzlich stehen geblieben. »Jack?«

Sie trauten ihren Augen nicht. Jack saß auf seiner Gartenbank, zog genüsslich an seiner Pfeife und blies kleine Rauchwolken in die Luft.

»Ich hatte früher mit euch gerechnet.« Gelassen sah er sie an.

»Wollt ihr euch nicht setzen?« Er deutete mit der Hand neben sich.

Ohne den Blick von ihm abzuwenden, ließen sich Hannes und Rio mechanisch auf zwei große Steine sinken. Jo und Liz setzten sich neben ihn auf die Bank.

»Was ist passiert, ist etwas schiefgelaufen?« Rio beugte sich gespannt vor.

Erwartungsvoll sahen sie alle Jack an. Er zog abermals an seiner Pfeife und nachdem er die kleinen Rauchschwaden hatte entweichen lassen, sah er einen nach dem anderen an.

Er nickte ein paar Mal mit dem Kopf, als würde er sich selbst die Zustimmung für etwas geben, von dem sie bis jetzt noch keine Ahnung hatten.

»Tja, in der Tat, so könnte man es nennen.« Er machte eine kurze Pause. »Wisst ihr, mir ist etwas klar geworden.« Während er seine Pfeife stopfte, begann er zu erzählen.

»Ich saß in der Zeitmaschine, bereit für meine seit Jahren ersehnte Reise. Das Datum eingegeben, es hätte nur noch einen Knopfdruck gebraucht. Und plötzlich musste ich daran denken, was mit euch geschehen würde.«

Wieder sah er sie der Reihe nach an. »Wir wären niemals zusammen gekommen - ihr wärt niemals zusammengekommen. Das alles hier wäre nie eingetreten.« Mit den Händen machte er eine ausladende Bewegung. »Und ich fragte mich, wer mir das Recht gab, derart das Schicksal beeinflussen zu wollen.«

Nachdenklich ließ Jack seinen Blick über die Felder schweifen.

»Vielleicht hätte ich den Unfall verhindern können. Aber was wäre dann geschehen? Vielleicht wäre das Unglück zu einem späteren Zeitpunkt an einem anderen Ort eingetreten. Ich musste an die dramatischen Auswirkungen der Prophezeiung denken.« Gedankenverloren schüttelte er den Kopf und plötzlich sah er sie alle wieder an. »Ich hatte kein Recht, ein weiteres Mal in den Lauf der Geschichte einzugreifen, versteht ihr?«

Betroffen schwiegen sie.

»Wie geht es dir damit, ich meine mit dieser Entscheidung?« Jo legte ihre Hand auf Jacks Arm

Eine ganze Weile sah er sie an. Schließlich nickte er mit dem Kopf. »Gut ... erstaunlicherweise ganz gut. Ich habe das Gefühl, das Richtige getan zu haben.« Er leckte sich über die Lippen. »Vergangene Woche bin ich mit dem Zug nach München gefahren. Ich bin an ihrem Grab gewesen. Es war seltsam. Ich fühlte ihre Präsenz, als stünden sie direkt vor mir. Und plötzlich überkam mich ein friedvolles Gefühl. Ich konnte sie endlich loslassen.« Jack sah sie an. »Und trotzdem sind sie hier.« Er klopfte auf sein Herz. »Und es fühlt sich gut an.«

Jo lächelte ihn an. »Ich weiß genau, was du meinst, Jack.«

Jack zeigte auf ihre Rucksäcke. »Was habt ihr vor - geht ihr auf Wanderschaft?«

»Wir wollen auf die Ruine, ein bisschen chillen.« Rio hob die kleine Kühltasche in die Höhe. »Kommst du mit? Bekommst auch ein Bierchen.« Jack lachte. »Nein, geht nur ohne mich. Ich werde hier noch ein Weilchen sitzen und früh zu Bett gehen. Mein Rücken hat sich heute gemeldet.« Er schüttelte lächelnd den Kopf. »Man ist einfach keine zwanzig mehr.«

Sie setzten ihre Rucksäcke auf.

»Jack, du kennst den Weg, vielleicht überlegst du es dir nochmal.« Hannes klopfte ihm auf die Schulter. »Wir haben vor eine Weile zu bleiben.«

»Verbringt einen netten Abend mit euren Mädchen, los geht schon.« Mit der Hand machte Jack eine wedelnde Bewegung und zwinkerte ihnen zu. »Ich würde dabei nur stören.«

Bevor sie um die Hausecke bogen, winkten sie ihm noch einmal zu.

Der Förderverein der Burgruine Wehrstein hatte ein paar Tische und Bänke aufstellen lassen.

Sie machten es sich auf einer der Sitzgruppen bequem.

Die nachmittäglichen Sonnenstrahlen tauchten die Ruine in ein warmes gelbliches Licht und über allem schien eine ganz besondere mystische Stille zu liegen.

»Hier muss die Schmiede gewesen sein.« Rio deutete nach vorne.

»Dann muss auch der Geheimgang dort sein.« Jo folgte seinem Blick.

»Ja, aber alles ein paar Meter unter der Erde.« Hannes blickte über die Stützmauer hinaus. »Diese Mauer hier wurde vor ungefähr zweihundert Jahren errichtet. In den letzten dreihundert Jahren ist die Ruine mehr und mehr in sich zusammengefallen. Erde und Schutt haben sich ringsherum aufgetürmt, sodass alles hier höher geworden ist.« Er zuckte die Schultern. »Hat mein Vater mal erzählt.«

Liz sah zum ehemaligen Palais hoch, besser gesagt zu dem, was davon noch übrig war: der zerfallene Rundturm mit einer Fensterausbuchtung und eine Wand, in der die Andeutung eines Kamins zu erkennen war.

»Da oben war der Festsaal und vor nicht einmal drei Wochen haben sie dort getanzt.« Sie seufzte. »Ich finde es so traurig, dass wir sie niemals wieder sehen werden.«

Beklommen folgten sie ihrem Blick und alle spürten sie diese seltsame Wehmut.

Hannes' Aufmerksamkeit wurde auf die gläserne Schautafel, die am Rande der Ruine aufgestellt war, gelenkt. Die Nachbildung der Burg war auf der Zeichnung wirklich gut getroffen. Sie hatte - bis auf ein paar kleinere Abweichungen - tatsächlich ähnlich ausgesehen.

Er ging darauf zu. »War die schon immer da? Seht mal, hier sind die Eigentümer der Burg chronologisch aufgelistet.«

Gemeinsam standen sie schließlich vor der Tafel und studierten sie.

Das erste Mal tauchte der Name der Wehrsteiner im Jahr 1101 auf.

Sie gingen die Jahreszahlen weiter durch.

»Hier, 1489.« Mit dem Finger tippte Rio auf den Text unter der Glasscheibe.

1489 im August:
Übernahme der Burgen Hohenzollern und Wehrstein durch Karl und Magdalena von Wehrstein. Aus der Ehe gingen fünf Kinder hervor: Johanna, Jakob, Hans, Rudolf und Elisabeth.
Das wohlhabende Geschlecht der Wehrsteiner reichte bis weit in das 17. Jahrhundert. Für die Zeit danach liegen keine genauen Aufzeichnungen mehr vor.
Karl und Magdalena lenkten die Geschicke der Burgen bis zu ihrem Tod im Jahr 1540 gemeinsam. Ihre Kinder heirateten u. a. in die Geschlechter der Haigerlocher und Sigmaringer ein.
Der Name Wehrstein/Wöhrstein ist bis zum heutigen Tage noch immer in der Gegend verbreitet.

Sie sahen sich an.

Liz schlug die Hand vor den Mund. »Oh mein Gott, die Namen.«

»Das sind unsere Namen.« Jos Augen weiteten sich.

»In abgewandelter Form.« Verblüfft schüttelte Hannes den Kopf.

»Krass.« Rio grinste schief.

Sie hatten sämtliche Leckereien auf dem Tisch ausgebreitet: Käse, Baguette, Salami, Cocktailtomaten und gefüllte Peperoni.

»Ich glaube, sie hatten ein gutes Leben, ich hoffe es einfach. Was meint ihr?« Jo sah in die Runde.

»Zumindest ein langes.« Hannes zuckte die Schultern. »Na, ja, jedenfalls für damalige Verhältnisse.«

»Sie wurden immerhin über siebzig Jahre alt«, pflichtete Liz ihm bei.

Eine Weile sagte keiner etwas. Jeder hing seinen Gedanken nach.

»Trinken wir auf sie und auf die alten Zeiten.« Rio hob sein Bier in die Höhe und sie stießen miteinander an.

Der Ausblick von hier oben über das Neckartal war atemberaubend und der Abend tat ihnen allen gut. Er symbolisierte gewissermaßen den Abschluss ihrer mittelalterlichen Reise.

Sie packten erst zusammen, als es um neun langsam zu dämmern begann. Da der schmale Trampelpfad, der durch den Wald hinab ins Dorf führte, in dem fahlen Licht nicht mehr so gut zu erkennen war, entschieden sie sich wieder über die Felder und Wiesen zurückzugehen.

Jack war wohl wirklich schon zu Bett gegangen. Sein Anwesen lag im Dunkeln. Als sie näherkamen, drang leise Musik an ihre Ohren.

Sie kam von der Rückseite des Hauses.

»Er ist doch noch wach.« Hannes deutete auf die kleinen tanzenden Schatten, die von einer Kerze zu stammen schienen.

Sie bogen um die Ecke. Jack saß noch immer auf der Bank.

Im Nachhinein war Jo überzeugt, in diesem Moment die Einzige gewesen zu sein, die sofort realisiert hatte, was geschehen war.

»Jack, du hättest echt mitkommen sollen, hier, wir haben dir noch ein Bier übriggelassen.« Hannes hob die kleine Kühltasche hoch.

Er verstummte, als Rio ihn plötzlich am Arm packte.

Jack reagierte nicht.

Jo zwängte sich an den beiden vorbei. »Jack? Jack!« Immer wieder tätschelte sie seine Wange. »Ruft einen Krankenwagen, schnell!«

Sie überprüfte seinen Puls und die Atmung. »Wir müssen ihn hinlegen.«

Während Liz mit zitternden Händen, die Tasten ihres Handys bearbeitete, betteten sie Jack so vorsichtig wie möglich auf den Rasen.

Jo bog seinen Kopf in den Nacken und begann ihn durch den Mund zu beatmen. Hastig gab sie Rio Anweisungen, wie er die Druckmassage durchführen sollte. Sie wechselten sich ab, bis der Rettungsdienst eintraf.

Jack starb noch auf dem Weg ins Krankenhaus.

»Jetzt ist er bei ihnen.« Liz schob ihre Hand in die von Hannes.

»Vielleicht musste es so sein.« Rio hob die Augen in den blauen Himmel und Jo sah fragend zu ihm auf. Er zuckte mit den Schultern.

»Er wollte nicht mit dem Schicksal spielen - jetzt hat es mit ihm gespielt.«

Sie standen vor seinem Grab, hier in München. Es war eine kleine Beerdigung gewesen. Nur eine Handvoll entfernter Verwandter war gekommen.

Am Vormittag waren sie mit dem Zug eingetroffen und würden die Nacht in einem bezahlbaren Hotel verbringen.

Sie hatten alles richtig gemacht. Die Rettungssanitäter lobten sie wegen ihres umsichtigen Handelns. Aber sie hätten ihn nicht retten können. Es war ein Herzinfarkt gewesen - einer von der irreparablen Sorte.

»Danke Jack, dass du uns zusammengebracht hast.« Hannes war einen Schritt vorgetreten und nacheinander taten es ihm die anderen gleich.

»Danke, Jack.« Liz lehnte ihren Kopf an Hannes' Schulter.

»Danke, für alles Jack.« Rio biss sich auf die Lippen und sah zu Boden.

»Ich danke dir auch Jack.« Jo schob ihre Hand unter Rios Arm hindurch und er zog sie an sich.

So standen sie eine Weile schweigend vor dem Grab.

Schließlich ergriff Rio als Erster das Wort. »Lasst uns in die Stadt gehen und auf ihn anstoßen, was meint ihr?«

Hannes sah ihn an und lächelte. »Das würde ihm gefallen.«

Und so gingen sie langsam über den Friedhof, immer weiter, hinaus in ihr Leben.

Ich danke allen, die an der Entstehung und Veröffentlichung meines ersten Buches mitgewirkt haben!

Die genannten Orte existieren tatsächlich, so auch das kleine Dorf Fischingen mit seiner beschaulichen Ruine Wehrstein.

DIE AUTORIN ...

... lebt tatsächlich mit ihrem Mann und ihren drei Kindern in dem kleinen, beschaulichen Örtchen Fischingen, das im Neckartal zwischen Schwarzwald und Schwäbischer Alb liegt. Schon als Kind hat sie Bücher verschlungen und sich nun endlich ihren Traum, ein Buch zu schreiben, erfüllt. Sie liebt es, in die USA und die Toskana zu reisen. Vor allem aber liebt sie Rockkonzerte und Schokolade und Kuchen in sämtlichen Formen und Variationen.